박경리와 이청준

김치수

1940년 전북 고창에서 태어났다. 서울대학교 문리대 불문과를 졸업하고 같은 과 대학원에서 석사학위를, 프랑스 프로방스 대학에서 「소설의 구조」로 박사학위를 받았다. 1966년 『중앙일보』 신춘문예 평론 부문 입선으로 등단하였고, 『산문시대』와 『68문학』 『문학과지성』 동인으로 활동하였다. 1979년부터 2006년까지 이화여대 불문과 교수를 역임, 2011년부터 2013년까지 이화학술원 석좌교수로 재직하였고, 2014년 10월 지병으로 타계했다.

저서로는 『화해와 사랑』(유고집) 『상처와 치유』『문학의 목소리』『삶의 허상과 소설의 진실』『공감의 비평을 위하여』『문학과 비평의 구조』『박경리와 이청준』『문학사회학을 위하여』『한국소설의 공간』등의 평론집과 『누보로망 연구』(공저) 『표현인문학』(공저) 『현대 기호학의 발전』(공저) 등의 학술서가 있다. 역서로는 알랭 로브그리예의 『누보로망을 위하여』, 미셸 뷔토르의 『새로운 소설을 찾아서』, 르네 지라르의 『낭만적 거짓과 소설적 진실』(공역), 마르트 로베르의 『기원의 소설, 소설의 기원』(공역), 알랭 푸르니예의 『대장 몬느』, 에밀 졸라의 『나나』 등이 있다. 현대문학상(1983), 팔봉비평문학상(1992), 올해의 예술상(2006), 대산문학상(2010) 등을 수상했다.

김치수 문학전집 3
박경리와 이청준

펴낸날 2016년 12월 9일

지은이 김치수
펴낸이 주일우
펴낸곳 ㈜**문학과지성사**
등록번호 제1993-000098호
주소 04034 서울 마포구 잔다리로7길 18(서교동 377-20)
전화 02) 338-7224
팩스 02) 323-4180(편집) / 02) 338-7221(영업)
전자우편 moonji@moonji.com
홈페이지 www.moonji.com

ⓒ 김치수, 2016. Printed in Seoul, Korea

ISBN 978-89-320-2787-6 04800

이 책은 〈오뚜기재단〉의 학술도서 연구비의 지원을 받아 발간되었습니다.

이 도서의 국립중앙도서관 출판예정도서목록(CIP)은 서지정보유통지원시스템 홈페이지(http://seoji.nl.go.kr)와 국가자료공동목록시스템(http://www.nl.go.kr/kolisnet)에서 이용하실 수 있습니다.
(CIP제어번호: CIP2016028991)

김치수 문학전집 3

박경리와 이청준

문학과지성사

김치수 문학전집을 엮으며

여기 한 비평가가 있다. 김치수(1940~2014)는 문학 이론과 실제 비평, 외국 문학과 한국 문학 사이의 아름다운 소통을 이루어낸 비평가였다. 그는 '문학사회학'과 '구조주의'와 '누보로망'의 이론을 소개하면서 한국 문학 텍스트의 깊이 속에서 공감의 비평을 일구어냈다. 그의 비평에서 골드만과 염상섭과 이청준이 동급의 비평적 성찰의 대상이 되는 것은 자연스러웠다. 문학 이론들의 역사적 상대성을 사유했기 때문에 그의 비평은 작품을 지도하기보다는 읽기의 행복과 함께했다. 그에게 문학을 읽는 것은 작가와 독자와의 동시적 대화였다. 믿음직함과 섬세함이라는 덕목을 두루 지녔던 그는, 동료들에게 훈훈하고 한결같은 문학적 우정의 상징이었다. 2014년 그가 타계했을 때, 한국 문학은 가장 친밀하고 겸손한 동행자를 잃었다.

김치수의 사유는 입장을 밝히는 것이 아니라 입장의 조건과 맥락을 탐색하는 것이었으며, 비평이 타자의 정신과 삶을 이해하려는 대화적 움직임이라는 것을 확인시켜주었다. 그의 문학적 여정은 텍스트의 숨은 욕망에 대한 심층적인 분석에서부터, 텍스트와 사회구조의 대응을 읽어내고 문학과 사회의 경계면 너머 그늘의 논리까지 사유함으로써 당대의 구조적 핵심을 통찰하는 데까지 이르고 있다. 그의 비평은 '문학'과 '지성'의 상호 연관에 바탕 한 인문적 성찰을 통해 사회문화적 현실에 대한 비평적 실천을 도모한 4·19 세대의 문학 정신이 갖는 현재성을 증거한다. 그는 권력의 폭력과 역사의 배반보다 더 깊고 끈질긴 문학의 힘을 믿었던 비평가였다.

이제 김치수의 비평을 우리가 다시 돌아보는 것은 한국 문학 비평의 한 시대를 정리하는 작업이 아니라, 한국 문학의 미래를 탐문하는 일이다. 그가 남겨놓은 글들을 다시 읽고 그의 1주기에 맞추어 〈김치수 문학전집〉(전 10권)으로 묶고 펴내는 일을 시작하는 것은 내일의 한국 문학을 위한 우리의 가슴 벅찬 의무이다. 최선을 다한 문학적 인간의 아름다움 앞에서 어떤 비평적 수사도 무력할 것이나, 한국 문학 비평의 귀중한 자산인 이 전집을 미래를 위한 희망의 거점으로 남겨두고자 한다.

2015년 10월
김치수 문학전집 간행위원회

머리말

박경리와 이청준의 소설은 서로 다른 개성을 가지고 있지만 그 개성의 근원을 검토해보면 하나의 문제로 표현될 수 있는 것처럼 보인다. 한 (恨)의 언어화라고 할 수 있는 이들의 소설은 이 땅에서 숨 쉬고 사는 사람의 오랜 역사적 정서가 되어버린 한의 세계를 탐구하고 있고, 그 탐구의 과정까지를 포함해서 문학이라는 양식으로 언어화시키고 있다. 이들은 한의 여러 가지 양상을 통해서 삶을 자동화된 지각으로 느끼고 있는 우리의 의식의 잠을 깨우고 있으며, 언어의 탐구를 통해서 억압 없는 반성의 미학에 도달할 수 있는 가능성을 모색하고 있다. 따라서 오늘의 작가들 가운데 이들만이 중요한 것은 아니지만, 한국 소설이 지니고 있는 영토 가운데 이들의 몫이 차지하고 있는 비중과 특성은 얼마든지 강조될 수 있을 것이다.

문학을 한다고 하는 것은 그것이 과연 할 만한 것인가 하는 회의와 함께 이루어졌을 때에만 진실한 것처럼 보인다. 그러한 회의가 없을 때 문학은 당위의 세계 속에서 경직되어버리거나 문학을 한다는 사실 자체를 과시적인 힘으로 생각하는 풍토를 낳는다. 그러한 점에서 사르트르가 굶주린 아이 앞에서 자신의 소설의 존재 이유에 대한 탄식을 하는 것이나, 리카르두가 문학이란 굶주린 아이가 존재하고 있다는 사실 자체를 추문으로 만드는 것이라고 주장한 것은 모두 문학을 하는 것에 대한 회의에서 나온 것이다. 그들도 그들의 역사 속에서 현실의 힘이 그 어떤 것보다 강하게 지배하며 언어가 자위의 도구로 전락하는 것을 보고 문학의 새로운 자리를 찾으려 한 것이고, 이 절망적인 노력을 통해서 문학 자체가 제도화되지 않는 길을 모색한 것이다.

박경리와 이청준의 소설들을 읽으면 이들의 문학이 작가 자신의 현실과의 싸움에서 끝없는 회의와 함께 이루어졌음을 알게 된다. 가령 자신의 몸에 발생한 질병, 자신의 가족이 당하는 고통과 싸우며 작품을 쓴다는 것은 문학에 대한 근본적인 질문이 없이는 불가능한 것이며, 어머니를 마치 존재하지도 않는 것처럼 고향의 가난 속에 남겨두고 모른 척하면서 작품을 쓴다는 것은 현실에 대한 보복을 사랑으로 하는 문학의 가치를 발견하지 않고는 불가능한 것이다. 그렇기 때문에 이들의 주인공들이 "삶이란 통곡이다"라고 외치거나 "노인에게 빚진 것이 없다"라고 이야기하는 것은, 고통과 부끄러움 속에 사는 사람들에게 커다란 울림으로 남아 있을 것이다.

글이란 어쩌면 자신의 고통과 부끄러움을 감추기 위해 쓰는 것이라는 생각을 하게 된다. 최근 두 해 동안에 쓴 글들 가운데서 두 작가와 그들의 작품에 관한 것만을 뽑아서 엮은 이 책은, 그러므로 체계적인 연구의 결과로 이루어진 것이 아니라 우연에 가까운 독서의 결과로 이루어진 것이다. 그러나 그 독서는 갑자기 비어버린 거대한 시간의 공간을 번역과 같은 단순 노동으로 메꾸는 고통과 부끄러움을 감추기 위해 은밀하게 이루어진 것이기도 하지만, 뒤늦게 한 권의 책으로 꾸리려는 의도에 의해 궤도를 바꾸게 되었다. 그렇기 때문에 어느 부분은 분석적인 과정을 거쳐서 씌어진 반면에 어떤 부분은 인상을 쓴 것도 있음을 고백한다.

나는 결국 감추어야 될 부끄러움을 이런 식으로 드러낸 셈이다. 그러나 지금까지 어떤 작가에 대한 집중적인 독서가 결과로서 나타나지 않고 있고, 또 그러한 독서가 정실 비평으로 매도되어버리는 오늘의 현실보다는 어떤 작가나 작품에 관한 개별적인 비평이 책으로 나오는 현실이 보다 바람직하다는 생각을 나는 감히 해본다. 이러한 생각을 할 수 있도록 격려해준 친구들과 동료들, 그리고 이 책의 출판을 맡아주신 박맹호 사장님을 비롯한 민음사 여러분들에게 감사를 드린다.

1982년 10월

김치수

차례

I

박경리

불행한 여인상(女人像)
─ 초기의 단편

6·25 동란을 겪은 뒤 많은 작가가 역사적 비극의 목격담을 들려주었다. 때로는 전쟁의 현장을, 때로는 후방의 모습을, 혹은 전쟁에 참가한 병사들의 이야기를, 혹은 후방에 있던 전쟁의 피해자들의 이야기를 전해주었다. 그리고 전쟁이 끝난 뒤에 온 사회적·정신적 혼란을 말하기도 하였다. 사실 전쟁을 전후한 그 당시 작가의 역할 가운데 그러한 이야기를 하는 것이 가장 중요했을지도 모른다. 박경리도 그런 면으로 파악될 수 있고, 사실 그렇게 보이기도 한다. 흔히 박경리를 남성적인 작가라고 규정짓고 있다. 아마도 그것은 전후(戰後)에 등장한 여류 소설가들 가운데 박경리가 차지하고 있는 위치가 중요하다는 의미이자 그의 작품의 성격이 남성적이라는 이야기이기도 한 것 같다.

「불신시대」에 나타난 한 여인이 당해야 했던 비극은 박경리의 모든 단편소설에서 주조음(主調音)이 되고 있는 것처럼 보인다. 전쟁으로 남편을 빼앗기고 자동차 사고로 아들마저 잃은 삼십대의 여인, 그녀는 어머니와 외아들과 함께 모자(母子) 3대를 이루고 있는 인텔리 여성이다. 전쟁이 끝난 뒤, 남편을 잃은 슬픔에서 깨어나기도 전에 그녀는 아들의 죽음을 만난다. 그녀는 계속되는 혼란 속에서 끝없는 비극을 체험하고 피해를 입음으로써 모든 타인을 적으로 만난다. 돈에 눈이 빨개진 종교인과 엉터리 의사들로 하여 그녀는 더욱 절망의 심연으로 빠져들고 있다. 그러나 주인공인 여인은 좌절하지 않으려고 안간힘을 쓴다. 이러한 전쟁미망인의 기록은 「영주와 고양이」「하루」「암흑시대」에서도 똑같이 나타나고 있다. 이 작품들은 악몽과 같은 전쟁의 기억으로 강박관념에 시달리고 있는 여인의 이야기를 들려주고 있다. 「불신시대」의 진영은 '9·28 수복 전야에' 남편을 잃고, 교통사고로 7년 만에 외아들 문수도 잃는다. 「영주와 고양이」의 민혜는 '사변 때 아버지를 잃고' '작년 여름에 또 사내 동생을 잃은' 딸 영주와 함께 살고 있다. 「하루」의 K여사는 '전쟁도 겪고 식구들도 잃었고 가난에도 지쳐본' 전쟁미망인으로 딸 선영과 함께 산다. 여기에서 볼 수 있는 것처럼 박경리의 단편에서 나오는 여인의 불행은 집안의 '가장'의 죽음으로 요약되어 있다. 그러나 그러한 사실 자체만으로 여인의 불행이 결정되는 것은 아니다. 왜냐하면 하나의 불행으로 불행 자체가 끝이 날 수 있다면 그 불행은 일생의 어느 순간에만 존재하는 것이겠지만, 끝이 나지 않고 계속되는 불행이란 숙명처럼 개인을 따라다니는 것이고 그리하여 비극의 철저성을 깨닫게 한다.

「불신시대」의 진영은 남편의 죽음과 아들의 죽음에 대한 기억을 씻기 위해 몸부림치고 있으며 아직도 포탄 냄새가 코를 찌르는 듯한 전쟁의 기억에서 떠나지 못하고 있다.

　　남편을 잃은 진영은 1·4 후퇴 때 세 살박이 아이를 업고 친정어머니와 같이 제일 마지막에 서울에서 떠났다. 그러나 안양(安養)에 이르기도 전에 중공군이 그들을 앞질렀고 유엔군의 폭격 밑에 놓였다. 수없는 피난민이 얼음판에 거꾸러졌다. 피난짐을 끌던 소는 굴레를 찬 채 둑 밑으로 굴렀다. 피가 철철 흐르는 시체 옆에 아이가 울고 있었다. 진영은 눈을 가리고 달아났던 것이다.

　　악몽과 같은 전쟁은 끝났다.

　　진영은 아들 문수(文秀)의 손을 잡고 황폐한 서울로 돌아왔다. 집터는 쑥대밭이 되어 축대조차 찾아볼 수 없었다. 〔……〕

　　문수가 자라서 아홉 살이 된 초여름 진영은 내장이 터져서 파리가 엉겨붙은 소년병을 꿈에 보았다. 마치 죽음의 예고처럼 다음 날 문수는 죽어버린 것이다.

악몽 같은 전쟁은 끝났지만 아직 진영의 머리에는 전쟁에서 보았던 소년병의 주검이 남아 있어 꿈속에 자주 나타날 만큼 전쟁의 기억을 잊지 못하고 있으며, 아들이 죽은 지 한 달 된 때의 이야기를 이 작품은 보여주고 있다. 그러나 「영주와 고양이」는 이보다 1년 뒤의 이야기임을 알 수 있다. 진영이 민혜로 이름을 바꾸고 있는 이 작품에서 민혜는 잃어버린 남편이나 아들에 대한 기억을 떨쳐버리고 남아 있는 딸에 대한 기대 속에 빈궁한 생활을 이끌기 위해 노력하고 있다. 딸과의 생활의 단면을 보여준 이 작품은 다음과 같이 시작된다.

사변 때 아버지를 잃은 영주는 작년 여름에 또 사내 동생을 잃어버렸다.

그리하여 민혜 자신이 어머니에게 외동딸이었던 것처럼 영주 역시 민혜에게 있어서 외동딸이 되고 말았다. 무슨 숙명 같은 이야기다.

이제 민혜는 「불신시대」 이후 되풀이되고 있는 숙명을 숙명으로 받아들이며 사는 것이다. 「불신시대」에서 진영이 타인을 만날 때마다 자꾸 좌절하는 것은 숙명에 대한 체념에 익숙해지지 않았고 그 숙명을 받아들일 만한 마음의 여유를 갖지 못했기 때문이다. 그러나 「영주와 고양이」의 민혜는 끔찍한 과거의 숙명적인 비극을 현실로서 받아들이고 이제 자기에게 주어진 인생을 그 범위 안에서 이끌어가려는 숙명에 대한 체념을 하게 된 것이다. 그러나 「하루」는 영주가 대학생인 선영으로 자라고 민혜가 K여사로 변모하여 「영주와 고양이」의 뒷이야기를 해준다.

아무 대단한 일도 아니었어. 난 온실에서 살아오지 않았어. 전쟁도 겪고 식구들도 잃었고 가난에도 지쳐보았다. 문단에의 길은 평탄했더란 말이냐? 바늘 끝 같은 신경에 무수한 피를 흘려가면서 지금 난 여기 서 있어. 하지만…… 오늘 겪었던 일은 어쩌면 전쟁보다 무서운 건지도 모르겠다. 그 상점, 장신구와 화장품이 찬란했던 그 상점 가득히 차 있는 공허는 전쟁보다 무서운 것인지도 모르겠다.

이렇게 생각하는 K여사는 이제는 전쟁의 기억만을 되씹고 슬퍼하는 것이 아니다. 한쪽에는 사람이 죽어간 현실이 있는가 하면 다른 한쪽에는 자신의 생존을 위해서 수단과 방법을 가리지 않고 싸우는 현실이 있어서 그 속을 살아가고 있는 자신의 삶에 대해 K여사는 절망적인 모멸감을 느끼고 있다. 겉으로 보면 생활의 안정을 얻은 것 같지만, 끊임없이 일상적으로 부딪치는 현실은 전쟁의 후유증이라고밖에 할 수 없는 악몽 같은 현실이다.

여기까지 오면 박경리 소설의 본질이 한 전쟁미망인의 자전적 기록이라는 생각까지 하게 될 것이다. 그리고 주인공이 만났던 현실과 상황이 끊임없이 변해오고 있는 과정을 누구나 주목하게 된다. 전쟁 직후의 혼란 속에서는 돈 때문에 우정도 의리도 배반하는 타인들이 있을 뿐이며 돈에 눈이 빨개진 돌팔이 의사와 사이비 종교인이 판을 치고 있다. 이것은 전쟁의 상처가 가시기도 전에 주인공이 만나야 했던 일상적 혼란이었다. 그러나 이러한 혼란의 와중에서도 전쟁의 기억을 잊으려 하고 딸의 성장에 희망을 걸고 생활의 안정을 모색한다. 그리하여 딸이 대학생이 되었을 때 주인공은 악몽에서 벗어난 듯하고, 생계자체의 위협에서 멀어진 듯한 판단을 하게 되었을 때 자신의 정신적 구원의 문제를 생각하면서 문학에 집념하게 된다. 하지만 전쟁의 상처는 아문 것이 아니고 악몽은 사라진 것이 아니라 그녀 내면 깊숙이 자리 잡고 있어서 기회만 있으면 밖으로 튀어나온다. 「영주와 고양이」에서 영주가 "찹쌀떡 사려" 하고 외쳤을 때 민혜가 영주의 뺨을 때린 것이나 「하루」에서 선영의 타산적이고 이기적이고 약아빠진 태도에 K여사가 야단을 치는 것은 영주의 말이나 선영의 타산적 태도에서 전쟁의 상처 ── 돌아보지 않으려는 상처뿐인 과거 ── 를 다시 생각하게 되기 때문이다. 아니 그것은 진영이나 민혜처럼 전쟁을 체험한 사람만이 갖게 된 전쟁에 대한 공포의 또 다른 표현이 되기 때문이다.

그러나 박경리의 작품에서 보다 더 주목해야 할 것은 이처럼 사람의 가치가 사라져버린 사회에서 자신을 지탱하기 위해 무한한 고통을 느끼며 버티고 있는 인물들을 통해서 한편으로는 인간의 무한한 생명력과 다른 한편으로는 그때그때의 사회적 풍속을 볼 수 있다는 것이다. 「불신시대」의 진영이 타인을 적으로만 만나게 되는 것은 진영이 사랑을 표현할 수 없을 만큼 사회적 혼란이 심했기 때문이다. 종교의 허울을 쓰고 곗돈을 떼어먹고 돈놀이하는 여자, 시주받은 쌀을 팔아서 돈으로 들고 가는 중, 돈의 액수에 따라 불공을 드려주는 절, 정확한 진단도 없이 돈만 보고 덤비고 가짜 주사약을 사용하는 의사 등 전후의 혼란을 틈타 인간의 자기 비하를 드러내고 있는 현실을 보게 된다. 이러한 현실과 직면한 주인공들은 그러나 얼핏 보면 그 현실과 타협을 하고 있는 것 같지만, 사실은 너무나 험한 꼴을 보아온 사람으로서 현실의 의미를 보다 폭넓게 인식하면서 자신의 정신의 지주를 건드리지 않는 한 그것들을 삶의 양상으로 포용하고 있다. 「하루」에서 K여사는 겉으로는 그런 사회악을 보려고도 하지 않으며, 보았다고 해도 크게 자신의 위치가 손상되지만 않으면 관용을 베풀고 있는 것 같다. 독자(讀者)를 구실로 하여 알지 못하는 여자가 돈을 요구해왔을 때 그녀는 조심스레 거절하고, 안집 주인 여자의 무리한 요구에도 온건하게 거절하고, 약속을 어긴 양장점 주인에게도 관용을 베풀고, 은행원의 불친절에도 화내지 않는다. 이것은 K여사가 전쟁 동안에 너무 많은 심한 일들을 겪었기 때문에 웬만한 것쯤 간과할 수 있도록 감정이 무뎌진 탓도 있지만, K여사가 이제 삶의 밑바닥을 보다 폭넓게 인식했기 때문이다. 그러나 그녀의 내면 깊숙이 숨겨둔 상처를 건드리면 그녀는 가만있지 않는다. 명동의 약국에서 약사에게 "하도 같잖아서 웃었어요"라는 말을 들었을 때 K여사의 분노는 폭발한다. 전쟁으로 입었던 정신적 상처를 건드렸던 것이다. 「불신시대」에서 그 음산한 현실은 주인공에게 현대 사회가 믿을 수 없는 시대임을 인식하게 하고, 그러한 현실에서 벗어나기 위해 주인공에게 눈물겨운 노력을 하게 만든다. 그러나 「하루」의 K여사는 불신의 시대에 살고 있지만 절망적인 노력을 보이는 것이 아니라 불신의 참다운 의미를 되새기고 그것이 앞으로 가져올 영향의 부정적 성격을 생각하게 만든다. 그것은 살기 위해서 구차하게 되어버리는 현실에서 인간의 존엄성을 잃지 않도록 하려는 작가적 노력의 표현이다.

그렇기 때문에 불신의 사회에서 주인공들은 생명에 대한 강력한 집착력과 따뜻한 삶에의 간절한 희원을 보여주고 있다. 「영주와 고양이」에서 작가가 보여준 영주의 아름다운 마음씨나 「하루」에서 보여준 선영의 자신만만한 태도는 바로 그것을 뒷받침해주고 있다. 그리고 이 일련의 소설들의 마지막 장면은 이들이 살고 있는 사회의 밝은 장래를 예고하는 듯하다. 즉 그처럼 모든 것을 믿을 수 없는 사회에서 타인들과 적으로만 만나던 진영은 "그렇지. 내게는 아직 생명이 남아 있었지. 항거할 수 있는 생명이다"라고 중얼거리며 「불신시대」는 끝나고 있다. 그리고 「영주와 고양이」는 "세월아 빨리빨리 가거라. 내 얼굴에 주름살이 지고 내 머리카락이 희게 변하면 나는 그 애처롭게 목청을 돋우어 외치고 가는 밤거리의 찹쌀떡 장사의 슬픈 모습을 생각지 않겠다"라는 민혜의 독백으로 끝나고 있으며, 「하루」에서 K여사는 하루 종일 현실의 걸리적거리는 단면에 시달린 다음에도 "아무 대단한 일도 아니었어. 난 온실 속에 살아오지 않았어. 전쟁도 겪고 식구들도 잃었고 가난에도 지쳐보았어"라고 독백하고 있다. 이 마지막 장면들은 비극을 체험한 세대의 절망적인 현실이 새로이 태어난 세대들의 놀라운 생명력으로 극복될 수 있음을 예견케 한다. 가령 선영의 놀라운 현실주의는 현실 인식에 있어서 낭만적인 어머니인 K여사보다 냉철하고 객관적이어서 감정보다는 이성의 지배를 받게 될 것임을 내다보게 한다. 그러한 점에서 새로운 세대는 비인간적인 냉정을 보일지 몰라도 그것이 무방비 상태에서 당하고 있는 현실의 배반보다 나은 것임은 물론이다. 그들은 그러므로 끈질긴 생명력에 넘치고 있으며 삶에 대한 애착을 버리지 않고 항상 밝은 미래를 희원하는 것이다.

이 소설들은 6·25 전쟁 동안에 흔히 볼 수 있는 여성의 경험 반경(半徑)에서 과히 벗어나지 않았다는 점에서 사소설(私小說)의 성격을 띠고 있다고 할 수도 있지만, 보다 주의 깊은 독자는 박경리의 소설 세계가 그 출발 당시부터 공허한 관념에서 시작된 것이 아니라 구체적인 현실에 깊이 뿌리박고 있음을 알 수 있을 것이다. 특히 이 여성들의 어렸을 때의 기록인 듯이 보이는 「환상의 시기」를 읽게 되면, 이 네 작품이 여자의 일생을 그리고 있다는 확신 같은 것을 갖게 된다. 어려서는 일제의 침략주의에 상처받은 마음이 자란 뒤에는 전쟁으로 다시 수많은 고통을 감수해야 했던 것이다. 이것은 현실이란 항상 개인에게 피해를 입히는 것으로 작가가 파악하고 있음을 말한다. 아니 어쩌면 어린 시절은 많은 피해를 입은 한 여자에게 있어서 보다 비극적인 것으로 굴절된 것일는지도 모른다. 하여튼 「환상의 시기」에서 출발한 '여자의 일생'은 「하루」에 이르기까지 항상 현실의 간섭을 받고 끊임없이 피해를 입으면서도 놀라운 생명력을 보여줌으로써 비극의 아름다움을 재현하고 있다. 그리고 여기에서 작가는, 여성 특유의 섬세하고 아름다운 감수성으로 현실을 파악하고 있다. 「환상의 시기」에서

민이가 보는 사물과 인간과의 관계는 여류 작가가 아니면 볼 수 없는 아름답고 섬세한 것으로 나타나고 있다. 그리고 「영주와 고양이」에서 영주와 민혜와 고양이 사이에 있는 미묘한 감정 또한 여성적인 감수성으로 포착되고 있다. 그러한 점에서 초기의 단편들에 나타난 박경리의 세계는 대단히 여성적이다. 또 박경리의 중요한 작중인물들이 모두 여성이라는 점에서 그의 소설을 여자의 운명에 대한 탐구라고 볼 수도 있을 것이다. 그러나 여기에서 살펴본 소설들은 박경리의 보다 넓고 깊은 문학에 구체적이고 현실적이며 확고한 디딤돌이 되었다는 것을 그다음의 작품들에서 확인하게 될 것이다.

비극의 미학과 개인의 한

1

박경리의 소설 세계를 살펴보는 사람이 가장 먼저 주목하게 되는 사실
은 이 작가가 초기에는 단편 중심의 소설을 쓰다가 어느 순간부터 장
편소설 쪽으로 기울어지고, 그리하여 『토지』와 같은 대작을 쓰기에 이
르는 변화일 것이다. 물론 어떤 작가가 단편소설을 쓰기 때문에 덜 중
요하고 장편소설을 쓰니까 더 중요하다는 부당한 선입관을 가지고 작
가의 세계를 재단하기 위해서 이러한 변화를 거론하는 것은 아니다.
적어도 한 작가의 작품 세계를 지속적으로 관찰한다는 것은 바로 그러
한 변화를 있는 그대로 파악하기 위한 것이기 때문에 작품의 변화 양
상은 그것이 비록 단순한 길이의 문제일지라도 소홀히 다루어질 수 있
는 것이 아니다. 그러한 의미에서 박경리의 최초의 장편은 1959년 『현
대문학』에 연재했던 『표류도』라고 할 수 있을 것이다. 이 작품을 계기

22

로 박경리는 일간지에 연재소설을 발표하는 한편, 1962년에 전작으로 『김약국의 딸들』, 1964년에 『시장과 전장』을 내놓음으로써 작가로서의 새로운 능력을 평가받음과 동시에 당시로서는 놀라운 독자의 호응을 받게 되었다.

그러나 이와 같은 작품의 성공적인 발표는, 아직도 계속되고 있는 그 후의 대작 『토지』에 비하면 초라한 것으로 보일 것이다. 그만큼 『토지』는 독자의 호응도 비교할 수 없이 컸을 뿐만 아니라 그것이 갖고 있는 문학사적인 의미도 넓고 깊은 것으로 평가받을 수 있다. 아직 완결되지 않았지만 이미 그 제1부의 발표로 획득하게 된 『토지』의 성공은 결코 유행이나 시류의 탓으로 돌릴 수 없는, 한국 소설의 한 장을 열었다고 할 수 있을 것이다. 따라서 초기의 단편소설에서 사소설 비슷한 1인칭 소설로 출발한 작가가 『토지』와 같은 대작의 작가로 변모하는 과정을 살펴본다는 것은 이 작가의 작품 세계에 보다 접근하는 길이면서 동시에 작가적 변모의 의미를 되새기는 방법이 될 것이다.

사실 박경리의 소설에서 이처럼 그 길이가 길어짐에 따라 나타나고 있는 가장 단적인 변화는 그가 그리고 있는 세계가 개인의 불행에서 출발하여 한 가족의 불행으로 확대되고 나아가서는 사회 전체의 불행에 이를 뿐만 아니라, 시간적으로는 개인의 일생에서부터 2대~3대 혹은 더 많은 세대로 끝없이 발전되고 있는 것이다. 이와 같은 확대와 발전은 작가 자신이 창작을 계속하는 동안 소설의 본질을 보다 더 깊이 깨닫고 있음을 의미한다. 왜냐하면 소설이란 그 안에 모든 것을 포용할 수 있고, 무엇에 관해서나 이야기할 수 있으며, 모든 것이 허용되는 유일한 문학 장르이기 때문이다. 그래서 사르트르 같은 사람은 총체성totalité을 문제로 삼지 않는 소설을 한낱 아류에 지나지 않는다고 이야기하고 있지만, 그러한 소설의 성격은 소설이 문학 장르로서 확고한 위치를 차지하는 과정에서도 드러난다. 다시 말해서 소설이 확고한 문학 장르가 된 것을 18세기로 본다면, 그것이 프랑스 혁명과 맺고 있는 역사적 관계에 주목할 필요가 있다. 소설은 다른 문학 장르에 비해서 엄격한 규칙이나 규제가 없는 자유로운 문학 양식이다. 이 말은 프랑스 대혁명이 귀족에서 시민으로의 권력의 이양이라는 이념을 낳음으로써 자유와 민주의 세계로 가는 길을 열어놓았다고 할 수 있는 것과 마찬가지로, 소설이라는 문학 양식은 문학을 일부 귀족의 향유물에서 대중의 향유물로 바뀌게 만든 새로운 문학 장르임을 의미한다. 시나 희곡은 그 역사는 오래된 반면에 그 엄격한 율격으로 인해서 일반 대중의 향유물일 수 없었고, 그러한 율격을 벗어난 소설은 누구나 향유할 수 있었던 것이다. 그렇기 때문에 시민 사회의 성립을 보게 된 18세기에 소설의 확고한 위치가 가능했던 것이고, 또 그 후에도 다른 장르보다 짧은 역사에도 불구하고 소설은 훨씬 더 대중적인 호응을 받고 있다. 문학의 장르로서 어떤 율격을 갖고 있지 않다고 하는 것은 소설에게만은 모든 것이 허용되며, 무엇이나 문제될 수 있고, 또 그것이 끊임없이 변화 생성되는 문학 장르임을 말한다.

이러한 소설의 본질에 대한 깊은 인식은 소설이 처음에는 개인의 불행이나 행복의 남다른 이야기를 모태로 태어났음에도 불구하고, 그 불행이나 행복의 의미가 단순한 개인의 차원에 머물 수 없다는 깨달음을 동반하게 한 것으로 보인다. 그렇기 때문에 초기의 단편들에서는 남다른 체험을 한 불행한 여성들의 삶이 주로 개인적인 차원에서 다루어지고 있는 반면에, 『김약국의 딸들』에서부터는 가족과 사회의 차원에서 다루어지고 있는 것이다. 뿐만 아니라 개인 운명의 비극성이라든가 새로운 교육을 받은 지식인의 갈등이라든가 사회 변동에 따른 경제적 지배의 새로운 양상 등『토지』에서 중심 테마가 된 문제들이 상당 부분 그 이전의 장편소설에서 집중적으로 다루어지고 있음을 알 수 있다. 이것은 말하자면 작가 자신이 보고 있는 삶과 삶의 비전, 그리고 세계에 대한 인식이 소설 속에서 끊임없이 탐구되어왔음을 이야기해준다. 바로 그러한 이유 때문에『토지』는 그 이전 장편소설들의 주제의 발전적인 종합으로 볼 수 있을 것이다.

2

박경리 소설의 주요 테마 가운데 하나를 여인의 비극적 운명이라고 보아도 틀리지 않을 것이다.『토지』의 최씨 집안에서 중심인물이 두 여성인 것과 마찬가지로『김약국의 딸들』『시장과 전장』『파시』의 주요 인물들이 여자인 것이다. 물론 이 세 작품에 등장하는 인물들의 숫자가 너무나 많기 때문에, 그리고 남자 작중인물들의 역할이 크기 때문에 여성의 작중인물들에게만 큰 비중을 두는 것이 무리일 수도 있을 것이다. 그러나 전체적인 작중인물들의 숫자가 많기도 하거니와 소설 속의 여러 사건들의 중심에는 언제나 여성이 자리를 잡고 있다는 점에서 여성의 중요성을 강조할 수가 있다. 가령『토지』에서 최참판댁의 비극은 머슴인 '구천'이와 '별당 아씨'의 불륜의 도피에서 비롯되었고, 이 도피 사건 주역의 출생은 강간으로 이루어졌다. 이것은 결국 유교적 질서가 지배하는 사회에 있어서 여자의 숙명이 비극을 잉태함으로써 한 가족의 파탄을 가져오는 출발임을 이야기한다. 여기에서 가장 중요한 힘으로 작용하고 있는 것은 제도적인 금지와 당위를 어기는 일이다. 과부로서 강간을 당했을 때에는 자결을 하도록 되어 있는 당위를 어겼기 때문에 '구천'이라는 불륜의 씨앗을 잉태하였고, 그 혈연관계를 끊지 못해서 며느리의 출분을 당한 '윤씨 부인'이나, 머슴과의 불륜이라는 금지를 어긴 '별당 아씨'의 삶은 모두 그 가족의 비극적 운명을 가져오는 동기가 되고 있다.

이와 같은 관점에서 볼 때 『김약국의 딸들』이 여자의 정절 문제로 인한 죽음에서 시작되고 있다는 것은 대단히 의미심장하다. '김약국'의 어머니인 '숙정'이라는 여성은, 본래 혼담이 있었지만 자신의 팔자가 세다는 이유로 이루어지지 않은 혼담의 상대자 '송욱'의 출현으로 인하여 남편 '봉룡'의 의심을 사서 비상을 먹고 자결을 한다. 이 사건으로 어머니를 잃은 '성수'는 온갖 구박을 받으면서 성장하여 '김약국'의 대를 잇는 역할을 맡고, 가족적인 성공을 거두는 것처럼 보인다. 그러나 "비상 먹은 자손은 지리지 않는다"는 말이 주문처럼 작용하고 있는지, 성수가 투자한 어선의 조난과 어장의 흉어로 가세가 기울어지는 한편, 다섯 딸의 운명이 불행으로 치닫게 된다. 따라서 '김약국'의 다섯 딸의 불행은 이미 '숙정'의 자결로 운명처럼 예고된 것이라고 할 수도 있을 것이다. 여기에서 한 가지 지적하고 넘어가야 할 것은 『토지』의 '윤씨 부인'의 강간 사건이나 『김약국의 딸들』의 '숙정'의 자결은 모두 비정상적인 돌발 사건에 의한 것이다. 다시 말하면 여기에서 여성의 행복이란 정상적인 결혼을 해서 자식을 낳고, 건강하고, 물질적 풍요를 누리는 것으로 집약되고 있다. 이러한 행복의 조건을 누리지 못하는 김약국의 딸들의 운명은 따라서 결코 이들 자신이 선택한 운명이 아니다. 아니 보다 더 정확하게 말하자면 이들에게는 선택의 여지가 없다고 하는 것이 옳을 것이다. 왜냐하면 운명이란 주어지는 것이기 때문이다.

그러나 이들이 불행하게 되는 근본적인 원인이 '할머니'의 자결이라는 비극적 운명을 타고난 데에도 있겠지만, 보다 직접적인 원인은 한편으로 김약국 자신의 물질적 실패에 있고 다른 한편으로는 다섯 딸의 결혼 실패에 있을 것이다. 결혼이 곧 여자의 전체 운명을 지배하던 당시에 큰딸 용숙은 남편의 죽음으로 과부가 되어 있고, 둘째 딸 용빈은 학교 졸업 후로 결혼을 미루다가 정홍섭과 결혼에 도달하기 전에 파탄을 경험하게 되고, 셋째 딸 용란은 아버지가 서기두와 정혼을 작정한 것과는 달리 머슴 한돌이와 육체적 쾌락을 좇다가 발각되어 정상적인 결혼을 하지 못하고 결국 아편쟁이 남편을 만나 정신이상에 빠지게 되고, 넷째 딸 용옥은 용란이 대신에 서기두와 결혼을 하지만 남편의 사랑을 받지 못할 뿐만 아니라 '서영감'의 침입까지 받고 결국 배의 침몰로 비명(非命)에 간다. 다섯째 딸 용혜는 언니 용빈과 함께 망해버린 통영의 집을 떠나 새로운 출발을 하게 된다. 여기에서 큰딸 용숙이 과부가 된 것은 일종의 '팔자'와 같은 운명에 속한다고 하겠지만 그녀의 물질적 욕심은 과부의 성적 불만과 과대한 피해망상에서 기인하는 것으로 보인다. 그녀의 탐욕은 어머니에 대한 태도에서 도덕적인 단죄를 받을 수 있을 만큼 지독한 것이며, 의사와의 불륜 관계는 제도적 금지를 어긴 대가를 톡톡히 치르게 하지만, 결국 미친 용란이를 그녀가 맡는 것은 금전의 힘이 지배하는 사회가 올 것을 예견케 한다. 탐욕적인 성격의 대표적인 경우가 용숙이라고 한다면, 용빈은 새로운 교육을 받은 지식 여성을 대표하는 경우이다. 그녀의 불행은 그녀 자신의 성격적인 결함이나 잘못된 행동에서 기인하는 것이 아니라 가세의 기울어짐에 의한 것이다. 따라서 정홍섭과의 이별이라는 아픔은 경제적 몰락으로 당한 불행에 속한다. 그렇기 때문에 그러한 불행이 곧 그녀의 파멸을 의미하는 것은 아니고 극복할 수 있는 가능성을 보여주게 된다. 반면에 용란과 같은 성격 파탄자는 성에 대한 왜곡된 관심으로 당시의 여성으로서는 가장 비극적인 운명을 살게 된다. 집에서 정혼하려고 한 서기두와의 순탄한 결혼에 이르지 못하고 아편중독자이며 성적인 불구자인 최정학에게 시집을 가지만, 다시 찾아온 옛 머슴 한돌과의 간통 사건으로 정신이상자로 전락하게 된다. 이들과 비교해서 성격적인 결함이 별로 없으면서도 성공한 결혼 생활을 누리지 못하는 용옥의 경우는 집안의 몰락과 관련되어 있다는 점에서 용빈과 비슷한 피해자로 생각할 수 있을 것이다. 그러나 용빈이 교육을 받은 지식인인 데반하여 용옥은 교육을 받지 않은 살림꾼이다. 그러니까 용빈은 가사를 떠나서도 할 일이 있지만(실제로 그녀는 중학교 교사를 함으로써 비극의 현장에서 거리를 유지할 수 있었다) 용옥은 집안 살림을 떠나서는 할 일이 없는 인물이다. 그래서 그녀는 시집가기 전에는 집안의 살림을 돕고 시집간 뒤에는 자신의 집안 살림과 기울어져가는 친정의 살림을 돕게 된다. 그러한 점에서 용옥은 가장 전통적인 여인상이다. 그렇기 때문에 그녀는 남편 서기두의 사랑을 받지 못하면서도 말없이 한을 지닌 채 살아간다. 그리하여 서노인의 침입을 물리치고 남편을 찾아갔다가 타고 오던 배의 침몰과 함께 죽어간 그녀의 운명은 그녀의 어머니의 죽음과 함께 김약국의 비극의 종장을 장식하게 된다.

이러한 김약국의 딸들의 삶에 있어서 불행이라고 할 수 있는 것은 전통적인 의미에서 여성의 복된 삶의 테두리를 벗어난 것을 의미하는 것에 지나지 않는다. 이들의 불행은 거의 전부가 조화롭지 못한 남녀 관계에서 직접적인 계기를 얻고 있는 것이다. 그러한 점에만 중점을 둔다면 주로 여자들의 운명을 중심으로 다루고 있는 박경리의 소설은 한결같이 사랑의 실패로 끝나는 감상적인 실연담으로 인식되어야 할 것이다. 그러나 박경리 소설의 특색이면서 힘이 되고 있는 것은 그럼에도 불구하고 그의 소설들이 헛된 사랑의 노래가 아니라 삶의 현장을 제공하면서 인간의 제도와 운명에 대해서 생각하게 한다는 데 있다. 그렇다면 그러한 힘은 어디에서 연유하는가?

아마도 소설이 한마디로 이야기할 수 없는 것을 길게 이야기하는 문학의 장르인 것처럼, 이러한 질문에 한마디로 대답한다는 것은 불가능할 것이다. 그러나 적어도 『김약국의 딸들』에서 작가가 보여주고 있는 삶의 본질적인 양상 가운데 하나는 우리의 일상적인 이웃에서 볼 수 있는 것과 같은 비극의 어떤 그림자의 인식이다. 다시 말하면 모든 만물에 생성과 소멸이 작용하고 있는 것처럼 개인이나 가족에게 찾아오는 불행의 그림자는 논리적인 설명을 떠나서 한꺼번에 오는 경우가 많다. 여기에서 작가는 삶에 있어서 비극이 숙명처럼 나타나고 있는 한 가족의 여자들을 다루고 있다. 이것은 그 가족이 살고 있는 연대(年代)와의 관련에서 볼 때에 결코 개인적인 비극으로 국한된 것이 아님을 말해준다. 전통적인 한약방을 경영하고 있는 김약국이 어장이나 어선에 투자를 하는 행위는 이미 김약국 일가가 변동하는 사회 속에 놓여 있음을 이야기하고 있다. 뿐만 아니라 용빈과 용옥이 기독교도이고, 용빈이 신식 교육을 받았고 여성으로서는 직업을 갖고 있으며, 용빈의 6촌인 '정윤'이 의사로서 김약국의 병명을 암으로 진단하는 것은 봉건 시대의 가치관과 제도의 붕괴를 상징적으로 드러내주고 있는 것이다. 특히 김약국과 같은 보수적인 인물이 정국주의 돈을 빌려서 투기나 다름없는 어선과 어장에 깊이 관여하는 것은 여기에 등장하는 비극적 여성들의 운명과 마찬가지로 유교적 질서의 무너짐을 나타내고 있다. 이러한 상징적 의미에 보다 뚜렷한 실체를 부여하는 것은 가령 '한실댁'과 그 딸들과의 관계에서 볼 수 있는 것처럼 전통적인 모녀 관계라든가, 난파선과 함께 죽어간 어부들의 가족들과 '한실댁' 사이에서 있었던 인간적인 관계라든가, 그의 주인공들이 사용하는 일상적인 어법 등이다. 이것을 다른 말로 하게 되면 박경리의 인물들에게는 생활이 있다는 것이다. 여기에서 생활이란 등장인물들이 일상적으로 집안에서 겪게 되는 사소한 일들이면서 동시에 사람 사는 데 어디에서나 나타나고 있는 개인 간의 충돌과 갈등과 화합의 반복을 가능하게 하는 것이다. 집안 누군가의 죽음이라든가 우환이라든가 결혼과 같은 사건들과 함께 살고 있는 등장인물들의 생활은 이들의 존재가 공허하거나 허황하지 않은 실체로서 부각되는 중요한 이유가 된다.

이처럼 이들의 존재 자체가 실체로서 받아들여지고 있다는 것은 이들의 사랑의 실패담이 여성의 숙명적 비극으로 승화되게 하는 요소인 것이다. 여기에서 작가는 용빈이라는 인물을 통해서 숙명적 비극의 극복을 모색할 수 있는 가능성을 열어놓고 있다. 그것은 용빈 자신도 불행하기는 마찬가지이지만 자신의 이성과 지성으로 불행 속에서 파멸하지 않는 길을 모색하는 것으로 드러나고 있다.

3

박경리의 소설에 있어서 남녀 관계는 그것이 지식인의 경우를 벗어났을 때에는 사랑의 문제를 제기하고 있는 것이 아니라 제도의 문제를 제기하고 있다. 사랑이 개인의 선택에 의해 이루어지는 것이라면 제도는 집단의 규율로 주어지는 것이다. 따라서 이들 인물의 불행은 제도적인 규제의 오류에서 기인한 것이지 개인 선택의 오류에서 유래한 것은 아니다. 따라서 사랑의 문제를 제기할 수 있는 경우는 용빈의 경우에 국한된다. 그리고 용빈에게 있어서만 사랑의 문제가 제기되는 이유는 바로 그녀가 교육을 받은 지식인이라는 데 있다. 그녀는 전통적인 가부장 제도 속에 있는 김약국에서 아버지로부터 비교적 대등한 인격적인 대우를 받고 있는 유일한 딸이다. 그것은 교육받은 그녀에게만 사랑의 선택이 허용된 것임을 이야기한다. 실제로 김약국이 용란이의 결혼 상대자를 의논하는 과정에서 서기두와 같은 '대가 찬 사내'가 용란이에게 필요하다고 결정을 내리면서도, 용빈의 상대자에 관해서는 용빈의 의견을 존중하고 있다. 이러한 현상은 『파시』의 여주인공 조명화에게서도 두드러지게 나타난다.

명화의 아버지 조만섭은 딸과 박응주와의 결혼이 이루어지기를 적극적으로 바라면서 딸의 선택을 지원하고 있다. 반면에 응주의 아버지 박의사는 아들을 명화와 결혼시키려 하지 않고 윤교수의 딸 죽희와 결혼시키려 하고 있다. 여기에서 조만섭의 태도는 고등교육을 받은 딸의 사랑의 선택에 대해서 적극적인 신뢰를 보내는 것이며, 동시에 생모를 여읜 딸의 행복을 위해 안타까운 노력을 기울이는 것이다. 반면에 응주의 아버지 박의사의 태도는 처음부터 아들의 행복을 위한 것으로 가장하고 있다. 박의사는 명화의 어머니가 정신이상으로 죽었다는 사실 때문에 정신이상자의 딸과는 결혼시킬 수 없다는 표면적인 이유로 응주와 명화의 결혼을 반대하면서, 외형적으로 명화에 못지않은 미모와 더 좋은 가정환경을 가진 죽희를 응주의 결혼 상대자로 내세운다. 이러한 박의사의 주장은 자신의 재혼마저 거부하면서 아들의 장래만을 염려하는 아버지의 깊은 사랑에서 나온 것으로 보이기 때문에 결정적인 순간이 오기 전까지는 전통적인 가정의 보수적인 가장의 의견으로 받아들여진다. 그러나 박경리 소설에서의 비극은 서양의 사랑 신화에서나 가능했던 소설적 반전의 중요한 테마가 되고 있다. 명화라고 하는 한 여성을 놓고 아들 응주와 명화의 사랑을 반대하던 박의사가 마침내 명화에게 자신의 사랑을 고백하는 것이다. "명화는 내 며느리가 되어서는 안 된다는 그것뿐이야"라고 말하면서 "마지막까지 거짓으로 끌고 가려고 했다면 명화의 혈통을 또 쳐들었겠지. 지금까지 그것은 매우 허울 좋은 방패였었지만"이라고 하는 사태의 반전은 비록 명화가 교육받은 인물이지만 박경리 소설의 주된 테마인 비극적 운명의 주인공으로서의 역할을 수행하고 있음을 이야기한다.

그러나 『김약국의 딸들』과 비교해서 『파시』의 중요성은, 전자가 한 가족의 이야기인 데 반하여 후자는 사회 전체로 작가의 관심이 확대된다는 데 있을 것이다. 다시 말해서 『김약국의 딸들』에는 한 가정 안에서 운명과 성격이 다른 딸들이 나오는 반면에 『파시』에는 6·25 동란 직후에 부산과 통영을 무대로 살아가는 사람들의 다양한 모습이 드러나고 있다. 우선 여기에서 주목할 수 있는 것은 조명화와 박응주의 사랑의 전개 양상이다. 이 두 젊은이의 사랑은 물론 박의사의 반대 때문에 어떤 결론에 도달하지 못하고 방황하기도 하지만, 그보다 더 근본적인 문제는 전후의 젊은이가 안고 있는 불안의 작용이 크다고 할 수 있다. 박응주와 조명화는 서로 사랑하는 사이면서도 그들의 사랑에 스스로를 맡기는 길에 들어서지 못하고 시간적인 유예 기간을 갖고자 한다. 표면상의 이유는 학업이 끝날 때까지 기다린다는 데 있지만, 실제로 박응주가 지니고 있는 고민은 전쟁 중이면서도 전쟁과는 무관한 환경 속에서 생활하고 있는 현실, 언젠가 입대는 해야 될 터이지만 스스로 그것이 애국적인 결단의 소산인지 확신할 수 없는 사실, 그렇다고 해서 죽희와 결혼하고 외국으로 떠날 수 있을 만큼 충분히 속물일 수 없는 자신의 양심과 지성, 겉으로 드러난 아버지의 현실적인 타산에 끊임없는 거부 증세를 내면에서 느껴야 되는 마음의 갈등 등이며, 이것은 모두 젊은 날의 정신적 방황과 고뇌를 드러내주고 있다.

이와 같은 방황과 고뇌는 박경리의 인물들이 모두 자기 자신이 속하고 있는 세계, 스스로의 일상에 맞는 삶을 보여주고 있다는 증거가 된다. 비교적 갖출 것을 다 지니고 있는 박응주의 고뇌와 방황이 자기의 존재 이유와 상관되는 것이라고 한다면, 그 밖의 다른 인물들도 모두 그 나름대로의 고뇌와 방황을 지니고 있는 것이다. 가령 전후의 혼란 속에서 밀수를 하고 고리채를 놓아 부(富)를 축적하고 있는 서영래의 경우 자신의 이익을 위해서는 어떠한 양보도 하지 않는 수전노의 성격을 지니고 있고 또 잔인하리만큼 냉혹한 성격을 보이고 있지만, 자손을 얻기 위한 수옥과의 관계가 위기에 놓이게 되자 모든 수단과 방법을 가리지 않는다. 그것은 박경리의 작중인물 가운데 탐욕적인 남성의 대표적인 케이스에 속한다. 반면에 서영래에게 가산을 빼앗긴 데 대해서 극도의 증오심을 갖고 있는 학수는 자신의 젊음이 피어보기 전에 기울어진 가세에 대해 충격을 받고 공격적인 성격을 드러낸다. 이 공격적인 성격이 학수에게는 완력의 사용으로 나타나게 되고, 학자에게는 타인에 대한 무절제한 의견 표시와 자기 자신에 대한 학대로 나타나게 된다. 그리하여 서영래만 보면 증오의 표정과 욕설을 서슴지 않고, 학자와 놀아난 문성재에게 완력을 사용하여 입원을 하게 한 학수는 자신이 살고 있는 세계에 대한 절망감을 느낀다. 그러나 그러한 학수에게 나타난 수옥은 학수의 모든 절망과 증오를 정화시킬 수 있을 만큼 놀라운 힘을 보여준다. 학수는 수옥과 함께 자신의 절망적인 현실에서 벗어나는 데 일시적인 성공을 거둔다. 이것은 학수의 과격함이 현실에 의해서 만들어진 것일 뿐 그 본질은 착하고 순수하다는 것을 의미한다. 그렇지만 절망적이면서 집요한 현실이 그처럼 쉽게 극복될 수 있는 대상이 아니라는 것은 서영래의 도전으로 드러나며, 결국 학수도 입대를 하게 된다. 그리고 자신의 적은 이익을 위해서 수옥을 넘겨준 서울댁의 이기심과 계산, 천성은 악인이 아니면서도 모든 여자에게 손길을 뻗치는 문성재의 쾌락주의, 끊임없이 속으면서도 결혼식을 올린 남편을 위해서는 무슨 일이든 할 수 있는 순박한 선애, 난리통에 부모를 잃고 고아가 되어 방황하면서 남자들의 강압을 이겨내지 못하고 끌려다니기만 하다가 학수를 만남으로 인해서 새로운 삶을 결심하게 된 수옥의 비극성은 통영과 부산을 무대로 전개되는 전후 한국 사회의 풍속적인 양상을 드러내주는 데 기여하게 된다. 이러한 인물들은 당대 사회의 일상적 삶을 파악하게 하는 데 결정적인 자료를 제공해줌과 동시에 사람이 사람답게 살 수 있다고 하는 것이 무엇이며 인간의 고귀성은 어디까지 지켜질 수 있느냐 하는 모질다고밖에 할 수 없는 한국인의 한의 뿌리를 보여주고 있는 것이다. 이것을 다른 말로 하면 역사 속에서 발생하는 한의 근원과 그 축적 양상의 탐구라고 할 수 있을 것이다. 바로 그러한 이유 때문에 『김약국의 딸들』과 『파시』의 주인공들은 모두 소설이 시작되는 처음 부분에서보다 소설이 끝나는 마지막 부분에서 더욱 불행해지고 더욱 절망을 하게 되며 더 많은 한을 소유하게 된다.

4

개인이 삶을 살면서 경험하게 되는 어려운 상황은 때로는 그 개인으로 하여금 인간다운 고결성을 잃게 만든다. 여기에서 인간다운 고결성이란 대단한 의미를 지닌다기보다는 자신의 존재 자체에 모멸감을 느끼지 않는 삶을 의미한다고 보아야 할 것이다. 그러한 점에서 박경리 소설의 또 하나의 중요한 테마가 바로 인간의 고결성에 대한 탐구라고 할 수 있다. 왜냐하면 박경리의 초기 소설부터 끊임없이 되풀이되어온 수많은 비극 가운데서도 참으로 많은 작중인물이 '내가 여기에서 어떤 꼴은 절대로 보이지 않아야 되겠다'는 결심을 도처에서 보여주고 있기 때문이다. 여기에서 말하는 '보이지 않고자 하는 꼴'이란 박경리의 작중인물들이 갖고 있는 인간으로서의 자존심이며 존엄성에 해당한다. 다시 말해서 박경리의 주인공들이 참담한 비극 속에서도 꺼지지 않고 살아남으려고 노력하는 이유도 거기에 있고, 단순히 살아남는다기보다는 지켜야 할 보루도 거기에 있다. 그러한 예를 대표적으로 보여주는 인물이 『시장과 전장』의 '지영'인 것처럼 보인다.

『시장과 전장』은 6·25 동란이 일어나기 직전부터 휴전되기 전까지의 혼란기를 배경으로 젊은 지성들의 비극을 다룬 박경리 문학의 중요한 부분에 해당한다. 주인공들이 자신의 삶과 그 이념에 대해서 강한 질문을 던지는 지식인소설의 양상을 띠고 있기 때문이다. 자신의 삶을 반성하고 존재 이유에 대해서 회의하는 지식인의 등장은 『김약국의 딸들』의 용빈이나 『파시』의 조명화·박응주보다 훨씬 더 발전적인 모습을 띠고 있다. 『시장과 전장』의 서두는 '지영'이라는 여주인공이 남편 기석과 자식들을 두고 홀로 황해도에 취직을 해서 떠나는 장면에서부터 시작된다. 여기에서 지영의 '떠남'은 마치 노라의 출발처럼 지영 부부의 결별을 예견케 하고 있다. 그러나 이 소설에는 교사로 떠난 지영과 대립되는 또 다른 주인공 기훈의 이야기가 지영의 이야

기와 교차되고 있다. 모두 40장으로 구성된 이 소설에서 지영이 주인
공으로 나오는 것이 22장이고 기훈이 주인공으로 나오는 것이 18장이
다. 따라서 지영이 이끌고 있는 이야기의 끈과 기훈이 이끌고 있는 이
야기의 끈이 서로 꼬여 있는 이 소설은 한편으로는 지영의 삶의 변화
를, 다른 한편으로는 기훈의 삶의 변화를 보여준다. 지영의 삶은 결혼
생활에 위기가 온 순간부터 서술이 되고 있는데, 이 위기는 남편에 대
한 실망에서 싹튼 것이다. 지영의 편지에 의하면 세 권의 책을 산 남
편이 두 권의 책값만 받은 점원의 착각을 이용하여 한 권의 책값을 지
불하지 않은 일에 대해서, 또 남의 감자밭에서 감자를 캔 남편에 대해
서 그 부부의 "생활이 전부 무너지고 만 것을 깨달"았다고 되어 있다.
이것은 지영 자신이 어떤 경우라도 남을 속이거나 남의 물건을 훔치는
일에 인간적인 모멸감을 느끼고 있고, 바로 그러한 일을 하지 않는 데
서 자신의 존엄성을 유지할 수 있었음을 말해준다. 그러나 그러한 지
영에게 새로운 경험이 이루어진다. 입덧으로 인해서 혼자 쌀밥을 먹은
사건으로 인해 지영은 자기 자신에 대한 염오감을 떨쳐버리지 못한다.
이러한 자존심은 따지고 보면 일종의 결백성에 기초를 두고 있는 것이
다. 깨끗하고 고고하게 살 수 있는 능력을 지니기를 바라는 주인공의
결백성은 그것이 허용되는 사회 속에 살 때에는 주인공의 불행의 요인
이 되지 않는다.
　이러한 관점에서 본다면 지영이 남편에 대한 염오감으로 집을 떠난
다는 불행은 진정한 불행이 아니라 불행의 제스처일지도 모른다. 왜냐
하면 그녀가 6·25 전쟁의 발발과 함께 겪게 된 위기의식은 그녀의 생
존과 가족의 생존을 위협하는 것이어서 그녀의 삶에 대한 태도에 일대
변혁을 일으키기 때문이다.

6·25 전쟁이 일어남으로 해서 연안에서 서울로 오는 도중에 전쟁의 공포를 체험한 지영은, 이제 자신의 소녀적 감상에 지나지 않았던 결백증을 완전히 씻어버리고 어떤 대가를 치르더라도 살아남기 위한 몸부림을 치게 된다. 그리하여 피란민들이 영글지도 않은 감자밭에서 감자를 캐가는 것을 보면서 "우리도 식량이 떨어지면 도둑질을 할 거예요"라고 외친다. 말하자면 전쟁 이전에 지식인으로서 인간의 긍지를 마음에 품고 있던 지영은 전쟁과 죽음의 위협 속에서 생존의 본능으로 삶을 유지하고 있다. 여기에서 생존의 본능이란 "밟혀도 밟혀도 뻗어가는 잡초. 난 잡초야!"라고 외치는 지영의 말처럼 또 다른 인간의 긍지에 속한다. 왜냐하면 그것은 역사와 현실의 거대한 힘에 눌려서도 죽을 줄 모르는 생명의 거대한 의지이기 때문이다. 이 의지는 인간이 아니면 갖지 못하는 것으로서 박경리 자신이 우리의 삶에서 가장 긍정적인 요소로 파악하고 있는 것처럼 보인다.

반면에 기훈은 공산당원으로 남한에서 활동하는 테러리스트로 출발하고 있다. 테러리스트이기는 하지만 그는 공식화된 공산당원이 아니어서, '안핵동'의 암살에 나서면서도 '석산'과 김여사의 사랑을 받아들인다. 6·25 전쟁이 터지기 전에 그는 거리에서 빈혈로 쓰러지는 가화를 구해줄 만큼 다감한 반면에 자신만이 암살에 성공할 수 있는 인물로 자부한다. 전쟁 도중에 그는 자신의 스승에 해당하는 '석산'에게 전향을 강요하는 냉혹성을 보이기도 하고, 부상당한 소년병을 후송차에 실려 보내는 인정을 베풀기도 하며, 도망치려는 동지에게 가차 없는 사격을 가하기도 한다. 그의 이러한 모순된 행동은 그의 정신의 밑바닥에 자리 잡고 있는 허무주의에 의한 것임을 작가는 밝혀낸다. 그렇기 때문에 그는 자신이 행동을 할 때에는 거기에 전력투구를 하고 또 여인과 사랑을 할 때에는 사랑의 순간만을 사랑할 뿐 지속적인 연애에 빠져들지 않는다. 다시 말하면 논리를 주장할 때는 냉혹하고 그 논리 때문에 자기 안에서 끊임없이 일어나고 있는 사랑의 감정을 어느 선에서 멈추게 하는 기훈은, 공식화된 공산주의자가 아닌 것이다. 그는 지령에 의해서 움직이는 것이 아니라 스스로 행동을 하기 위해 움직인다. 그러나 그 행동의 근원은 폐쇄된 상황을 깨뜨리고자 하는, 그래서 운명의 불공평함을 파괴하고자 하는 것이다. 이러한 허무주의 때문에 기훈은 틀에서 벗어난 새로운 생명력을 지닌 인물로 부각되고 있다.

반면에 낭만적인 공산주의자 장덕삼은 어린애까지도 죽창으로 살해하는 공산주의의 현장을 목격하고서 자신의 이념에 대한 회의를 하게된다. 그리하여 지리산을 탈출한 그는 지리산 공비 토벌의 중책을 맡게 되지만, 기훈으로 하여금 죽음을 벗어날 수 있는 기회를 여러 차례제공한다. 그러나 이러한 그의 노력이 기훈의 비극적인 죽음을 피하게 할 수 있는 것은 아니었다.

기훈이 유일하게 사랑에 빠지게 된 '가화'는 공산당원이 된 옛 애인이 자신의 아버지와 오빠를 빼앗아간 사건으로 인해서 백치 상태로 거리를 배회한다. 이 백치 상태의 인물에게 생명의 기운을 불어넣어준 것이 바로 기훈이다. 그녀는 기훈에게서 새로운 사랑을 발견하고서 그 사랑을 찾아 빨치산이 된다. 그러나 그녀에게는 공산주의라는 이념이 있는 것이 아니라 자기 개인의 사랑이 있을 뿐이다. 그리하여 포탄의 와중에서 사랑을 추구함으로써 삶을 완성하는 가화는 지나치게 우연에 호소를 한 허구적인 인물이면서도 비극의 아름다움을 실현하는 뚜렷한 역할을 훌륭하게 해냈다는 점에서 기억해둘 인물에 속한다.

이러한 관점에서 보면 박경리의 소설가로서의 뛰어난 능력은 한국인이면 누구나 겪었던 현대사의 비극을 재현함에 있어서 뚜렷한 개성을 가진 인물을 창조한 데 있으며, 현대사의 비극의 의미를 재발견하게 하고 나아가서는 그 비극 속에 이름도 없이 죽어간 한국인의 고통과 절망과 포한을 깨닫게 하는 데 있다고 할 수 있을 것이다.

5

이상의 박경리의 세 편의 소설은 초기의 개인적인 불행을 다룬 단편에서부터 출발한 이 작가의 세계가 『김약국의 딸들』에서는 한 가정의 불행으로 확대되고, 『파시』에서는 한 사회의 불행으로 보다 진전되었다가 『시장과 전장』에서는 민족의 비극으로 발전되고 있음을 깨닫게 한다. 특히 『시장과 전장』에서 다루어지고 있는 민족 분단의 이념적이고 실제적인 전쟁이 가져온 비극의 의미에 대한 검토는 한편으로 비극의 양상을 제 나름으로 살아가는 개성을 창조하고, 다른 한편으로 이념의 차이에서 오는 전쟁의 와중에서 먹고살아야 하는 싸움을 하는 민족의 비애를 문학적으로 형상화한 점에서 최인훈의 『광장』과 함께 문학사에 기록되어야 할 것이다.

박경리 개인의 문학적 세계에 있어서 이 세 편의 소설은 『토지』의 준비 과정이라는 점에서 주목하지 않을 수 없다. 왜냐하면 개인의 비극에서부터 출발한 박경리 문학의 관심이 이 세 작품에서 개인과 사회와 민족의 비극으로 확대되었다가 『토지』에 와서 그 모든 종합이 이루어지고 있기 때문이다. 물론 앞으로 두고 보아야겠지만 지금까지 발표된 것으로 유추해본다면 『토지』는 박경리 문학의 결산인 것으로 보인다. 그러한 점에서 이 세 소설을 『토지』로 가는 박경리 문학의 어쩔 수 없는 과정으로 생각한다.

『토지』의 세계

I. 한의 역사

1

박경리의 『토지』는 현재까지 발표된 것만도 3부로 구성된 대하소설이다. 지식산업사판으로는 모두 6권으로 되어 있지만 『토지』의 초판본인 삼성출판사판은 제1부만도 5권으로 나와 있는 것으로 보면, 장편소설이라는 이름으로 출간되고 있는 단행본으로 모두 15권의 분량에 해당한다는 것을 알 수 있다. 그런데 여기에다 현재 제4부를 집필 중인 것으로 알려진 것을 보면, 이 작품이 우리의 소설사에서 아마도 가장 긴 장편소설이 될 것이 분명해진다. 물론 어떤 소설의 중요성이 그 길이의 장단에 따라 결정되는 것은 아니다. 그러나 한국 소설 문학의 주된 경향이 단편소설에 의존해온 역사에 비추어볼 때 『토지』와 같은 대작이 갖는 의미는 결코 간과할 수 없는 것이다. 그것은 이 작품이 비록 시간적인 순서에 의한 기록임에도 불구하고 하나의 작품으로서 갖는 긴 호흡에 새로운 기원을 마련하였다는 데서 찾아질 수 있을 것이며 나아가서는 시간적으로, 공간적으로, 그리고 작중인물의 측면에서 보아도 그 어떤 소설의 규모와 비교할 수 없이 넓은 터전 위에 씌어짐으로써 한국 소설사에 하나의 가능성을 제시하였다는 데서도 찾아질 수 있을 것이다.

그러나 『토지』의 소설적 중요성이 단순히 그 길이에 있다고 하는 것은 자칫 이 작품을 소설적 물량주의에 의해 재단해버리는 오류를 범할 수 있는 것처럼 보인다. 왜냐하면 『토지』가 작품의 내적인 요구와 상관없이 길어졌다는 은근한 비난의 인상을 줄 수도 있기 때문이다.

『토지』의 길이를 이야기할 때 반드시 전제로 해야 되는 것은 이 작품의 문학적·소설적 의미와 그 중요성이 한국 소설 전반과 관련되어 있다는 사실이다. 다시 말하면 『토지』는 지금까지의 한국 소설에 대한 어떤 반성을 끊임없이 동반하고 있으며, 그 반성을 통해서 우리는 소설이 갖는 총체성의 힘을 깨닫게 된다. 이 말은 『토지』가 얼마나 많은 독자를 갖게 되었으며 얼마나 많은 사람의 마음을 울렸는가 따위의 문학 외적인 차원을 겨냥하고 있는 것이 아니다. 『토지』가 유사한 종류의 다른 소설과 어떻게 다르고, 그 차이가 발생하게 되는 이 작품의 구조가 어떤 것이며, 또 그 의미는 무엇인가 하는 문학 내적인 문제를 제기하고 규명해나가는 것이다.

이와 같은 관점에서 볼 때 『토지』의 다음 몇 가지 점에 주목하여야 한다. 첫째, 이 소설의 제일 첫번째 문장이 "1897년의 한가위"라고 되어 있기 때문에 흔히 보는 역사소설 같은 인상을 주기 쉽다. 그러나 이 작품은 과거의 역사를 소설로 재현하고 있는 것이 아니다. 지금까지 역사소설은 주요한 역사적 사건을 주요한 역사적 인물의 생각과 활동을 통해서 서술해왔다. 이광수·김동인 이후의 모든 역사소설이 그러한 전통을 밟아왔다는 점을 보아도 알 수 있지만, 최근에 이른바 '대하소설'이라는 표제를 달고 나온 대부분의 작품들도 여기에서 멀리 나아가지 못하고 있는 것이다. 그러나 『토지』에서는 그러한 역사적 사건과 인물이 배경을 이루고 있을 뿐이고 작가의 상상적 인물들의 삶이 그 표면을 이루고 있다.

둘째, 이 소설의 주인공은 따라서 그 여러 인물이라기보다는 '평사리'라는 상상적(혹은 실제의) 공간이라고 말할 수 있다. 다시 말하면 지금까지의 소설이 한두 주인공의 일생이나 삶의 어느 순간을 주축으로 전개된 반면에 이 소설은 제1부에서는 '평사리'라는 장소 전체가 주인공이 되고 있고, 제2부에서는 '간도'라는 공간이 주인공이 되고 있으며, 제3부에서는 다시 '평사리'가 주인공이 되고 있다. 이것은 『토지』가 몇몇 주인공의 삶을 규명해나가는 것이 아니라, 일정한 상황의 변화 속에서 사람들이 이룩하고 있는 집단의 공간적 탐구로 일관하고 있다는 것을 의미한다.

셋째, 이 소설의 화자는 그렇기 때문에 특정인이 아니다. 다시 말하면 어느 인물의 관점을 선택하고 있지도 않을 뿐만 아니라 전지적 시점이라는 이름으로도 말할 수 없는 독특한 화법으로 이야기를 하고 있다는 말이다. 그렇기 때문에 이 소설의 화자는 인물이나 사건에 따라 끊임없이 바뀌며, 따라서 시점도 고정되어 있지 않다. 이것은 전통적인 소설 문법으로 볼 때에 대단히 거북한 것이지만 이 소설을 읽는 독자는 그러한 거북함이 없이 소설의 전개를 쫓아갈 수 있다. 그 이유는 아마도 소설의 내적인 요구에 의한 화자의 변동이 완전히 자유스럽기 때문일 것이다.

넷째, 그러한 시점의 이동 때문에 이 소설은 선과 악이라는 구별보다는 삶의 양면성의 진실을 끊임없이 드러내주고 있다. 다시 말하면 화자가 양반의 시점에 섰을 경우에 상민의 행위가 악일 수 있는 반면에, 상민의 시점에 섰을 경우 그것이 선일 수도 있는 삶의 양면성, 어떤 인물에게는 죽음인 것이 다른 인물에게는 삶일 수 있는 삶의 양면성이 이 작품에는 대단히 잘 드러나고 있다. 삶의 모순과 윤리관의 편파성을 그대로 노출시킴으로써 그 어느 시점을 고정시키는 데서 오는 편파성에서 작품을 해방시키고, 따라서 독자로 하여금 그 문제를 생각하게 하는 기능을 수행하고 있다.

다섯째, 그러한 모순과 편파성과 함께 온갖 재난이 많은 사람을 죽게 하고 떠나게 하지만 '평사리'라는 삶의 공간은 사라지지 않고 어제나 오늘이나 여전히 삶의 현장으로 남아 있게 된다. 이것은 그 많은 재난에도 불구하고 그 어느 것으로도 완전히 말소시킬 수 없는 생명력이 그 밑바닥에서 끊임없이 솟아오르는 사실에 대한 작가의 세계관이 '평사리'라는 마을을 통해 구현되고 있는 것이다.

여섯째, 그렇기 때문에 이 소설은 과거의 사실을 있는 그대로 재현하고 있는 것이 아니라 그것이 가지고 있는 현재성에 더 많은 의미를 부여하고 있다. 따라서 작가는 그 마을의 구성원들이 어느 순간에 어떻게 생각하고 어떻게 행동하는가 하는 것을 그 상황 속에 투여하고, 그것이 개개인의 일생과 '평사리' 전체의 운명에 어떻게 연관되는지 밝히게 된다. 다시 말하면 오늘의 개개인이 전체 속에서 겪게 되는 운명과 관련되고 있는 부분을 보게 하는 것이다.

그러나 이러한 주목에도 불구하고 『토지』가 독자의 관심을 끌고 가는 힘을 가지고 있지 않다면 이 작품의 문학적인 성과는 별로 보잘것 없는 상태에 머물고 말았을 것이다. 여기에서 한 번 더 강조하고 넘어가야 할 것은 『토지』가 왜 독자의 관심을 끝까지 붙들 수 있었느냐 하는 점이다. 이것이 아마도 이 작품을 문학적으로 평가할 수 있는 길일 것이며, 동시에 이 작품을 다시 읽는 목적이 될 것이다. 이 글은 말하자면 그러한 힘을 찾아가는 작업이 되겠지만, 여기에서 한 가지 지적하고 싶은 것은 작가의 문학적인 집념과 맞아떨어질 때 독자의 관심을 끌 수 있다는 사실이다. 프랑스의 현대 작가 가운데 한 사람은 "소설을 쓰는 것은 그것이 자신의 척추이기 때문이다"라고 하면서 "소설은 자신이 발을 딛고 서 있는 고귀한 방법 가운데 하나다"라고 주장한 적이 있다. 무릎을 꿇으면 쓰러져서 죽는다는 자신의 삶을 자각한 작가가 삶을 지탱하기 위해서, 서 있기 위해서 소설을 쓴다는 깃은 그 소설의 줄이 끊어질 때 자신의 척추가 무너져내린다는 치열한 자기 인식에 근거를 둔 것이다. 『토지』를 읽어가면서 차차 밝혀지겠지만, 작가 자신이 작품의 1부를 끝내고 쓴 서문을 한번 읽어보는 것도 여기에 도움이 될 것이다.

정작 죽음의 공포, 암이라는 병에 대한 불안은 가을, 회복기에서부터 시작되었다. 언덕길이 보이는 창가에 앉아서 아이들이 뛰어가고 시장바구니를 든 주부가 지나가는 풍경을 바라보며 세상은, 모든 생명, 나뭇잎을 흔들어주는 바람까지 더없이 소중하게 느껴졌다. 살고 싶다고 생각했다. 아름다운 것들, 진실이 손에 잡힐 것만 같았고 그 것들을 위해 좀더 일을 했으면 싶었다. 고뇌스러운 희망이었다.
글을 쓰지 않는 내 삶의 터전은 아무 곳에도 없었다. 목숨이 있는 이상 나는 또 글을 쓰지 않을 수 없었고, 보름 만에 퇴원한 그날부터 가슴에 붕대를 감은 채『토지』의 원고를 썼던 것이다. 〔……〕 나는 주술(呪術)에 걸린 죄인인가. 내게 있어서 삶과 문학은 밀착되어 떨어질 줄 모르는, 징그러운 쌍두아(雙頭兒)였더란 말인가. (강조는 인용자)

이처럼 자신의 생존과의 무서운 투쟁으로서의 소설에 대한 태도 때문에『토지』는 그 자체가 '평사리'의 구성원들인 마을 사람들의 생존의 투쟁기가 될 수 있었을지 모른다. 그러나 좀더 주의 깊은 독자는 소설 속에 엮어지고 있는 글 자체가 모든 다른 것을 거부하고 소설의 줄이 끊어지지 않도록 끊임없는 모험의 세계로 치닫고 있음을 알 수 있을 것이다. 다시 말하면 그 글이 내부의 팽팽한 긴장을 벗어나 외부의 어떤 것을 받아들이기로 하는 순간 한꺼번에 무너져내릴 것 같은 절벽 위의 위기의식에서 한 치의 영토도 문학 외부의 어떤 것에 양보하지 않고 긴장된 모험을 집요하게 추구하고 있는 것이다. 글을 통하지 않고는 생존할 수 없고 글에 의해서만 버티고 설 수 있다는 이러한 작가의 인식이 결국 글의 처연한 모험과 씨름하게 했을 것으로 보인다.

이러한 작품의 현장을 검토하기 전에 우선『토지』1부의 전체적인 줄거리를 알아보는 것이 필요하다. 왜냐하면 원고지로 6천 매 이상이 되는 1부에서만도 60여 명의 작중인물이 등장하고 있고, 그 인물 하나하나가 독특한 개성을 갖고 '평사리'라는 이 작품의 진정한 주인공의 운명을 구성하는 데 기여하고 있기 때문이며, 또 개개인의 운명과 생사(生死)가 그들이 구성하고 있는 집단 전체의 현재성을 결정하고 있기 때문이다.

2

『토지』의 제1부는 1897년 추석에서부터 1905년 을사보호조약이 체결
된 이후까지 약 10년 동안 경상남도 하동의 '평사리'라는 마을을 중심
으로 일어난 사건을 다루고 있다. 이 평사리에는 5대째 이곳의 대지
주로 군림하고 있는 '최참판댁'과 그 집 하인들의 가족과 농민들로 구
성된 마을의 상민 가족, 마을과 동떨어져 살고 있는 3가구의 '양반'집,
그리고 떠돌이 목수 생활을 하는 '윤보'의 집과 주막 등이 있다. 따라
서 이야기는 그 마을의 절대적인 영향력을 쥐고 있는 '최참판댁'을 중
심으로 전개되고 있지만 그렇다고 해서 그 집의 어느 한 사람이 주인
공으로 등장하는 것은 아니다. 그것은 이 작품의 서장(序章)에 한가위
의 '굿놀이' 장면이 등장하는 것으로도 설명될 수 있다. 여기에서 벌써
10여 명의 등장인물이 개개인의 인상과 함께 소개되는데, 특히 타작마
당의 굿놀이 장면 다음에 '최참판댁'의 서술이 나오는 것은 이 작품이
최씨 집안과 그 밖의 사람들 사이의 관계로 엮어질 것임을 예고하고
있다. 연례행사나 관례적인 서술 다음에 첫번째 사건이 발생하게 되
는데, 그것은 바로 최씨 집 머슴으로 있는 '구천이'(본명은 김환)가 그
집 며느리 '별당 아씨'와 눈이 맞아 함께 도망가버린 사건이었다. 원래
구천이는 최씨 집 안주인인 윤씨 부인이 절에 불공을 드리러 갔다가
동학군의 장수이며 '우관(牛觀)' 스님의 동생인 '김개주'에게 겁탈당하
고 낳은 사생아로서 김개주가 죽은 뒤에 최씨 집 머슴으로 있게 되었
고, 자신의 출신을 알고 있었던 관계로 남들에게 이상하게 보일 정도
의 행동을 드러냈었다. 또한 윤씨 부인은 그러한 자신의 과오 때문에
아들 '최치수'에게 모자간의 관계를 멀리하면서 자신의 죄업을 끊임없

이 상기시켜 불륜의 과거에 대한 여인의 한을 직접 살아가고 있다. 한편 이 사건으로 인하여 '최치수'는 구천이와 자신의 아내의 행방을 뒤쫓으며 어머니의 과거를 캐고자 하고, 다른 한편으로 사회적인 활동은 거의 하지 않은 채 모든 일에 있어서 성격적으로 마조히스트적인 면모와 폐쇄성을 지속적으로 보인다. 그렇기 때문에 그는 서울의 몰락한 인척인 '조준구'와 자신의 친우인 '이동진' 등에게 냉소적인 시국관을 보이며, 하인들에게 말없는 억압의 태도로 일관하고, 사냥을 빙자하여 '강포수'와 '수동이'와 함께 지리산으로 '구천이'와 아내를 찾아 떠났다가 실패하고 돌아온다. 그는 그 후 자신의 재물을 탐내는 노름꾼으로 전락한 양반의 후예 '김평산'과 사랑방 시중을 드는 종 '귀녀'에 의해 살해된다.

이 사건은 그러나 윤씨 부인에 의해 탄로가 되어서 '김평산' '귀녀' '칠성이'가 처형되고, 김평산의 부인 '함안댁'은 목을 매어 자살하고, 귀녀의 소생 '기(基)'는 강포수에 의해 양육되며, 칠성이의 부인 '임이네'는 마을을 떠나 온갖 곡절을 겪은 다음에 '용이'와 동거하게 된다. 이러한 과정을 겪어오는 동안 마을에 호열자가 유행하기까지는 최씨 집안과 마을 사람들의 관계가 옛날이나 다름없이 유지되지만, 전염병이 마을을 휩쓸게 됨으로써 최씨 집안의 몰락이 찾아온다. 최씨의 소작을 관리해오던 '김서방'을 필두로 해서 최씨 집안을 붙들어온 기둥 윤씨 부인까지 전염병의 희생자가 되자 그동안 최씨 집안의 식객 노릇을 하던 '조준구'가 서울의 가족을 이끌고 와서 최씨 집안의 모든 재산과 실권을 장악하게 되고, 마을 사람들에게 군림하기 위해서 온갖 음모와 억압을 자행한다. 그는 한편으로 최씨 집안의 유일한 생존자인 '서희'를 몰아내고 마을 사람들을 분열시키면서 일본인들의 힘을 빌려 모든 재산을 손아귀에 넣는다. 따라서 제1부는 최씨 집안을 중심으로 보게 되면 그 집안의 몰락 과정을 그리고 있는 것처럼 보이며, 실제로 그 집의 마지막 자손인 '서희'가 간도로 떠나는 것으로 끝난다.

그러나 이 소설의 훨씬 많은 분량이 마을 사람들의 이야기를 서술하는 데 바쳐지고 있다. 그것은 '평사리'라는 마을이 최씨 집안을 중심으로 해서 수많은 사람으로 구성되어 있음을 이야기하며, 이 소설을 최씨 집안의 흥망의 이야기로 보는 것이 독자의 무의식적인 습관성의 소산에 지나지 않는다는 것을 말한다. 왜냐하면 권력과 부(富), 명예와 사랑에 있어서 자신의 것보다 훨씬 우월한 주인공의 성공과 실패를 '구경'함으로써 독자 자신이 살고 있는 세계와는 다른 세계를 소설을 통해 살게 되는 독서의 습관성은, 바로 다른 많은 사람을 최씨 집안 이야기의 부수적 인물로 만들거나 아니면 장식적인 존재로 떨어뜨릴 것이기 때문이다. 그러나 이 소설의 진정한 주인공 '평사리'라는 마을로 볼 때에 그 구성 요소로서의 이들 인물의 중요성은 최씨 집안 못지않을 것이다. 바로 그러한 이유로 작가는 이들 인물 하나하나에 특징적인 성격을 부여했을 뿐만 아니라, 비록 이들의 성공과 실패, 기쁨과 슬픔, 사랑과 한의 폭이 최씨 집안의 그것에 비해서 크지 않지만, 이들의 일상생활의 현장과 변모를 대단히 집요하게 서술하고 있다.

마을에서 가장 목청이 좋아서 굿놀이 때나 상여 나갈 때 그 좋은 목소리로 앞장서서 노래를 부르며 가난한 일상생활을 견디어나가는 '서금돌이', 무슨 일이 일어나도 시비에 걸려들지 않은 채 면천(免賤)한 자신의 신분과 많지 않는 재산을 보존하는 '이평'과 마을 여자들에게 인심을 잃지 않은 그 부인 '두만네', 마을에서 제일 풍신 좋고 인물 잘나고 마음이 좋은 '용이'와 여성 특유의 감각으로 질투심이 많고 게

으른 그의 아내 '강청댁', 자신의 가난에서 벗어나기 위해 무섭게 절약하고 부지런히 일하다가 '김평산'의 꾐에 빠져 처형당한 '칠성이'와 미모에 바람기가 좀 있지만 잡초처럼 억세게 일하는 그의 아내 '임이네', 언제나 떠돌아다니며 때로는 돈도 벌고 낚시도 하고 동학에 가담하기도 하고 바른말 잘하는 목수 '윤보', 스스로 양반 출신임을 자부하여 일은 하지 않고 놀음판에나 나가서 빈둥거리다가 살인까지 자행한 다음 처형된 '김평산'과 중인으로서 양반집에 시집온 것에 자부심을 갖고 열심히 일만 하는 그 부인 '함안댁', 그 나름대로 전통적인 양반의 기개와 절개를 고수하면서 시국관을 갖추고 있는 '김훈장', 무당의 딸로 나이 많은 보부상에게 시집갔다 돌아와서 '용이'와의 관계를 유지하는 '월선' 등은 모두 최씨 집안 사람들과 함께 '평사리'를 구성하고 있는 훌륭한 작중인물들이다. 이들에게 있어서 가난은 삶 그 자체이며 숙명처럼 보인다. 이들에게는 풍년이 들어서 마을 인심도 좋아지고 자기네들의 일상생활이 무너지지 않기만을 바라는 것이 중요하다. 이들에게 있어서 가장 무서운 것은 첫째 흉년이고, 둘째 전염병과 같은 질병이며, 셋째 최씨 집안으로부터 문책을 당하는 것이다. 이세 가지 재난이 발생하지 않는 한 그들은 그들 나름의 일상적인 생활을 지속하는 가운데, 사소한 소문과 말다툼 속에서 과부가 되었다거나 당장 입에 풀칠을 할 수 없다는 등의 일상생활의 여러 가지 불편들이 때로는 호박 하나로 인하여 동네를 시끄럽게 만들기도 하고 때로는 남의 집 과부를 곤란한 지경에 빠뜨리기도 한다. 그러나 이들은 각자가 인간의 '도리'라고 생각하는 것의 범주를 벗어나지 않는 한 생존을 위한 놀라운 생명력을 발휘하게 된다. 그렇기 때문에 이들은 사람이 사는 곳에 있기 마련인 여러 가지 알력과 시기와 갈등 속에서 대립과 화합을 계속하고 있으면서도 어떤 질서를 형성하기까지 한다.

그러한 이들과 거의 똑같은 생활을 하면서도 끼니를 걱정하지 않는 사람들이 최씨 집안의 하인들이다. 평생을 최씨 집안 일을 하다 죽은 '바우'와 '간난' 부부, 최씨 집안의 소작을 관리하는 무난한 성격의 '김서방'과 말이 많은 '김서방댁' 부부, 찬모인 '연이네', 훌륭한 바느질 솜씨를 자랑하는 '봉순네'와, '서희'와 함께 자라면서 타고난 목소리를 가진 '봉순' '최치수'의 아이를 낳음으로써 면천하고 재물을 얻기 위해 '김평산'과 살인까지 하게 되어 결국 처형당한 계집종 '귀녀', 처음에는 '조준구'에게 뒤에는 '삼수'에게 매달려 살 수밖에 없게 되었으면서도 호소할 길이 없는 계집종 '삼월' '우관'의 양육을 받다가 최씨 집안의 심부름꾼으로 와 있으면서 끝까지 '서희'를 보호하기 위해 노력하는 '길상' 등이 누리는 삶이란 최씨 집안의 하인으로서의 삶 그것이면서도, 그들 상호 관계에서 일어나는 여러 가지 사건들이란 모두 최씨 집안이 평안했을 경우 일상적인 것들에 지나지 않는다. 이들에게 있어서는 흉년이 재난일 수 없는 반면에 최씨 집안의 재난이 곧 이들의 재난이 되며 전염병은 이들에게도 재난인 것이다.

위에서 살펴본 마을 사람들과 최씨 집안 하인들은 모두 '평사리'라는 작가의 상상적 공간을 구성하고 있는 없어서는 안 될 주요한 인물들이다. 말하자면 '평사리'라는 마을은 이들 모두의 상호 관계에 의해 이룩되어 있는 살아 있는 공간이며, 이들의 희로애락과 관계의 변동에 따라 꿈틀거리는 하나의 생명체라고 이야기할 수 있는 것이다.

이들과 최씨 집안 사이의 관계로 이루어진 평사리는 좀처럼 변화하지 않을 것처럼 보이지만 몇 가지 사건에 의해서 어쩔 수 없는 변화를 경험하게 된다. 그 제일 첫번째 사건은 동학군들이 김개주의 지휘를 받아 평사리를 휩쓸고 간 것이다. 이 사건을 계기로 마을 사람들 사이에서는 반상 사이의 주종 관계에 관한 논의가 시작되었고, 최씨 집안에는 '구천이'가 오게 된다. 그리고 '구천이'가 '별당 아씨'와 함께 도망간 사건을 계기로 종의 신분으로 있는 ,'삼수'가 자기 자신의 신세에 대한 불만을 갖게 되었고, '칠성이'가 작인(作人)으로서의 자신의 가난을 한탄하게 되었다. 그리고 '김훈장' '최치수' '문의원' '이동진' 등이 당시의 신분제도에 대해서 논란을 벌이는 것도 동학군의 공과에 대한 평가에서 비롯되고 있다. 특히 '구천이'와 '윤보'가 하인들과 마을 사람들 사이에서 독특한 인물로 취급된 것은 모두 동학군에 가담했었다는 풍문과 추측 때문이었다.

두번째로 이 마을에 변화를 가져온 사건은 '최치수'의 죽음이다. 이 사건으로 인해서 최씨 집안에는 남자의 대가 끊겼고, '김평산' '귀녀' '칠성이'는 처형되었으며, '함안댁'이 목매달아 죽음으로써 그의 두 아들이 고아가 되었고, '임이네'는 마을 떠나 기구한 세월을 보내다가 다시 돌아와서 '용이'의 아들을 낳게 된다.

세번째 사건은 전염병 콜레라의 창궐로, 이것이 이 마을에 가장 큰 변화를 가져온다. 최씨 집안을 이끌어온 윤씨 부인이 죽음으로써 '조준구'가 모든 재산을 가로채고 마을의 지주 행세를 한다. 따라서 지주와 작인 관계로 이어진 마을 사람들은 새로운 지주에 의해 분열되고, 그리하여 작인들의 위치가 뒤바뀐다. 뿐만 아니라 최씨 집안의 소작을 관리하던 '김서방' '용이'의 아내 '강청댁', 최씨 집안의 침모 '봉순네', 그 외에도 많은 마을 사람들이 죽어갔다. 지주의 변동으로 하인들이 두 파로 갈라지는데, '길상이' '수동이' '봉순이'가 '서희'의 편에 서고 '삼수'가 '조준구'의 편에 선 것처럼 마을에서도 '윤보' '한조' '용이' '영팔이' 등이 제외되고 다른 사람들은 작인으로 남는다.

네번째 사건은 1903년의 대흉년으로서 여기에서도 마을 사람들이 죽고 병든다. 이때 '윤보' '용이' '한조'는, '조준구'가 '삼수'를 시켜 기민쌀로 마을 사람들을 분열시키고 최씨 재산을 가로챈 데 대한 보복으로 '수동이'와 '길상이'의 도움을 받아 최씨 집안의 고방을 부수는 일에 가담하기도 한다.

다섯번째 사건은 1905년의 을사보호조약의 여파로서 서울에 갔던 '윤보'가 '김훈장'의 묵인 아래 '용이' '영팔이' '길상이' 등을 이끌고 최씨 집안을 털어서 의병에 가담하러 마을을 떠난 것이다. 이 사건으로 인해서 여기에 가담했던 가족들이 모두 마을을 떠나게 되어 '평사리'의 구성원에 일대 변화가 온다. 이들은 '윤보'의 전사 이후 '서희' '김훈장' '월선' '임이네' 등을 데리고 간도로 떠난다. 따라서 제1부의 주인공 '평사리'는 제2부에서 바뀐다고 할 수 있고, 제3부는 시간적인 차이를 두고 다시 '평사리'로 바뀐다.

3

이상에서 본 『토지』 제1부의 줄거리는 이들 평사리 마을 사람들이 과연 간도에까지 갈 수 있느냐 하는 궁금증을 독자에게 갖게 하면서 끝난다. 그러나 이처럼 수많은 크고 작은 사건들이 많은 등장인물을 중심으로 뒤얽혀 있지만, 작가는 그 어느 사건 하나도 이들 관계 속에서 독립된 채 내버려두지 않는다. 말하자면 모든 사건들이 이들 등장인물의 관계의 형성과 발전에 기여하고 있는 것이 이 소설의 완벽성을 입증해주고 있다. 이러한 완벽성을 가져오기 위해서 작가는 이 소설을 독특한 방법으로 전개시키고 있다.

앞에서도 언급한 것처럼 이 작품의 서두에서는 추석을 맞이한 마을 사람들의 굿놀이 장면을 서술하고 난 다음에 최씨 집안의 특정인을 서술하고 있다. 이것은 한편으로 여러 사람들이 관계를 형성하게 되는 현장의 서술과, 다른 한편으로 개인의 과거와 현재의 서술이라는 두 가지 서술을 교차시켜가면서 이 작품이 엮어져간다는 것을 처음부터 암시하고 있다. 따라서 여러 사람이 모여 있는 장면의 묘사를 통해서 사건 현장의 전체적인 분위기와 그 사람들의 관계를 드러내고, 개인의 과거와 현재의 서술을 통해서 앞으로 일어날 사건의 주인공을 제시하는 것이다. 이러한 서술을 가능하게 하기 위해서는 화자가 필연적으로 전지적인 시점을 택하지 않을 수 없다. 그러나 전지적 시점은 대상과의 일정한 거리를 유지하는 특성을 가지고 있다. 그렇기 때문에 등장인물의 심리는 이 시점에 의해서는 드러나지 않는다. 그런데 이 작품에서 개인의 현재를 서술하는 경우에는 흔히 1인칭 화자의 시점을 도입하고 있다. 이 소설에서 사용되고 있는 수많은 괄호는 그 인물 자체가 생각하고 있는 것이나 과거의 추억이나 현재의 심리 상태를 표현하고 있다. 따라서 이 작품의 화자는 두 가지의 시점을 모두 가진 복합적인 화자인 것이다.

이와 같은 시점의 특수성은 이 소설 전체 구성의 특수성을 이야기한다. 그것은 이 작품이 한편으로 시간의 흐름에 따른 등장인물 개개인의 생애를 그리고 있고, 다른 한편으로 어느 순간의 일정한 공간 속에서 등장인물 상호 간의 관계를 보여주고 있다는 것으로 드러난다. 다시 말하면 등장인물 하나하나는 모두 자신의 과거와 현재를 가지고 있고, 그것의 서술은 전통적인 소설 기법으로 보면 개인의 연대기가 된다. 실제로 여기에 등장하는 '윤씨 부인'이나 '최치수'나 '김환'이나

'조준구'나 '용이'나 '윤보' 등의 이야기는 그것 자체만으로도 충분히 한 편의 소설을 구성할 수 있는 것이다. 그렇기 때문에 이들의 생애 가운데 일부를 서술하게 될 때에는 1인칭 화자와 같은 시점이 사용된다. 이들의 생애는 종적인 서술이며 수직적인 서술이다. 이것을 평사리라는 마을을 구성하고 있는 사람들의 관계로 보자면 이들 개개인의 생애는 삶의 매 순간으로 재단될 수 있을 것이며, 그러한 재단을 통해서 이들의 삶의 순간들이 마을 사람들과의 관계 속에 드러난다. 여기에는 필연적으로 횡적인 서술, 다시 말해서 수평적인 서술을 요구하게 된다. 이와 같은 서술 방법은 현대 소설의 특징 가운데 하나이면서 동시에 개인이 아니라 어느 집단을 서술하는 데 사용되는 것이다.

『토지』에서 이 두 가지 서술 방법이 동시에 사용되고 있다는 것은 이 소설이 전통적인 의미에서의 소설의 '재미'와 현대적인 의미에서의 소설의 '재미'를 동시에 가지고 있음을 말해준다. 전자는 한 사람의 주인공의 유달리 파란만장한 생애를 좇아가는 것이고, 후자는 시간과 장소의 변화 속에서 어떤 집단을 '탐구'하는 것이다. 그렇기 때문에 전자에서는 개인의 비극적인 운명이 문제가 되고 후자에서는 집단의 형성 과정과 관계의 변화가 문제가 된다. 두 가지 서술 방법의 복합적인 사용은 이 작품이 복잡한 구조를 가지고 있는 것처럼 보이게 한다. 등장인물 개인을 서술하다가는 곧이어 그 순간에 몇몇 마을 사람들이 어떤 처지에 있는지 점검하게 되기 때문에 그 많은 등장인물이 한데 얽혀 있는 것으로 나타나는 것이다. 그러나 좀더 분석해서 본다면 이들 등장인물 개개인의 종적인 서술은 블라디미르 프로프나 많은 문학 연구가가 제기하고 있는 옛날이야기에 있어서 인물들의 기능 가운데 몇 가지를 가지고 있음을 알 수 있다.

● 최치수의 경우

(1) 아름다운 아내와 많은 재산이 그의 권위와 부(富)를 대변한다.
(2) 머슴이 그의 아내를 탈취함으로써 그의 권위를 실추시킨다. (3)
이들 도망자를 찾아 지리산 속을 헤맨다. (4) 구천이를 만나지만 뜻
하지 않은 사람(여기서는 수동이)의 방해로 죽이지 못한다. (5) 추적
에 실패하고 돌아온다. (6) 다른 사건으로 인하여 살해된다.

　여기에서 추적에 실패하고 돌아오는 것은 옛날이야기가 아니라 현
대적인 특성 가운데 하나이며 다른 사건으로 살해되는 것은 이 이야
기가 보다 큰 이야기의 한 요소임을 말해준다.

● 윤씨 부인의 경우

(1) 부와 권위를 누리며 아들과 함께 산다. (2) 절에 다니며 불공을
드린다. (3) 강간을 당하여 불륜의 씨를 낳는다. (4) 그 비밀을 간직
한 채 고통의 나날을 보낸다. (5) 전염병으로 죽는다.

　이 경우에는 주인공이 여성이기 때문에 스스로 원수를 갚으려 하
지 않는 대신에 숙명으로 생각하고 그 고통을 살게 된다. 그렇기 때
문에 고통의 나날은 ①강간 ②출산 ③재출현(구천이가 함께 살게 된
것) ④며느리의 불륜 관계 ⑤구천이와 며느리의 탈출 ⑥최치수의 추
적과 실패 ⑦자식이 먼저 횡사함 등의 단계로 나뉜다.

● 최서희의 경우

(1) 부와 권위를 누린다. (2) 재난을 당한다(아버지와 할머니의 죽음).
(3) 틈입자(조준구)와 싸운다. (4) 재산을 빼앗기고 살해될 위험에 놓

인다. (5) 하인(길상)의 도움으로 탈주한다.

여기까지가 1부이고 그다음에는 ①자신의 새로운 삶을 개척하고 ②은인과 결혼하고 ③성공을 거두고 ④귀가하여 ⑤모든 재산을 되찾는다 등으로 계속된다.

이러한 인물들은 옛날이야기에서 볼 수 있는 권력과 부와 명예를 갖추고 있는 인물들이기 때문에 개인의 생애가 몇 가지 단계로 나뉘어지고 그 성공과 실패가 분명하다. 그러나 권력과 부와 명예를 갖추지 않은 그 밖의 인물들의 경우에는 '생애'라는 이름을 붙일 수 있는 성질의 것이 아니다. 왜냐하면 거기에는 성공도 실패도 없으며 끝없는 시련만이 있을 따름이기 때문이다. 이 작품에서 비교적 긴 생애를 보여준 '용이'의 경우만 해도 신분적인 상승이나 부의 축적이나 명예의 획득이 이루어질 수 없는 처지에 있기 때문에 그에게 있어서의 모험은 강청댁·임이네·월선이라는 여성과의 관계와 의병에 가담하고 고향을 떠나 간도로 이주하는 것뿐이다. 그러한 이유로 마을 사람들에 관한 서술이나 하인들에 관한 서술은 일상적인 에피소드나 재난에 의한 참상이나 어떤 사건에 대한 단편적인 반응에 그칠 수밖에 없는 것이다. 이들에게 있어서는 자신이 양반에 속하지 못한 타고난 신분과, 풍년과 지주의 아량을 기대하는 운명과, 끼니를 잇기 위한 끝없는 노동을 통해서 생존하는 것이 문제가 된다. 이들의 행복이란 배불리 먹고 마시며 자식을 낳아 질병 없이 기르고 소작을 얻어서라도 일을 할 수 있게 되는 것이다. 이들은 '개인'이라는 특권이 부여되지 않은 채 이름 없는 구성원에 지나지 않을 수밖에 없기 때문에 '개인'으로서의 생애를 이야기 속에서 가질 수 없으며 삶의 순간만을 드러낸다. 그리고 이러한 이들 자신의 한계를 벗어나는 행위는 제도적인 보복을 받게 된다. '귀녀' '칠성이' '삼수' 등의 죽음이나 '김서방댁'의 추방은 그것을 말한다.

가난과 질병에 시달리고 양반의 횡포에 시달리는 이들의 삶은 거의 변화하지 않는 것이고, 변화하지 않는 삶은 '일상'에 지나지 않으며 '생애'라고 할 수 없다. 그렇기 때문에 이들에 관한 서술은 횡적인 것이 될 수밖에 없었고, 최씨 집안의 주요 인물에 관한 서술은 종적인 것이 되었으며, 이 두 가지의 서술이 결합되어서 평사리 전체의 서술에 도달하는 것이다.

4

이러한 관점에서 보면 이 작품은 종적으로 서술되고 있는 대지주 최씨 집안의 흥망성쇠라는 사건의 기록과, 그 사건이 평사리 마을에 미치고 있는 영향을 그리고 있다고 할 수 있을 것이다. 그러나 최씨 집안의 변화가 급격한 것이라고 한다면 마을의 변화는 대단히 완만한 것이다. 실제로 5대째 지주로 군림하고 있는 최씨 집안은 그 마을의 경제적·정신적 지주였기 때문에 '최치수'나 '윤씨 부인'의 죽음과 같은 사건이 마을 사람들에게 준 충격은 대단한 것이었다. 그러나 그것이 마을 사람들의 직접적인 생활 조건에 별다른 변화를 가져온 것은 아니다. 그들에게 달라진 것이 있다면 새로 들어온 지주 조준구가 마을 사람 상호 간에 분열을 조장하고 소작인들에 대한 착취를 강화하였다는 정도였다. 그러나 이처럼 눈에 띄는 변화보다도 더 큰 영향은 그 마을의 정신적인 지주의 상실에 있었던 것이다. 다시 말하면 평사리라는 마을을 지배해온 집단 사회의 어떤 질서가 무너지는 것이다. 이로 인해서 '윤보' '용이' '영팔이' 등이 두 번에 걸쳐 최씨 집안을 습격을 하기에 이른다. 이 사건은 최씨 집안을 중심으로 구성된 평사리라는 전통적인 하나의 집단이 붕괴되는 역사적 과정의 한 단면을 보여주는 것이다. 그리고 이러한 붕괴는 평사리가 다른 마을 혹은 그것이 소속되어 있는 사회 전체의 변화 속에서 독립된 것이 아니라는 것을 은연중에 보여준다.

여기에서 가장 상징적인 인물이 '윤보' '문의원' '이동진' '조준구' 등이다. '윤보'를 제외한 이들은 모두 이 마을 사람이 아니다. 이들은 모두 대지주와 농민들이 이룩하고 있는 한 마을을 다른 마을과의 관계 속에 들어가게 하는 인물들이며, 평사리가 우리 사회 전체 속의 일부이기 때문에 사회 전체의 변화를 그것이 외면할 수 없음을 보여주는 인물들이다. 이들의 중개를 통해서 당대 사회에서 문제가 되고 있던 천주교도의 박해, 동학군의 봉기, 청일전쟁, 갑오경장, 개화파와 수구파의 대립, 일본의 강압에 의한 을사조약의 체결, 의병의 봉기 등이 풍문의 형식으로 혹은 토론의 형식으로 이 마을에 전파되고 영향을 미친다. 그러나 작가는 이러한 역사적 사건들을 이야기의 현장에 내세우지 않음으로써 이 작품의 역사소설화를 방지하는 한편, 여기에 관한 토론을 통해서 '김평산' '조준구' '문의원' '최치수' '이동진' 등이 역사와 현실에 대해서 취하고 있는 태도의 의미와 한계를 스스로 드러나게 하고 있다.

이들 외부의 인물과 떠돌이 목수 '윤보'는 이러한 역사적 사건들을 전파하는 사자의 역할을 하는 한편, 그 사건들의 영향이 평사리에까지 미치게 하는 역할을 한다. 처음에는 그 영향이 미미하게 나타나지만 '최치수'의 죽음도 그러한 영향을 은연중에 받고 있을 뿐만 아니라 나중에는 '윤보'가 주동이 되어 마을 사람들이 의병을 일으키게 되고 나아가서는 일본군의 지원을 받은 조준구가 마을을 완전히 장악하게 되기까지 한다. 이것은 한편으로 보면 한말의 역사적 소용돌이 속에서 전통적인 대지주를 추축으로 형성되었던 봉건적 농촌의 붕괴 과정을 그린 것이며 다른 한편으로 보면 농토를 잃은 농민들이 간도로 이주해 가는 과정을 파악한 것이다.

이와 같은 전통적인 평사리의 붕괴는 마을 사람들이 대지주와 맺고 있는 전통적인 관계의 붕괴로 이루어진 것이다. 그리고 '서희'를 데리고 간도로 이주해 가는 농민과 하인 들은 이제 옛날과 같은 관계로 되돌아갈 수 없는 역사적인 경험을 하게 되는 것이다. 이들은 가난과 질병과 죽음 속에서 숙명처럼 모진 생존을 위해서만 살게 되는 것이 아니라, 일제에 의해 빼앗긴 나라의 운명에도 눈뜨게 된다. 그것은 평사리의 붕괴가 무수한 사람들의 죽음을 통해서 이루어진 것과 마찬가지로, 우리 사회의 변화도 무수한 평사리의 붕괴와 함께 이루어진 것에 대한 매우 완만한 자각이다. 이처럼 서서히 이루어진 변화와 자각에 대한 서술은 평사리라는 삶의 공간에 대한 작가의 뛰어난 구성력과 집요한 탐구 정신에 의해 이룩되었다.

5

그러나 박경리 문학의 놀라운 힘은 가난과 억압 속에서도 놀라운 생명력으로 버티다가 죽어간 이름 없는 무수한 인물의 삶과 죽음의 서술에 있다고 할 것이다. 끊임없는 불화와 화합, 알력과 협조 속에서 이루어지는 마을 사람들과 하인들의 일상생활을 서술하는 데 있어서 작가는 그 개개인의 독특한 개성을 드러내면서도 이들의 생활 감각 속에 깊이 스며 있는 공통적 특성을 추출해내고 있다. 그것은 이들의 일상적 생활 감각 속에 들어 있는 유머러스한 대화로 드러나기도 하고, 경우에 따라서 자신에게 유리한 아포리즘을 사용하면서도 그것의 모순에 대한 반성이 없는 그들의 이른바 '도리'에서 드러나기도 하며, 삶의 어떠한 순간에도 생존을 위해서는 모든 노력을 경주하는 그들의 생활 태도에서 드러나기도 한다.

작가는 또한 이들의 삶과 죽음을 운명에 맡기지 않고 집요하게 끝까지 추구한다. 전염병으로 쓰러져간 많은 사람들의 죽음과 흉년으로 죽거나 미쳐버린 사람들의 이야기를 서술하는 데 있어서 작가는 매정하리만큼 참담한 모습을 그대로 드러내 보이고 있다. 그것은 마치 문학적 기술(記述)의 한계가 어디까지 갈 수 있는지 보고자 하는 작가의 집념, 여기에서 버티고 설 수 있는 것은 문학이라고 생각하는 작가의 운명과의 싸움을 보여주는 것 같다. 이 경우 작가는 가난과 설움과 고통으로 점철된 비극의 끝을 보고자 하는 것 같은 비장한 서술을 계속하고 있는 것이다. 그것은 바로 한국 여성의 내면에 자리 잡고 있는 한의 세계와 한국인의 의식 속에 들어 있는 허무주의의 뿌리를 보여준다. 그렇기 때문에 이 소설은 교양소설로 끝나지 않고 평사리라는 상상적 공간을 문학적으로 형상화하는 데 도달할 수 있었다. 이러한 문학적인 치열성은 소설을 쓰는 일을 운명과의 싸움처럼 집요하게 추구하는 작가의 태도에서 유래한 것이리라.

이제 이들 등장인물의 삶이 평사리에서 간도로 공간적 이동을 한 이후의 세계를 검토해보아야 할 것이다.

2. 간도, 그 공간의 개방성

1

이 작품의 제2부는 1부의 끝부분에서부터 시간적으로 약 3~4년을 건너뛴 1911년부터 약 6~7년간의 간도 생활을 서술하고 있다. '평사리'에서 간도의 '용정'으로 옮겨간 최서희·김길상·이용·김영팔·월선이·임이네·판술네·김훈장·이성현 등의 간도 생활과, 이들보다 먼저 이곳에 와서 독립운동에 가담한 이동진, 김평산의 아들로서 일제의 앞잡이 노릇을 하고 있는 김두수 등의 생활이 1부에 이어 2부에서도 주된 서술의 대상이 되고 있다. 여러 가지 전란과 재난을 이용하여 평사리에서 가져온 금괴를 판 돈으로 장사를 한 최서희는 어렵잖게 간도의 용정에서도 자리를 잡고 거부(巨富)가 된다. 그녀는 조준구에 대한 복수의 일념에 사로잡혀서 돈을 벌고, 자신의 빼앗긴 재산과 잃어버린 명예를 되찾기 위해서 모든 어려움을 무릅쓰게 된다. 그녀는 한편으로 독립운동에 쓰기 위한 이동진의 자금 지원 요청을 거절하면서도 일본인에 의해 세워진 '운흥사(雲興寺)' 건립에는 '적지 않은 금액'을 희사하고, 다른 한편으로는 이동진의 아들 이상현의 사랑을 거절하면서 집안의 하인 김길상과 결혼을 하여 '환국' '윤국'이라는 두 아들을 두게 된다. 최서희의 성공에 있어서 중요한 두 인물은 김길상과 공노인이다. 김길상은 간도에서 최서희가 많은 재산을 모으게 하는 데 결정적인 역할을 하며, 공노인은 최서희가 빼앗긴 땅과 재산을 조준구에게서 회수하는 일을 완수한다. 옛날이야기에서 한 사람의 은인의 역할을 여기에서는 김길상과 공노인이라는 두 인물이 분담하게 된다. 한편 이들 세

인물을 제외한 평사리 출신의 동행자들은 모두 간도 땅에 제대로 뿌리를 박지 못하고 어려운 생활을 한다. 용이와 임이네는 처음에는 공노인의 도움을 받은 월선이의 장사 덕택으로 생계에 위협을 받지 않았지만 화재 이후 중국인 소작인의 생활을 하게 되면서 평사리 시절보다 힘든 생활을 했고, 그 점에 있어서 영팔이의 생활도 마찬가지였다. 이들의 간도 생활은 타고난 가난과 세월이 주고 간 늙음만을 남겨주었고, 최서희의 귀향 덕택으로 비로소 고향에 갈 수 있었다.

그러나 간도 혹은 용정은 평사리와 같이 폐쇄된 공간이 아니기 때문에 이들의 생활만이 서술의 주요한 부분을 차지하는 것은 아니다. 여기에 일본의 밀정이 된 '김두수'가 출현하고, 또 독립운동에 가담한 이동진·권필응·장인걸·송장환·심금녀 등 많은 인물이 등장하고 있으며, 이들의 생활 주변에 있는 무수한 인물이 간도 생활을 뒷받침해주고 있다. 따라서 원래 황무지였으나 나라를 빼앗긴 '조선 사람'에 의해 개척되었다는 역사적 장소로서의 간도는 평사리에서처럼 '최씨 집안'을 중심으로 움직이는 삶의 공간이 아니라, 평사리 출신의 사람들이 그 일부에 지나지 않는 보다 넓은 공간이 된다. 그렇기 때문에 이야기의 서술 자체가, 1부에서처럼 관계의 완벽한 형성에 의해 한곳으로 수렴되지 못하고, 인물 상호 간의 관계도 제대로 설정되지 않은 상태로 남아 있게 된다. 이것은 아마도 조상 대대로 살아온 작은 공간이 붕괴되자 사방에서 몰려온 사람들에 의해 형성된 '간도' 자체의 특성이라 할 수 있을 것이다. 다른 말로 하자면 간도에 사는 한국인들에게는 누구에게나 간도가 '고향'이 아니라 '객지'였다는 사실로 설명된다. 모두들 제각기의 고향에서 오랜 관계를 유지하며 살아오다가 그 관계를 깨뜨리고 새로운 땅을 찾아서 떠나왔기 때문에 이곳에서의 관계는 아직 완성된 것이 아니라 형성되고 있는 것이며, 또 언젠가는 고향으로 돌아가겠다는 생각을 하고 있기 때문에 그들의 현재의 삶은 한때의 지나가는 삶에 지나지 않는 것이다. 이들은 고향으로 돌아갈 수 있게 되는 날을, 그것이 언제일는지 모르면서 기다리고 생존의 험난한 길을 걷고 있다. 고향으로 돌아간다는 것은 이들에게 남아 있는 유일한 희망이다. 물론 이들이 고향을 떠난 것은 고향에서의 그들의 처지에 따라 다를 것이다. 의병에 가담했기 때문인 경우도 있고, 혹은 먹고살 수 있는 터전을 찾아 떠나온 경우도 있으며, 개인적인 원한 때문인 경우도 있다. 그렇기 때문에 어떤 사람은 일제에서 해방이 되는 날이 오기 전에는 고향으로 돌아갈 수 없고, 어떤 사람은 고향에서 삶의 터전을 마련할 만한 재산을 모으기 전에는 돌아갈 수 없으며, 어떤 사람은 자신의 원수가 사라지기 전에는 고향에 돌아갈 수 없다. 물론 여기에는 '두메'의 아버지 강포수처럼 고향을 갖지 않고 떠돌아다니는 예외도 있다. 또 김두수처럼 자신의 부끄러운 과거를 잘라내기 위해서 고향을 잊고자 하는 사람도 있다. 그러나 대부분의 사람들은 자신이 고향에 돌아갈 수 있는 여건이 마련되기를 적극적으로나 소극적으로나 바라고 있는 것이다.

이들이 이처럼 돌아가야 할 고향이 있다고 생각하는 것은 간도에서의 이들의 생활을 일시적인 것으로 만들게 되고 따라서 간도에 정착하고자 하는 의지를 갖지 못하게 한다. 이들은 제각기의 고향에 돌아갈 수 없는 이유가 해소되는 날을 기다리면서 간도에서의 고된 생활을 견디어나간다. 그러나 이들이 고향을 떠나서 살게 된 공통된 이유는 이들이 조상 대대로 살아온 '토지'를 상실했다는 데 있을 것이다. 그리고 그 점에서 이들의 고된 삶에 대한 정서적인 감정을 독자들은 가질 수 있을 것이다.

2

여기에서 좀더 주의 깊은 독자는 질문을 던질 수 있다. 즉, 이들은 과연 고향에서는 '토지'를 가지고 있었던가? 이들의 고향에서의 삶은 어느 점에서 간도에서의 삶보다 나은 것인가? 실제로 5대째 평사리의 대지주로 군림해온 최씨 집안의 사람들을 제외한 다른 사람들은 고향에서도 '토지'를 가지고 있지 못하였고, 또 고향에서나 간도에서나 그들의 생존이 그렇게 안락한 것이 아닌 점에서는 마찬가지였다. 그렇다면 고향에 있을 때는 간도가 그들에게 '약속된 땅'처럼 느껴진 것이고 간도에서는 고향이 '약속된 땅'으로 보였는가? 이러한 질문을 던지고 보면, 이들에게는 그 어디에도 약속된 땅이 없다는 것을 알 수 있다. 다만 그들이 고향을 떠날 때에는 고향에서의 삶이 불가능해졌기 때문이었고, 간도를 떠날 때에는 고향에서의 삶이 가능해졌기 때문이다.

여기에서 한 가지 짚고 넘어가야 할 것은 이들이 조준구의 집을 습격하고 의병에 가담하게 된 사실이다. 이들은 처음부터 빼앗긴 조국을 되찾는다는 독립지사들과 같은 큰 뜻을 가지고 출발하지는 않았다. 그들에게 조준구는 오랫동안 내려온 삶의 '도리'라든가 생활의 터전을 파괴한 인물이었다. 그 때문에 그들은 조준구가 그들 자신의 정신적 지주였던 최씨 집안의 모든 것을 가로챈 것에 분개하게 되었고, 또 벌어먹을 땅을 빼앗긴 이상, 친일파로 나선 조준구에 대항하는 길로 의병의 길을 택했다. 말하자면 이들 농민의 저항은 그 자체가 어떤 이념이나 논리에 의해 조직된 것이 아니라, 현실의 변화에 순응할 수 있는 데까지 순응하다가 어쩔 수 없는 단계에서 폭발하게 된 것이다. 이것은 그들의 저항을 폄하하기 위해서가 아니라, 생존의 마지막 단계의 위협 속에서 행해진 그들의 순수성을 이야기하기 위한 것이다. 그러나 이들의 우발적이며 감정적인 저항은 생존을 위한 마지막 자기방어이긴 하지만, 분명한 논리와 이념으로 조직화된 것은 아니다. 더구나 윤보와 김훈장을 제외한 평사리 마을 사람들의 봉기는 최씨 집안의 부당한 몰락에 대한 개인적 감정의 폭발에 의한 것임이 드러난다. 그렇기 때문에 이들의 간도행은 평사리에서의 삶보다 나은 삶에 대한 추구도 아니며 실제로 간도에서의 이들은 그곳의 독립운동에 직접적인 참여를 하지 않는다. 이들은 언제나 잠재된 힘의 상태로 남아 있을 뿐이다. 반면에 이들의 잠재력이 독립운동으로 노출될 수 있는 가능성은 당대의 지식인들에 의해 논리와 이념이 주어짐으로써 열리게 되며 조직화된다. 그러한 예는 윤보와 김훈장의 역할에서 찾을 수 있다. 윤보는 떠돌이 목수 출신이면서도 이미 동학운동에 참여했던 경험에 의해 당대 지식인들과 거의 유사한 이념과 현실관을 갖고 있었으며, 김훈장은 오랜 유학의 전통에 의해 그 나름으로 단호한 시국관과 이념을 갖고 있었다. 조준구에 의해 소외당한 평사리 마을 사람들이 조준구를 습격하고 의병에 가담할 수 있었던 것은 윤보와 김훈장의 역할이 이들 마을 사람의 힘을 모을 수 있었다는 데 기인한다고 볼 수도 있다.

그렇다고 해서 이 작품에서 지식인들의 역할이 부각되어 있다거나 현실적인 힘으로 작용하고 있다는 이야기는 아니다. 이 소설의 곳곳에서 볼 수 있는 당대 지식인들의 시국에 관한 토론들은 거의가 일제의 침입 앞에서 울분을 토하는 것으로 끝나거나 공론(空論)에 지나지 않고 있다. 제1부에서도 그렇지만 제2부의 만주와 간도를 무대로 한 지식인이나 독립운동가 들의 모습은 그것이 구체적으로 어떻게 전개되었는지 알 수 있는 서술에 의해 드러나지 않는다. 그것은 이 작품이 독립운동이라는 소재를 다루지 않는다는 것을 의미한다. 다시 말하면 만주에서 이동진의 움직임은 거의 '풍문'에 의해서 전해지고 있으며, 실제로 이동진이 서술의 표면에 등장했을 경우에도 자신의 뜻(그것이 과연 어떤 것인지는 구체적으로 제시되지 않은 채)이 이루어지지 않는 것에 대한 한탄과 그러한 자신이 고향에 가족을 두고 와서 세월을 보내고 있는 사실에 대한 탄식만이 나타나고 있다. 그리고 또 권필응·장인걸·심금녀 등의 서술에 있어서도 그들의 극히 사적(私的)인 관계가 드러나고 있을 뿐 그들이 어떤 방식으로 독립운동을 하고 있는지는 대화로나 서술로나 나타나지 않는다. 다만 여기에서 확실하게 드러나고 있는 것은 김두수·윤이병·심금녀·장인걸·박재연·송장환 등의 얽힌 관계인 것이다. 밀정인 김두수가 달아난 심금녀를 쫓고 있고, 심금녀는 송장환의 학교에 교사로 와 있는 옛날의 애인 윤이병을 찾아왔으며, 이것을 기화로 김두수는 윤이병과 송애를 밀정으로 이용하게 된다. 이들에게서 달아난 심금녀는 독립운동에 투신하여 장인걸과 가까워지지만, 윤이병은 김두수에 의해 살해된다. 길상에 대한 사랑을 이루지 못한 송애는 윤이병이라는 미끼 때문에 김두수의 손아귀에 들어가서 일본인의 첩으로 전락하고, 김두수는 박재연의 살해에 실패한 뒤 자신의 출세를 위해 심금녀·장인걸 등의 뒤를 쫓는다. 이처럼 서로 얽혀서 쫓고 쫓기는 관계를 보게 되면 한편으로 독립운동을 하고 있는 사람들의 생활이 고향을 떠나서 끊임없는 한탄과 불안 속에 이루어지고 있음을 알 수 있으며, 다른 한편으로 이들이 직접 독립운동에 가담하지는 않은 채 생계에 허덕이고 있는 다른 간도 이주민들과 유리되어 있음을 알 수 있다. 그렇기 때문에 이들에 관한 서술은 간도 전체의 구성원들에 관한 서술의 일부로 볼 수도 있을 것이다.

그러나 소설 속에서 이들 독립운동가와 밀정에 관한 서술이 앞에서 언급한 것처럼 현실의 실체로서 행해지는 것이 아니라, 이들의 한탄이나 추적과 도주와 만남의 기록으로 나타나고 있는 것은, 소설적 통일성보다는 작가가 방대한 인물들을 소설 속에 얽는 데 고심하고 있음을 말해준다. 그것은 아마도 1부의 평사리에서는 공간 자체가 폐쇄되어 있어서 등장인물 전체가 자연스럽게 관계를 맺고 있고, 따라서 평사리의 구성 요소로서의 개개인의 생활 자체가 그들의 개성과 그 집단 속의 자아를 드러내주기에 충분했던 데 반하여, 2부의 간도에서는 그 공간 자체의 개방성 때문에 개개인의 생활만으로 집단 속의 자아를 규정할 수 없었던 데 연유할 것이다. 다른 말로 한다면 평사리가 그 구성 요소들인 마을 사람들의 공동체였다면, 간도는 하나의 공동체가 아니라 고향을 떠난 사람들의 집단에 지나지 않는 것이다.

여기에서 평사리가 공동체였다고 하는 것은 그 마을을 구성하고 있는 사람들의 일상생활이 그들의 소속 집단을 규정하는 데 적극적인 역할을 하고 있으며, 개개의 인물들의 운명 하나하나가 바로 평사리라는 집단의 변화와 밀접하고 일관성 있게 관련된다는 것을 의미한다. 그렇기 때문에 아무리 사소한 인물이나 일상적인 사건이라 할지라도 평사리를 구성하는 데 필요한 것이었으며, 평사리라는 질서 체계에 어떤 영향을 미치고 있었다. 반면에 간도나 용정이 단순한 집단에 지나지 않는다고 하는 것은, 여기에 등장하는 인물들이 여러 곳에서 몰려온 일시적인 이합 집단에 지나지 않기 때문에 그들의 삶의 현장을 그들 스스로 하나의 사회로 구축하려고 하지 않는 데 있다. 그들은 언제든지 그곳을 떠나려고 생각하지 그곳을 그들의 사회로 만들려고 하지 않으며 그곳이 남의 땅이라는 인식을 끝까지 가지고 있다. 간도는 사태의 변화가 오면 언제든지 떠나야 할 장소였지 그들이 사회를 구축할 만큼 안정된 장소는 아니었다. 이처럼 뿌리를 박을 수 없다는 사실이 모든 간도 이주민들을 뜨내기로 만들어버렸고, 따라서 그곳을 그들의 공동체로 형성하지 못했다.

간도가 고향을 잃거나 빼앗긴 사람들에 의해서 일시적으로 형성된 집단의 현장이었다는 사실은 이 소설의 구성 자체에 많은 영향을 미친다. 그것은 소설의 전개 자체가 어떤 구심점을 중심으로 이루어지지 않고 있는 것으로 설명된다. 이 소설의 1부에서는 최씨 집안의 운명을 중심으로 해서 평사리라는 마을 전체의 변화가 전개되고 있지만, 2부에서 용정으로 간 최씨와 그 일행은 용정을 구성하고 있는 사회의 일부이지 그 중심이 될 수 없었던 것이다. 그렇기 때문에 1부에서는 최씨 집안과 마을 사람들이 서술의 전체 대상일 수 있었지만 2부에서는 최서희 일행, 독립운동가들, 김두수를 중심으로 한 밀정들, 간도의 서민들 그리고 국내에 남아 있는 사람들(혜관·김환·석이·봉순이·윤도집·운봉 그리고 서울의 양반들)이 모두 서술의 대상으로 큰 비중을 차지하고 있다. 따라서 간도라는 열린 공간을 선택함으로써 작가는 우리에게 보다 많고 다양한 정보를 제공해주고 있는 반면에, 1부에서 인물하나하나의 일상생활이 강력한 응집력을 갖고 소설적 서술의 미학에 공헌했던 것과 같은 서술의 힘을 희생시키고 있는 것이다.

3

『토지』 2부의 간도 이주민들이 고향으로 돌아가는 날을 기다리고 있는 것은 외관상으로 간도가 남의 땅이라는, 그래서 그곳에 정착할 수 없다는 생각에서 이루어진 것이다. 그러나 대지주였던 최씨 집안이나 원래부터 간도에 자리 잡고 전국을 누벼온 공노인을 제외한 대부분의 서민들은 사실 고향에 돌아간다고 해서 그들의 생활이 향상된다는 보장이 전혀 없다. 왜냐하면 간도에나 고향에 그들이 벌어먹고 살 수 있는 땅을 소유하고 있는 것이 아니다. 용이나 영팔이가 "송충이는 솔잎을 먹어야 한다"고 하면서 통포슬로 떠나서 중국인의 땅을 소작하는 것은 고향에 가도 마찬가지의 운명일 것이다. 그러나 그들은 고향에 가면 똑같이 어려운 생활을 하더라도 그들의 생활에 안정된 질서가 부여되리라는, 다시 말해서 최씨 집안을 중심으로 이루어졌던 평사리의 안정된 질서가 부여되리라는 기대를 가지고 있다. 그러한 기대는 그 밑바닥에 전통적인 '가족' 개념이 깔려 있다. 그것은 용이에게 어머니의 제사를 지내고 산소를 찾아보는 질서인 것이며, 영팔이에게도 마찬가지다. 실제로 용이는 강청댁의 극심한 투기에도 불구하고 부모가 맺어주어서 육례를 올린 여자를 버린다는 생각을 전혀 한 적이 없고, 제사를 지낼 때에는 아들 홍이를 낳아준 임이네는 물론 끝까지 자신의 사랑의 대상이었던 월선이마저도 근접하지 못하게 하는 엄격함을 보여준다. 그는 또한 자신의 아들을 낳아준 임이네가 갈수록 욕심을 부리고 성격이 악독해지는데도 불구하고 그것을 견디면서 끝까지 함께 산다. 이것은 물론 자신이 뿌린 씨는 끝까지 책임진다는 용이 자신의 성격에서 비롯된 것이기도 하지만, 강청댁과의 관계와 마찬가지로 자신의 아들을 낳아준 여자를 결코 버리지 않는다는 그의 가족 개념에서 나온 것이다.

이와 같은 가족 개념에서 본다면 최서희의 간도행 자체도 마찬가지이다. 서희가 간도로 가게 된 것은 자신의 가문의 모든 것을 빼앗아버린 조준구로부터 최씨 집안의 유일한 생존자인 자신의 목숨을 구하고,

나아가서는 조준구에 대한 복수를 함으로써 자신의 가문을 다시 일으키기 위한 것이다. 서희는 그러한 가족 개념을 철저히 실현하기 위해서 재산을 모았고, 또 재산을 모으기 위해서 일본인이 세운 절에 시주를 하면서도 귀국을 염두에 두고 이동진의 독립 자금 요청을 거절했으며, 이상현과의 사랑의 실현이 가문을 세우는 데 도움이 되지 않는다는 것을 알고 차라리 자신의 재산을 모으는 데 기여가 큰 길상과 결혼을 한다. 이것은 서희라는 인물이 가족이라는 사사로운 범주 안에서 어떻게 자기 성취에 도달하는가를 보여주는 것이다. 서희라는 인물이 명석한 두뇌와 뛰어난 통찰력과 강인한 집념을 소유하고 있으면서도 끝까지 가족이라는 범주 안에서 사적인 자아로서 남아 있고, 그녀의 성취도 가족의 승리라는 범주를 벗어나지 못하는 것은 바로 그 때문이다. 특히 여기에서 주목할 것은 성인이 된 서희가 냉정을 잃고 눈물을 흘리는 것도 회령에서 길상에게 보인 경우를 제외하고는 자신의 아들 앞에서인 것이다. 그것은 서희에게 혈연관계가 집안의 재산을 되찾는 것과 무관하지 않다는 것을 의미한다. 서희는 최씨 집안의 잃어버린 재산과 명예와 권위를 되찾기 위해서 온갖 수모와 고통과 비난을 이겨낸다. 그 과정에서 그녀는 그러한 목표를 달성하는 데 사랑이 방해될 경우에는 사랑도 버린다. 이상현에 대한 사랑을 버리는 것도, 길상이 원하지 않는 귀국을 감행함으로써 남편과 헤어지게 되는 것도 눈앞에 둔 목표를 달성하기 위한 것이다. 그 목표는 바로 자신의 가문을 다시 세우는 것이다.

이렇게 볼 때에 『토지』는 최씨 집안 가족의 역사라고 할 수도 있을 것이다. 그것은 소설의 도처에서 강조되고 있는 것처럼 여자가 강하여 재산을 모았다는 사실과 그 재산을 빼앗기게 된 과정과 그것을 되찾는 이야기가 소설의 뼈대를 구성하고 있는 데서 찾아질 수 있다. 그렇기 때문에 이 소설에는 최씨 집안 사람들이나 마을 사람들의 공적인 자아가 논의되기보다는 사적인 자아의 이야기가 서술의 주된 부분이 된다. 특히 여성이 공적인 활동을 할 수 없었던 봉건적인 사회에서 많은 여성을 등장인물로 삼았다고 하는 것은 가정생활의 일상사가 논의될 수밖에 없음을 의미한다. 제1부의 윤씨 부인이나 제2부의 서희가 서술의 대상으로 등장하는 것은 대부분 이들이 집안에서 권위를 누리는 것이라든가 집안사람들과의 일상적인 관계를 드러내는 것을 보여주기 위한 것이다. 이들이 맺고 있는 관계는 마을의 어떤 작인을 좋게 본다든가 어떤 소작인을 나쁘게 본다든가 하는 개인적인 친소 관계이며 이들의 행위도 그러한 범주를 벗어나지 않는다.

가족사라는 측면에서 본다면 김평산이나 용이, 이평이나 월선이의 이야기도 마찬가지이다. 김평산의 경우로 본다면, 그는 양반 출신이라는 자부심만 가졌지 실제로는 마을의 건달이나 다름없다. 하는 일 없이 노름방에 드나들면서 구전을 뜯는 생활을 하고, 마을 사람들과 시비가 붙을 경우에는 양반의 위세를 떨치며 폭력을 휘두른다. 그는 귀녀를 꾀어서 최씨 집안 재산을 노리다가 살인을 하게 되고, 그것이 탄로 나서 그 자신도 처형을 당한다. 그의 부인 함안댁이 자살을 한 뒤 그의 두 아들 가운데 동네의 말썽꾸러기 김거복은 결국 일본의 밀정이 되어 많은 사람을 괴롭히는 삶을 살고, 그의 둘째 아들 한복은 어머니의 산소를 지키면서 마을 사람들의 칭찬을 받는 삶을 산다. 그것은 김평산 집안이 2대째에 내려옴으로써 양분된 삶을 누리게 된다는 것을 이야기한다. 또한 옳지 않은 방법으로 삶을 이어가고자 하는 김평산과 오직 주어진 일에만 충실해야 한다고 믿는 함안댁 부부라는 두 가지 삶의 태도가 2세에 와서 두 아들에게 각각 나뉘어진다는 이야기이다. 따라서 김평산 가족사는 한편으로 평사리의 대부분의 주민들처럼 착실한 농민과 악랄한 밀정이 태어나서 성장하는 과정을 보여준다.

반면에 용이의 경우에는 가족제도와 사랑의 갈등으로 엮어진 하나의 개인사이다. 무당의 딸이라는 이유로 어머니가 반대해서 월선이와 결혼하지 못하고 강청댁과 결혼한 용이는 처음에는 강청댁의 질투 때문에 시달리면서도 부모가 맺어주어서 육례를 올렸다는 이유로 월선과의 사랑을 버리고 강청댁과의 가정을 유지한다. 그러나 강청댁이 죽은 다음에는 자신의 아들을 낳아준 임이네의 온갖 악덕에도 불구하고 그녀와 함께 생활한다. 그는 두 여자를 거느릴 만한 생활 능력도 없으면서 동정으로 출발한 관계에서 아들을 낳은 관계로 넘어온 임이네에 대한 '도리'와, 출생 신분 때문에 이루어지지는 못한 사랑이지만 결국 함께 살게 된 월선에 대한 '사랑' 사이에서 화합과 갈등이라는 일상생활을 이어나간다. 여기에서 용이가 임이네와의 삶을 지속하는 데 가장 강하게 작용하는 것을 아들 홍이의 생모라는 개념이다. 그것은 용이의 생활 자체를 받들어주고 있는 것이 가족 개념임을 말해준다. 뿐만 아니라 독립운동에 투신하기 위해서 만주에 온 이동진이나 김훈장의 경우에도 그들을 끊임없이 괴롭혀온 문제가 가족이다. 이동진은 스스로는 독립운동에 뛰어들면서 아들 이상현에게 집안의 대를 잇고 가족을 지키기를 권하고 있고, 김훈장은 후손을 구하기 위해서 전국을 누비며 돌아다니다가 양자를 얻은 다음에야 의병에 가담하였다.

그러나 보다 더 상징적인 것은 용이와 영팔이가 고향에 돌아가는 사실이다. 원래 이들이 고향을 떠난 것은 조준구의 집을 습격한 다음 의병에 가담하여서 평사리에서 살 수 없다고 생각되었던 데 있었다. 그러나 이들이 고향으로 돌아갈 무렵은 일본이 이 땅을 완전히 식민지로 만든 뒤였기 때문에 논리적으로 이들의 귀향은 어려웠을 것이다. 그럼에도 불구하고 이들이 아무런 문제 없이 고향에 간 것은, 이들이 고향을 떠나기 전에 조준구를 살해하려고 한 것이 길상이의 주도에 의한 개인적인 원한에 의한 것이었음을 의미한다. 다시 말하면 평사리에서의 최씨 집안은 한 집안의 가부장이나 다름없었고 따라서, 조준구가 최씨 집안의 모든 것을 가로챈 것은 한 가정에서 가장의 모든 것을 가로챈 것이나 다름없었다. 이들은 평사리 마을의 '가장'의 원수를 갚기 위해 조준구를 습격한 것이었고, 그것이 실패하자 마을을 떠났던 것이다. 이제 서희가 다시 평사리의 '가장'으로 복귀하게 되었기 때문에 이들의 귀환이 이루어졌다. 이와 같은 관점에서 본다면 이들 등장인물은 유교적인 가치 체계에 의해 가족을 구성하고 있고 가정을 구축하고 있다. 여기에서 강조되고 있는 것은 여러 가지 '도리' — 자식으로서의 도리, 어버이로서의 도리, 신하나 하인으로서의 도리, 이웃 사람으로서의 도리 등 — 인 것이다. 이러한 도리가 위기에 빠지게 되고 도전을 받게 되었을 경우 이들의 일상 속에 극적인 사태가 발생한다. 어느 개인의 가정이나 평사리라는 마을 안에서 사건이 일어나는 것은 바로 그러한 위기와 도전 때문이었다.

4

평사리라는 마을은 이들의 삶이 '도리'에 충실할 수 있도록 보장해주는 장소이다. 대대로 내려온 생활 습관을 존중할 수 있고, 마을 안에서의 위계질서가 지켜질 수 있으며, 개개인의 대타관계(對他關係)가 이미 규정되어 있기 때문이다. 그리고 이러한 것을 뒷받침해주는 것이 유교적인 혹은 봉건적인 가치 체계였다. 그러나 최씨 집안의 몰락은 그러한 가치 체계의 붕괴를 의미하며 동시에 생활 질서의 파괴를 의미한다. 용이와 영팔이 귀향을 꿈꾸고 실제로 귀향하게 되는 것은, 그러한 가치 체계와 생활 질서를 존중할 수 있는 여건이 마련된 데 있었다. 조준구로부터 모든 것을 되찾은 서희의 귀향은 그것을 말하기에 충분하다. 또한 이들이 간도에 뿌리를 박지 못하는 것은 그러한 가치 체계와 생활 질서가 간도에서는 제대로 잡혀 있지 않기 때문이고, 또 그러한 이유로 이들은 간도에서 자리를 잡고자 하지도 않는다. 따라서 평사리는 그 주민들이 그러한 체계와 질서에 의해 삶을 사는 공동 집단이었다.

이러한 체계와 질서에는 언제나 '금지'와 '당위'가 있게 마련이며, 소설적 상황은 우리의 실제 삶의 상황과 마찬가지로 이 '금지'가 위반되고 '당위'가 무시될 때 필연적인 변화를 겪게 된다. 이 변화는 우리의 삶이 그러한 것과 마찬가지로 소설적 재미의 핵심인 것이다. 평사리라는 마을을 단위로 생각할 때 '금지'를 위반하고 '당위'를 무시한 대표적인 인물이 김환·귀녀·조준구 등이다. 김환은 하인으로서(혹은 사생아로서) 주인의(혹은 이복형의) 아내를 탈취하고, 귀녀는 하인으로서 주인을 살해하고, 조준구는 식객으로서 주인의 재산을 빼앗아간다. 이들은 평사리의 가치 체계와 생활 질서를 파괴하는 직접적인 행위자들인 것이다. 이들의 행위를 통해서 평사리에 극적 전환이 오게 되고 독자는 그다음을 궁금해하면서 그 전환을 주목하게 된다.

이러한 관점에서 보면 이 소설 대부분의 등장인물 개개인의 서술은 바로 그러한 가치 체계나 제도적 장치의 '일탈' 과정을 기본적인 '동기motif'로 삼고 있다. 러시아 형식주의자들의 표현인 이러한 '동기'는 이 소설에서 주된 테마가 되고 있는 것이다. 가령 용이의 경우를 보면, 감수성이 예민하고 생각이 깊은 그는 자신의 출신이나 경제적 형편 때문에 농민의 상태로 평생을 마친다. 그에게는 월선이와의 결혼이 '금지'된다. 그래서 강청댁과 결혼한 그는 강청댁과 월선 사이에서 삼각관계에 빠진다. 그는 강청댁과의 부부 관계를 유지함으로써 생활의 질서와 도리를 지키게 된다. 여기에 월선이의 재출현으로 '금지'가 위반된다. 그리고 월선이 다시 떠난 뒤에는 임이네와 삼각관계에 빠지게 되고, 강청댁이 죽은 다음에는 금지가 해제되지만, 월선이 다시 옴으로써 임이네와 월선 사이에서 '금지' 없는 삼각관계로 들어간다.

　이러한 금지의 위반은 최씨 집안 가족사의 변화에 있어서 주된 동기가 된다. 제일 먼저 윤씨 부인이 강간을 당해서 환이를 낳게 되는 것은 제도적으로 허용된 일이 아니다. 그것을 위반한 것은 김개주이지만, 환이의 출생 자체가 그러한 금지의 위반으로 이루어졌다는 것은 독자의 관심의 대상이 되기에 충분하다. 왜냐하면 금지를 위반하지 않으면 극적인 변화란 있을 수 없기 때문이다. 그러한 측면에서 볼 때에 구천이가 별당 아씨를 납치해 달아나는 것도 금지의 위반인 것은 두말할 필요도 없다. 그것은 그러나 두 가지 의미를 띤다. 하나는 구천이라는 하인의 신분이(그때까지는 그가 윤씨 부인 소생이라는 것이 밝혀지지 않았을 뿐만 아니라 밝혀졌다고 하더라도 그는 윤씨 부인의 사생아인 것이다) 양반집 여자를 탐냈다는 신분적인 측면이고, 다른 하나는 남편이 있는 여자와 불륜의 관계에 빠졌다는 도덕적 측면이다. 이 신분적이며 동시에 도덕적인 금지를 위반한 사건이 이 집안 비극의 두번째 단계가 된다. 그다음으로 금지의 위반은 서희에게서 나타난다. 그것은 서희가 하인인 길상이와 결혼하는 것이다. 양반 출신인 서희가 길상과 결혼하는 것은 금지의 위반이지만, 이것은 결국 서희 집안의 복구에 관련된 것으로 전환점을 이룩하게 된다.

그러나 서희의 금지의 위반이 전환점이 되는 것은, 그것이 평사리라는 마을 안에서 이루어진 것이 아니라 간도라는 타향에서 이루어졌다는 점에서 의미심장한 것이다. 왜냐하면 서희가 평사리를 떠날 필요가 없었더라면 이러한 결혼이 서희 당대에 이루어졌을까 의심스럽기 때문이다. 말하자면 서희라는 주인공이 '변모'를 하게 된 것은, 변화가 심한 열려 있는 공간인 간도에 갔기 때문인 것이다. 그것을 다른 말로 하면 금지 자체가 약화되었다고 할 수 있다. 실제로 최씨 집안의 여성 3대로 볼 때에 금지의 위반이 윤씨 부인과 별당 아씨 2대에 걸쳐 효력을 발생하다가 3대째인 서희에게서 제도로서의 효력을 잃게 된다. 그것은 사회적인 변화, 윤리적인 변화, 경제적인 변화의 양상을 표현하고 있다. 최씨 집안의 가족사는 따라서 여성 3대의 금지의 위반으로 끝나지만, 금지의 위반이 인정을 받은 서희의 경우 결국 '환국'과 '윤국'이라는 새로운 성(姓)의 가족사로 이양된다. 그 밖에도 이 작품 안에서는 가치 체계나 생활 질서를 지키지 않는 사사로운 금지의 위반이 수없이 나타난다. 그것은 대부분 일상적으로 일어나는 남녀 관계로서 한 남자와 두 여자라든가, 두 남자와 한 여자라는 극히 통속적인 도식 위에 구성되어 있다. 가령 그것을 길상의 입장에서 본다면 맨 처음에는 길상·서희·봉순이가 이루는 삼각관계에서부터 출발해서 길상·상현·서희의 삼각관계를 거쳐 길상·서희·옥이네에 이르지만 결국 길상과 서희의 결혼으로 이 복잡한 관계가 제도적으로 종지부를 찍는다. 이 작품의 서술은 그 밖에도 무수한 삼각관계를 토대로 이루어진다. 송장환의 형·형수·본연 스님으로 이어진 관계, 윤병모·심금녀·김두수로 이어진 관계, 심금녀·장인걸·김두수로 이어지는 또 다른 관계, 송애·윤이병·김두수로 맺어진 관계 등은 모두 삼각관계로서 하나의 삼각관계가 다른 삼각관계로 끊임없이 대치되고 있다. 바로 이러한 대치 현상을 통해서 많은 등장인물이 소설 속에서 얽혀 있는 것이다.

삼각관계를 토대로 남녀의 관계를 전개시키는 것은 그 자체가 흔한 동기이며 통속적이기까지 하다. 여기에서 통속적이라고 하는 말은 이미 판에 박힌 동기라는 의미이다. 그리고 그런 점에서는 『토지』라는 작품이 통속적인 재미에 많은 호소를 하고 있는 것도 사실이다. 그러나 다른 측면에서 볼 때 남녀 관계란 가족 형성의 기본적인 틀이기 때문에 가족 형성의 여러 가지 유형을 드러낸 것이라고도 할 수 있을 것이다.

5

하지만 좀더 주의 깊은 독자는 하인 출신의 길상이 상전인 서희와 결혼에 성공한다든가, 복잡한 남녀 관계가 변화해간다든가, 독립투사들이 만주와 간도 땅을 누빈다든가, 밀정이 그들을 추적한다든가 하는 따위의 이야기에 주목하는 것이 아니라, 그들의 이야기를 통해서 이루어진 사회와 풍속과 정신의 변화에 주목할 것이다. 실제로 이 작품은 서희라는 인물의 사적인 삶을 통해서 몇 가지 중요한 점을 드러내고 있다. 첫째로 오랫동안 내려온 신분적 구별이 격동의 역사 속에서 없어져가는 과정을 드러내고 있고, 둘째로 대지주가 대상인으로 변모해가는 우리 사회의 경제 구조의 변화를 나타내주고 있으며, 셋째로 대지주 중심의 평사리라는 농촌이 인습에 젖은 폐쇄된 공간에서 새로운 질서를 향하여 변할 수밖에 없었던 역사적 필연성을 드러내고 있고,

넷째로 김훈장을 비롯하여 유교적 명분과 지조에만 의존하던 당대 지식인의 한계를 보여주고 있고, 다섯째로 간도 이민의 구성원들과 독립 운동의 투사들의 삶을 통해서 한 시대에서 다른 시대로 넘어오는 역사적 과정을 검토하고 있으며, 여섯째로 그럼에도 불구하고 평사리를 중심으로 한 서민들의 생명력과 새로운 세대의 탄생을 서사시의 아름다움으로 나타내고 있다.

그러나 1부에서의 서술이 평사리라는 한 마을 전체의 조화로운 서술이 된 반면에 2부에서의 서술은 그 공간적 확대로 인한 다소 산만한 구성을 가지고 있다. 그것은 물론 서술의 대상이 1부에서는 최씨 집안을 중심으로 한 조직 사회였던 데 반하여 2부에서는 인물 중심의 비조직화된 전체 사회였던 데 기인하고 있다. 따라서 1부에서는 개개인의 일상생활이 비록 범속한 것일지라도 모두 평사리라는 공간의 현실과 변화의 일부로서 잘 구성되어 있었다고 한다면, 2부에서는 고향을 떠난 사람들의 후일담이 전개되고 있다. 그렇기 때문에 2부는 1부에서 제기된 문제들을 설명하고 있는 것이다. 후일담을 서술한다고 하는 것은 필연적으로 많은 등장인물의 재출현을 다분히 우연에 의존하게 된다. 그것은 어쩌면 이들이 모두 간도로 오게 된 사실 자체가 우연이었다는 데 기인할지도 모른다. 사실 1부에서는 모든 서술이 삶의 현장과 사건이나 변화의 과정을 드러내는 데 기여한 반면에, 2부에서는 대부분 사건의 결과를 알려주는 데 기여하고 있다. 말을 바꾸면 1부는 평사리라는 마을의 변모를 탐구하는 묘사적 기능이 강하다고 한다면, 2부에서는 그들이 어떻게 귀향하게 되었는가 하는 것을 알려주는 정보적 기능이 강한 것이다. 그렇기 때문에 1부에서는 사건의 결말이나 평사리의 운명이 전혀 예견되지 않은 채 개인에 관한 모든 서술이 공동 집단의 서술의 구성 요소가 되고 있지만, 2부에서는 서희 일행의 귀향이라는 결말이 예견된 채 개인에 관한 서술이 집단의 서술로 확대되지 못하고 있다.

그러나 이와 같은 지적은 『토지』가 아직 완결된 작품이 아니기 때문에 온당하지 않을 수 있다. 왜냐하면 『토지』는 3부·4부로, 그리하여 어디까지 계속될 것인지 아무도 알 수 없고, 그 경우 2부는 『토지』라는 작품 전체 속에서 하나의 단계, 하나의 과정일 것이기 때문이다. 그렇게 보면 이 작품의 제2부는 아직 미완의, 미지의 상태로 있는 이 작품 전체의 한 구성 요인에 지나지 않을 것이다. 따라서 이 작품 전체에 대한 검토는 작가가 이 작품을 끝내고 맨 마지막 장에 '대미(大尾)'라는 말을 쓴 다음으로 미뤄야 할 것이다. 그것은 작가가 임의로 쓸 수 있는 권리이며 독자는 그때를 기다려야 할 의무를 갖고 있다.

3. 한과 허무의 강

1

『토지』의 3부는 최서희 일행이 간도에서 고향으로 돌아간 다음 3·1 운동이 일어난 해인 1919년 가을부터 몇 년 동안의 사건들을 서술하고 있다. 물론 여기에서도 서술의 주요한 부분은 최서희 일행의 후일담에 바쳐지고 있지만, 그러나 보다 주의 깊게 관찰해보면, 그 서술의 대상이 네 가지 부류의 인물들이 되고 있음을 알 수 있다. 첫째는 평사리의 진주를 중심 무대로 삼고 있는 옛날(1부)의 주요 인물들의 후일담이고, 둘째는 이상현과 교우 관계에 있는, 서울을 중심 무대로 삼고 있는 지식인들의 삶이고, 셋째는 김환과 혜관 스님을 주축으로 하여 지리산 이남에서 활약하고 있는 독립운동가들의 생활이며, 넷째는 길상이와 공노인의 활동 무대인 간도와 만주의 망명객들의 생활이다. 여기에서 옛날의 주요 인물들의 후일담은 평사리에 잔류했던 사람들의 이야기와 평사리로 귀향한 사람들의 후일담으로 세분될 수 있겠지만, 그러나 그들의 현재의 생활 공간이 그들의 생활 자체를 서로 연결된 것으로 보게 하기 때문에 하나로 묶을 수 있을 것이다.

우선 최서희는 두 아들 '환국' '윤국'과 함께 미리 마련해둔 진주의 기와집에 자리를 잡고 조준구를 향한 복수의 마지막 마무리를 하게 된다. 서희는 조준구에게서 평사리의 집문서를 인계받음으로써 빼앗겼던 최씨 집안의 모든 재산을 되찾게 된다. 이 마지막 순간에 조준구에게 "본의는 아니지만 선택의 자유를 드리겠소. 일말의 양심을 가져가시든지 돈 5천 원을 가져가시든지 둘 중 하나를 택하시오"라고 이야기함으로써 서희는 가문의 재건이라는 자신의 사명을 완수하게 된다. 이것은 서희 자신이 숙명적인 것으로 생각했던 조준구에 대한 '복수'와 최씨 집안의 다시 일으킴이라는 주어진 역할의 끝남을 의미한다. 실제로 그 이후의 서희의 생활은 그러한 복수와 재건의 과정에서 자신이 뿌려놓은 씨에 대한 뒤처리로 일관되어 있다. 다시 말하면 두 아들 환국과 윤국을 키운다든가, 3·1 운동으로 생계가 어려워진 임역관 집에 돈을 보내준다든가, 기화라는 이름의 기생이 되어 비극적인 삶을 사는 봉순이와 그의 딸의 생계를 보장해준다든가, 병든 상태에서 악처가 되어버린 임이네의 탐욕에 시달리는 용이의 말년에 대한 뒷받침을 해준다든가, 남편 길상이의 옥바라지를 한다든가 하는 것은 모두 서희 자신의 가족사의 성취 과정에서 맺었던 인연에 대해서 스스로 보상하는 것이다. 따라서 1부와 2부에 있어서 서희의 삶은 세워진 목표를 달성하기 위한 적극적인 의지에 의해 이룩된 것인 반면에 3부에 있어서 그 것은 이제 평생을 두고 싸워온 적의 부재로 인해 대단히 소극적인 것으로 나타나고 있다. 이러한 소극성은, 서희가 가족사에서 겪었던 온갖 수모에 대해서 빼앗긴 재산을 찾고 또 자신이 받았던 수모를 조준구에게 돌려주고 난 다음에도 '여한(餘恨)과 미진(未盡), 울분을 풀 길 없는 밤'을 보내는 것으로 설명되고 있다. 그것은 지금까지의 삶의 목표가 정복된 다음에 오는 삶의 허무인 것이다. 다시 말하면 지금까지의 삶의 목표는 스스로에 의해 설정된 것이 아니라 가족의 이름으로 주어진 것이다. 그러나 이렇게 주어진 목표가 달성된 다음에 서희는 이제 스스로 삶의 목표를 설정해야 자신의 생활을 지탱할 수 있는 것이다. 하지만 자신의 삶을 '나비가 날아가버린 빈 번데기'로 인식하고 있는 서희는 '불교적인 비애, 근원적인 허무의 강' 속에 빠져 있다. 이것은 삶에 의미를 부여할 수 있다고 생각한 사람이 그 의미에 대해서 아무런 보람을 느낄 수 없을 때 갖게 되는 비애이며, 허무다. 그래서 서희는 "자신이 살아 있는 사람이 아니지 않는가" 생각하게 되고 "실재하는 것은 아무것도 없었고 어느 곳에도 없었다"고 고백하는 것이다. 서희에게 있어서 삶의 지주는 '복수'와 '가문의 재건'이었으나 이제 그 지주가 없어짐으로 인해서 서희는 한 많은 '이조(李朝)의 여인'과 동일한 여생을 보내게 된다. 그것은 곧 '자식'과 '남편'을 위해서 사는 일상적인 자아로의 귀환을 의미한다. 그렇기 때문에 3부의 서희는 이 소설 전체에서 그렇게 큰 비중을 차지하지 못한다. 그것은 서술의 대상으로서의 비중을 의미할 뿐만 아니라 소설적 모험의 비중을 의미한다. 말하자면 소설적인 모험으로서의 서희의 역할은 여기에서 끝났다고 볼 수 있다.

그러나 그 모험의 끝남은 단순한 끝남이 아니다. 왜냐하면 서희의 일상적인 자아로의 귀환은 바로 다른 무수한 일상적인 인물들로의 융합을 말하기 때문이다. 다시 말하면 용이·영팔이, 그 밖의 마을 사람들의 일상적인 자아와 화합하고 있는 것이다.

그러나 모험이 없는 일상적 자아는 소설 속에서 개개의 인물에 성격을 부여하기 어려워진다. 이미 제1부와 2부에서 일상적 자아로서의 성격이 뚜렷했던 용이나 영팔이가 3부에서는 소설 속에서 미미한 존재로 남아 있게 되는 것은 이들이 이미 나이가 들어서 활동할 수 있는 기력을 상실했기 때문이기도 하지만, 사실은 이들에게는 이미 1부와 2부에서와 같은 모험이 없기 때문일 것이다. 따라서 이들의 여생을 소설적 모험으로 삼기에는 그것이 지니고 있는 힘이 너무 모자란 것이다. 그렇기 때문에 이들은 3부에 오면 보조적 인물, 다시 말해서 독자적인 생명력이 없기 때문에 다른 인물이나 상황을 부각시키는 보조적인 인물이 된다. 특히 용이와 용팔이는 2부에서만 해도 통포슬에 가서 중국인의 작인이 되고 또 겨울이면 벌목에 나서는 생존의 모험을 계속하고 있고, 또 용이는 월선이와 임이네와의 삼각관계로 인한 개인적인 모험을 통해서 독자의 주목을 받을 수 있었다. 그러나 3부에서의 용이나 영팔이는 임이네라는 한 인물을 부각시키는 데 기여하는 역할만을 할 뿐이다.

1부에서 이미 남편이 생존해 있을 때부터 강인한 생명력을 가진 임이네는 끊임없이 용이에게 추파를 던졌었다. 여기에 타고난 미모를 갖고 있는 임이네의 생명력은 왕성한 식욕과 노동에의 열정으로 나타나고 있다. 2부에서 임이네는 그러한 식욕과 노동에의 열정 외에도 용이에의 소유욕을 지니고 있다. 임이네에게 있어서 왕성한 식욕과 노동에의 열정과 용이에의 독점욕은 생존을 위한 본능적인 욕망인 것이다. 마음껏 먹고 욕심껏 소유하고 자식을 번식시키고자 하는 이 욕망은 거의 동물적인 것이면서도 동시에 인간의 기본적인 것이기도 하다. 그러나 다른 관점에서 보게 되면 임이네의 그러한 욕망도 다른 많은 등장인물에게서 발견되는 '한'의 변주로 보여진다. 다시 말하면, 마음껏 먹고 소유하지 못한 자신의 타고난 가난에 몸서리치면서도 생존하기 위해서는 적극적으로 자신의 욕망을 채우고자 하는 것이다. 그러한 기본적인 욕망은 임이네가 용이를 소유했다고 생각하는 순간에 어느 정도 충족되었다고 볼 수도 있겠지만, 그러나 용이의 독점이 불가능하다는 것을 알고 난 다음부터 금전에 대한 소유욕으로 변형된다. 용이가 월선이의 애틋한 정에 끊임없이 이끌리면서도 임이네에게 마음의 문을 열지 않은 채 거부의 자세를 지속하게 된 용정촌의 생활에서 임이네는 완전히 이기적인 존재로 굳어진다. 임이네는 월선의 국밥 장사를 거들면서 개인적으로 돈을 착복하여 이자놀이까지 하게 되고, 대화재 사건 때는 돈을 감추어둔 베개가 불타는 것을 보고 광란의 정신 상태에까지 들어가게 되었다. 그와 같은 돈에 대한 탐욕은 월선의 죽음 앞에서도 그 재산의 향방에 대해 혈안이 되게 만든다. 이러한 탐욕은 용이가 아직 힘이 있을 때에는 그에 의해서 끊임없이 제동이 걸린다. 그러나 용이가 힘이 없게 된 3부에서 임이네의 탐욕은 아들 홍이의 주머니 돈을 훔치는 경우로까지 치닫게 된다. 이것은 돈 자체에 대한 탐욕이라기보다는 임이네의 생존 본능의 표현으로 나타나고 있다. 그것은 용이를 소유할 수 없다는 임이네의 한이 금전의 맹목적인 소유욕으로 표현된 것으로 나타난다. 용이를 소유하지 않고도 살 수 있는 길이 거기에 대한 보상책, 즉 돈의 소유에서 찾아지고 있는 것이다. 이러한 욕망의 비틀림은 임이네의 성격을 부각시키게 된다. 생존을 위한 이러한 성격 은, 아파서 누워 있는 용이에게 보내진 오골계의 진국을 혼자서 마셔 버리는 것으로, 그리고 죽음을 눈앞에 두고서 의사를 붙들고 늘어지는 것으로 부각되고 있다. 특히 악역으로서의 임이네의 역할은 편안한 여생을 보내는 용이와 영팔이의 보조적 역할 때문에 돋보인다.

이와 같은 임이네의 일상적 자아가 확실한 성격을 띠게 된 것은 생존을 위한 '욕망'이 살아서 움직이고 있기 때문이다. 이처럼 욕망이 살아서 움직임으로써 뛰어난 작중인물을 형성한 경우는 1부의 여러 인물들, 특히 귀녀 같은 인물을 들 수 있을 것이지만 1, 2, 3부를 전체적으로 살고 있는 경우는 임이네라고 할 수 있다.

반면에 2부와 3부에서는 그러한 인물들이 별로 많지 않다. 3부에서 가령 봉기 같은 인물이 살 수 있었던 것도 그러한 욕망 때문이다. 그는 자신의 생존을 위해 2부에서 이미 조준구에게 협조를 했으며 3부에서는 '복동네'의 자살을 가져온 원인이 되기도 한다. 그러나 여기에서 주목할 만한 것은 석이의 위협을 받은 봉기가 자기 딸의 장래를 위해서 복동네의 결백과 자신의 과오를 마을 사람들 앞에서 밝히는(사실은 꾸며서 말하는) 것이다. 봉기의 간교성은 말하자면 생존을 위한 욕망, 다른 사람보다 잘 살고자 하는 욕망에서 비롯되고 있다. 그러나 작중인물들의 일상생활이 2부와 3부에서 1부에서보다 일반적으로 서술의 대상으로서 약화된 것은 욕망의 덩어리로서의 개개인의 성격이 약화된 데서 기인한 것이며, 보다 더 근본적으로는 개개인의 생명력이 허약해진 데 있을 것이다. 앞에서 이미 언급한 것처럼, 용이와 영팔이가 3부에서 보조적 역할로 끝나고 있고 서희가 모험의 주인공이 되지 못하고 있는 것은 생존을 위한 갈등과 투쟁이 약화된 것이다. 그것은 얼핏 보기에는 주인공들이 시간의 경과에 따라 노쇠한 데 연유하고 있는 것 같지만 사실은 이들 평사리 마을 사람들의 일상생활의 역할이 1부와 2부와 3부에서 달라지고 있는 데 기인한다. 다시 말하면 1부에서는 이들의 일상생활이 문학적인 생산성을 띠고 있는 반면에 2부와 3부에서는 문학적인 소비성을 띠고 있는 것이다. 여기에서 문학적인 생산성이란 소설적 모험의 중심 모티브를 의미하며, 문학적인 소비성이란 소설적 모험의 주변 모티브를 의미한다. 그렇기 때문에 2부와 3부에서는 이들의 일상생활들이 대부분 그 후일담의 형식을 띠게 된다. 실제로 3부에서는 이들의 일상생활이 앞에서 이야기한 네 가지 생활 가운데 하나에 지나지 않는다. 다시 말하면 이들의 일상생활이 3부에서는 서울 지식인들의 생활과 지리산을 주축으로 한 독립운동가들의 생활, 만주의 망명객들의 생활에 많은 자리를 양보하지 않을 수 없다는 말이다. 그리고 이들의 일상생활 자체의 서술도 이들의 2세인 환국·윤국·홍이·범석·석이 등의 일상생활로 대치되고 있다. 아니 대치된다기보다는 『토지』 4부로의 길을 여는 역할을 하게 된다고 하는 것이 더 정확할 것이다.

2

진주와 평사리를 주축으로 한 이들 농민의 일상생활이 소설적 모험의 자리를 양보함에 따라서 이곳을 주축으로 한 독립운동이 표면에 등장하게 되는 것은 당연한 것 같다. 왜냐하면 하나의 모험이 고갈되면 다른 모험에 호소하지 않을 수 없기 때문이다. 이 모험은 김개주의 아들인 김환과 우관 스님의 제자인 혜관을 주축으로 하여 진행된다. 여기에서 김환은 동학군의 후예들과의 관계를 드러내주는 핵심 인물이고, 혜관은 평사리 출신의 마을 청년들과 이들 동학군의 후예들을 연결시키는 중심인물이다. 김환은 지리산을 중심 무대로 삼고 아버지 김개주의 인연으로 판술이·지삼만·윤도집 등과 함께 독립운동을 지휘하며, 혜관은 길상의 스승이었다는 최씨 집안과의 인연으로 관수·석이·연학 등의 마을 청년들을 김환의 휘하에 들어가게 할 뿐만 아니라 이들의 운동을 간도와 만주 지방의 독립투사들과도 연결시킨다.

이와 같은 독립운동가의 서술은 다음과 같은 몇 가지 점에서 주목할 만하다. 즉 첫째, 새로운 역사적인 사건을 경험한 평사리는 옛날의 평사리가 아니라는 사실이다. 서희 일행과 함께 간도에서 돌아온 용이나 영팔이는 물론 마을 사람들 사이에서도 마을의 인심이 옛날과 같지 않다는 것이 기회 있을 때마다 이야기되고 있다. 그것은 앞에서도 언급한 것처럼 최씨 집안을 주축으로 한 이 마을의 가치 체계나 질서가 무너진 데도 기인하지만, 역사의 소용돌이 속에서 마을 사람들이 새로운 경험을 하게 된 데서 연유한다는 것을 의미한다. 이미 마을 사람들 가운데서 이평이의 아들 두만이는 진주에서 쪼깐이와 함께 밥집과 주류 도매상을 경영함으로써 농사를 지으며 인심을 잃지 않고 살던 아버지 세대와 다른 삶의 양식을 보인다. 그에게는 아버지 세대가 최씨 집안의 종으로부터 면천했다는 과거가 부끄러운 것이고, 그리하여 그 과거를 부인하기 위해서 돈을 벌고 평사리 사람들을 기피하며 모략하기까지 한다. 그에게 있어서 자아의 성취는 자신의 사회적 지위의 상승에 있었고, 또 지위의 상승을 위해서 돈을 버는 것이었다. 그리하여 진주 바닥에서 남한테 인사 받으면서 사는 '사람'이 된 두만이의 삶은, 한편으로 금전 중심의 새로운 가치 체계의 도래를 예고하고 있고, 다른 한편으로는 사회적인 상승을 가져오기 위해서는 농촌에서 도시로 이동하는 과정이 필요하다는 것을 말해주고 있다. 실제로 평사리와 같은 농촌에서 자신의 토지가 없는 사람으로서 부(富)를 이룬다는 것은 지극히 힘든 것이다. 농촌의 변화는 완만하고 보수적인 반면에, 도시의 변화는 급격하고 보다 많은 기회를 부여하기 때문이다. 이러한 현상은 홍이가 운전사로 취직해서 보다 나은 수입을 갖게 되는 데서도 발견할 수 있고, 일본에 간 아들이 보내오는 송금으로 남부럽지 않게 살수 있게 된 야무네의 생활에서도 발견할 수 있다.

둘째로는 이들의 독립운동이 그 이전의 동학운동의 재건을 꿈꾸고 있기 때문에 여기에 가담하고 있는 마을 사람들이 대부분 농민 출신이라는 사실이다. 이제는 백정의 사위가 된 관수는 물론, 3부에서 학교의 교사라는 새로운 신분을 획득한 석이도 모두 농민 출신이었으며, 김환의 휘하에 있는 관술이나 그 밖의 다른 인물들이 모두 농민이거나 중인 출신이었다는 것이 이것을 말한다. 그렇기 때문에 이들은 동학운동처럼 농민들의 힘을 모아서 일제에 대한 무력 항쟁을 벌이게 되기를 꿈꾼다. 그러나 방법적인 문제에서 김환과 지삼만이 서로 다른 의견을 갖게 되고, 그 결과 이들의 동학운동은 두 파로 분열되어 별다른 결과도 없이 소멸되고 만다.

셋째로는 이들의 독립운동이 공적인 역할을 하고 있는 것이 아니라 김환과 지삼만이라는 두 개인의 사적인 사람됨을 드러내고 있다는 사실이다. 그것은, 앞에서 이 소설의 강점으로 부각되었던 개인의 일상생활을 떠나 독립운동이라는 공적인 활동을 그리고 있음에도 불구하고, 『토지』가 그 운동의 현장을 다룬다기보다는 그 운동에 가담한 개인의 이야기를 소설적 서술의 대상으로 삼고 있다는 것을 말한다. 실제로 김환의 모든 행동은 구체적으로 드러나 있지 않는 반면에 그의 그러한 유랑 생활이 개인의 쌓이고 쌓인 '한'과 허무주의에서 유래한 것으로 서술되고 있다. 그렇기 때문에 그의 운동이 어떤 방식으로 진행되었으며 어떤 결과를 가져왔는지는 거의 드러나지 않는다. 기껏해야 어느 주재소를 습격한 사건 정도로 풍문에 의해 단편적인 결과만 드러나고 있는 것이다. 반면에 김환이 만주에서 길상이와 만나는 장면은 이 인물 자체의 개인적인 힘과 능력을 대단히 신비롭게 만들고 있다. 또 지삼만의 경우는 우선 동학의 교세 확장이라는 논리를 들고 나왔을 뿐, 그의 행동은 마음에 맞지 않는 동지들을 밀고하여 붙잡히게 하는 정도로만 나타난다. 그래서 이 간교한 인물은 청일교라는 사교를 만들어 제왕처럼 군림하다가 심복에게 칼을 맞고 죽는다. 따라서 여기에서 강조되고 있는 것은 김환이 큰 인물이고 지삼만이 소인배임을 증명하고 있는 것이지, 이들의 운동 자체의 전개 과정의 노출은 아닌 것이다.

넷째로는 이들의 등장이 소설이라는 책의 공간의 확대로 인해서 산재되어 있는 인물들을 서로 연결시키는 역할을 하고 있다는 사실이다. 그것은 혜관이 스스로 자처하고 있는 바와 같이 '떠돌이' 중이기 때문에 진주와 평사리뿐만 아니라, 서울이나 묘향산이나 만주나 간도 등 앞에서 서술의 대상이 된 모든 인물들을 거의 다 만날 수 있게 된다는 것으로 설명된다. 또 원래부터 유랑 생활을 해온 김환의 경우도 어디에나 다닐 수 있는 이점을 이용하여 많은 인물과 여기저기에서 만난다. 그렇게 함으로 해서 작가는 이 방대한 소설 속에 등장하는 무수한 인물을 이 소설이라는 책 속에 살고 있는 가족처럼 서로 연결시킬 수 있었던 것이다. 물론 여행이란 옛날이야기에서뿐만 아니라 현대 소설에서도 중요한 테마이기는 하지만, 이들의 여행은 이 소설 속에서 두 가지 기능을 갖고 있다. 그 첫째 기능은 새로운 모험을 찾아간다는 여행 본래의 주제를 실현하는 것이고, 둘째 기능은 그 무수한 등장인물을 소설 속에서 혈연관계로 묶고 있는 구성적인 기능이다. 그리고 바로 이 두번째 기능을 통해서 작가는 평사리라는 중심 공간을 서울, 만주, 간도 등 이 소설의 주변 공간과 연결시키고 있는 것이다.

다섯째로 이들이 살고 있는 삶을 3·1 운동과 형평사 운동에 관련되어 있다고 함으로써 그것이 역사적인 의미를 띠게 된다는 사실이다. 이때 역사는 우리가 이들의 시간적인 위치를 파악하게 하는 역할을 하고 있으며 동시에 이들의 운동 자체가 독립과 아울러 신분적인 변동에 어떤 암시를 제공해주고 있는 것이다. 이 신분의 변동은 신교육의 도입으로 새로운 진전을 보게 된다.

3

앞에서 살펴본 것처럼 독립운동을 한다는 김환이 사적인 자아로서 문제가 되고 있다는 것은 서울에서 생활하고 있는 지식인들의 경우에도 예외가 아니다. 이들 지식인의 인물 구성을 보면 이동진의 아들 이상현은 양반 출신이며, 임역관의 아들 임병빈과 딸 임명희는 중인 출신이다. 이 밖에 서의돈, 황태수, 선우인실, 강선애 등 수많은 인물은 그 출신이 다양하면서도 모두 당대 사회의 지적인 엘리트들이다. 이들은 모두 신식 교육을 받았거나 일본 유학의 경험을 가진 인물들로서 우리의 1920년대, 1930년대 소설에서 흔히 만나게 되는 새로운 부류의 사회 계층인 것이다. 이들은 모두 식민지가 되어버린 이 땅의 운명을 탄식하고 있고, 새로운 문물에 대해 긍정적이든 부정적이든 눈을 뜨고 있다. 이들은 자신들이 배우고 들은 지식으로 시국을 논하고 문학을 이야기하며 여성 문제를 토론한다. 그러나 이들의 이러한 논의는 가령 윌슨의 민족자결주의라든가 손문의 삼민주의라든가 사회주의에 대한 추상적인 토론의 형식을 취하고 있고, 3·1 운동과 같은 역사적 사건 속에서 이들은 눈물을 흘리는 감상적 흥분에 빠져 있다가 3·1 운동이 실패로 끝난 다음에는 실의 속에서 상해의 임시정부와 만주·간도의 독립군에 대해서 기대와 회의의 태도를 취한다. 이들 가운데 이상현은 자학적인 폭음을 하면서 기화에게 자신을 의탁했다가 서의돈을 따라 만주로 간다. 서의돈은 계명회 사건으로 용정에서 잡히고, 황태수는 사업가로서 발판을 굳히고, 3·1 운동 때 아버지를 잃은 임명희는 상현에 대한 사랑의 실패로 새로운 귀족 조용하의 후취가 되며, 임명빈은 매부 조용하의 사립학교 교장이 된다. 그 밖에도 재능이 없으면서도 자신의 작품이 발표되지 않는 것을 문화적인 수준의 미달로 보는 소설가 지망생과 성악가, 결혼의 실패로 전도사가 된 기독교 신자 등이 모두 개개인의 개인적인 고민과 관계로 얽혀 있다.

　상현과 기화라는 두 인물의 여행(다시 말하면 고향을 떠남)으로 인해서 서술의 대상이 된 이들은 평사리의 변화보다도 더 심한 변화가 서울에서도 일어난다는 것을 밝혀준다. 그것은 서울에 지식인들이라는 새로운 학문의 수용자들이 옛날의 유학 출신의 선비를 대신하게 된다는 것과 대토지의 소유자에서 새로운 상업 자본의 성립으로 넘어오는 경제적 질서의 변동이 이룩된다는 것, '감정적으로 용납되기는 오랜 시일이 걸릴' '신분제도'의 타파가 형식상으로는 이루어지지만 이제는 그것이 상업 자본의 형성과 함께 새로운 양상을 띠게 된다는 것, 그리고 교육이 개인의 사회적 지위를 결정짓는 데 결정적인 역할을 하게 되리라는 것을 내보이고 있다. 그러니까 이러한 변화들은 당대의 사회적·경제적·문화적 변화들을 통해서 오늘의 한국 현실의 뿌리를 탐구하고 있는 것이다.

여기에서 이들의 삶이 이상현을 매체로 해서 서술된다고 하는 것은 서울의 이러한 변화와 진주나 평사리라는 보다 작은 공간의 변화의 관계를 밝히는 것이다. 그러나 그것은 『토지』라는 작품 자체의 전체적인 성격에서 크게 벗어나지 않는다. 다시 말하면, 개인의 인물 탐구와 사적인 자아의 추구로 일관된 그 전체적 성격 때문에 주로 전통적인 양반 출신의 이상현의 갈등과 방황을 통해서 이러한 변화들이 노출된다는 것이다. 가령 "뭉뭉한 공기와 열기, 담배 연기, 술 냄새, 나락과도 같은 자포자기가 팽배해 있는 분위기, 그것은 상현에게 있어선 언제나 아편과도 같은 망실의 쾌감이다. 작년 삼월달, 노령 연추에서 오십구 세를 일기로 세상을 떠난 부친을 잊을 수 있었고, 명희가 조용하와 결혼한 그 충격적 사건도 잊을 수 있었고, 잔인하게 버린 기화도 잊을 수 있었고, 공방을 지키며 시모를 모시고 아이들을 기르는 아내도 잊을 수 있었고, 세상일 모두를 잊을 수 있었다. 마시고 떠들고, 이야기는 이어지는가 하면 뛰어넘기도 하고, 작가 이모(李某)에 대한 성토와 공격은 특히 이들 햇빛 못 보는 문인들에겐 비애와 울분을 해소하는 데 효력이 있었다"는 구절에서 당대 지식인 이상현의 갈등의 핵심은 드러난다. 그것은 아버지로 대표되는 전통관, 여인들과의 관계로 표현되고 있는 새로운 이성관, 아내와 자식에 대한 가족관, 춘원으로 대표되는 문학관 등 그 어느 것에서도 자기 성취에 도달하지 못한 이상현 개인의 비극을 말한다. 이러한 이상현을 두고 송장환은 "신념이나 사명감 같은 것을 잃었을지라도, 인생의 의미나 가치를 부인하고 허무에 주저앉는다 할지라도 허무 그 자체가 차의식의 방패로 될 것이며 부도덕과 방탕과 의무의 포기, 그런 지탄을 받아야 할 행위조차도 상현에게 있어서는 차의식의 보루 같은 것인지도 모른다"(강조는 인용자)라고 해석하고 있다. 이것은 비록 이상현이라는 인물 자체가 당대의 무기력한 지식인 일반의 전형이 될 수 있음에도 불구하고, 그 개인의 '자의식'이라는 사적인 자아의 문제를 작자는 떠나지 않고자 한다는 것을 의미한다. 이 인물이 3부의 마지막에 어느 정도 그 비애와 허무를 극복하게 되는 모습은 연해주에서 이광수의 문학에 대한 비판을 한 다음에 소설을 써서 임명빈에게 보내온 데서 찾아볼 수 있다. 그러나 여기에서도 어떠한 소설을 썼는지는 드러나지 않은 채 원고료를 기화와의 사이에 태어난 양현을 위해 써주도록 함으로써 그러한 극복 자체가 농부들에게서 나타난 '한'의 세계의 변형으로 보인다. 따라서 이상현은 서울과 만주·러시아의 지식인들을 소설 속에 끌어들이면서도 끝까지 개인적인, 사적인 자아의 모습을 띠게 된다.

4

『토지』 3부에서 이처럼 평사리가 차지하는 자리가 줄어든 반면에 다른 장소가 더 많은 부분을 차지하게 되는 것은 『토지』라는 제목 자체가 함축하고 있는 의미의 변화를 말해준다. 그러한 점에서 3부의 첫 장면이 '억쇠'의 서울 거리의 방황으로 나타나고 있는 것은 대단히 상징적이다. 왜냐하면 전통적인 청백리 집안의 종으로서 시골의 산골에서만 묻혀 살던 인물이 이처럼 서울 거리를 방황한다는 것은 이상현이나 기화가 고향을 등지고 도시에서의 삶을 사는 것만큼이나 중요한 의미를 갖기 때문이다. 그것은 농토 중심의 사회에서 상업 자본 중심의 사회로의 변화를 한꺼번에 보여주는 것이다. 닫힌 공간에서의 삶이 불가능해진 역사적 필연성을 따라서 소설의 공간도 상호 교류의 공간으로 변형되는 것이다. 물론 여기에는 철도라고 하는 새로운 교통수단이 이 땅에 설치되었고, 일제의 새로운 자본이 농업 중심의 경제 질서를 상업 중심의 경제 질서로 바꿔놓은 역사적 사실이 그 뒷받침을 하고 있다. 소설의 제목 자체를 '땅'이나 '대지'가 아니라 '토지'라고 한 작가의 의도는 그것이 경제적인 개념, 즉 소유의 개념이라는 데 있었던 것이다. 자연적인 공간이 아니라 소유하고 개간하고 거두어들이는 개념으로서의 토지는 생활의 터전이면서 동시에 모든 경제활동의 중심이었다. 그러나 2부에서부터 특히 3부에 오면 그러한 토지의 개념은 경제활동의 중심이 아니라 그 일부에 지나지 않게 된다. 농민들에게 있어서 토지는 그들의 숙명과 다름없었지만, 새로운 경제활동——상업의 증가는 숙명을 능력으로 바꿔놓고 있다.

앞에서 이미 두만이의 사회적 상승이 상업의 성공에 기인하고 있음을 알 수 있었지만, 양교리 집안의 치부, 황태수의 사업이나 조용하의 축재 등은 농토를 떠난 새로운 유형의 경제 질서를 의미한다. 이것은 모두 농촌에서 일어난 것이 아니라 사람이 많이 사는 도회에서 가능한 것이다. 이러한 현상은 농촌의 가난과 도회의 부유라는 새로운 공식을 만들어내고 있으며 오늘날의 그 많은 이농현상(離農現象)의 근원을 밝혀주고 있다. 1부의 평사리의 비극이 모두 가난에서 유래한 것이고 그 후의 농촌의 모든 일상생활이 바로 토지에 얽매여 사는 사람들의 숙명적 가난에 얽힌 이야기임을 3부에서 석이는 "산다는 것이 통곡인 것만 같다"고 감동적으로 표현하고 있다. 그리고 바로 이러한 숙명에서 벗어나기 위해 이제 이들 마을 사람의 2세들은 농촌에서 도시로 흘러들어가는 것이다.

여기에서 또 하나 중요한 역할을 하는 것이 새로운 형식의 교육이다. 교육은 이들에게 있어서 형식상으로 타파된 신분제도를 실질적으로 타파할 수 있는 정신적 무장을 소유하게 한다. 석이와 홍이와 덕룡을 비롯한 이들 2세는 교육의 덕택으로 양반집의 딸과 결혼을 할 수도 있었고 선생·운전사·벽돌공·이발사 등의 새로운 직업을 가질 수 있었다. 직업을 갖는다고 하는 것은 바로 경제적 자립을 의미한다. 그러나 이러한 직업이 모두 도시에서 가능하다고 하는 것은 필연적으로 농촌의 인구를 도시로 이동시키는 결과를 가져온다. 이제 돈만 있으면 "남한테 인사 받음서 사는 사람"이 될 수 있다는 돈에 대한 새로운 인식이 싹트게 되고, 또 도시에서 살면 그 '무서리' 나는 농투산이의 삶을 청산하고 어느 도시에서나 손에 흙을 만지지 않고 살 수 있다는 가능성을 깨닫게 된다.

이것은 '도리'라고 하는 정신주의적인 유교 질서가 무너지고 돈이라고 하는 물질주의적 질서가 대두되는 과정을 보여주는 것으로서 "이곳 인심이 옛과 같지 않다"고 하는 용이의 탄식을 낳게 한다.

그러나 이러한 변화에도 불구하고 작가가 가장 애착을 갖고 추구하게 되는 삶은 토지 중심의 삶이다. 그것은 작가 자신이 한 번도 비난의 눈을 던진 적이 없는 서희가 "저는 농토에 대해서 집념이 강합니다"라고 한다든가, 일제의 침략이 있기 전의 평사리 인심을 농민들이 그리워한다는 것으로 나타난다. 하지만 이것이 곧 옛날로 되돌아가자는 것을 의미하는 것은 아니다. 이미 고향을 떠난 적이 있는 이들이 옛날의 자아로 돌아올 수 없는 것처럼, 그리고 무수한 수난을 겪고 이제 개방된 공간으로 변화한 평사리가 옛날의 평사리일 수 없는 것처럼 옛날로 돌아갈 수도 없는 것이며 돌아간다는 것이 무의미한 것이다. 작가는 그러한 변화의 과정을 통해서 역사에 대한 여러 가지 질문을 제기하고 있는 것이며 우리로 하여금 변화 속에 있는 우리 자신의 삶과 사회에 대해서 질문을 하게 만든다.

그러나 이 작가에게 있어서 보다 중요한 것은 여러 가지 유형의 인물 하나하나에 대한 탐구인 것처럼 보인다. 그것은 긴 역사적 시간을 소설 속에 투영시키면서 그 속에서 개인의 운명의 변화를 끈질기게 추구하고 있는 것으로 나타나고 있다. 특히 이 작가의 그 많은 인물이 독특한 개성을 갖고 있다든가 개개인의 인물이 가지고 있는 한과 비애와 비극을 공적인 자아의 차원에서가 아니라 사적인 자아의 차원에서 끝까지(죽음까지) 드러내고 있다는 것으로 설명될 수 있을 것이다. 바로 그러한 이유로 3·1 운동이나 형평사 운동이나 물산 장려 운동, 그리고 의열단 사건이나 계명회 사건 등이 전개되는 과정은 생략된 채 개개인에게 받아들여지고 있는 반응만으로 나타나고 있는 반면에, 개인과 개인 사이의 사적인 관계가 서술의 큰 비중을 차지하고 있는 것이다. 그러한 점에서 『토지』는 소설적 인물들의 탐구라고 말할 수 있다.

소설 속의 간도 체험

1

역사적으로 '간도'는 한말에서부터 일제강점기에 이르는 시기에 있어서 우리 민족의 현실을 드러내는 장소였다. 그렇기 때문에 적어도 식민지 시대에 있어서 우리 민족의 고난과 투쟁을 이야기하는 경우 '간도'에서의 삶을 빼놓을 수는 없는 것이다. 다시 말하면 조국이 일제에 의해 짓밟히고 있는 식민지적 현실에 처해 있을 때 '간도'로 이주해 간 한민족은 스스로의 의지에 의해서라기보다는 상황의 압력에 의해서 어쩔 수 없이 쫓겨 간 실향민의 운명을 지니고 있는 것이다. 물론 이렇게 말하면, 독립운동을 하기 위해서 '간도'로 넘어간 많은 지사(志士)들은 스스로의 의지에 의해 이주해 간 것이 아니냐는 반문을 할 수도 있을 것이고, 일제가 이 땅을 지배하기 이전에 간도로 이주한 농민들도 스스로의 의지가 있었기 때문에 간도 이주가 가능했지 않느냐는 반문을 할 수도 있다. 그러나 독립운동가들의 이주나 농민의 이주도 이주하지 않고는 안 될 그들의 상황에 의한 것이라는 점에서 스스로의 의지에 의한 것으로만 볼 수는 없다. 실제로 그 숫자가 7~80만에 이르는 간도 이민이란 어떤 의미에서는 민족의 대이동이라는 이름에 값할 수 있다. 그리고 이들이 고향을 등지고 어떠한 약속도 없는 간도로 간 것은(물론 일제에 의해 강제로 이민 간 경우도 있겠지만) 삶의 터전을 찾아간 경우도 있고 민족의 독립이라는 목표를 달성하기 위해서 간 경우도 있다. 그래서 최서해 같은 작가는 "거개가 생활 곤란으로 와 있고 혹은 남의 돈 지고 도망한 자, 남의 계집 빼가지고 온 자, 순사 다니다가 횡령한 자, 노름질하다가 쫓긴 자, 살인한 자, 의병 다니던 자" 등이 간도의 이주민들이라고 이야기하고 있다. 어떤 이유에서건 고향을 떠나지 않을 수 없었던 당대의 상황을 그 상황의 결과를 통해서 유추할 수 있는 것이 '간도'인 것이다.

그러한 점에서 최서해의 「고국(故國)」「탈출기」「홍염(紅焰)」 등의 단편과, 안수길의 장편 『북간도』, 그리고 박경리의 『토지』 2부 등에서 볼 수 있는 간도 체험은 여러 가지 의미를 띠는 것처럼 보인다. 우선 역사적인 사실로서의 간도에 대한 새로운 의미를 발견한다는 우리 역사에 대한 반성의 의미가 있고, 한국인의 삶의 양상에 대한 탐구라고 하는 민족문학의 의미가 있으며, 개인과 상황과의 관계의 추구라고 하는 문학적 의미, 그리고 단편소설과 장편소설이라는 소설적 의미가 있는 것이다.

2

안수길의 『북간도』는 제목 자체가 말해주고 있는 것처럼 간도가 소설

주인공들 삶의 전체 공간으로 나타나고 있다. 이 소설은 이한복이라는 한 가족의 4대에 걸친 100여 년간의 삶을 그리고 있다. 19세기 중반부터 20세기 중반에 이르는 역사적 시간과 병행하고 있는 이한복 가족의 삶은 적어도 간도에 이주한 한국인의 구성원을 가장 포괄적으로 드러낸다. 한편으로는 이한복에서부터 장손이, 창윤이를 거쳐 정수에 이르는 가족 4대의 삶의 변화 과정을 추적하면서, 다른 한편으로는 간도 생활에서 성공과 실패의 다채로운 양상이 갖게 되는 삶의 내용을 파악하고 있다. 우선 제1세대인 이한복의 역할은 간도 이주의 모티프를 설명해주는 것이다. 두만강을 사이에 두고 강 건너에 간도가 있고, 강 이쪽의 한 마을에 이한복이 살고 있는데, 그는 다른 농민들과 마찬가지로 메마른 이쪽 땅의 농사로는 연명을 하기 어렵기 때문에 '사잇섬 농사'를 짓고 있다. 들키면 월경죄(越境罪)로 벌을 받는다는 것을 알면서도, 강만 건너면 있는 기름진 땅을 버려두고 메마른 박토에서 끼니를 제대로 찾아 먹지 못하는 현실 때문에 강을 건너다니는 것이다. 이것은 초기의 '간도' 이주가 한국 농민의 극도의 빈곤에서 시작된 것임을 말해준다. 그러나 시기로 볼 때에 『북간도』의 초기 이주가 19세기 중엽이라고 하는 것은 최서해나 박경리의 작품보다 연대기적으로 반세기를 거슬러 올라간 것이다. 다시 말하면 『북간도』가 한국인의 간도 체험의 시초를 드러내주는 것이다. 그것은 함경북도의 산간지방에서의 농사가 여러 가지 이유 때문에 힘들었고 식량을 제대로 공급하는 수단이 되지 못했다는 것을 이야기한다. 작품 『북간도』의 서두에는 여러 가지 궁핍에 관한 이야기가 나온 다음에 경성부사(鏡城府使)가 이한복을 문초하는 장면으로 다음과 같은 대화가 나온다.

"강 건너는 왜 갔느냐?"

"농사 지어논 게 있어 갔읍메다."

"그러면 이번이 처음이 아니로구나?"

"봄에 두 번이고 이번꺼정 세번째입메다."

"월강죄를 모르는고?"

"압메다."

"그럼, 세 번 죽어야겠다."

"들키우면 죽을 거 생각했음메다."

"담보가 큰 놈이로구나."

"담이 큰 게 앵이라, 이래두 죽구 저래두 죽을 바에사, 늙은 어마이와 어린 처자를 한끼래두 배불리 멕이자는 생각이었음메다."

여기에서 볼 수 있는 것처럼 이한복은 "죽을 거"를 생각하면서 사잇섬 농사를 짓다가 발각되어 문초를 받는다. 배고픈 가족들을 한 끼라도 배불리 먹이기 위해서 강을 건넌다는 것은 극도의 궁핍 상태가 간도 이민의 주된 원인이었음을 말해준다. 물론 『북간도』에서는 바로 이한복의 도강이 발각됨으로써 간도에서 농사를 짓는 것이 허용될 뿐만 아니라, 간도라는 곳이 우리의 영토라는 적극적인 주장이 나오게 된다. "강 건너는 우리 땅입메다. 우리 땅에 건너나는 기 무시기 월강쬡니메까?"라고 하는 이한복의 대답에서 드러나는 것처럼 제도나 법률로 다른 나라의 땅으로 굳혀진 사실을 뒤엎는 것으로 시작되는 『북간도』는 그러므로 우리의 영토에 대한 개념에 재검토를 하게 한다. 실제로 이때부터 주인공은 '이정래'라는 경성부사의 힘을 빌려서 월강이 죄가 되지 않는다는 것을 기정사실로 만들기에 이른다. 이것은 당시 정부의 주도로 새로운 영토 의식이 싹텄던 것이 아니라 민족 내부에서 싹텄던 것임을 입증하고 있다. 그러한 측면에서 볼 때에 안수길의 소설은 상당한 민족주의적 발상에 근거를 두고 있는 것으로 보인다.

안수길 소설의 민족주의적 성격은 『북간도』의 진행 속에서 보다 설득력 있게 나타나고 있다. 우선은 한 인물 당대의 사건이나 모험으로 간도 체험이 처리되고 있는 것이 아니라, 한 가족 4대에 걸친 생존의 투쟁으로 엮어져 있다는 사실 때문에 그러하다. 여기에서 제1세대인 이한복은 간도 이주를 합법화시키는 과정을 담당하고 있다. 이들은 "두만강 건너의 비옥한 농토 전반"을 일컫는 간도에 이주하는 첫 세대가 된다. 이들의 이주는 이들의 생존의 조건을 개선한다는 희망에도 불구하고 새로운 시련을 경험하게 만든다. 기름진 땅에서 농사를 짓는다는 농민의 일차적 소원이 이루어짐과 동시에 다른 시련이 이들에게 다가오는 것이다. 그것은 중국인으로 입적하라는 압력과 민족의 고유성을 지키려는 의지의 대립으로 나타난다. 변발 흑복을 하고 중국에 입적하는 사람에게 토지소유권을 인정하려는 중국 정부의 정책과 '조선인'으로서 토지를 소유하며 살고자 하는 간도 이주민 사이의 대립과정에서 드러나는 것은 이주민들 사이에 보인 세 가지 자세인 것이다. 그 하나는 이한복과 훈장 영감으로 대표되는 사람들로서 중국 정부의 정책을 전혀 받아들이지 않으면서 '조선인'으로서의 의복과 두발을 간직하고자 하는 태도이고, 다른 하나는 장치덕으로 대표되는 사람들로서 변발을 하는 대신에 머리를 완전히 깎아버림으로써 소극적으로 저항하는 태도이며, 마지막 하나는 마을의 대표를 뽑아서 그로 하여금 변발 흑복을 함으로써 타협을 하려는 최칠성의 태도인 것이다. 이 세 가지 유형은 이한복 가족 4대의 간도 생활 가운데 한국인의 부류를 나타내주는 기본적인 분류 방법이라고 볼 수 있을 것이다.

이러한 세 유형의 발생이 『북간도』에서는 대단히 자연 발생적인 것으로 설정되고 있다. 즉, 이 세 유형의 초기적인 인물인 이한복, 장치덕, 최칠성 등은 모두 현실의 궁핍과 억압에서 벗어나고자 하는 동일한 목표를 가지고 있지만, 그 목표에 도달하는 과정에 있어서 다른 태도를 보인다. 다시 말하면 현실의 극복이라는 명제를 해결하기 위해서 세 사람이 각각의 태도를 취하게 된다는 것이다. 그리고 그러한 태도는 그다음 세대에 오면 민족주의자와 친중 세력과 친일 세력으로 발전하게 된다. 우선 이한복의 계보에서는 '장손' '창윤' '창덕' '정수'에 이르기까지 눈앞의 이익을 위해서 중국인이나 일본인과 타협을 하는 것이 아니라 민족적인 긍지와 독립을 위해 끊임없이 싸움을 전개한다. 창윤이가 '사포대'에 들어가서 훈련을 받는다든가 창덕이와 정수가 독립군에 가담하는 것은 그것을 말한다. 그리고 중국인과의 타협을 주장했던 최칠성의 계보에서는 제2세대인 최삼봉이 '향장'이 되어서 중국인이 지배하던 시대에 있어서 비봉촌 한인들에게 권력을 행사하게 된다. 그들은 중국인과 타협을 하면서 중국인 동복산의 힘을 뒤에 업고 중국 정부 당국의 정책 속에 간도의 한민족을 귀속시키려는 역할을 하는 것이다. 반면에 중국인의 변발 흑복 정책에 대항해서 마을 사람들 전체의 머리를 깎는 데 앞장을 섰던 장치덕의 계열에서는 제3세대인 현도가 용정에서 장사를 하여 성공을 거둔다. 현도는 장사하는 데 있어서 일본 영사관의 도움을 받으면서 중국인의 억압을 극복하려고 하고, 그리하여 일본의 간도 진출이라는 현실을 받아들임으로써 본의 아니게 친일 세력이 된다. 그가 마지막에는 일본인 경찰의 약속을 믿고 정수를 자수하게 했던 것은, 적극적인 친일 세력이 아니었지만 결과적으로는 자신의 이익을 위해 일본과 타협을 한 것이 되고 만다.

『북간도』에 나타나고 있는 이러한 세 가지 유형은 최서해의 작품들과 박경리의 『토지』 2부에서 개별적으로 나타나고 있다. 최서해의 「고국」에서는 "큰뜻을 품고 고국을 떠난" 주인공 '운심'이가 빈털터리의 패자가 되어 돌아오는 장면에서부터 시작되고 있고, 「탈출기」는 어머니와 아내를 데리고 간도로 떠나간 주인공이 어쩔 수 없이 자신의 가족을 버리고 "이 시대, 이 민중의 의무를 이행"하기 위해 떠나게 된 과정을 이야기하고 있으며, 「홍염」은 경기도에서 소작인 노릇을 10여 년간 하면서도 겨죽을 먹기도 힘든 가난에 쪼들려 간도로 간 주인공 문서방이, 그곳에서도 가난과 지주의 압력에 견뎌내지 못하다가 결국 지주인 중국인 '은'가의 집에 불을 지르고 '은'가를 죽인다. 여기에서 볼 수 있는 최서해의 주인공들은 안수길의 『북간도』에서 이한복 일가의 유형에 속한다. 그래서 『북간도』의 '창윤'이가 중국인 지주 동복산의 송덕비에 불을 지르고 '사포대'에 들어가는 것과 같은 과정처럼 「홍염」의 문서방이 중국인 지주 '은'가의 집에 불을 지르고, 「탈출기」의 주인공이 '독립군'으로 암시된 새로운 세계를 향해서 떠나는 것이다. 이처럼 최서해의 주인공들이 조국을 떠나게 된 것은 끼니를 잇지 못하는 가난 때문이었으며, 그들의 간도 생활은 그러한 삶에 변화를 가져오지 못할 뿐만 아니라, 중국인들이라고 하는 또 다른 억압적인 권력에 의해 시달리고 있는 것이다. 그리고 그 시달림에서 자신의 존재를 구해내는 길은 가족을 버리고 독립투쟁에 투신하는 것이 된다.

이러한 생존 양상의 변화는 『북간도』에서나 최서해의 작품에서 생존 자체가 어려워진 데서 오는 자연 발생적인 것이 된다. 다른 말로 바꾸면 『북간도』의 이한복이 "이래두 죽구 저래두 죽는" 현실로부터 자구책을 강구하기 위해 사잇섬 농사를 지은 것처럼, 끊임없는 생계의 위협 속에서 벗어나지 못하는 현실에 대항하기 위해서 사적인 자아에서 공적인 자아의 인식으로 넘어가지 않을 수 없었던 것이다. 이들 주인공이 살고 있던 현실이란 극도의 곤궁과 여기에 겹친 이국인(異國人)의 억압이다. 그래서 초기에는 중국인에게 대항하는 집단을 생각하고 거기에 투신하고자 하다가 뒤에는 일본인에게 대항하는 세력으로 변모하는 것이다. 그리고 이러한 독립군의 유형이 '청산리' 싸움 이후에는 『북간도』의 이정수처럼 '민족적 교육'의 길로 나서는 것과 정수들처럼 '계급투쟁'의 길로 나서는 것으로 변형된다. 이것은 어쩌면 『북간도』가 그 후의 남북 분단의 비극을 예고하기 위한 것일 수도 있음을 말한다. 개인과 현실의 대립 관계에서 싹텄던 독립운동의 방향이 두 갈래로 나뉘어질 수 있었던 것은 당대의 식민지적 현실이 모든 독립운동을 용납하지 않는 억압적인 상태에 있었기 때문이다. 그래서 독립운동의 세력은 겉으로 드러나지 않는 지하에서 민족의식의 배양이나 혹은 조직력의 배양으로 방향 전환을 하는 것이다.

반면에 박경리의 『토지』 2부의 주인공 '최서희'는 세번째 유형에 속한다. 그것은 『북간도』의 장현도가 장사에서 성공을 거두기 위해 일본 영사관과 적당한 관계를 유지하는 것처럼 '최서희' 자신이 거부(巨富)가 되기 위해서 일본 영사관 부인들의 모임에 자주 나가면서 일본인에 의해 세워진 '운홍사'의 건립에 '적지 않은 금액'을 희사하는 것으로 드러난다. 물론 '최서희' 자신이 고향을 떠난 것은 왕년의 대지주로서의 삶이 불가능해졌을 뿐만 아니라 개인적인 생명의 위협을 끊임없이 받아왔기 때문이다. 그리고 최서희가 돈을 벌고자 하는 것은 '가문'의 권위와 명예를 회복하고 조준구에 대한 복수를 실현시키기 위한 것이었다. 그러나 그러한 목표의 실현을 위한 과정으로서의 '장사'는 겉으로 당대의 권력과 화해의 관계에 있지 않는 한 불가능한 것임을 말해준다. 여기에서 전통적인 농민 출신인 '이용'이나 '김영팔'이 경험하게 되는 삶의 양상은 『북간도』의 농민들이 경험한 양상과 다를 바 없다. 이러한 양상은 식민지의 현실에 있어서 권력의 손을 잡게 되는 것은 농민이 아니라 대지주나 돈을 가지고 있는 상인임을 말해준다. 그래서 실제로 『북간도』에서 성공한 장현도나 『토지』 2부의 최서희는 모두 상업 자본의 소유자들이다. 이것은 한편으로 일제의 식민지 정책이 이 땅의 경제구조를 농업 중심에서 상업 중심으로 바꿔놓는 작업을 진행시켰음을 의미하며, 다른 한편으로는 전통적인 가치를 소중히 여기는 농민들보다는 경제적 가치를 최고의 것으로 추구하는 상인들을 자기네들 쪽으로 동화시키기 쉬웠음을 의미한다. 그렇기 때문에 일제는 무력으로 이 땅을 식민지화한 다음 일본의 자본을 이 땅에 도입함으로써 정치적으로뿐만 아니라 경제적으로 식민지화를 도모하는 것이다.

따라서 일제강점기의 경제적 성공에 도달한 것으로 나타나고 있는 『북간도』의 장현도나 『토지』 2부의 최서희는 그 성공 자체에 한계를 지니고 있다. 다시 말하면 일제의 침략에 표면적으로나마 협조하는 사람들에게 어느 정도의 상업적 성공을 거둘 수 있게 놓아둔 것은 사실이지만, 그렇다고 해서 그것이 곧 민족 자본으로 형성하도록 내버려둔 것은 아니라는 것이다. 실제로 일제의 '동척(東拓)'이라든가 '식산은행(殖産銀行)'을 비롯하여 대기업과 은행 들의 규모에 비하면 식민지 현실 속에서의 민족 기업들의 규모란 그처럼 대단한 것일 수 없었다.

3

'궁핍'과 '기아'라는 식민지적 현실로서의 간도 체험이 소설이라는 문학적 공간 속에서 드러나는 양상은 대단히 사사로운 사건들이다. 가령 『북간도』에서 이한복 가족이 당한 두 번에 걸친 시련은 '감자' 사건으로 이루어졌다. 이한복의 사잇점 농사가 발각되어 경성부사의 문초를 받게 되는 것은 한복의 아들 '장손'이가 '재기'를 갖고 싶었기 때문이었고, 창윤이가 변발 흑복을 함으로써 할아버지 한복으로 하여금 분노로 쓰러지게 한 것은 창윤이가 중국인 지주 동복산의 감자를 캐서 구워 먹다가 붙잡힌 것 때문이었다. 이 두 개의 사건은 한편으로 이들이 고향을 떠나 간도로 이주하는 계기가 되었고, 다른 한편으로 창윤이 민족주의자가 되는 계기가 되었다. 전자는 이들의 삶이 놓여 있던 기아와 궁핍의 상태를 설명해줌으로써 당대의 농민들이 간도로 이주하지 않을 수 없었음을 말해준다. 후자는 창윤의 의식 속에 민족을 스스로 지키는 길을 모색해야 한다는 의식을 눈뜨게 함으로써 그 자신이 '사포대'라는 자구책을 준비하기에 이르며, 또 동생 창덕과 아들 정수로 하여금 민족의 독립운동에 투신하게 하는 정신적인 기틀을 마련해준다. 그러니까 이한복 일가 4대에 있어서 전기 2대는 중국인과의 대립의 세대라고 한다면 후기 2대는 일본인과의 대립의 세대라고 할 수 있을 것이다. 그리고 그러한 대립이 '감자' 사건처럼 극히 사사로운 데서 발전하고 있는 것이다. 그러니까 간도로 이주한 이후 중국인·러시아인·일본인의 끝없는 각축전 속에서 한국의 실향민들의 삶은 이들 강대국의 억압을 받으면서, 때로는 마적단의 습격을 받으면서 민족주의자로 성장하기도 하고 친일 세력으로 변모하기도 하며 친중 세력으로 기반을 잡기도 한다. 여기에 만일 그들의 일상적인 자아가 결여되어 있다면 이것은 소설적인 성격을 잃어버리는 것이다. 바로 그러한 점에서 『북간도』는 사적인 자아가 공적인 의미로 나타나고 사소한 사건이 역사적인 의미를 획득하는 과정을 잘 드러내주고 있다고 할 수 있을 것이다.

반면에 『토지』 2부에서 최서희나 김길상은 그들의 사적인 자아와 공적인 자아가 동일한 궤도에서 움직이고 있는 것으로 보이지 않는다. 그것은 우선 『토지』 2부가 『토지』 전체의 일부라는 사실, 그리고 그들의 간도 체험이 '평사리'라는 공간으로의 귀환을 전제로 하고 있다는 사실 때문인 것으로 보인다. 이들은 고향으로 돌아간다는 사실에 대해서 한 번도 의심을 가져보는 일이 없으며, 고향이나 현재의 삶에 대해서 회의를 느껴보는 일이 없다. 이들은 간도의 대화재 사건에 있어서도 이국인으로서의 설움보다도 귀향 준비에 만전을 기하게 된다. 여기에서 길상이가 독립운동에 가담하고 있는 것은 길상이에게 야누스적 역할이 주어져 있기 때문인 것으로 보인다. 그것은 한편으로 최씨 집안의 재건이라는 개인적인 역할과 민족의 독립에 투신한다는 집단적인 명제를 별개로 실천하고 있는 것으로 나타난다. 그렇기 때문에 길상이는 자신의 개인적인 역할을 실천함에 있어서나 독립운동에 간여함에 있어서 너무도 명쾌한 인물로 서술되는 것이다. 다시 말하면 그러한 목표에 뛰어드는 데 있어서 어떤 방해나 장애물도 선험적으로 뛰어넘을 인물처럼 보인다는 것이다. 길상이와는 반대로 용이나 영팔이의 간도 체험이 일상적인 생활로서 살아 있을 수 있었던 것은 그들의 삶이 끊임없는 불투명성 속에서 지속되고 있었기 때문에 그들의 사적인 자아가 언제나 공적인 의미를 동시에 내포할 수 있었기 때문이다.

그러한 점에서 본다면 길상이의 독립운동이란 지식인의 그것과 동일한 궤도에 속한다고 할 수 있을 것이다. 말하자면 독립운동의 구체적인 사례 속에서 살아 움직이는 것이 아니라, 어떠어떠한 인물을 만나고 어디에 가서 무슨 이야기를 했다는 정도에서 서술의 대상이 된 길상이는, 소설적 모험을 이끄는 인물이지 그 모험과 함께 사는 인물인 것은 아니다. 그러한 관점에서 본다면『북간도』에서 창덕이나 정수가 보여주고 있는 독립운동은 그 동기가 대단히 사적이면서도 구체성을 띠고 있다. 물론 여기에는 길상이가 3·1 운동 이전에 간도 체험을 하고 있고 창덕이나 정수가 3·1 운동 이후의 간도 체험을 하고 있다는 역사적 시기의 차이에서 기인하는 점도 있을 것이다. 실제로 길상이가 간도에서 활약할 무렵에는 독립군이 조직화되지 못하던 시기였다. 그러나 길상이에게 주어진 소설적 역할은 독립군으로서 싸움의 일선에 나서는 것이 아니라, 최서희와의 결혼으로 편안한 삶이 보장된 개인적 행복을 벗어나서 공적인 자아의 길을 찾아가는 데 있었다. 그러므로 길상이라는 인물의 서술은 독립운동의 진행 과정의 서술을 위한 것이 아니라 개인의 삶의 과정의 서술을 위한 것이라고 해야 할 것이다.

이에 비해서 최서해의 단편들에서는 민족적인 궁핍화 현상과 가난에 못 이겨서 주인공 개인이 자생적으로 독립운동에 가담한다. 대부분의 주인공이 끼니를 잇지 못하면서 굶주림에 시달리고 있는 그의 작품에서는 "어떻게 하면 살 수 있을까? ……이러한 생각은 이때 내 머리를 몹시 때렸다. 이때 나에게 부지런한 자에게 복이 온다, 하는 말이 거짓말로 생각되었다. 〔……〕 부지런하다면 이때 우리처럼 부지런함이 어디 있으며 정직하다면 이때 우리 식구같이 정직함이 어디 있으랴? 그러나 빈곤은 날로 심하였다. 이틀 사흘 굶은 적은 한두번이 아니었다."(「탈출기」) 주인공들은 "기름진 땅이 흔하여 어디를 가든지 농사를 지을 수 있고 농사를 지으면 쌀도 흔할 것"으로 소문난 간도로 떠나지만 가난과 추위에서 벗어나지 못한 채, 나무꾼, 소작인, 대구어(大口魚) 장사, 두부 장사를 하면서 산후(産後)의 아내를, 노환의 어머니를 굶기는 자신의 무기력을 탓하다가 자신이 살고 있는 사회의 제도에 대한 반성에 이른다. 그 반성이 순간적으로 중국인 지주를 죽이는 것으로 나타나기도 하고(「홍염」), 따라서 최서해에게서 독립운동은 사람다운 삶이 불가능한 상태에서 자생적으로 이루어지는 것이다.

> 나는 이것을 인간의 생의 충동이며 확충이라고 본다. 나는 여기서 무상의 법열을 느끼려고 한다. 아니, 벌써부터 느껴진다. 이 사상이 나로 하여금 집을 탈출케 하였으며, XX단에 가입케 하였으며, 비바람 밤낮을 헤아리지 않고 벼랑 끝보다 더 험한 선에 서게 한 것이다.
> ──「탈출기」

> 이때 한창 남북 만주에 독립단이 처처에 벌떼같이 일어나서 그 경계선을 앞뒤로 늘인 때였다. 〔……〕 중심이도 그네들 손에 잡힌 바 되어 독립당 감옥에 사흘을 갇혔다가 어떤 아는 독립군의 보증으로 놓였다. 그러나 피끓는 청춘인 운심이는 그저 있지 않았다. 독립군에 뛰어들었다. 배낭을 지고 총을 메었다.
> ──「고국」

이러한 최서해의 주인공들의 만주 체험은 생계와 관계되어 있다는 점에서 안수길의 초기 주인공들과 대단히 흡사한 출발을 가지고 있다.

그러나 안수길의 주인공들이 굶주림에 견디지 못해서 독립운동에 가담한 것이 아니라 의식화되어서 가담한 것과는 다른 양상을 띠고 있다. 다시 말해서 안수길의 주인공이 "이래두 죽구 저래두 죽는다"는 생각으로 월강을 했던 것과 같이 자생적으로 최서해의 인물들의 독립운동이 이루어진 것이다.

4

간도 체험의 여러 양상에 있어서 안수길의 『북간도』가 영토 의식을 적극적으로 확대시킨 경우임을 앞에서 지적한 바 있지만, 바로 그 때문에 이 세 작가의 작중인물들에게 있어서 간도란 다른 의미를 띠고 있는 것이다. 『북간도』의 농민들이 간도에 대해서 "피땀으로 개척한 공로"와 "백두산 정계비"를 내세우는 것은 안수길의 주인공들이 가장 먼저 간도를 개척한 한민족이기 때문이기도 하겠지만, 그들 생존의 현장으로서 역사적인 영토 의식을 가지고 있기 때문이기도 하다. 그렇기 때문에 『북간도』에서 등장인물들이 간도를 고향으로 생각하는 것은 아니지만 중국인이나 일본인에 대해서 조선의 영토라는 것을 포기하는 것은 아니다. 반면에 최서해의 작품에서나 박경리의 『토지』에서는 간도가 주인공들에게 외국으로서만 존재하고 있다. 그렇기 때문에 『북간도』의 이한복 일행은 그들의 토지를 소유하고자 하면서 그 땅에서 생계를 유지하고자 온갖 노력을 경주한다. 반면에 최서해의 '나'나 '운심'이나 '문서방'은 토지의 소유는 꿈도 꾸지 못하고 오직 중국인 토지라도 제대로 소작을 얻거나 머슴살이를 해서라도 생계를 유지하는 데 간도 생활의 의미를 발견하게 된다. 그러한 점에서는 『토지』의 이용이나 김영팔도 간도를 잠깐 피신 온 외국으로 생각하면서 소작자 이상이 되는 꿈을 지니지 않는다. 이것은 몇 세대가 간도에서 살아왔느냐 혹은 당대에 이민 간 경우이냐에 따라 구분된다.

　이러한 관점에서 살펴본다면 『토지』의 최씨 집안에 있어서 농토에 대한 개념이 소유의 대상으로서 부(富)를 측정하는 척도가 되고 있다면, 『북간도』에서 농토는 삶의 뿌리를 내리는 기본적인 생존의 조건이 되고 있고, 최서해의 작품들에서는 궁핍과 가난의 현장으로 남아 있는 것이다. 그렇기 때문에 최서희는 간도에서 상업 자본의 축적을 통해 고향 평사리의 농토를 재소유하고자 하면서도 간도에서는 토지에 대한 아무런 관심을 표명하지 않고 용이와 영팔이의 중국인 소작인 생활을 방치하게 된 것이다. 반면에 이한복 일가는 끊임없이 농토의 소유에 도전하면서 그러한 농토를 지키기 위한 투쟁을 전개하고 다른 한편으로는 그 후손들의 교육을 위해 민족학교의 건설을 꿈꾸게 된다. 그리고 최서해의 주인공들은 농토에 뿌리를 박지 못하고 유랑민의 생활을 하며 빈곤에 허덕이다가 저항의 양상을 띠게 된다.

　이들의 토지에 대한 태도의 차이는 이 세 작가의 소설적 결말의 차이로도 설명된다. 즉 『토지』 2부는 조준구에게 빼앗겼던 토지를 모두 되찾은 최서희가 용이와 영팔이 가족을 거느리고 귀향하는 것으로 끝나고 있다. 이것은 이국 생활의 청산을 의미하며 성공적인 귀향을 의미한다. 반면에 『북간도』는 새 교육을 받은 세대인 이정수가 아버지의 친구 임군삼의 딸 영애와 결혼하여 간도의 민족 교육에 투신하게 되는 것을 보여주는 것으로 끝나고 있다. 이것은 간도에 정착하고자 하는 뿌리내림이 단순한 농토에 대한 애착으로 가능한 것이 아니라 현실적인 투쟁을 거쳐서 획득된 것임을 말해준다. 그리고 최서해의 주인공이 빈손으로 귀향하게 되는 것은 토지를 소유하지 못한 식민지 현실 속에서 하층민의 삶이 감당해야 했던 비극의 밑바닥을 보여주는 것이다. 특히 1924년에 있어서 식민지의 민족적인 궁핍화 현상으로서 간도 체험은 최서해에게 있어서 바로 생존 그 자체와의 투쟁이었던 것이다. 그렇기 때문에 최서해의 주인공들은 생존이라는 극한 상황 속에서 유랑민의 비극을 민족적 현실로서 제시할 수 있었던 것이다.

그런 의미에서 한국 소설에 나타난 '간도' 체험은 오늘날 우리의 역사적인 추억으로서 우리 소설에 투영되고 있는 것이 아니라, 우리 민족의 삶의 현장으로서, 어려운 상황 속에서 정당하게 살아남는 민족적 상상력의 공간으로서 문화적인 가능성을 끊임없이 제시해준다고 할 수 있을 것이다.

II
이청준

언어와 현실의 갈등

1

한 사람의 작가에게서 그 작가의 고유한 세계를 발견한다고 하는 것
은 비평이 해야 할 중요한 일 가운데 하나일 것이다. 아니, 그 고유의
세계를 발견할 뿐만 아니라 그 세계가 가지고 있는 의미를 분석해내는
것은 바로 그 작가와 작품을 제대로 읽어내는 방법이 될 것이다. 그러
나 정작 어떤 작가를 들고 그의 문학 세계를 이야기하고자 했을 때 그
것이 대단히 추상적이거나 무의미한 것이 되지 않게 한다는 것은 생
각만큼 쉬운 일은 아니다. 왜냐하면 작가가 하나의 작품을 쓰는 것은
그 작가로서는 그때까지의 여러 가지 경험을 추체험하는 것이며 동시
에 새로운 경험을 창조하는 일이기 때문이다. 여기에서 새로운 경험을
창조한다고 하는 것은 바로 '작품을 만드는 경험'의 창조성을 의미한
다. 물론 작가는 작품을 쓸 때마다 이처럼 경험 창조를 하고 있지만,

이때의 창조의 경험은 개개의 작품에 따라 다르다. 작품을 쓴다는 것이 언제나 다시 시작한다는 의미를 띠는 것도 그 때문이겠지만, 만일 그렇지 않다고 한다면 작품 자체가 일종의 유형화로 떨어짐으로써 새로운 작품에 대한 긴장을 우리로 하여금 경험하게 해주지 못한다. 그렇기 때문에 작가가 하나의 작품을 쓴다는 것은 설사 그가 쓰고 있는 이야기 자체가 이미 경험되어진 것이라고 할지라도 새로운 경험의 창조이며, 따라서 그 작품은 우리에게 새로운 경험을 하게 만든다. 작가가 작품을 쓰는 행위가 창조적 행위임은 두말할 필요도 없거니와 독자가 작품을 읽는 행위도 창조적 행위일 수 있고 또 그래야 할 당위성을 갖는다. 이 말은 작가의 새로운 경험인 작품을 독자가 단순한 경험으로 소비해버릴 경우에 그 작품과 독자 사이의 관계가 비진정한 관계로 끝나고 만다는 것을 의미한다. 여기에서 비진정한 관계란 작품과 어떤 독자 사이에 이루어지는 고유한 관계가 아니라, 그 작품의 일차적 독서만으로 어떤 독자하고나 이루어지는 관계이다. 그렇기 때문에 이 비진정한 관계에 의할 것 같으면 하나의 작품과 어떤 독자 사이에 은밀하고 심오한 만남은 이루어지지 않게 되고 개별적인 의미가 사라진 유형화된 부딪침만이 있을 뿐이다.

이러한 현상은 오늘의 산업사회가 부딪치고 있는 문화의 유니폼화라고 할 수도 있을 것이고 문화의 소비재화 현상이라고 부를 수도 있을 것이다. 다시 말해서 옛날의 개인은 자신이 입게 되는 옷을, 자신이 살고 있는 사회에서 쉽게 구할 수 있는 재료를 자신의 신체적 조건에 맞추어서 그 사회의 미적 감각에 맞는 디자인과 색상에 맞게 만들어 입었기 때문에 그 개인이 살고 있는 사회에 따라 옷의 형태와 색깔이 달랐다. 그러나 오늘날 웬만큼 개방된 사회에서는 그것이 동양이든 서양이든 신체적 조건이 어떠하든 동일한 형태의 옷을 입게 된다. 전세계의 이러한 유니폼화를 순전히 경제적 측면에서 대량생산으로 인한 가격의 저렴화로 설명할는지 모르지만, 이것은 그 이면에 자리 잡고 있는 무수한 모순을 외면한 채 눈앞의 이익으로 모든 것을 설명하려고 하는 조직화된 속임수에 지나지 않는다. 즉 전 세계를 자신들의 시장으로 삼으려고 하는 대자본과 새로운 식민주의는 한편으로 저렴한 가격이라는 이름으로 세계시장을 획득하고, 다른 한편으로는 그러한 유니폼화를 통해서 정신적 식민지를 개척하게 되며, 또 한편으로는 저렴한 유니폼을 제공하는 대가로 희귀한 자원을 흡수하는 것이다. 물론 여기에서 함정은, 스스로 신체적 조건에 맞는 옷을 만들어 입는 것보다 대량생산의 유니폼을 사 입는 것이 손쉽다는 데 있다. 이러한 현상은 가령 우리가 살고 있는 주택이나 문명의 여러 가지 이기(利器)에서 일반화되고 있다. 물론 이러한 현상에 대해서 분개하고 개탄하는 것은 자칫하면 경제와 문화의 고립주의에 빠질 위험이 있다. 그러나 여기에서 우리가 의식화시켜야 하는 것은, 이와 같이 모든 분야의 유니폼화가 결국 우리로 하여금 창조적 사유를 할 수 있는 기회를 박탈하면서 모든 것을 소비재로만 만들어버리지 않을까 하는 질문의 세계이다. 이러한 가능성이 독서 행위에서 일어났을 경우 문학 작품과 어떤 독자 사이의 관계의 유형화로 드러난다.

소설은 바로 이처럼 유형화되는 관계에서 스스로를 벗어나게 하려고 하는 내재화된 노력을 하면서 동시에, 유형화되고 있는 모든 것을 의식화하려고 하는 외재적인 노력을 하는 문학의 장르이다. 역사적으로 소설이 끊임없이 변화해온 것은 소설 자체의 유형화에서 벗어나고자 하는 노력의 표현이며, 삶의 여러 가지 양상뿐만 아니라 동일한 사건까지도 다양한 각도에서 바라보아온 것은 삶이나 그 삶을 살고 있는 우리의 의식 자체의 유형화를 극복하고자 하는 소설의 또 다른 노력의 표현이다. 여기에서 극단적인 예를 하나 들면, 김옥균이라고 하는 역사적인 실제 인물을 소설로 다룬 역사소설이 한 편, 혹은 여러 편 있다고 해서 그를 다룬 역사소설이 다시 나올 수 없지 않다는 것이다. 새로운 역사소설은 김옥균이라는 인물을 지금까지와는 다른 방법으로, 또 다른 각도로 다룬 것이 될 것이다. 여기에서 주목해야 할 것은 어떤 대상을 묘사하거나 서술한다고 하는 것은 단번에 그 대상을 파악하여 완전히 안다는 것을 의미하지 않는다는 사실과, 따라서 묘사나 서술을 통해서 그 대상과 하나의 관계를 맺게 된다는 사실이다. 그렇기 때문에 하나의 대상은 그 대상을 바라보는 사람에 따라 다른 특성을 드러내게 되고, 그 사람과 새로운 관계를 맺게 된다. 따라서 작가의 개성이란 그 작가가 대상과 맺게 되는 관계에서 드러날 수 있는 것이며, 그 구체적인 예가 작가에게는 작품일 수밖에 없다. 작가는 그러한 자신의 독특한 안목으로 대상의 정체를 밝히고자 하는 사람이며, 다른 사람에 의해서 밝혀진 대상의 정체에 대해서 만족하지 못하는 사람일 뿐만 아니라, 끊임없이 새로이 대상의 정체를 탐구하는 사람이다.

그러한 이유로 작가는, 이 세상에 수없이 많은 작품이 이미 씌어졌음에도 불구하고 새로운 작품을 쓰는 것이며, 그 새로운 작품을 통해서 우리에게 현실을 이해하는 새로운 방법을 알려주는 것이다. 그러나 이처럼 현실의 정체에 대한 탐구가 외형적으로 드러날 만큼 실용적인 의미를 띨 수 없는 것은 소설의 미학이 갖는 고유성에서 기인한다고 할 수 있다. 왜냐하면 소설은 르포르타주나 논픽션처럼 있는 그대로 보고하는 것으로 완성되는 것도 아니고, 관공서의 공문서나 재판관의 판결문처럼 현실적인 기능을 수행하는 것도 아니기 때문이다. 소설은 르포르타주나 논픽션, 공문서나 판결문과 동일한 언어를 사용하지만, 그 언어의 사용 방법에 있어서 다르다. 언어의 사용 방법이 다르다고 하는 것은 그 언어의 사용을 지배하고 있는 질서가 다르다는 것을 의미한다. 공문서나 판결문의 언어는 그 글의 현실적인 효과와 그 의미의 단일성을 최대의 질서로 생각하고 있는 데 반하여, 소설의 언어는 그 글의 문학적인 효과와 그 의미의 복합성을 최대의 질서로 삼고 있다. 물론 여기에서 '문학적인 효과'와 '의미의 복합성'이 바로 문학비평과 문학 연구의 대상이 되거니와, 이와 같은 문학 언어의 특성 때문에 작가가 현실을, 다시 말해서 대상을 탐구한다고 하는 것은 학자나 수사관이나 신문기자가 현실을 분석하고 해석해내는 것과 다른 의미를 띠고 있다. 작가가 탐구하고 있는 현실은 그 자체가 이미 겉으로 드러날 수 있는 성질의 것이 아닐 뿐만 아니라, 그 작가에 따라서 얼마든지 그 모습을 달리할 수 있는 성질의 것이다. 다시 말해서 학자나 수사관이 대상으로 삼고 있는 현실은 그걸 다룬 학자가 누구이든, 그걸 수사한 수사관이 누구이든 똑같은 것으로 나타나야 하지만, 작가가 다룬 현실은 그 작가에 따라서 모두 다른 모습을 띤 것으로 나타나야 한다. 만일 어떤 작가에게서 나타난 현실의 모습이 다른 작가에게서도 동일하게 나타난다면 표절이라든가 아류라든가 하는 시비가 생기게 되는 이유도 여기에 있다. 따라서 하나의 작가가 태어난다고 하는 것은 지금까지 존재한 어떤 작품에서도 볼 수 없었던 현실의 어떤 모습을 새로운 탐구의 방법에 의해 드러낸 작가가 나왔다는 것을 의미한다. 그러나 그것이 지나치게 강조됨으로써 어떤 작가의 '기괴성'에 대해 지나친 의미를 부여하는 따위의 이야기를 문제로 삼는 것은 아니다. 적어도 작가의 개성이 얼마만큼 설득력을 갖고 있느냐 하는 데 따라서 그 작가의 개성의 뛰어남이 있기 때문이다. 그리고 이러한 점에서 이청준의 작품 세계를 탐구해본다고 하는 것이 독자에게 대단히 보람 있는 만남이 될 수 있으리라고 하는 것은 바로 그의 그러한 개성 때문이라고 해도 지나치지 않을 것이다.

2

1965년에 『사상계』의 신인 작품 모집에 단편 「퇴원」이 당선됨으로써 문단에 등장한 이청준은 여러 가지 측면에서 대단히 특기할 작가이다. 그에게 관심이 있는 독자라면 쉽게 간파할 수 있는 일이기는 하지만 첫째, 그는 1965년 이후 오늘에 이르기까지 거의 중단 없이 작품을 발표하고 있다. 모두 70편이 넘는 장단편을 15년여에 걸쳐 계속 발표한다고 하는 것은 얼핏 보면 별로 주목할 만한 사실이 아닌 것처럼 보일지도 모른다. 그러나 다른 작가들과 비교할 때 그처럼 기복이 없고 꾸준히 작품 활동을 지속적으로 해온 작가는 그 유례가 대단히 드물다. 특히 그의 작품을 읽은 독자들은 누구나 알고 있는 것처럼, 어떤 주제든지 쉽게 넘어가지 않는 그가 작가적인 개성을 가지고 이처럼 많은 작품을 거의 비슷한 속도로 발표해왔다는 것은 작가로서 그의 직업의식이나 지성으로서의 작가 의식에 있어서 괄목할 만한 저력을 소유하고 있음을 말한다. 어떤 작가에게서 그가 쓴 모든 작품이 걸작이기를 기대하는 것은 대단히 어려운 일일지 모르겠지만, 이청준에게는 태작이 대단히 드물다. 이 말은 그의 작품 대부분이 우리에게 긴장을 요구하고 있고, 우리로 하여금 한국에서 사는 삶의 의미에 대해서 생각하게 하며, 나아가서 소설과 문학에 대한 근본적인 질문을 던지게 한다는 것을 의미한다. 그러한 사실들을 이제 검토해보기는 하겠지만, 이처럼 독자를 오랫동안 긴장시킬 수 있는 그의 능력은 그의 작가적 생명의 장수를 보장해주는 것이다. 게다가 그가 받은 '동인문학상' '한국일보 창작문학상' '이상문학상' '중앙문화대상' 등의 상을 보면, 작가에게 있어서 상을 거론하는 일이 좀 우스운 일이지만, 적어도 이청준의 수상에 대해서는 일반적으로 납득하고 있는 것처럼 보인다.

그러나 이청준이 주목을 받아야 하는 이유 중에서 그가 15년 동안 14권의 창작집과 장편소설을 갖고 있다는 사실보다 더 중요한 것은 그의 작품 세계가 하나의 경향을 가지고 있는 것이 아니라 여러 가지 경향을 가지고 있다는 사실이다. 여기에서 여러 가지 경향이라고 하는 이유는 물론 그의 작품의 소재가 다양하다는 것도 포함된다. 그의 작품 속에는 6·25 사변이라는 충격에 관한 이야기도 있고, 활 쏘는 사람이나 매잡이나 항아리 굽는 사람과 같은 장인의 이야기도 있고, 오늘날의 단순한 월급쟁이의 이야기도 있으며, 소설을 쓰거나 잡지사 기자를 하는 지식인의 이야기도 있다. 이러한 소재의 다양성도 그의 소설의 다양성에 기여한 것 가운데 하나이기는 하겠지만, 그리고 바로 그 소재의 다양성이 필연적으로 주제의 다양성을 불러일으키는 데 공헌한 것은 사실이겠지만, 그의 소설이 여러 가지 경향을 띠고 있다고 하는 것은 각각의 소설에서 추구하고 있는 것이 다양하고, 따라서 그 추구하는 방법도 다양하다는, 그래서 삶이나 문학에 대해서 제기하고 있는 문제도 다양하다는 것을 의미한다. 물론 이러한 다양성은 이청준이라는 작가 자신이 세계를 보는 관점이나 자신의 삶을 보는 관점의 다양성에서 기인하고 있을 것이다. 이 말은 작가 자신이 세계나 삶에 대해서 이미 기성의 관념을 가지고 있다는 것이 아니라 작가가 작품을 통해서 그 관념을 추구하고, 형성하고 있다는 것을 의미한다. 실제로 이청준 소설은 외형적으로 눈에 보이는 현실을 추구하는 것이 아니라 현실의 눈에 보이지 않는 감추어진 세계를 끊임없이 찾아가고 있다. 이것이 이 작가에게서 주목해야 될 세번째 특기 사항이기도 하지만, 그의 소설의 서두는 어느 작품에서나 단정적이고 확실한 상황이 등장하는 것이 아니라 미지의, 불확실한, 그래서 소설 속에서 찾아가야 될 상황이 등장한다. 그러나 그렇다고 해서 그 상황의 진정한 의미가 소설의 결말에 가면 완전히 드러난다고 할 수는 없다. 왜냐하면 그의 소설에서는 그러한 상황을 가능하게 한 여러 가지 조건들이 차츰 밝혀질 뿐, 작가가 그 상황에 하나의 의미만을 부여하고 있지는 않기 때문이다. 오히려 작가는 그 상황에 의미를 부여함으로 인해서 닫힌 상황으로 만드는 결과를 초래하는 것을 두려워한 나머지, 그 상황을 가능하게 한 조건들만을 밝혀냄으로써 그 상황의 의미를 열어놓고 있는 것처럼 보인다. 말을 바꾸면 독자들 각자가 그러한 여러 가지 조건들과 상황의 관계를 스스로 생각함으로써 소설의 독서 자체를 소비적이 아니라 창조적인 행위가 되도록 하고 있다는 말이다.

물론 여기에는 그러한 가능성을 뒷받침해주는 기술적(技術的)인 전거가 있다. 이청준 소설의 화법의 특색이라고 할 수 있는 그것은 화자의 관점으로 드러난다. 다시 말하면 그의 소설 대부분의 화자는 항상 전지전능의 위치에 있는 것이 아니라 작중인물 가운데 한 사람이거나 혹은 한 작중인물의 관점을 빌리고 있다. 그러한 예를 그의 3편의 중요한 소설의 서두를 살펴보면 쉽게 알 수 있다.

① 지난봄 갑자기 세상을 등지고 만 민태준 형은, 그가 이승에 있었다는 흔적으로 단 한 가지 유물만을 남겨놓고 갔었다. 아는 이는 다 알고 있는 일이지만 그것은 별로 값지지도 않은 몇 권의 대학 노트로 되어 있는 비망록이었다. 우리는 그가 원래 시골집에 논섬지기나 땅을 가지고 있었고, 처신에도 별로 궁기를 띠지 않았기 때문에 설마 옷가지 정도는 정리할 게 좀 남아 있으리라 생각했지만, 사실은 그게 아니었던 것이다. 하지만, 민형의 임종 순간이 노트 몇 권밖에 남길 수 없을 만큼 비참한 것은 물론 아니었다. 나이 서른넷이 되도록 결혼 살림도 내보지 못한 민형은 모든 것을 미리 알고 주변을 말끔히 정리한 다음 스스로의 임종을 맞았으리라는, 어쩌면 그 임종은 민형 자신에 의하여 훨씬 오래전부터 계획되었는지 모른다는 추측이 유력했던 것이다. 하고 보면 그의 유품인 비망록은 그가 간 뒤에도 남겨두고 싶은 유일한 소지물이었음이 틀림없었을 거라고들 했다.

—「매잡이」

위의 인용에서 볼 수 있는 것처럼 화자는 '나'라고 하는 작중인물이고, 지금 여기에서는 지난봄에 죽은 '민태준'의 유일한 유품으로 하나의 비망록이 있을 뿐이라는 정보를 우리에게 제공한다. 민태준의 죽음이 어떤 성질의 것이고 화자 자신에게 무슨 의미를 갖고 있는 것인지에 관해서는 구체적으로 언급이 없지만 "모든 것을 미리 알고 주변을 말끔히 정리한 다음 스스로의 임종을 맞았으리라"라고 함으로써 앞으로 그 인물의 죽음을 중심으로 한 '알려진 바 없는' 중요한 부분을 화자가 찾아갈 것임을 암시하고 있다. 따라서 독자는 이제 중요한 부분을 찾아가기 위해서는 화자를 따라가면 되는 셈이며 그것이 이 소설의 독서가 된다는 것을 알 수가 있다. 물론 여기에서 화자가 독자보다 많이 아는 것이 없다는 것은 아니다. 벌써 앞에서 인용한 사실 자체가 화자의 눈앞에서 벌어진 현장의 전달이 아니라는 점에서 화자가 독자보다 더 많은 정보를 가지고 있다. 이 소설을 조금만 더 읽으면 화자가 "사실을 고백해야 할 것 같다"고 하면서 "실상 앞에 말한 모든 이야기는 지금 내가 말하려는 고백을 전제하면서 지금까지 주변에서 생각되고 있었던 사실들을 그대로 적었을 뿐인 것이다. 그리고 이것은 나 자신으로서는 그런 것들에 좀더 많은 것을 알고 있다는 말이 되겠다. 그것은 사실이다. 그리고 그렇다는 것을 나는 바로 오늘 아침에 알게 된 것이다"라고 함으로써 독자보다 화자가 더 많은 것을 알고 있음을 인정한다. 그러나 이 소설의 그다음의 전개는 기지(旣知)의 사실이 아니라 미지(未知)의 사실을 찾아가는 이야기로 가득 차 있다. 다시 말하면 화자 자신이 다른 사람보다 더 많이 알고 있다는 사실 자체가 '오늘 아침'에야 드러난 것처럼 소설의 주제는 화자에 의해 밝혀져가는 부분이지 이미 알고 있는 부분이 아니다. 따라서 이미 알고 있는 사실은 바로 그러한 주제를 찾아가는 데 필요한 전제 조건에 지나지 않는다. 그러니까 이청준 소설에서 화자가 독자보다 더 아는 것이 있다면 그것은 이러한 전제 조건에 지나지 않을 뿐, 정작 화자 자신이 알고 싶어 하는 것 —그것은 또한 독자가 알고 싶어 하는 것이기도 하다— 은 화자가 찾아가는 형식을 취하고 있다. 그러한 예를 「소문의 벽」 서두에서도 쉽게 주목할 수 있다.

② 아무리 깊은 취중의 일이었다고는 하지만, 그날 밤 내가 박준을 대뜸 나의 하숙방까지 끌어들이게 된 데는 어딘지 꼭 그럴 만한 이유

가 있었을 것만 같다. 왜냐하면 그날 밤 박준이 처음 나의 눈앞에 나타났을 때까지만 해도 그는 아직 나에게는 얼굴도 성명도 모르는 생면부지의 사내에 불과했고, 또 그런 박준은 아무리 그가 기괴한 모습으로 나를 놀라게 하려 했다 해도 다방 거리나 신문 같은 데서, 나는 하루에도 몇 차례씩 그런 돌발적인 사건들을 만나고 있었으니까 말이다. 한데 그런 내가 그런 박준을 하숙방까지 끌어들여 함께 밤을 지낸 것이다. 아무래도 무슨 이유가 있었을 것만 같다. 하지만 나는 지금 당장 그 이유를 생각해낼 수가 없다. 도대체 어떻게 해서 내가 그를 나의 하숙방까지 끌어들일 생각을 먹게 되었는지, 스스로 납득할 만한 동기가 떠오르질 않는단 말이다.

위의 예문도 ①에서와 마찬가지로 화자 자신이 소설의 작중인물인 것은 틀림없지만, 그렇다고 해서 그가 남들보다 사태를 분명히 알고 있는 것은 아니다. 위의 예문 ①과 ②에서 공통적으로 볼 수 있는 것은 이 두 화자의 말 속에 '추측'이 잔뜩 자리 잡고 있다는 사실이다. 예문 ①에서는 "임종을 맞았으리라" "오래전부터 계획되었는지 모른다"는 추측과 "남겨두고 싶은 유일한 소지물이었음이 틀림없었을 거"라는 추측이 있고, 예문 ②에는 "그럴 만한 이유가 있었을 것만 같다"든가 "아무래도 무슨 이유가 있었을 것만 같다"고 하는 추측이 들어 있다. 이러한 추측을 통해서 이청준의 화자는 독자의 호기심을, 아니 독자의 긴장을 불러일으키는 한편, 자기 자신이 앞으로 그 소설 속에서 해야 할 일을 암시하고 있다. 그것은 소설의 서두에서 독자와 함께한 화자 자신의 추측이 사실인지 아닌지, 그리고 사실이라면 그것이 무슨 의미를 띠는지 찾아가는 것이다. 그리고 이처럼 찾아가기 위해서 화자는 언제나 "그럴 만한 이유"가 있을 것으로 추측을 하면서도 그걸 지금 당장은 확실히 알 수 없는 것으로 제시한다. 그러나 이처럼 몇 가지 추측을 가능하게 하려면 그 추측의 전제 조건에 해당하는 정보들을 화자가 제공할 수밖에 없고, 그런 점에서 화자가 독자보다 다소간 많은 정보를 갖게 되는 것은 피할 수 없는 사실이 된다. 이와 같은 현상이 「병신과 머저리」에서 나타나고 있다는 것은 결코 우연일 수 없다.

③ 형이 소설을 쓴다는 기이한 일은, 달포 전 그의 칼끝이 열 살배기 소녀의 육신으로부터 그 영혼을 후벼내버린 사건과 깊이 관계가 되고 있는 듯했다. 그러나 그 수술의 실패가 꼭 형의 실수라고만은 할 수 없었다. 피해자 쪽이 그렇게 생각했고, 근 십 년 동안 구경만 해오면서도 그쪽에 전혀 무지하지만은 않은 나의 생각이 그랬다.

여기에서도 이미 두 가지의 중요한 정보가 화자에 의해 제공되고 있지만 그 두 정보 사이의 관계는 추측으로 나타나 있을 따름이다. 즉 형이 소설을 쓴다는 정보와, 의사인 그 형이 수술한 소녀가 달포 전에 죽었다는 정보는 화자가 독자보다 더 많이 알고 있는 사실이지만, 이 두 사실 사이에 어떤 관계가 있을 것이라는 추측은 ①과 ②에서 이미 '무슨 이유'라는 이름으로 제시된 것과 마찬가지로 화자가 만들어낸, 다시 말해서 그 관계에 관해서 독자로 하여금 상상을 하게 하는 것이다. 만일 화자가 그 관계에 관한 추측을 하지 않았더라면 독자로서는 그 관계가 어떠할 것이라고는 생각조차 할 수 없는 성질의 것이다. 그러나 일단 화자가 거론한 이상 독자의 관점은 이제 화자가 이끄는 데로 화자와 '함께' 움직이게 된다. 이것을 화법에서 '동반(同伴)의 관점'

이라고 명명한다면, 이청준의 소설은 바로 그 동반의 관점으로 소설적 긴장의 출발점을 삼는다. 일단 이처럼 추측하게 하고 상상을 하게 함으로써 독자로 하여금 앞으로 화자와 함께하게 될 여행이 미지의 모험으로 가득 찰 것임을 기대하게 하고 끝없는 의혹 속에 빠지게 될 것임을 느끼게 한다. 특히 예문 ① ② ③과 같은 소설의 서두 다음에는 반드시 무언가 밝혀지지 않은 대목들이 있음을 이야기함으로써 바로 그 대목을 밝혀가는 과정을 소설의 전개 과정으로 삼게 된다. 가령 ①의 예문 뒤에 '그러니까 모든 죽음이 그렇듯이 그의 죽음에 대한 좀더 중요한 부분은 전혀 알려진 바가 없는 셈이다'라고 한다든가 예문 ③에 뒤이어서 '그 밖에 형에 대해서 내가 확실하게 알고 있는 것은 거의 아무것도 없는 셈이다'라고 하는 것은, 그의 소설이 끊임없이 '왜'라는 질문을 하고 그 질문에 대한 대답을 추구하는 양식을 띠고 있음을 이야기하기에 충분하다.

3

이와 같이 질문과 대답의 추구로 일관되고 있는 이청준의 소설들에서 그 작중인물들이 던지고 있는 질문의 근본은 무엇인가? 여기에 대한 대답을 얻기 위해서는 아마도 그의 소설 속에서 소설을 다루는 작품을 검토해보는 것이 가장 좋은 방법일 것이다. 왜냐하면 바로 그러한 작품에서 이 작가의 소설에 관한 의견이 가장 직접적으로 드러나고 있기 때문이다.

이청준의 소설에는 여러 가지 다양한 직업인들이 등장하고 있지만, 이 직업인들은 모두 자기 분야에 대해서 만족하지 못하고 자기가 살고 있는 세계와 불화 속에 빠져 있다. 그 가운데서 소설가를 직업으로 택하고 있는 주인공의 소설들이 여러 편 있지만, 모두 실패한 소설가를 다루고 있다. 가령 『조율사』에서 글을 쓰지 못하는 소설가 '나'와 좌절을 겪는 평론가 '지훈'이 그렇고, 「소문의 벽」에서 결국 미쳐버리고 마는 소설가 '박준'의 경우도 마찬가지이며, 「병신과 머저리」의 '형'이 소설을 불태우는 것도 소설가로서 스스로의 패배를 이야기하는 것이다. 그렇다면 이들 주인공에게 있어서 소설을 쓴다는 것은 무엇인가? 「소문의 벽」에서 주인공은 "작가는 누가 뭐래도 진술을 끊임없이 계속하지 않고는 살아갈 수 없는 족속"이라고 하고 있고, 「지배와 해방」의 주인공은 "작가는 언제나 그가 도달한 세계에서 또 다른 다음번의 이념의 문을 향해 끝없이 고된 진실에의 순례를 떠나야 하는 숙명적인 이상주의자일 수밖에 없"다고 한다. 이러한 주인공들의 발언을 통해서 이청준에게 있어서 소설을 쓴다는 것은 진실을 이야기할 수 없는 상황에서도 그것을 말하는 행위이며, 하나의 진실을 이야기하는 것이 아니라 끊임없이 새로운 진실을 찾아서 이야기하는 것임을 알 수 있다. 위의 예문에서 "누가 뭐래도"라는 조건 절은 작가 자신의 글 쓰는 행위가 작가의 외부적 조건과는 상관없이 개인적 · 윤리적 결단으로 이루어짐을 이야기한다. 그렇기 때문에 「지배와 해방」에서 "독자와 사회에 대한 작가의 책임이란 그러니까 결국 그의 개인적 삶의 욕망과 독자들의 삶을 위한 어떤 일반적인 가치 질서의 실현이라는, 복수가 기여가 되어야 한다는 그 지극히도 이율배반적인 관계 속에서 힘들게 마련되어야 할 운명의 것"이라고 한다.

작가가 자기의 외부의 조건과 상관없이 진실을 이야기한다고 하는 것은, "작가라는 것은 세상을 향해 뭔가 끊임없이 자기 진술을 계속할 의무를 자청하고 나선 사람들"이라고 한 것처럼 스스로 작가이기를 선택한 사람이기 때문이다. 그런데 작가에게 외부의 압력이 주어진다면 그 작가는 필연적으로 갈등을 느끼게 될 것이고, 그 갈등이 심화되면 결국 정신적인 상처를 갖게 된다. 바로 그러한 의미에서 이청준의 소설 속의 소설가는 정신적인 질환을 가지고 있고, 따라서 소설가로서 실패한 사람들이다. 물론 이청준의 소설은 바로 이 소설 속의 소설가들의 실패를 통해서, 혹은 그 실패의 대가를 치르고 이루어진 것이다. 「소문의 벽」의 마지막에 오면 이 소설의 주인공 '박준'이 "자기의 내면에 용틀임치는 진술욕과 그것을 불가능하게 하고 있는 전짓불 사이에서 심한 갈등과 불안을 느끼기 시작했다. 그리고 그 정체불명의 소문과 갈등을 빨아먹으며 전짓불은 그의 의식 속에서 엄청나게 크게 확대되어갔다. 한데 바로 그 전짓불은 어렸을 때부터 그의 의식 속에서 은밀히 발아를 기다리고 있던 그 갈등과 불안의 씨앗이었다. 이제 그 씨앗이 발아를 시작한 것이다. 그리고 그것은 박준의 마지막 소설 속에서 한 작가로 하여금 끝끝내 정직한 진술을 할 수 없게 만들어버린 방해 요인의 상징으로 훌륭하게 완성되어지고 있었다"라고 해석을 내린다. 말하자면 소설가 '박준'의 실패 요인을 어렸을 때의 정신적인 상처 때문이라고 밝혀냄으로써 이 소설은 끝나고 있다. 여기에서 주목해야 할 것은 '박준' 자신이 어려서 정신적인 상처를 입게 된 '전짓불'에 대한 공포가 이 작가에 의해 단순한 심리주의적 해석으로 끝나고 있지 않다는 사실이다. 이 소설뿐만 아니라 다른 소설에서도 그렇지만 이청준의 주인공들은 모두 '불행한 과거'를 가지고 있다. 그러나 그 '불행한 과거'가 '한때' 일어난 일로서 이미 끝난 이야기라면 이 소설에서 현재 불행의 원인을 거기에서 찾는 것 자체가 심리주의일 것이다.

물론 「소문의 벽」의 '박준'이나 「병신과 머저리」의 '형'이 모두 과거에 깊은 정신적인 상처를 갖고 있는 것은 사실이다. 6·25 사변 때의 기억으로 나타나고 있는 '박준'의 전짓불 사건은 상대편의 정체에 따라 진실을 말해서 죽을 수도 있고 거짓을 말해서 죽을 수도 있다. 이것은 '나'의 생각이나 이데올로기와는 상관없이, 그리고 그 생각과 이데올로기를 토론할 수 있는 여지도 없이 그것이 자아가 아닌 상대편과 같은 '편'이냐 아니냐에 의해서만 삶과 죽음이 결정되는 택일적인 상황인 것이다. 따라서 상대편의 정체를 모른 채 상대편이 누구냐에 따라 양극의 결과를 가져온다는 것은 '우연'에다 모든 것을 맡기는 결과가 된다. 미친개에게 물리는 것과 같은 이러한 상황을 폭력의 지배를 받는 공포의 상황이라고 일컬을 수 있을 것이다. 이청준의 주인공에게 있어서 '전짓불'과 연관된 어린 시절의 상처는 「퇴원」에서도 나타난다. 주인공이 어린 시절에 남몰래 즐기던 비밀이 있었는데, 그것은 광 속에 가득 찬 볏섬 사이에 있는 틈 속에 '어머니'와 '누이'의 속옷을 깔아놓고 잠시 잠을 자고 나온다는 것이다. 이 사실이 아버지의 '전짓불'에 발견되어 주인공은 이틀 동안 이유도 모른 채 그 속에 갇혀 있었다. 여기에서 '전짓불'을 든 사람의 정체는 분명히 '아버지'였으나 왜 '아버지'가 화를 내고 '그'를 광 속에 가두어버렸는지는 전혀 설명이 되지 않는다. 다시 말하면 '나'의 행위가 왜 이틀간의 감금에 값하는 것이었는지 전혀 설명이 없다. 이 말은 아버지의 분노의 원인을 알 수 없다는 것이다. 그것은 「소문의 벽」에서 자신이 어느 쪽이라고 밝히면 상대편의 마음에 들 수도 있고 안 들 수도 있는 것과 마찬가지이다. 이와 같이 폭력에 의한 어린 시절의 정신적 상처는 「개백정」에서도 똑같이 드러난다. 6·25 전쟁 때 "말씨가 설고 거센 총잡이"들이 나타나면서 그 산골에 살던 어린 주인공의 집안에 이치를 따질 수 없이 죽음의 그림자가 드리우고 있다. 그러한 가운데 '개공출'로 이미 '노랑이'의 죽음을 경험한 주인공에게 죽은 줄로 알고 있던 '복술이'가 "앞발 하나를 몹시 절뚝거리고" "두 눈마저 이미 시력을 잃고" "오른쪽 눈은 눈두덩이 두껍게 부어올라 이미 뜰 수조차 없게 되어 있었고" "피가 흐르고 있는 왼쪽 눈은 피로 범벅이 된 눈두덩 털 때문에 형체조차 잘 알아볼 수가 없"게 된 채로 나타난다. 그러나 이처럼 '복술이'까지 죽이려고 든 것은 '개 가죽' 숫자가 모자라서 그런 것이 아니라, '노랑이'의 가죽을 취한 뒤에 공짜로 먹어본 고기 때문이었던 것이다. 다시 말하면 개를 잡을 수 있는 권력을 손아귀에 쥐고 있는 사람이 권력 없는 사람의 정신적인 상처는 전혀 생각하지 않아도 되는 공포의 상황, 무쇠 탈처럼 논리적인 사유도, 토론의 여지도 없이 무조건 강요되는 공포의 상황에 의해서 주인공이 입은 상처는, 「소문의 벽」에서 '박준'이 전깃불에 입은 상처에 못지않은 것이다.

이 두 상황에서 공통적인 특색을 살펴보면 우선 그것은 폭력이 지배하는 것으로 나타난다. 폭력이 지배한다는 것은 합리적인 사고를 할 수 없게 할 뿐만 아니라 호소할 길조차 없다는 것이다. 여기에는 힘이 지배할 뿐 '말'로 할 수 있는 상황이 아니다. '말'이 지배할 수 없다는 것은 '법(法)'이 없다는 것을 의미한다. 왜냐하면 '법'은 곧 말이기 때문이다.

그러나 주인공의 어린 시절에 입은 상처는 이러한 폭력에 대한 공포만으로 드러나는 것이 아니다. 가령 「눈길」 같은 작품에서는 어린 시절에 경험한 가난에 대한 공포가 주인공의 정신적인 상처를 이루고 있다. 다시 말하면, 도회지에서 고등학교를 다니던 시절에 '집'을 잃은 어머니의 가난으로 인한, 아니 자기 자신의 가난으로 인한 상처는 주인공으로 하여금 '어머니'에게 '빚진 것'이 없다고 생각하게 만들지만, 이렇게 겉으로 드러난 '적대감' 이면에는 그 반대의 '친화감'이 깔려 있다. 아니, 주인공에게서 나타나는 어머니에 대한 적대감은 사실 주인공이 자신의 상처를 되돌아보고자 하지 않는 과거에 대한 기피증이지 어머니에 대한 문자 그대로의 적대감은 아니다. 그것은 '나'가 '아내'에게 어린 시절의 가난에 관해서 이야기해주고자 하지 않고, 따라서 그 이야기가 나올 만했을 때 다시 서울로 떠남으로써 '어머니'에게서 그 이야기가 나오는 것을 방지하려고 했지만, 일단 그 이야기가 '어머니'에게서 아내에게로 전달되는 순간에 '부끄러움'을 느끼는 것으로 충분히 설명된다. 그렇기 때문에 어린 시절의 가난은 그에게 '부끄러움'이 되어 가능하면 그것에 관한 이야기를 하지 않으려고 하게 된다.

그러나 주인공의 어린 시절 정신적인 상처에 대해서 하나는 '전짓불'에 대한 공포 때문에, 다른 하나는 '가난'에 대한 부끄러움 때문에 이야기하기를 꺼려 한다고 하는 것은 '진실'을 말하지 않는다는 점에서 똑같은 행위이다. 개인적인 차원에서 '말'을 하지 않는다고 하는 것은 그것이 외부에서 금기로 되어 있기 때문인 경우와 자기 내부에서 스스로 검열을 하는 경우로 나눌 수 있고, 그런 점에서 위에서 말한 공포와 부끄러움은 그 두 가지를 설명하기에 충분한 것처럼 보인다. 이와 같은 사실에 대한 인식은 가령 「소문의 벽」에서 '박준'의 두 편의 소설이 잡지에 발표되지 못하고 있는 사실에 대해서 다음과 같이 이야기하는 데서도 드러나고 있다.

그런데 이 두 편의 작품들은 결국 양쪽 다 빛을 보지 못하고 만 것이다. 하나는 '시대 양심'이라는 것에 바탕을 둔 편집자의 문학 이념과 어긋난다는 이유에서, 그리고 다른 하나는 소위 그 '말썽의 소문'을 두려워하는 용기 없는 편집자의 조심성에 의해서.

위에서 전자는 자율적인 검열에 의해서, 후자는 타율적인 검열에 의해서 두 작품이 햇빛을 보지 못하는 경우를 설명하고 있다. 작품이 발표되지 않는다고 하는 것은 작품의 사물의 상태를 말하는 것이며, 작품이 발표된다고 하는 것은 작품의 언어의 상태라고 일컬을 수 있다. 따라서 진실을 이야기하지 않는 것은 진실의 사물의 상태이지만 진실을 이야기하는 것은 진실의 언어화라고 할 수 있다.

이러한 관점에서 볼 때 이청준의 주인공은 어렸을 때부터 그것이 '공포'에 의해서건 '부끄러움'에 의해서건 자신의 의사를 표시할 수 있는 자유를 박탈당한 정신적 상처를 가지고 있다. 자신의 의사를 자유롭게 표시할 수 없다고 하는 것은 그 주인공이 살고 있는 세계가 논리적이지도 이성적이지도 않다는 이야기이며, 동시에 그곳은 폭력이 지배하는 세계일 수밖에 없다는 것을 말한다. 그리고 이렇게 주인공이 살고 있는 세계의 부조리성은 어린 시절만의 추억이지 않다는 데 주인공의 보다 큰 비극이 있는 것이다. 즉, 「뺑소니 사고」라는 소설에서 주인공 '배영달'은 '기자'로서의 사명감과 '역사에 대한 책임' 사이에서 '양진욱'이라는 인물과 부딪친다. 그는 '금식'이라는 이름으로 백성들을 속이면서 '우상'이 되었던 '일파 선생'의 죽음의 정체를 파악하고 그것을 신문에 알리려고 한다. 반면에 '양진욱'은 '일파 선생'의 금식에 속임수가 있지만 그것이 수행하게 된 역사적 역할의 중요성 때문에 자신의 본래의 직업마저 던져버리고 '일파사상연구회'를 맡고 나선

다. 그러나 결과는 '일파 선생'의 허위 금식에 관한 폭로 기사가 신문에 나간 것이 아니라 그 기사를 쓴 '배영달' 기자의 뺑소니 사고에 의한 사망 기사가 신문에 나간 것으로 나타난다. 말하자면 이 주인공은 우리가 살고 있는 사회에서 역사에 대한 책임이라는 이름 아래 그것이 몇 사람의 독점물로 바뀌는 모순을 경험한다. 그리고 그 모순을 드러내고자 기사를 쓴 순간에 우연이라는 이름 아래 뺑소니 사고를 당한다. 여기에서 보게 되는 '뺑소니 사고'는 전쟁 중에 경험했던 '전짓불' 사건이나 '개백정' 사건과 유사한 것이다. 그것은 논리로 설명되지 않는 폭력의 존재에 대한 이청준의 투철한 인식이며, 전쟁 때처럼 겉으로 드러난 폭력이 아니라 보이지 않는 공포가 끊임없이 우리를 둘러싼 채 위협하고 있는 현실에 대한 인식이다. 그리고 이러한 인식을 통해서 이청준의 주인공은 이야기하지 못하게 되어 있는 체제 쪽의 금기와 싸우게 되지만 결과는 언제나 실패로 나타나고 있다.

4

이청준의 이러한 소설 세계를 그 자신이 설명해준 소설을 든다면 그것은 아마 「빈방」일 것이다. 이 소설은 주인공이 살고 있는 세계와 주인공 사이에 있는 갈등을 단적으로 보여주면서, 동시에 이 작가의 작품들에 나타난 여러 가지 상징적인 징조들을 설명해준다. 이 소설에는 '지승호'라는 인물이 '나'라는 신문기자의 하숙집에 동숙인으로 들어온다. '지승호'는 딸꾹질이 시작되면 그치지 못하고 계속한다. 얼핏 보면 이 소설도 '지승호'의 딸꾹질의 정신적인 원인을 찾아가는 형식을 취하고 있다. 그는 원래 어느 공장에서 그 회사의 생산부 직원으로 근무를 하다가 충격적인 사건을 경험한 뒤에 딸꾹질을 하기에 이르렀다. 바로 그 충격적인 사건이란, 노임을 올려달라는 여공들에 의해 조합 책임자로 받들어진 '지승호'가 여공들의 알몸 항의에 소방 호스의 찬물 세례가 주어진 다음, 자신의 입장을 설명할 수 없을 정도로 난처한 처지에 빠지는 것이다. 그러나 그의 딸꾹질은 자신의 거북한 입장 때문에 생긴 것도 아니고 찬물을 끼얹은 알몸 때문에 생긴 것도 아니다. 그것은 그 사건을 취재해 간 기자의 기사를 기다리는 과정에서 생겨난다. 그 순간에 그는 11월의 추위 속에서 알몸에 찬물 세례를 받은 여공들의 사건을 정신적으로 다시 체험하게 된다. 그가 여기에서 경험한 것은 두 가지 폭력이다. 하나는 찬물 세례로서 눈에 보이는 폭력이라면, 다른 하나는 기사가 활자화되지 않는, 눈에 보이지 않는 폭력이다. 그리고 그가 딸꾹질이라는 증세를 나타내게 된 것은 바로 눈에 보이지 않는 폭력을 경험하고 난 다음이다. 여기에서 기사가 활자화되지 않았다는 것은 진실이 언어화되지 않았다는 것을 의미한다. 다시 말하면 폭력에 대해서 이야기할 수 없는 공포의 상황이 그로 하여금 말 대신에 딸꾹질을 하게 하고 그 때문에 주인공은 고통을 받는다. 특히 신문기자로 있는 '나'마저 이 이야기를 모두 알고 난 다음에는 딸꾹질을 시작한다고 암시되는 것을 보면, 오늘날 우리는 모두 딸꾹질 환자일는지도 모른다.

물론 이처럼 이청준의 주인공이 거의 모두 '병신'이거나 '환자'이며 그들에게 그럴 만한 원인이 무엇인지 찾는 것이 그의 소설 세계라면, 이른바 그 정신적 상처가 '심리학적'이거나 '정신분석학적'으로 과연 현재의 병의 원인으로 굳어질 수 있는 것인가 질문을 던지게 된다. 왜냐하면 주인공들의 현재의 정신 상태에 대한 원인으로서만 과거의 정신적 상처가 존재한다면, 그것은 다분히 심리학과 정신분석학에 모든 것을 맡기고 마는 결과가 될 것이기 때문이다. 그러나 위에서 살펴본 바와 같이 그의 주인공은 어렸을 때에만 폭력에 의해 정신적인 상처를 입은 것이 아니라 나이가 들면서도, 그리고 지금까지도 공포의 상황에 의해 끊임없이 위협받고 있다. 따라서 「소문의 벽」의 '박준'이 소설을 못 쓰고 있는 것은 과거의 '전짓불' 때문만이 아니라 오늘의 '전짓불'의 존재 때문이기도 하며, 「병신과 머저리」에서는 형만이 과거의 상처로 인해서 소설을 끝맺지 못하고 있는 것이 아니라 "나의 아픔 가운데에는 형에게서처럼 명료한 얼굴이 없었"지만 그러한 '나'도 화폭을 완성시키지 못하고 있다. 이 말은 6·25의 전상이라는 정신적인 상처를 가진 '형'이 소설을 끝맺지 못하지만, 그 이유를 단순히 과거의 상처 탓으로 돌릴 수만은 없음을 말한다. 그것은 그러한 과거가 없지만 그림을 완성시키지 못하는 '나'의 정신적인 상처로 설명될 수 있다. 말을 바꾸면 스스로 책임지는 일을 두려워하고 그래서 자신의 그림마저 '형' 소설의 결말에 의존하게 된 '나'의 습관의 원인을 말한다. 또한 「가면의 꿈」에서 '지연'의 남편 '명식'은 '어렸을 적부터 소문난 천재'로서 현재의 직위인 판사가 되기까지 일종의 '천재 놀음'만을 해왔다. 바로 이 '천재 놀음'에 대한 자각으로 인해서 자신의 본래의 얼굴이 사실은 가면을 쓴 얼굴에 지나지 않는다는 것을 깨닫고서 그 가면 쓴 얼굴에 가면을 뒤집어쓰는 행위를 하게 된다. '천재 놀음'만을 해온 자신의 본래의 얼굴이 바로 가면을 쓴 얼굴임을 깨닫고 그 가면을 쓴 얼굴을 혼자 있는 시간에만은 보이고 싶지 않아서 또 다른 가면을 쓰게 된 주인공의 상처는, 주인공이 직장에서는 가면을 쓰지 않는다는 사실로 설명된다. 왜냐하면 체계 속에서 생활하는 일상적인 자신의 모습이 가짜라는 의식은 그동안 자신의 삶이 보이지 않는 폭력의 지배를 받아왔다는 사실의 자각이기 때문이다. 따라서 현재의 주인공의 불행이 과거에만 그 원인이 있다고 주장하기 위해서 이청준 소설이 주인공의 과거를 찾아간다면 그것은 심리주의요 정신분석학에의 호소일 따름이다. 그러나 그러한 불행이 과거에도 있었고 오늘날에도 있었다는 사실의 의식화를 위해 찾아지고 추구된 것이라면 그것은 심리주의에 빠질 수 없는 것이다.

5

이청준의 소설은 외형적으로 눈에 보이는 현실을 토대로 하고 있으면서도 실제로 추구하고 있는 것은 눈에 보이는 현실 이면에 있는 감추어진 세계이다. 앞에서 말한 것처럼 그의 소설의 서두에는 어느 작품에서나 단정적이고 확실한 상황이 등장하는 것이 아니라 미지의, 불확실한, 그래서 소설 속에서 찾아가야 할 상황이 등장한다. 그러한 상황의 의미는 소설의 결말에 가도 밝혀지지 않는다. 이청준 소설의 특수한 기법에 해당하는 이러한 상황 제시는 소설이 진행됨에 따라서 의미의 부여로 가는 것이 아니라 그러한 상황을 가능하게 한 조건들을 마치 결을 따라가듯이 밝혀주는 것으로 일관된다. 이것은 작가 자신이 그 상황에 하나의 의미, 결정적인 의미만을 부여하는 것이 아니라 독자 개개인이 부여할 수 있는 의미 발견의 가능성을 여는 것이다. 작가가 스스로 제시한 상황에 의미를 부여하는 것은 그 상황을 닫힌 상황으로 만드는 것이며, 그 상황의 조건들을 제시함으로써 상황과 조건들 사이에 있는 관계를 생각하게 하는 것은 그것을 열린 상황으로 만드는 것이다. 이것은 작가가 탐구하고 있는 상황을 독자 스스로도 탐구하게 하는 것이며 따라서 소설의 독서 자체를 소비적인 행위가 아니라 창조적인 행위가 되게 하는 것이다.

가령 비교적 최근의 작품인 「살아 있는 늪」을 예로 들어보자. 오랜만에 고향에 갔던 주인공이며 화자인 '나'가 서울로 다시 가기 위해서 탄 시골 '버스' 안에서 일어난 작은 사건들이 이야기의 전부이다. 새벽의 어둠 속을 뚫고 언제나 고향을 떠나온 개인적인 경험을 회고하면서 '나'는 이번 시골 여행이 서울행 고속 '버스'를 탈 때까지만 순조롭기를 바란다. 그러나 첫번째 만난 사건은 시골 '버스'의 고장이다. 이 '버스' 고장을 중심으로 운전사와 차장의 승객에 대한 횡포가 시작된다. 차비를 되돌려주려고도 하지 않은 채 두 시간 뒤에 출발하는 다음 '버스'를 기다리게 한다든가, 손님들의 요구에도 불구하고 고장을 고쳐보려고도 하지 않는다는 것이 그것이다. 그러니까 '나'를 제외한 인물들에게는 일상적으로 부딪치는 문제들을 '나'는 유심히 관찰하게 된다. '나'는 차비 몇 푼을 덜 내고자 하는 승객과 더 받고자 하는 차장의 시비를 통해서 일상적인 서민들이 가지고 있는 작은 이해타산을 목격한다. 운전사와 차장의 횡포, 승객의 비굴성 등에 답답해하는 것이다. 두번째 사건은 두 시간 뒤에 탄 차가 또다시 갈 수 없게 된 상황이다. 도로 보수 중에 파인 길 가운데 고구마 실은 '트럭'이 빠져서 앞길을 막고 있는 것이다. 이번에도 '버스'의 운전사나 차장은 길이 트이기를 기다릴 뿐 트이게 하려고 하지 않는다. 빨리 가야 할 사람은 손님들에게서 차비를 이미 받은 운전사와 차장이 아니라 볼일이 있는 승객들이라는 것이다. 그래서 길을 트이게 하고자 방법을 강구하는 것은 손님들이 된다. 다시 말하면 조금 전까지만 해도 운전사와 차장의 횡포에 대해서 대단히 비굴하기까지 하던 승객들, 운전사나 차장의 비위를 건드려보아야 같은 차에 타고 있는 승객들에게 손해만 돌아온다든가 그 노선을 이용하는 주민들에게 불편만 가져오게 된다(그 노선 자체를 없애 버린다는 위협을 승객들은 노상 받아온 터였던 것이다)는 판단 아래 참고 있던 승객들이 이번에는 길을 뚫기 위해서 공사장의 덤프'트럭'을 데려오고, 고구마 실은 '트럭'을 끌어내는 데 합심을 한다. 그러나 모처럼의 적극적인 상황 대치가 실패에 돌아가자 또다시 승객들은 시간이 흘러 타인들에 의해 길이 트이기를 기다린다. 승객들은 새벽의 배고픔을 달래기 위해서 엿장수 승객의 엿을 사 먹으면서 길이 트이기를 기다린다.

이러한 광경을 바라보고 있는 '나'는 "역겹고 무기력한 자기 수모감을 더 이상 참아 넘길 수가 없었"기 때문에 "이게 어디 사람의 꼴로 당할 일이오!"라고 외친다. 이 말을 계기로 '나'는 모든 승객들의 공격의 표적이 된다. '나'는 이러한 상황에서 "혼자만 잘난 척"한 꼴이 되고 만다.

'나'는 결국 정신적·육체적으로 이러한 상황 앞에서 무기력하다는 것을 느끼면서 한없이 '늪' 속으로 빠져든다. 이때 엿장수 승객이 다음과 같이 말한다.

『보아하니 선상님은 아매 이런 길이 첨인 것 같아서 따로 허물은 말 않겠소. 하기사 이런 일 많이 안 당해본 사람은 이런 때 성질이 안 끓어오를 수도 없을 텐께요. 첨엔 우리도 다 그랬답니다. 하지만 하루 한 번씩 이런 길을 댕기면서 이 꼴 저 꼴 참아 넘기고 사는 사람도 있다오. 여비만 좀 모자라도 차를 내려라 마라, 삐숙한 불평 한마디만 해도 노선을 죽인다 살린다…… 차를 아주 안 타고 살라면 몰라도 그런 일 저런 일에 어떻게 다 아는 척을 하고 살것소……』

이러한 말을 들은 '나'는 그 늪의 밑바닥에서 "마침내 죽음처럼 무겁게 가라앉아 들어간 수많은 사람들의 질기디 질긴 삶의 숨결과 그 삶들의 따스한 온기"를 느끼게 된다.

여기에서 이들 승객의 삶은 막힌 상황 속에서의 삶이다. 그들은 겉으로는 비굴하고 소극적이지만 막힌 상황의 오랜 경험을 통해서 그러한 삶의 양식이 가질 수 있는 강인한 생명력을 본능적으로 느끼고 있는 것이며, 필요한 경우에는 언제든지 적극적이며 당당한 자세를 가질 수 있는 것이다.

"사람의 꼴로 당할 일이" 아니라고 느끼는 '나'는 그러한 막힌 상황에 대한 경험의 부족을 드러냈다기보다는 일상적으로 그러한 상황을 경험하고 있는 사람들의 보이지 않는 힘을 발견했던 것이다.

그것은 한국인의 역사의식의 한 표현이면서 동시에 그 근원적인 한(恨)의 정체라고 말할 수 있다.

그러나 이 작품이 그처럼 보이지 않는 힘을 설명해주는 것으로 끝났다고 보는 것은 이청준의 복합적인 작품 세계의 일면만을 주목하는 것이다. 이 작품의 서두에는 '노인'이라는 표현으로 나의 어머니가 등장한다. '어머니'를 다룬 대부분의 그의 소설에서 주인공은 끊임없이 '어머니'의 현실을 보지 않으려고 하고, '어머니' 곁을 떠나려고 하고 있다. 이것은 바로 어머니에 대한 기피이며 증오로까지 보였다. 그러나 그러한 기피와 증오가 「살아 있는 늪」에서도 주인공의 눈감음으로 나타나고 있는 것처럼 막힌 상황을 뚫을 수 있는 힘이 자신에게 없는 데 대한 무력감과 역겨움에서 기인한다.

실제로 지식인이라고 부를 수 있는 이 주인공이 늪의 밑바닥에서 느끼는 힘은 말하자면 일상적으로 비굴하고 소극적인 이들의 삶의 양식이 막힌 상황을 뚫을 수 있는 가능성을 발견한 데서 비롯되고 있는 것이다.

이 작품의 서두에 등장하는 '어머니'는 그런 의미에서 승객으로 등장하는 인물들로 변주되며 따라서 어머니에 대한 증오는 사랑의 변주임을 알 수 있다. 어머니는 '나'처럼 상황을 바라보는 입장에 있는 것이 아니라 바로 그 상황 속에서 상황과 함께 살고 있으며, 그러한 상황 속에서 상황과 함께 살지 않는 한 막힌 상황을 뚫고 나올 수 있는 가능성이 없다.

이러한 이청준의 세계를 작가 자신은 다음과 같이 말하고 있다.

사람의 삶의 양식 가운덴 그가 자신의 삶과 이 세계를 어떻게 이해하고 그 고유의 가치관을 어떻게 실현해나가는가 하는 것들과 관계가 깊은 독자적인 인격체로서의 또는 주체적 존재자로서의 생존 양식과, 그 인격체가 보다 조화롭고 행복스러운 삶의 질서 안에 놓이기 위하여 그의 이웃들과 어떤 관계를 이루어나가는가 하는 것들과 상관이 깊은 관계존재자(關係存在者)로서의 다른 양식을 동시에 찾아볼 수 있다.

편의상 전자를 '존재의 양식'이라고 하고 후자를 '관계의 양식'이라 말한다면 가진 적이 적으면서도 말이 없는 가운데 비교적 자족적이고 담백스럽게 살아가는 사람들의 지혜 곁에 있으면 그 존재의 양식에 대해 많이 생각하게 되고, 제도와 질서에 민감하고 세간사에 분주한 사람들의 활성적인 양식 곁에 있으면 관계의 양식에 대해 더 자주 생각하게 된다.

'존재의 양식'과 '관계의 양식'이라는 이 두 가지 양식은 다른 말로 표현하면 삶의 수직적인 양식과 수평적인 양식이라고 할 수 있을 것이다.

이 두 가지 양식에 대한 탐구는 그의 소설의 구조를 필연적으로 복잡하게 만들고 있고, 그래서 때로는 독자들에게서 답답하고 기진하게 한다는 항의를 받고 있다. 그러나 그러한 항의는 삶 자체의 복잡성을 외면하고자 하는 도피적인 태도에 지나지 않을 것이다. 소설이 총체적인 문학 양식이라고 하는 것은 그 모든 것을 동시에 포용하고 있기 때문이다.

그렇기 때문에 가령 『당신들의 천국』과 같은 작품은 단순히 이야기를 전달하는 것이 아니라 삶이 가지고 있는 수직적인 양식과 수평적인 양식이 어떻게 얽히고 전개될 수 있는지 탐구하는 것이 된다. 그런 의미에서 작품을 쓰지 못하는 작가와 비평가와 기자를 다룬 『조율사』 「지배와 해방」 「소문의 벽」 「병신과 머저리」 『예언자』 등의 지식인소설이나, 「매잡이」 「줄」 「과녁」 「불 머금은 항아리」 등의 장인을 다룬 소설이나 모두 그 소재의 다양성을 드러낸다기보다는 차라리 우리의 삶이 있어야 할 자리와 그 삶이 요구하고 있는 관계들을 탐구하고 있는 것이다.

그렇기 때문에 그의 소설은 복잡한 구조를 갖고 있으면서도 소설적 긴장을 잃지 않으며, 인물에 대한 추적을 하면서도 교양소설로 떨어지지 않고, 전개 자체가 빠르지 않으면서도 항상 새로움을 추구하는 것이다. 그에게 있어서는 언어가 곧 그의 최대의 현실이면서 동시에 삶 자체가 된다.

6

그렇다면 이청준의 주인공들 가운데 소설가라든가 기자 혹은 판사가 많다는 것은 무엇을 말하는가? 그것은 이들이 모두 '말'을 다루는 것을 직업으로 갖고 있다는 사실로 설명될 수 있다. 앞에서도 언급한 것처럼 이들 주인공이 경험한 세계는 진실을 '말'로 바꿔놓는 것을 금지한 세계이다. 진실을 진술한다는 것이 불온하게 취급당하고 폭력의 지배를 받는 공포의 상황에서 이들이 '말'을 다루는 직업을 가지고 있다는 것은 그들이 직업적으로 성공할 수 없는 근본적인 이유를 내포하고 있다. 역사적으로 그들은 진실의 기술을 필요로 하는 사회에서 살고 있는 것이 아니라 마음에 드는 진술을 필요로 하는 사회에서 살고 있으면서 동시에 진실의 진술을 하고자 한다. 따라서 그들은 정신적인 갈등을 느낄 수밖에 없고 그 상처로 인해서 때로는 미치거나 때로는 죽거나 때로는 글을 쓸 수 없게 된다. 그러나 그럼에도 그들이 글을 쓴다는 것은 그들이 폭력이 지배하는 공포의 상황에 '말'로 대항하는 것이지 폭력으로 대항하지 않는다는 것을 의미한다. 이것은 이청준의 소설 세계 전체가 우리의 삶에 있어서 기막힌 알레고리의 세계임을 증언해주고 있다.

이청준의 소설이 가지고 있는 또 하나의 힘은 그의 소설 어디에나 존재하는 정신적 상처가 사실은 우리가 흔히 갖게 되는 상처들이라는 것이다. 따라서 그가 탐구하고 있는 상처의 종류가 다양하고 그 상처의 성질이 다양하다는 것은 그가 삶의 정체를 그처럼 여러 가지 각도에서 탐구하고 있음을 의미한다. 특히 그의 소설들 가운데 「매잡이」라든가 「과녁」이라든가 「줄」에서 오늘날에는 볼 수 없는 '매를 부리는 사람'과 '활을 쏘는 궁사(弓士)' '줄타는 광대'를 다루고 있는 것은 삶의 다양한 탐구로서 그의 소설 세계를 풍부하게 하는 요소 가운데 하나일 것이다. 그러나 이청준이 이들 장인(匠人)의 세계를 다루는 보다 근본적인 이유는 장인들의 삶이 교환가치의 지배를 받지 않는다는 사실, 이들의 쇠퇴가 오늘의 폭력적인 문명에 기인한다는 사실, 이들이 피해자일 따름이지 전혀 가해자일 수 없다는 사실, 그리고 그러한 사실의 언어화가 소설의 탐구적 성격의 중요한 부분일 수 있다는 사실에 있을 것이다.

그러나 그러한 진실의 언어화가 폭력 앞에서 실패하고 좌절할 수밖에 없다는 사실을 이청준은 그의 주인공들의 상처를 통해서 너무나 잘 알고 있지만, 그리고 그렇게 언어화한 것이 현실적으로 무슨 효용을 지니고 있는지 알 수 없는 세계에 살고 있지만, 그는 바로 우리 자신이 할 수 있는 일이 그것임을 이야기하고 있다. 그것은 작가가 선택한 것이 말이며 진실일 뿐 폭력이 아니기 때문이다. 그리고 작가가 꿈꾸는 사회는 폭력이 아니라 '말'이 지배하는 사회이기 때문이다. 그는 갈등을 느끼게 하는 사회에서 어떻게 사는 것이 가장 사람답게 사는가 끊임없이 질문을 하며 '말'을 통해서만 그 질문이 가능하고 또 극복이 가능해야 한다고 생각하는 작가인 것이다. 따라서 이청준의 일련의 작품에 '언어학서설(言語學序說)'이라는 부제가 붙어 다니는 것은 진실에 관한 자유로운 추구와 '말'의 완벽한 지배로 요약되는 그의 문학관을 표현하기 위한 것이다. 언어의 영토가 완전히 자유롭게 되는 것이 우리가 꿈꾸는 이념이라고 한다면, 이청준은 우리의 이념을 의식화시켜 주는 작가다.

변화와 탐구의 공간
—『당신들의 천국』

1

한 권의 소설책은 일종의 작은 우주이다. 여기에서 우주라는 말은 시간과 공간의 변화 속에 많은 사물들이 생성되고 변모되며 소멸되는 길을 걷고 있을 뿐만 아니라, 그러한 모험의 과정 속에서 일정한 시간과 공간이 서로 관계를 맺게 됨으로써 그 우주가 역동적인, 다시 말해서 살아 움직이는 세계를 형성하고 있다는 것을 뜻한다.

그래서 한 권의 소설책 속에는 많은 사람들의 태어남과 죽음, 그리고 그 과정에서 일어나게 되는 사람과 사물과의 관계의 형성과 변화, 그리하여 그 사람 자체의 변모 등이 끝없이 전개되고 있다. 이러한 전개는 소설책의 페이지를 따라 상상적 공간의 이동과 소설적 시간의 이동과 함께 이루어진다. 이러한 소설적 특성은 소설이 근본적으로 이야기의 형태에서 발전한 데서 기인한다.

그래서 18세기 프랑스의 소설가 디드로는 그의 소설『숙명론적 자크와 그의 주인』이라는 작품에서 소설의 그러한 특성이 가져올 수 있는 여러 가지 가능성을 소설 안에서 실험하고 있다. 그 여러 가지 가능성들 가운데서 몇 가지 예를 든다면, 우선 소설이 허구적인 이야기라는 사실이다. 디드로의 이 소설에서는 화자narrateur가 처음에 하인 자크와 그의 주인을 소개하면서 이들이 말을 타고 함께 길을 떠나는 사실을 이야기한다. 소설 속에서 일어나는 모든 모험은 이들이 길을 떠남과 같은 행위에서 시작되는 것이다. 여기에서 소설의 중요한 특성이 발견된다.

모든 소설은 여행이라는 신화적 주제를 가지고 있는데, 그 여행이란, 앞에서 이야기한 시간적·공간적 이동과 관련을 맺는 것이다. 그리고 이러한 이동이 주인공들로 하여금 끊임없이 새로운 모험을 행하게 하는데, 이러한 모험의 과정에서 주인공 자신의 변화와 주인공이 맺게 되는 관계의 변화, 그리고 주인공이 처하게 되는 상황의 변화가 나타난다.

그러나 디드로의 작품이 가지고 있는 중요성은 그러한 모험과 변화가 모두 허구의 세계임을, 다시 말하면 작가의 상상적 세계임을 독자에게 일깨워준다는 데 있다. 즉 하인 자크와 그의 주인이 길을 가다가 갈림길을 만나게 되는데, 여기에서 화자는 이 양쪽의 길 가운데 주인공들이 어느 쪽을 선택하느냐에 따라 그들의 모험과 운명이 달라질 수 있음을 강조하면서 하나의 길을 선택했다고 가정한다.

그리하여 그 길의 선택으로 인해서 만나게 되는 사건들을 서술함으로써 그것이 독자에게 어느 순간에는 '사실'로 받아들여지고 있음을 상기시킨다. 그리고 독자의 생각을 그 갈림길로 되돌아가게 한 다음,

이번에는 두 주인공이 아까와는 다른 길을 선택한 것으로 가정한다. 따라서 이번에는 다른 사건이 '사실'처럼 서술되는 것이다.

얼핏 보면 독자를 놀리는 것 같은 화자의 이러한 개입은 우리가 일반적으로 독서 행위 도중에 빠지게 되는 착각을 의식화시키는 것이고, 소설이 허구의 세계임을 자각하게 하는 것이다. 이러한 자각의 중요성은 언어로 된 소설이 언어 자체의 상징성 때문에 필연적으로 현실의 이중적 굴절의 세계임을 전제로 받아들이게 하는 데 있다.

그렇지만 소설의 그러한 특성만을 강조하는 것은 우리가 소설을 읽음으로써 얻게 되는 체험을 단순화시켜버릴 위험을 내포한다. 소설을 읽는다는 것은 한편으로 이미 경험한 세계를 다시 발견하는 것이며, 다른 한편으로는 아직 경험하지 못한, 혹은 그것을 의식하지 못한 세계를 발견하는 것이다. 소설의 독서에서 전자를 추체험(追體驗)으로 부를 수 있고 후자를 선체험(先體驗)으로 부를 수 있는 것도 그 때문이다.

추체험은 이미 경험했거나 있었던 사실을 망각의 상태에서 끌어내는 역할을 하고, 선체험은 현실 속에 있을 수 있는 여러 가능성을 미지의 상태에서 발견해내는 역할을 한다. 소설의 역사 속에서 이 두 가지 체험은 끊임없이 반복되고 강조되어왔다. 그리하여 어떤 경우에는 소설의 사실성과 교훈성에서 이야기로서의 소설의 역할을 발견하기도 하고, 다른 경우에는 소설의 허구성과 자율성에서 미학으로서의 소설의 역할을 발견하기도 한다.

그러한 중요한 작품의 경우에 작가가 어떠한 주장을 내세우든지 작가의 의도와는 상관없이 이 두 가지 역할을 수행하여왔음이 소설의 역사에서 나타나고 있다. 그렇기 때문에 중요한 작품은 한편으로 우리에게 소설의 미학적 형식의 문제를 제기하고, 다른 한편으로 소설의 교훈적 내용의 문제를 제기하면서 이 두 가지 질문을 동일한 문제로 통합시킬 수 있는 길을 열어놓는 것이다. 그것은 소설이 허구이면서 사실 이상으로 사실일 수 있고, 사실 같으면서 전혀 허구인 문학의 모순적인 성격을 드러내는 것이다.

2

이청준의 『당신들의 천국』을 읽으면서 이와 같은 소설의 본질적인 문제에 관해 생각을 하게 된 것은 이 작품이 이청준에게서는 드물게 볼 수 있는 사실주의적 작품이면서, 동시에 이 작가의 다른 작품들에서도 나타나고 있는 것 같은 단단한 '조직성'을 갖고 있는 작품이기 때문일 것이다. 『당신들의 천국』이 사실주의적 작품이라고 하는 것은 이 작품이 묘사하고 있는 집단이 '그럴듯함'을 가지고 있다든가 그 장소가 현실적인 어떤 곳을 그대로 그리고 있다는 데서 이야기될 수 있을 것이다. 다시 말하면 나환자들의 집단 수용소가 된 소록도라는 사회와, 그 사회에서 일어날 수 있는(혹은 실제로 일어난) 여러 가지 사건들을 묘사한다는 것은, 그 집단을 구성하고 있는 사람들과 그 사람들의 상황을 보고한다는 것을 의미한다. 실제로 이 소설에서는 그러한 사건과 그 사건으로 인한 사람들의 관계의 변화에 관한 묘사가 압도적인 비중을 차지하고 있다.

이 소설의 서두에는 두 가지 사건이 동시에 벌어진다. 그 하나는 '조백헌'이라는 현역 대령이 병원의 새 원장으로 부임한 것이고, 다른 하나는 두 사람의 탈출 사고가 그 새 원장의 '우연찮은 부임 선물'처럼 일어난 것이다. 이 두 가지 사건은 말하자면 이 소설 전체의 구성을 지배하고 있는 중심 모티프라고 할 수 있을 것이다. 왜냐하면 새로 부임한 원장은 그 탈출 사고의 원인을 캐면서 그러한 사고가 생기지 않도록 그 섬 자체를 바꾸려는 야심을 실현시키고자 하고, 섬을 탈출하고자 하는 환자들은 그들의 시도가 근본적으로 봉쇄될 성질의 것이 아님을 끊임없이 보여주고 있기 때문이다. 그리하여 조백헌 원장은 부임 첫날 이 탈출 사고를 보고받자 병원 직원들의 인사도 받지 않은 채 현장으로 달려가는 의욕을 보인다. 그는 아름다운 경치를 가진 그 섬을 탈출한 원생들의 이유를 알기 위해서 현장에 갔다가 돌아오는 길에서 원생들로부터 침묵의 대답만을 얻게 된다.

이미 저자에 의해서 '사자(死者)의 섬'으로 규정되고 있는 것처럼 조백헌은 자기 자신과 그 섬의 주민인 원생들 사이에 뛰어넘을 수 없는 '침묵'의 의미를 찾기 위해 여러 가지 노력을 기울이면서 섬과 병원의 현황 파악에 열을 올린다. 이 소설의 화자는 이 섬이 '사자의 섬'이 되어 있는 것을 한편으로는 주민들의 침묵에서 찾고 있지만, 다른 한편으로는 이 섬이 섬 바깥과 맺고 있는 관계에서도 찾고 있다.

죽은 후에 유골을 찾아가주기는커녕 집안 식구 중에 환자가 있다는 사실이 알려지는 것을 두려워한 가족들은 살아 있을 동안의 서신 연락을 용납하는 경우조차 드물었다. 환자들은 으레 섬으로 들어오면 이름이나 고향을 숨기기 마련이었고, 그것이 또 이 섬 병원 생활의 한 관습처럼 되어 있어서 누구도 그것을 탓하고 드는 일이 없었다. [……] 소식을 받고 유골을 찾아가주는 가족이 흔할 수도 없었지만, 고향과 이름까지 철저하게 숨기고 살다 죽어간 원생들의 경우에는 우선 당사자의 죽음을 알릴 만한 연고자를 찾아내는 일부터가 쉬운 노릇이 아니었다.

여기에서 볼 수 있는 것처럼 일단 이 섬으로 들어온 환자들이 자신의 가족과 친지들과도 접촉을 끊고 자신의 출신과 이름을 숨기는 것은 환자들이 사회 속에 존재하는 것이 아니라 잊히고 없어진 존재, 즉 비존재가 되는 것이다. 다시 말하면 이들은 삶의 여러 관계를 끊고 과거를 버려버림으로써 외부와의 관계에 있어서 죽은 자들이 된 것이다. 이것은 나병이 사회에서 받고 있는 천형이라는 평가를 그대로 드러내주면서 동시에 숙명과 같은 역할을 하게 됨으로써 주민들의 '한'의 깊은 뿌리가 되고 있다.

이처럼 침묵이 지배하는 '사자의 섬'에 생명을 부여하는 역할을 맡을 것이 조백헌 원장이다. 그는 이 섬의 주민들이 나병을 천형으로 생각함으로 인해서 스스로를 포기하고 남을 불신하며 삶에 대해 절망하는 것을 바꿔놓기 위해 자신의 모든 것을 바친다. 그가 이 섬의 분위기를 바꾸기 위해 제일 먼저 착수한 것이 '장로회'의 조직이고, 그다음으로는 직원 지대와 병사 지대 사이의 철조망을 헐어버리고 미감아들과 직원 지대 아이들의 공학을 실시하는 것이었다. 그는 건강한 사람과 환자 사이의 구별을 무너뜨림으로써 환자들 스스로의 마음속에 있는 담을 헐게 하고 침묵을 깨뜨리려고 한다. 그는 섬을 '악사(樂土)'로 만들려는 꿈을 실현하는 데 있어서 옛날 주정수의 실패를 되풀이하지 않기 위해 온갖 노력을 기울이면서 제일 먼저 축구 팀을 만든다.

이 축구 팀이 군 대회와 도 대회에서 우승을 함으로써 비로소 장로회의 침묵을 깨뜨리게 된 조백헌은, 그것을 중심으로 이루어진 주민들의 신뢰를 바탕으로 새로운 일을 도모한다. 그것은 바다를 막아서 얻게 되는 넓은 땅을 섬 주민들의 새로운 삶의 터전으로 삼는 것이다.

이것은 그들이 섬 바깥의 세계에서 진정한 삶의 터전을 얻어내지 못했기 때문이라는 인식에서 기인한 것이다.

　　바다를 막아 그들의 내일 앞에 어두운 납골당의 절망 대신 꿈에 부푼 들판을 마련해주자는 것이었다. 그리하여 고향을 잃고 육지에서 쫓겨난 이들에게 새로운 고향과 새로운 생활의 터전을 마련해주자는 것이었다.
　　막을 바다는 고흥반도 남쪽, 득량만(得糧灣)이라 이름 지어진 협만의 일부였다. 고흥군 도양의 봉암반도와 풍양의 풍남반도를, 그 중간 지점에 자리 잡은 오마도를 디딤목으로 이어 막아 대략 넓이 3백여만 평의 농토를 얻어내려는 방대한 사업 계획이었다.

그러나 이러한 방대한 사업은 그것이 너무도 오랜 세월을 요구하고 또, 한번 쌓아놓은 방조제가 끊임없이 무너짐으로 인해서 끝없는 난관에 부딪친다. 작가 자신이 작중인물의 입을 빌려서 이야기하고 있는 것처럼 그러한 난관 가운데 가장 큰 난관은 그 주민 내부에서 일어나는 '반란'이다. 물론 이보다 먼저 육지 사람들의 거센 반발을 받게 되지만, 조백헌은 바로 이 육지인들의 반발을 이용하여 섬사람들의 공포와 원망을 불러일으킴으로써 육지인들에 대한 배타심을 강화하고 그리하여 조백헌 자신에 대한 저항의 힘을 무산시키기에 이른다. 바로 이러한 통치 수법을 거쳐서 조백헌 원장은 수많은 도전을 물리치고 제방 쌓는 일을 거의 완성시킨 다음 그 섬을 떠난다. 그러나 제방 공사만으로 간척지 공사가 끝난 것은 아니었다. 조백헌 원장이 떠난 뒤 5년의 세월 동안 간척지 공사는 진전이 없었다. 여기에 개인 조백헌이 원장의 입장을 떠나서 이 섬으로 되돌아온다. 그는 자신의 공직을 내던지고 섬으로 돌아와, 2년여의 세월을 보내면서 오마도 문제의 해결을 도모하지만, 거기에서는 별다른 진전을 보지 못하고 다른 한 가지 일에서 성공을 거둔다. 그것은 그동안 서로의 출신에 대한 오해 때문에 결합이 이루어지지 못하고 있던 서미연과 윤해원의 결혼이었다.

이러한 줄거리를 따라가다 보면 이 소설이 주인공 조백헌의 휴머니틱한 노력과 그 비극적인 실패 과정에 의해서 '영웅적'인 개인의 아름다운 비극을 서술하는 정통적인 소설이라고 생각할 수 있을 것이다.

3

그러나 이 소설을 보다 자세히 읽은 독자는 그것이 기법상으로 이청준 소설의 특징의 일부를 드러내고 있다는 사실과 함께 이 작가가 추구하고 있는 가치가 정신주의 쪽으로 기울어지고 있지 않나 하는 생각을 하게 될 것이다. 물론 이 작가의 다른 작품에서도 끊임없이 문제로 제기되었던 소설적 기법과 정신적 가치는 다른 작가들도 끊임없이 부딪치고 탐구하는 문제들이다. 그렇지만 이청준의 작품에서는 독자 자신이 그 두 가지 문제를 함께 제기하지 않고는 그 작품의 내면을 들여다볼 수 없는 특질을 가지고 있다. 그렇기 때문에 그의 작품을 읽는다는 것은 오락적인 즐거움을 벗어난 어떤 것이 요구된다. 그것은 가령 독자의 긴장이라고 해도 좋을 것이고 탐구 정신이라고 해도 좋을 것이며 창조적 노력이라고 해도 좋을 것이다.

사실 『당신들의 천국』에 사용되고 있는 소설적 기법은 우선 화자의 역할로 설명될 수 있을 것이다. 어떤 사람은 여기에서 사용되고 있는 시점을 선택적 전지 시점이라고도 하고 있지만, 대부분 이청준의 화자는 어떤 주인공을 선택하여 그 주인공이 상황이나 사건에 대해 정보를 처음으로 입수하는 과정을 서술해주고 또 주인공 자신이 행동하고 있는 현장을 함께 따라다닌다. 그렇기 때문에 독자가 소설적 상황이나 주인공의 정보를 알게 되는 것은 화자와 거의 동일한 순간에 이루어진다. 가령 『당신들의 천국』에서 주인공 조백헌 원장이 섬에 부임하는 것이 소설의 서두에 나온다고 하는 것은 화자 자신이 조백헌 원장을 그 이전에는 만나지 못했다는 것을 의미하며 동시에 조백헌 원장에 관한 정보를 독자와 '함께' 알아간다는 것을 뜻한다. 말을 바꾸면 소설 이전에는 '조백헌'이라는 인물에 대한 어떠한 사전 지식도 갖고 있지 않다는 것을 말하며 그런 점에서는 독자도 마찬가지인 것이다.

독자는 따라서 화자가 소개해주는 대로 소설을 읽으면서 처음으로 조백헌이라는 인물에 대한 정보를 얻게 되며, 화자의 특별한 배려를 받아서 주인공보다 먼저 주인공에 대한 정보를 얻는 일이 없게 된다. 그리하여 독자는 현역 대령인 조백헌이라는 인물이 섬에 관한 정보를 제공받는 것으로 인해서 그와 똑같은 정보를 제공받게 된다. 가령 주민 두 사람이 간밤에 탈출한 사고가 생겼다는 정보와, 이것이 조백헌의 부임 첫날의 '선물'이 된 것으로 인해서 조백헌이 사고 현장을 가보고 주민들을 만나며 섬의 주요한 장소를 방문한다는 정보가 독자에게도 함께 주어지는 것이다. 따라서 이청준의 화자는 주인공이 모르는 정보를 독자에게 제공하지 않고 독자로 하여금 항상 주인공과 함께 움직이게 하고 정보를 함께 제공받게 한다.

독자와 주인공과의 이러한 관계를 드러내주는 서술을 '동반자적 기법'이라고 한다면, 이 기법의 특성은 독자로 하여금 주인공과 함께 행동하고, 함께 고민하며, 함께 방황하게 하는 데 있을 것이다. 이것은

'여행'으로서의 소설들에서도 흔히 쓰이는 기법이기는 하지만 원래 탐정소설에서 유래한 기법이다. 다시 말하면 사건이 먼저 일어나고 그 원인과 결과를 찾아가는 탐정소설에서 독자의 긴장을 유지해주는 것은 주인공과 함께 움직이고 생각하게 하는 데 있다. 이청준은 말하자면 그의 지식인소설에서 이 동반자적 기법을 사용함으로써 주어진 현실에 대한 탐구를 독자와 함께해나가는 작가인 것이다. 그렇기 때문에 그의 주인공이 어떤 상황에서 깊은 고민의 과정을 거쳐서 반응을 보이고 고통스럽게 현실을 극복하는 것은 독자에게 동일한 고민과 노력을 하게 만든다.

『당신들의 천국』에서 주인공 조백헌이 처음으로 방문한 곳이 탈출사고의 현장과 만령당(萬靈堂)과 동생리(東生里) 바닷가 선창과 구라탑(救癩塔)과 섬의 유치장이라는 것은 한편으로 조백헌 이전의 섬의 상황을 제시한다는 점에서, 그리고 다른 한편으로 그곳들이 한 집단을 구성하고 있는 가장 핵심적인 장소들을 대표한다는 점에서 의미심장한 것이다. 여기에서 조백헌 이전의 섬의 상황이란, 주인공이 앞으로 부딪치고 싸우게 될 문제들을 제기하기 위한 것이고, 집단을 구성하는 핵심적인 장소들이란 집단의 현실을 깨닫게 하기 위한 것이다. 그리하여 '만령당'과 '선창'과 '구라탑'과 '유치장'은 이 집단의 현실에 있어서 상징적인 장소로 제시된다.

우선 만령당은 섬 주민들의 쓸쓸한 죽음이 이들의 한 많은 삶 자체임을 표현하는 곳이다. 말하자면 가족들에게 알려지지 않은 죽음, 죽음마저도 혼자서 감당해야 하는 섬 주민의 한 많은 삶의 동시적 표현인 것이다.

그런 점에서는 '선창'도 마찬가지이다. 보급품이 들어오고 산물이

반출되는 장소인 선창은 바로 주민들에게 낙토의 꿈을 꾸게 함으로써 주민들의 노동과 희생으로 이루어졌던 것이고, '구라탑'은 결과적으로 비극적인 지도자가 된 주정수라는 인물의 동상이 있던 곳으로서 섬 주민들이 세웠다가 파괴한 동상의 쓰라린 과거의 상징인 것이고, 섬 유치장은 집단 사회의 규율을 어긴 사람을 징벌하는 곳으로 구류가 끝나면 단종수술이 행해진다. 이러한 정보들은 이 섬이 인간적인 대우를 받지 못하고 있는 환자들의 집단인 반면에 이들을 다스리는 지배자인 원장만이 환자 아닌 인간의 가치를 지니고 있음을 드러내준다.

이와 같은 정보의 제공은 바로 작가 자신이 특수한 상황을 선택함으로 인해서 불가피한 일이고, 동시에 그렇지만 보다 넓은 의미를 획득하게 하는 역할을 한다. 다시 말해서 특수한 상황을 선택한다고 하는 것은 독자로 하여금 그 상황 속에 들어오게 만든다는 것을 전제로 한다. 그래서 그 상황에 대한 무수한 전문가적인 정보를 제공함으로써 독자의 호기심을 자극하고, 독자로 하여금 그 상황의 이해에 도달하게 하는 것이다.

이처럼 독자를 이끌어가는 데 적합한 방법 가운데 하나는 새로운 주인공을 그 상황 속에 들여보내는 것이다. 이것은 독자로 하여금 그 주인공과 '함께' 그 상황 속에 뛰어들었다는 동류 의식을 갖게 하고 그렇게 함으로써 상황에 대한 탐구를 하게 만든다.

그렇지만 그것이 전통적인 연애소설을 읽을 때 일어나는 것처럼 독자가 스스로 주인공과 동일시함으로써 낭만적 환상에 빠지는 것과 같은 소비적 성격을 띠는 것은 아니다. 왜냐하면 여기에서 주인공이나 독자는 정보를 소비하는 것이 아니라 정보의 해석을 통해서 새로운 상황을 생산하는 일에 스스로를 투여하게 되어 있기 때문이다. 따라서 주인공이 새로운 상황 속에 들어가는 것이나 독자가 새로운 작품을 읽는 것은, 그것이 현실에 대한 탐구라는 점에서 비슷한 역할을 하고 있다.

4

이청준 소설에서 주인공이 새로운 상황을 찾아나서는 데에는 그 주인 공과 대립적인 관계에 놓여 있는 또 다른 주인공이 있다는 것을 전제 로 한다. 그 또 다른 주인공은 상황에 대해서 미리 경험을 통해 알고 있는 사람이다. 『당신들의 천국』에서 그러한 역할을 맡고 있는 인물이 바로 '이상욱' '황희백' 등이다. 화자는 바로 이들의 입을 통해서 주인 공이 도착하기 이전에 있었던 그곳의 정보를 제공하고 있다.

이들은 섬의 다른 주민들과 마찬가지로 과거에 나병을 앓은 경험이 있거나 음성 환자에 속한다는 점에서 조백헌 원장과 다르다. 이들은 그 집단의 내부에서 태어난 인물들인 반면에 조백헌은 외부에서 부임 한 인물이다. 이들의 출신이 다르다는 것은 이들이 숙명적으로 대립될 수밖에 없다는 사실을 독자에게 인식시켜주는 역할을 한다.

이들의 공동의 목표는 섬 자체를 인간적인 삶을 누릴 수 있는 낙토 로 만드는 것이지만, 이들 사이의 감정적인 대립(아니 더 정확히 말하 면 내부 출신들에 의해 만들어진 감정적인 대립)은 계속 화해와는 먼 곳으로 줄달음질 치고 있다. 이들이 이러한 대립 속에 놓여 있는 것은 얼핏 보면 이들의 심리적 갈등으로 설명되고 있는 것처럼 보인다. 가 령 이상욱이나 황희백이 자신의 내면에 '인간'과 '환자'를 동시에 갖고 있는 반면에, 조백헌은 '인간'을 갖고 있지만 환자는 갖고 있지 않은 것으로 보인다. 따라서 양쪽에 공통적이지 못한 '환자'의 체험이 이들 의 감정적 대립의 상태에서 근본적인 요인인 것으로 생각할 수도 있을 것이다. 실제로 그렇게 보는 데에 큰 무리가 있는 것도 아니다.

그러나 이것은 작가 자신이 강조하고 싶어 하는 관점이면서 동시에 그러한 관점의 오류를 깨닫게 하려는 예비적인 관점이다. 왜냐하면 그러한 환자로서의 경험이 없는 독자로서도 우선은 환자의 심리적인 콤플렉스가 작용한다는 생각을 하게 될 것이지만, 그것이 그 대립의 실상을 설명하는 것이 아님을 보여주기 위한 것이기 때문이다. 말하자면 일단은 그러한 환자적 심리를 검토하는 예비적 관점을 취한 다음에 본격적인 관점으로 넘어가고자 하는 것이 작가의 의도인 것이다. 여기에서 본격적인 관점은, 환자 쪽의 심리가 아니라 그 환자 심리의 원인이 되는 '인간'의 심리와 행동을 검토하는 것이다. 다시 말하면 하나의 조직체 속에서 지배하는 쪽과 지배받는 쪽의 관계에 대한 검토가 본격적인 관점인 것이다.

그러나 그러한 관점의 선택 과정을 논리적으로 규명하는 것이 아니라 신화적인 수법으로 드러내주고 있다는 데『당신들의 천국』의 소설적인 힘이 있다. 그런 의미에서 '주정수'라는 인물의 설정은, 조백헌이라는 현재의 주인공을 비교 평가하는 푯대의 설정으로 설명할 수 있다. 다시 말하면 이 소설의 제1부의 구조가 한편으로는 조백헌이라는 인물의 현재의 서술과 다른 한편으로는 주정수라는 인물의 과거의 서술로 이원화되어 있으면서도 조백헌의 현재는 과거의 주정수를 극복해야 한다는 싸움으로 존재하는 반면에, 주정수의 과거는 극복되어야 할 대상으로 존재한다. 따라서 주정수의 과거는 조백헌의 현재를 비추는 거울의 역할을 하며 조백헌의 인간적인 변모에 비추어 악역을 맡게 된다. 조백헌에게 비교와 모방과 극복의 대상이 존재한다는 것은 신화의 테마인 것이다.

그러나 조백헌이 섬사람들과 맺고 있는 관계라든가 그 자신의 현실에 대한 태도에 있어서 변화란 무상으로 주어지는 것이 아니었고 쉽게 얻어지는 것도 아니었다. 실제로 조백헌이 처음 도착했을 때 느낀 절망감은 그 자신의 끈질긴 극복의 의지가 없었더라면 조백헌 자신을 사로잡아버렸을 것이다. 그는 주정수가 '평의회'를 조직한 것과 같이 '장로회'를 조직하였고, 주정수가 선창·외곽선 도로·벽돌 공장 등을 건설함으로써 자립의 터전을 닦으려 했던 것과 마찬가지로 오미도 간척공사를 시작하였다. 물론 이 공사를 시작하기까지 그가 기울인 노력은 훌륭한 지배자가 아니면 불가능한 것이었다. 여기에서 섬 안에서의 원장의 지위를 설명하고 있는 다음과 같은 구절을 잠깐 읽어보자.

통치라는 말이 좀 마땅치 않은 표현일는진 모르지만 이 섬 병원의 원장이라는 직위야말로 사실은 이 병원과 섬 전체를 통치한다고 말해도 좋을 만큼 모든 권한이 함께 주어진 절대 지배자의 그것이나 다름없는 것이었다. 병원뿐만 아니라 섬 주민 전체의 생활 일반까지 책임지고 있는 만큼, 이곳대로의 질서를 유지하기 위한 기본 규율을 정하고, 그 규율을 시행하며, 그것을 위반하는 자에 대해서는 필요한 처벌까지 가할 수 있는 원장의 지위였다. [……] 지배하는 원장과 지배를 받는 원생들 사이의 극단한 이해 상충이 일어나고 보면 물러서야 할 쪽은 처음부터 자명했다.

여기에서 볼 수 있는 것처럼 절대적인 지배자로서 선의로 다스리려고 하는데도 불구하고 주정수 원장이 실패한 것은 무엇인가? 이청준은 소설 속에서 여러 가지 가능성을 원장과 원생들의 심리적인 측면으로 제시했다가, 아니라고 부인하는 수법을 사용하고 있다. 이것은 마치 과학자가 여러 가지 가설을 내세운 다음, 그 가설들이 오류인 것을 증명하다 보면, 마지막에 가서 맞아떨어지는 가설(참인 가설)을 발견해 내는 것과 같은 수법이다.

이청준은 그러한 심리적인 가설들을 많이 내세워놓고, 참이 아닌 것들을 증명하여 버림으로써 참인 가설을 남기는 수법을 사용한다. 그래서 자칫하면 심리소설로 읽어버릴 위험이 있는 것이다. 이 말은 이청준 소설의 복잡성을 설명해주는 것이기도 하다. 왜냐하면 처음부터 참인지 아닌지 모를 여러 가설들을 모두 이끌어냄으로써 오류가 판명될 때까지 독자는 작가의 여러 가지 증명을 모두 따라다녀야 하기 때문이다.

문학이란 그 많은 오류와 시행착오의 과정을 통해서만 삶의 모순에 대한 참다운 이해에 도달할 수 있음을 보여주는 것이다. 그러한 점에서 절대적인 지배자인 주인공이 자신의 권한대로 행동하지 않고, 여러 가지 방법을 모색하고 원생들의 지지를 얻고자 하는 것은 문학적인 것이다. 이 소설의 서두에서 보이는 부임 초기의 원장의 태도는 원장과 주민과의 관계가 수직적인 것이라는 인식을 바탕으로 하고 있다. 그래서 조백헌은 그의 취임 연설에서 "첫째로 우리 섬의 재건입니다. 그리고 이를 위해 다시 정정당당, 인화단결, 상호협조, 이 세 가지를 생활 지표로 삼아달라"는 부탁을 하면서 "여러분 자신의 인간 개조를 이룩해내"라는 당부를 하고, "여러분의 새로운 낙토를 위해 이 사람은 신명껏 그것을 돕겠다"고 굳게 다짐을 한다.

이러한 부탁과 당부 속에는 지금까지 이 섬이 낙토가 되지 못한 것은 주민들의 정정당당과 인화단결과 상호협조가 부족한 데 원인이 있었으니까 이제 인간 개조를 해야 된다는 수직적 발상이 그대로 적용되고 있다. 그래서 통치자는 그러한 의지를 갖고 있는 사람을 돕는다는 입장에 서 있을 따름인 것이다. '돕는다'는 입장은 자신의 운명과는 상관없는 타인의 운명에의 개입을 의미한다. 그렇기 때문에 돕는 자는 위에 있고 도움을 받는 자는 아래에 있는 수직 관계가 형성된 것이다. 이러한 수직적인 관계는 주정수 원장 시절의 '평의회'나 현재의 조백헌 원장이 만들려고 하는 '장로회'의 경우에도 드러난다. 다시 말하면 '평의회'의 의견이 원장의 의견과 다를 때에는 원장의 마음대로 받아들일 수도 있고 거부할 수도 있는 반면에, 원장의 의견이 평의회의 의견과 상충될 때에 원장을 바꿀 수 있는 권한이 평의회에 주어지지 않는 점에서 평의회는 원장의 통치를 보조하는 하급 기관인 것이다. 그러니까 여기에서도 수직적인 관계이지, 공동의 운명을 가진 수평적인 관계는 존재하지 않는 것이다.

5

이러한 조백헌 원장의 태도 속에 근본적인 오류를 지적하는 역할을 이상욱과 황희백이 담당하고 있다. 이들은 주정수라고 하는 과거의 원장(따라서 역사적 사실)의 오류를 예로 들면서, 낙토에의 꿈이 조백헌 원장의 선의의 의욕만으로 이루어질 수 없는 것임을 일깨워나간다. 그러한 점에서 이상욱과 황희백은 이들 사회에 있어서 지식인의 역할을 담당하고 있는 것이다. 이들 지식인은 현재의 조백헌 원장의 의욕 속에 감추어져 있는 '동상'의 정체를 끊임없이 드러나게 함으로써 조백헌 원장이 옛날의 주정수 원장과 같은 역사적 과오를 되풀이하지 않도록 한다. 그러한 과정에서 이들 지식인은 조백헌 원장과 끊임없이 대립하고 부딪치는데, 그들은 거의 언제나 섬 주민들의 입장을 대변하고 있다. 이들이 섬 주민들의 입장을 대변할 수 있었던 것은 이들의 출신이 섬 주민들과 같다는 표면적인 이유도 중요하지만, 이들이 섬 주민들과 공동의 운명을 가지고 있다는 의식을 지닌 데서 가능했던 것이다. 다시 말하면 이들은 섬 주민들과 수평적인 관계에 있었기 때문에 현실을 위에서 내려다보는 것이 아니라 함께 사는 것이다. 따라서 이들 지식인이 조백헌 원장과 대립하기도 하고 싸우기도 하고 협조하기도 하면서 조원장의 의식에 가져온 변화는 섬 주민들의 운명을 수직적인 관계로 받아들이는 것이 아니라 수평적인 관계로 받아들이는 것이었다. 이것은 "신명껏 그것을 돕"는 위치에서 그 운명을 '함께' 사는 위치로 내려오는 것을 의미한다.

이러한 위치의 이동은 조백헌과 섬 전체와의 관계를 개인과 집단의 관계에서 개인과 공동체의 관계로 변화시킨다. 골드만에 의하면 집단이란 밖에서 주어진 이념이나 외부의 힘에 의해 강제적으로 형성된 것인 반면에, 공동체란 개인 각자의 내면에서 발생한 이념과 내적인 욕구에 의해 스스로 참가함으로써 형성된 것이다. 그렇기 때문에 집단은 지배와 피지배의 관계에 의해 유지된다면 공동체는 '함께' 참여함으로써 유지되는 것이다. 따라서 조백헌의 위치 이동은 집단의 지도자이기를 그만두고 공동체의 일원으로 참가하는 것이다.

그러나 진정으로 위치의 이동이 이루어지는 데는 몇 가지 조건이 필요하다. 우선 그 섬이 '낙토'가 아닌 것은 섬 주민들의 책임이 아니라 그 섬을 있게 한 보다 큰 힘의 책임이라는 사실을 인식해야 하고, 주민들이 원장에 대한 불신과 배반을 일삼게 되는 것은 환자들의 열등 콤플렉스에서 유래한 것이라기보다는 과거 지배자들의 역사 속에서 자연스럽게 형성된 배타 감정에 기인한다는 것을 깨달아야 한다. 말하자면 그 섬의 주민들은 자발적으로 그들의 집단을 형성한 사람들이 아니라 외부에서 밀려온 사람들이다. 그들은 그들이 지니고 있는 질병 때문에 건강한 사람들에게 인간적인 대우를 받지 못하고, 섬이라고 하는 그 특수 공간에 갇히게 된 것이다.

따라서 그들은 고향에서 쫓겨난 뿌리 뽑힌 사람들이며, 그 섬에 쫓겨 온 갇혀 있는 사람들이다. 그들이 집단을 이루고 살고 있는 그 섬은 그들 스스로 선택한 것이 아니라 건강한 사람들에 의해 주어진 것이다. 섬 자체가 그들에 의해 자연적으로 선택된 삶의 터전이 아니라 인위적으로 만들어진 생활공간이며, 그곳을 떠나서는 건강인들에게 보복을 받게 되어 있다. 그래서 그 섬을 지배하는 원장은 그들 환자와는 다른 건강인이며, 그는 건강인 사회의 필요성에 의해서 환자들의 사회인 섬을 다스린다. 그렇기 때문에 그는 환자들과 '함께' 사는 것이 아니라 바로 환자들 위에 따로 군림하는 것이다. 동일한 운명의 소유자가 아니었기 때문에 역사적으로 과거의 많은 원장은 바로 외부의 질서와 가치를 위해 그 섬의 주민들을 다스렸고, 그 섬 주민들로 하여금 외부의 질서와 가치에 봉사하게끔 했기 때문에 실패를 보았고, 따라서 섬 주민들에게서 불신과 배반을 당했던 것이다. 다시 말하면 처음에 지배자의 '낙토에의 꿈'을 내세운 공약을 믿고 쫓아가던 섬 주민들은 그러한 공약이 결국 주민들 자신의 낙토를 만드는 일이 아니라 외부의 질서와 가치에 봉사하는 '낙토'를 만드는 일이었다는 것을 알게 된다. 그래서 다음과 같은 말을 하는 것은 의미심장하다.

하지만 상욱은 알고 있었다. 원장이 그처럼 감탄해 마지않는 섬의 조경은 실상 섬 자체의 그것이 아니었다. 조경에 관한 한 아름다운 것은 섬이 아니라, 섬 바깥쪽이었다. 섬 안에는 그것을 바라볼 수 있을 뿐이었다. 화가가 전해준 소녀의 이야기도 섬 안에 남아 있을 때는 아름다울 수가 없었던 것이었다. 그것은 화가와 함께 섬을 떠나서 섬 밖에서 비로소 아름다운 이야기가 되고 있는 것이었다.

여기에서 말해주고 있는 것처럼 섬은 육지의 건강인들에게 아름다움의 대상이나 감동의 대상으로 존재하고 있는 것이지, 말하자면 천형의 생활공간으로, 환자들의 비극적 삶의 공간으로 비치는 것이 아니다. 그렇기 때문에 건강인들이 생각하는 '낙토'와 주민들이 꿈꾸는 '낙토'가 동일하지 않은 것은 당연하다. 그러나 조백헌이 그 섬의 사정을 알아가면서 꿈꾸는 '낙토'는 점점 더 주민들이 생각하는 '낙토'에 접근하게 된다. 그것은 다른 어떤 목적으로 사용되는 것이 아니라 오로지 섬 주민들만을 위한 것이며 실제로 물질적으로 나타나기보다는 마음속의 편안함으로 나타나는 것이다.

6

여기에서 중간 역할을 하는 것이 이상욱과 황희백이라는 두 지식인이다. 이들 두 지식인은 이미 조백헌 이전에 있었던 원장들, 특히 주정수 원장 같은 지배자가 내세우는 명분 뒤에는 언제나 '동상'이 숨겨져 있다는 것을 알고, 바로 그 때문에 실패하는 것을 방지하기 위해 조백헌 원장의 명분을 끊임없이 물고 늘어지는 역할을 한다. 다음과 같은 예에서 보는 '명분'이란 따라서 지배 이념으로 바꿔 생각할 수 있을 것이다.

문제는 명분이 아니라 그것을 갖게 되는 과정이었다. 명분이 과정을 속이지 말아야 한다. 명분이 제물을 요구하지 않아야 한다. 천국이 무엇인가. 천국은 결과가 아니라 과정 속에서 마음으로 얻어질 수 있는 것이었다. 스스로 구하고, 즐겁게 봉사하며, 그 천국을 위한 봉사를 후회하지 말아야 진짜 천국을 얻을 수 있게 된다. 〔……〕 게다가 큰 명분의 뒤에는 알게 모르게 늘 누군가의 동상이 그림자를 드리우게 마련이었다. 원장에게 동상의 꿈이 숨겨지지 않았다는 사실이 증명될 수 없는 지금 그를 온통 신용해버릴 수가 있을까. 명분만으로 그를 믿을 수가 있을까.

통치의 기술에서 바로 이 '명분'이 가지고 있는 함정을 경계하고 있는 이들 두 지식인은 '주정수'라는 과거의 원장의 오류를 명분의 독점성에서 찾고 있다.

하지만 주정수 시대에도 명분이나 동기에 잘못이 있었던 것은 아니었다. 주정수에게도 더할 수 없는 동기와 훌륭한 명분이 있었다. 문제는 오히려 그 명분의 지나친 완벽성, 명분이 너무도 훌륭했기 때문에 아무도 그 명분에는 입을 열어 말을 할 수 없었던 명분의 독점성이었다. 게다가 명분이라는 건 언제나 힘 있는 자의 차지였다. 주정수는 최고 최선의 명분을 그 혼자 독차지해버리고 있었다.

이러한 역사적 경험을 가지고 있는 이상욱과 황희백은 명분만으로 지배자를 믿지 않기 때문에, 조백헌의 명분이 완벽하면 할수록 그 명분 뒤에 감추어진 '동상'을 파괴하려고 든다. 그것은 내가 아니면 안 된다는 명분의 독점성이 가지고 있는 '나'의 동상의 파괴인 것이다.

여기에서 '동상'이란 지배자 쪽에서나 피지배자 쪽에서 끊임없이 위안이나 마음의 편안을 얻을 수 있는 일종의 '우상'이다. 여기에는 무조건의 '믿음'이 전제가 되는데, 그러한 믿음에 의해서 스스로에게는 어떠한 결과적인 책임도 돌아올 수 없는 것이기 때문에 위안이 되는 것이다. 그러나 이러한 위안은 현실과의 대응이 불안하고 힘들 때 찾게 되는 것이어서 자기소외 현상을 불러일으킨다.

따라서 이 두 지식인은 그러한 '동상'이 만들어지지 않도록 두 가지 측면에서 노력한다. 그 하나는 지배자 쪽에서 만들어지는 것을 방지하는 것이고, 다른 하나는 피지배자 쪽에서 만들어지는 것을 방지하는 것이다. 그리하여 이들은 조백헌 원장이 부임한 지 1년 만에 "이 일을 하는 동안 당신 일신을 위해서는 어떠한 공훈이나 명예도 좇지 않을 것이며 보답을 바라지 않고 우상도 만들지 않을 것임을 여기 모인 증인들 앞에 주님의 이름으로 서약"하게 한다.

그리고 다른 한편으로는 원장의 헌신적인 노력으로 섬 주민 가운데 아무도 섬을 탈출하지 않게 되자, 이번에는 조백헌 원장으로 하여금 이 섬을 떠나기를 요구한다. 이것은 "진심으로 원장님께서 이 섬을 떠나지 말아주시기를 바라고 있으면 있을수록 저들은 이미 눈에 보이지 않는다 하더라도 원장님의 동상을 지니기 시작하고 있는 것"이어서, "언젠가는 결국 저들 스스로 그 동상을 원장님 앞에 지어 바치는 날이 오고 말 것"을 방지하기 위한 것이다. 그러니까 이들 지식인은 한편으로 그들의 외부에 있는 적과 그들 내부에 있는 적을 모두 경계함으로써 그 '유령들의 섬'이 진정한 의미에서 '인간들의 섬'이 되도록 힘쓴다.

이들 지식인이 이처럼 원장 자신에 의해서거나 주민들에 의해서 '동상'이 세워지는 것조차도 막고자 하는 것은 언젠가는 동상의 허구가 드러남으로써 필연적으로 '배반'이 따르게 될 것이고, 그 배반은 결국 주정수 원장의 죽음을 가져온 것과 같은 결과를 초래함으로써 '낙토'에의 꿈을 산산이 조각나게 하고 더 큰 절망으로 빠지게 하기 때문이다. 따라서 동상이란 지배자인 원장 자신의 오만으로 만들어지거나 혹은 피지배자인 섬 주민 자신들의 지나친 우상으로 만들어지는 것이어서 언젠가는 부서질 운명을 갖고 있음을 이들은 알고 있다. 이들 지식인은 그리하여 오랜 난관을 뚫고 제방 공사를 거의 마무리 지은 조백헌 원장이 다른 곳으로 전임 발령을 받고는 절강제라도 지내고 떠나려고 하자 절강제 이전에 떠나기를 권유한다.

이들은 새로 부임하는 원장을 위한 개척단 쪽의 공사 실적 평가가 너무 낮게 나오지 않도록 하려는 조백헌 원장에 대해 그것마저 '동상'과 관련지어 비판을 하면서 절강제를 보고 떠나려는 계획이 '개인의 성취'라는 동상임을 다음과 같이 밝힌다.

　　마찬가지로 전 오마도 간척장 일 역시 그 일의 시작과 결말이 원장님 아닌 다른 누구에 의해서든지 간에, 굳이 특정한 한 사람의 책임일 필요는 없을 거라고 생각해왔습니다. 일을 시작하신 것은 물론 원장님이었습니다만, 그렇기 때문에 전, 그 일의 결말을 짓는 것도 반드시 원장님만이 하실 수 있는, 원장님만의 책임이어야 한다고는 믿고 싶지 않다는 말씀입니다. 외람된 말씀일는지 모르겠습니다만, 전 사실 절강제만이라도 꼭 보고 말겠다는 원장님의 생각에 대해서도 별로 그래야 할 이유를 찾을 수가 없습니다.

이러한 이상욱의 말에는 원장 자신이 계획해서 이루어놓은 이 일에 다른 사람이 끼어드는 것을 원치 않는다는 비난이 들어 있다. 이처럼 욕심이 극도로 배제된 이상욱의 주장에 대해서 실제로는 비인간적이라는 비판을 할 수 있을는지 모르지만, 문학에서는 극도로 이상적인 상태에 대한 가능성을 상정하지 않는다면 문학이 현실 자체라는 오해가 지배하게 되기 때문에 언제나 문학 쪽에서는 그러한 이상적 상태가 추구되어야 한다. 이상욱이라는 지식인은 그리하여 많은 과거의 주민들이 옛 원장들의 정책에 항의하기 위해 섬을 탈출한 것과 마찬가지로 스스로 탈출을 감행함으로써 조백헌 원장으로 하여금 마지막 순간까지 스스로의 '동상'을 만드는 감상에 빠지지 않게 한다.

여기에서 이상욱과 황희백이 지식인의 역할을 하고 있는 것은 이들 자신이 섬 주민들과 공동의 운명을 타고났기 때문일 것이다. 만일 이들이 외부에서 온 건강인 출신이라면 섬 주민들과 '함께' 사물을 볼 수도 없었을 것이고, 조백헌 원장에게 그토록 철저하게 요구하지도 못했을 것이다. 그러한 점에서 이상욱의 출생 비밀은 대단히 신화적인 주제라고 할 수 있다. 특히 그가 섬으로 귀환하여 보건과장으로 근무하는 것이나 마지막에 탈출하는 것은 대단히 상징적인 것이다. 그래서 그는 처음부터 조백헌 원장과 주민 사이에서 보건과장으로서의 역할을 하는 것이 아니라 지식인의 역할을 충실히 할 수 있었다. 여기에서 의문이 제기될 수 있는 점은 그 자신이 어떻게 하여 한 번도 섬 주민들과는 불화 관계에 빠지지 않았나 하는 점일 것이다. 그러한 점이 이상욱이라는 인물의 불완전성이라고 할 수는 있겠지만, 하여튼 그의 존재와 행동으로 인해서 조백헌 원장은 절강제를 보지 않고 그 섬을 떠날 수 있었고, 그리고 5년 뒤에는 원장이 아닌 신분으로 섬으로 되돌아올 수 있었다.

이것은 이청준 소설에서 드물게 보는 화해로운 결말이다. 여기에서
화해로운 결말이라고 하는 것은 조백헌이 결국 그 집단의 지도자에서
공동체의 참여자로 변모하고 있기 때문에 하는 말이다. 그러나 어쩌면
이러한 행복한 결말은 작가 자신의 작중인물들에 대한 지나친 편애 때
문일지도 모르며, 혹은 현실 자체에 대한 지나친 희구 때문일는지도
모른다. 특히 '이순구' '지영숙' 부부의 비극이 이상욱이라는 긍정적
인물로 결실된 것을 염두에 둔다면 '윤해원'과 '서미연'의 결합이 현재
의 이상욱이 살고 있는 공동체보다 더 완벽한 것이 되기를 작가는 기
대하고 있을지도 모른다.

7

그러나 『당신들의 천국』에서 황희백은 섬 주민들인 '문둥이들'의 습성
을 '자유'라고 규정하고 행동의 '자유' 자체만으로는 '불신'과 '미움'을
낳는다는 것을 강조하면서, 앞으로는 섬에서 모든 것이 자유와 함께
'사랑'으로 행해져야 한다고 말한다.

　　그야 물론 사랑이어야겠지. 이제 이 섬은 자유로는 안 된다는 걸
　알았으니 다시 또 그런 자유로만 행해나갈 수는 없을 게야. 자유라는
　건 싸워 빼앗는 길이 되어 이긴 자와 진 자가 생기게 마련이지만, 사
　랑은 빼앗음이 아니라 베푸는 길이라서 이긴 자와 진 자가 없이 모두
　함께 이기는 길이거든. 하지만 이건 물론 자유로 행해나갈 것도 지레
　단념을 한다는 소리는 아니야. 아까도 잠깐 말했지만 이제 이 섬에선
　자유보다도 더 소중스런 사랑으로 행해나갈 수가 있어야 한다는 소

리일 뿐이지, 자유가 사랑으로 행해지고 사랑이 자유로 행해져서, 서로가 서로 속으로 깃들면서 행해질 수만 있다면야 사랑이고 자유고 굳이 나눠 따질 일이 없겠지만, 이 섬에서 일어난 일들로 해서는, 자유라는 것 속에 사랑이 깃들기는 어려웠어도 사랑으로 행하는 길에 자유는 함께 행해질 수가 있다는 조짐을 보였거든.

이러한 섬의 장래가 결국 제3부에서 조백헌의 귀환으로 어느 정도 내다보인다고 할 수 있겠지만, 여기서 말하는 '사랑'은 거의 종교적인 차원으로 이 작가의 자세가 바뀌고 있지 않나 하는 생각을 갖게 한다.

그러나 이 작가의 그다음 작품집인 『잃어버린 말을 찾아서』에서는 이 '사랑'이 '용서'라는 말로 바뀌어 나타나는 것을 보게 된다. 이것은 모든 '한'을 풀어가는 일종의 '선(禪)'의 경지를 지선(至善)으로 보는 듯한 생각을 갖게 한다. "천국이 마음속에 있다"는 것과 같은 정신주의가 『당신들의 천국』의 마지막에 등장하고 있는 것은 이 작가의 장래에 중요한 의미를 갖는 것일지도 모른다. 하여튼 이러한 문맥에서 본다면 이 소설의 제1부는 문제의 제기이고, 제2부는 문제의 전개이며, 제3부는 문제의 해결이라고 할 수 있을 것이다. 그리고 그 문제의 해결은 조백헌이 자신의 실패를 인정함으로써 그의 정신의 성공에 도달하다는 모순된 해결인 것이다.

이들 지식인의 마음속에 들어 있는 정신의 성공은 '자유' '평등' '사랑'이라는 근대 시민 정신의 철저한 실현에 도달하는 것이다. 이청준은 말하자면 이 작은 섬을 진정한 시민 정신의 실현에 도달하는 공간으로 만들고자 이 소설에서 정신의 실험을 하고 있는 것이다. 그 점에서 그의 소설은 정신의 탐구 공간인 것이다. 여기에서 확인하게 되는 것은 한 권의 소설이 그 등장인물들의 무수한 관계들의 변화로 이루어 졌다는 사실이다. 이 관계들의 변화는 바로 소설 작품이 창조적 공간임을 이야기하고, 역동적 상상력의 소산임을 드러내주며, 동시에 그것의 추체험과 선체험을 통해서 현실의 여러 관계들에 대응할 수 있는 가능성을 열어줄 수도 있을 것이다.

그러나 '사랑'으로 결론을 짓고 있는 이 작품의 해결점이 그다음 작품의 '용서'와 함께 이 작가의 문학적 세계에서 어떤 의미를 갖게 될지는 앞으로 더욱 검토해보아야 할 것처럼 보인다.

소설에 대한 두 질문*

1

이청준과 윤흥길, 이 두 작가의 신간 창작집을 함께 읽다가 보면 이 두 작가의 소설에 대한 태도를 비교하고 싶은 호기심을 떨쳐버릴 수가 없다. 물론 이러한 비교가 범하기 쉬운, 말하자면 유추에 의해 이끌어 내기 쉬운 두 작가의 비슷한 점과 다른 점의 나열로 끝나게 되면 그것 은 한낱 호사가의 호기심 그 자체만을 만족시킬 가능성을 갖고 있는 것은 사실이다. 하지만 동시대를 살고 있는 두 작가가 제기해주는 문 제들은, 그것이 비슷하든 다르든 간에 한국 소설에 대한 검토로서 의 미 있는 어떤 것을 우리에게 내보일 수 있을는지도 모른다. 여기에서 '의미 있다'고 할 수 있는 것은 가령 문학이란 무엇인가와 같이 근본

---

* 이글은 이청준의 창작집 『예언자』와 윤흥길의 창작집 『아홉 켤레의 구두로 남은 사내』를 다룬 글 가운데서 이청준에게 해당되는 부분만을 뽑은 것이다.

적인 질문과 만나게 되거나, 혹은 소설은 어떻게 씌어져야 할 것인가, 소설은 무엇을 이야기하는 것인가, 혹은 작가는 소설을 통해서 무엇을 생각하고자 하는가 등등 우리가 언제나 질문의 형식으로만 ─ 준비된 대답이 없이 ─ 갖고 있는 것들을 다시 한 번 생각하게 만드는 것이기만 하면 충분하다. 만약 어떤 문학 작품이 이상과 같은 질문 가운데 어느 것도 우리로 하여금 다시 한 번 생각하게 하지 않는다면, 그것은 소설을 소설이라는 문학 장르를 떠나서 생각하게 되는 하나의 이야기 ─즉 어렸을 때 어른들에게 재미로 듣거나 교훈을 얻도록 들은 이야기, 혹은 삶이 골치 아파졌을 때 그 골치 아픈 삶을 잊고 쉬고 싶어서 휴식의 수단으로 읽는 재미있는 이야기, 혹은 현실에서 자신이 패배하고 그래서 이루지 못한 꿈을 상상 속에서 찾거나 자신의 용기 없음을 배설하는 수단으로 읽게 되는 이야기 ─에 지나지 않게 만드는 것이다. 이 경우 소설은 '기괴한 사건'을 그럴듯하게 꾸며내는 것에 지나지 않거나, 우리가 살고 있는 삶에 가까운 이야기를 남의 불행을 보는 것 같은 재미로 엮어가는 것이다.

그러나 소설은 그 역사의 일천(日淺)함에도 불구하고 현실과 가장 깊은 관계를 맺어온 것이 사실이다. 여기에서 깊은 관계를 맺어왔다고 하는 것은 소설이 단순한 현실의 반영이라는 낡은 주장에 근거를 두고 있는 것이 아니라, 골드만의 표현을 빌리면 소설이 "타락한 세계에서 타락한 방법으로 진정한 가치를 추구하는" 문학 장르라는 것과 같은 이론에 근거를 두고 있는 것이다. 말을 바꾸면 이 문학 장르로서의 소설의 기능이 작가 자신이 그가 살고 있는 세계에서 갖는 기능과 유사한 데서 소설과 사회와의 관계가 작가와 현실과의 관계와 상응하게 됨을 의미한다. 그러나 그렇다고 해서 작가가 살고 있는 세계나 주인공이 살고 있는 세계가 직접적인 방법으로 상응하는 것은 아니다. 가령 어떤 소설이 삶의 부조리를 그림으로써 현실이 내포하고 있는 부조리와 직접 대치되는 것이 아니며, 현실의 모순을 그렸기 때문에 좋은 소설이 되는 것은 아닌 것이다. 소설은 절대로 현실을 있는 그대로 그릴 수 없다. 만일 소설이 현실을 있는 그대로 그리는 것이라고 한다면 다큐멘터리나 르포르타주가 소설보다 훨씬 소설에 가까운 것이 될 것이며 따라서 소설은 다큐멘터리나 르포르타주보다 하급 장르에 속하게 될 것이다. 이러한 유추 관계를 좀더 분명하게 보여주기 위해서는 회화와 사진을 비교함으로써 충분할 것이다. 물론 소설 작품 속에는 우리가 현실에서 볼 수 있는 무수한 요소들이 들어 있는 것이 사실이어서 소설을 현실의 복사판으로 오해할 여지는 충분히 있다. 그러나 그러한 현실의 요소들은 소설 속에서는 이미 현실의 요소가 아니다. 그 요소들은 이미 작가에 의해 선택되어진 요소들이며, 나아가서는 작가에 의해서 '소설적 배열'에 따라 현실에서와는 다른 기능으로 하나의 작품을 구축하는 요소가 되는 것이다. 말하자면 작가가 현실을 그리려고 했더라도 이미 작가는 현실을 분석해서 종합함으로써 현실의 요소들을 작품의 구성 요소로 바꾸어놓은 것이고, 따라서 그 요소들은 다른 '질서'에 기여하기 위해 소설 속에 자리 잡고 있는 것이다. 여기에 '다른 질서'란 소설이 소설 작품이게끔 하는 것이며, "타락한 세계에서 타락한 방법으로 진정한 가치"를 추구하게끔 하는 것을 말한다. 그렇기 때문에 골드만 같은 사람도 "현실을 전혀 전치(轉置)시키지 않거나, 조금 전치시킨" 작품을 삼류 소설로 규정짓고 있는 것이다.

그렇다면 무엇 때문에 소설은 '다른 질서'나 '진정한 가치'를 한마디로 이야기하지 않고 그 많은 지면을 '소비'해가며 '말'을 하고 있는가?

그리고 그 많은 '말'은 한낱 요설에 지나지 않는 것일까? 어떻게 보면 정신의 놀음인 것 같은 소설의 긴 이야기는 바로 '탐구'라는 소설적 숙명에서 기인하는 것이다. 여기에서 탐구라는 말은 소설이 첫째로는 소설가라는 개인의 작품이면서 동시에 보편적 가치를 획득해야 된다는 이중의 짐을 지고 있기 때문이며, 둘째로 소설가가 살고 있는 세계에 대한 분석·종합의 과정을 거치게 됨에 따라서 그 과정 속에서 요구되는 방법론적 선택의 필연성이 개입되기 때문이고, 셋째로는 그 결과를 소설이라는 미학적 양식 속에 어떻게 구성하느냐 하는 문제가 뒤따르기 때문이다.

2

이청준의 창작집 『예언자』에는 6편의 중·단편이 실려 있다. 이 창작집을 기간(旣刊)의 그의 창작집들과 비교해보면 지금까지 이 작가가 추구해온 세 가지 계열의 작품이 한꺼번에 그 모습을 드러내고 있는 것처럼 보인다. 첫째는 이미 「줄」「매잡이」「과녁」등에서 볼 수 있었던 문화 공간에 있어서 장인(匠人)의 삶의 의미에 대한 탐구로 집약될 수 있는 계열로 「불 머금은 항아리」가 여기에 속하고, 둘째는 오늘의 이 땅에서 볼 수 있는 개인들의 삶의 특유한 경험들을 소설적 소재로 삼고 있는 「눈길」「거룩한 밤」「예언자」「황홀한 실종」등이고, 셋째는 작가란 무엇이며 글을 쓴다는 것은 무엇인가 하는 문제를 정면으로 다루고 있는 「지배와 해방」이다. 그러나 소재에 따라 구분해본 이청준의 소설 세계를 그 주제라는 관점에서 살펴보게 되면 이 세 가지 소재들이 하나의 주제를 이야기하는 여러 단계를 구성하고 있음을 간파하게 된다. 이 하나의 주제란, 작가가 소설가로 자기 자신에게 '나는 어디에 있는 것인가?' 하는 질문의 제기 방법이라고 ─ 좀 지나치게 요약한다면 ─ 이야기할 수 있을 것이다. 물론 이처럼 '한마디로' 말하고자 하는 경우의 위험은 우리가 일상적 삶에서 흔히 목격하게 되는 것처럼, 즉 격언이나 금언을 구사하는 것이 대부분 일종의 허위의식으로 체제를 강화하거나 권위 의식으로 남을 억압하는 수단이 되는 것처럼, 비평의 폭력이 될 가능성을 언제나 내포하는 데 있다. 더구나 소설 문학이란 격언이나 금언처럼 한마디로 말할 수 없는 것을 문학 속에 양식화시키는 것이기 때문에 그 위험 부담은 훨씬 크다. 그렇기 때문에 이렇게 요약하고 나서는 것은 이청준 소설의 '향성(向性, tropisme)'에 대한 하나의 가설의 의미밖에는 없다.

좀더 구체적으로 작품을 읽어보자. 「불 머금은 항아리」의 장인인 '허노인'은 오늘날 흔히 볼 수 있는 인물이 아니다. 자신이 만든 도자기가 돈으로 환산되는 것을 거부하며, 오직 그의 희망은 완벽한 하나의 도자기가 나오기까지 무수한 고통을 감수하고(어쩌면 그 고통의 감수가 그에게는 희열일지도 모르지만) 그런 작품을 만들어내는 정신이 '용술'에게 전해지기를 기다리는 인물인 것이다. 그렇다면 왜 이청준은 그러한 인물을 계속해서 그리고 있는가? 아마도 이 작가는 그 장인의 삶에다 어쩌면 오늘의 자신을 비추고 있는지도 모른다. 이 장인이 오늘의 생활 질서로 볼 때에는 아주 이단적 인물인 것은 분명하다. 우선 이 작가의 장인-주인공들에게는 이른바 일상적 삶의 뿌리가 없다는 것이다. 일상적 삶의 뿌리가 없다는 것은, 줄 타는 광대거나 활을 쏘는 사람이거나 매를 잡는 사람이거나 항아리를 굽는 사람이거나 이들은 모두 경제적 시장 질서와는 상관이 없는 사람이라는 것이다. 이들은 모두 자신이 이룩하고자 하는 완성된 장인의 경지에 도달하기 위해서만 노력할 뿐, 그것을 쉽사리 다른 무엇과 바꾸려 하지 않는다. 이러한 인물을 다루는 것이 복고적 감상에 근거를 두고 있지 않은 데 이청준의 중요한 점이 있다 할 수 있다. 다시 말하면 이들은 교환 가치가 지배하는 시장 경제 체제 속에서는 일상적 행복을 누릴 수 없도록, '진정한 가치'만을 추구하고 있다. 그러나 이들이 '교환 가치'를 추구하지 않기 때문에 이들은 스스로를 사회에서 유리시키게 되고, 따라서 시장 경제의 입장에서 보면 '문제아héros problématique'가 되는 것이다. 이 소설 속에서 외부 사람들이 끊임없이 '분매산'으로 달려가서 도자기를 시장으로 끌어내려고 하는 것은 '진정한 가치'가 추구되고 있는 그곳에 시장 경제 체제가 도전하고 있는 양상을 말해주는 것이다. 그러나 결과적으로는 그러한 장인적 삶이 어려워지는 것은 '진정한 가치'의 추구에 의해 만들어진 것이라고 하더라도 그것이 유통되는 과정 속에서 완전히 '교환 가치'의 질서 속에 수렴되고 말기 때문이다. 그렇기 때문에 이청준 소설의 장인들은 타락한 사회에서 타락한 방법으로 진정한 가치를 추구하게 되지만, 그 진정한 가치는 간접화 현상에 의해 그 장인이 살고 있는 사회 속에서 교환 가치로 평가받게 되는 것이다. 이와 같은 현상을 이 소설의 화자 자신도 "그 사기장의 갸륵한 삶을 항아리를 빌어 소개한다는 노릇이 거꾸로 그 경섭의 자랑거리만 더해주는 꼴이" 된다고 하면서 이야기를 중단하겠다고 함으로써 자각하고 있는 것이다. 그렇다면 이청준은 자신이 그리고 있는 장인에게서 예술가와 상응되는 점을 발견하고, 따라서 그 장인의 모습을 통해서 작가가 이 땅에서 사는 데서 야기되는 고통의 정체를 밝히고자 했음을 알 수 있다. 더욱이 경섭이라는 사람의 입을 통해서, 이러한 예술 작품이 교환 가치를 높이는 데 정치적 이념의 도구로 수렴되고 있음도 아주 반어적 수법으로 파악되고 있다.

> 그 사람 원래는 우리 민족 고유의 예술과 재능을 누구보다도 깊이 사랑하고 있었던 사람이 아닐까요. 전 무엇보다도 그가 뭔가 실의에 차서 세상을 숨어 떠돌고 있었던 데 주의할 필요가 있을 것 같아요. 그는 뭔가 말 못할 상처를 지닌 사람이었는 데다가, 그런 상처를 지닌 사람이라면 몇 해 전 이 바로 삼일 만세 사건이 있었던 그 무렵의 시대 분위기에서 해답을 구해볼 수도 있을 테니 말입니다. 사내의 실의가 민족의 운명이나 만세 사건 같은 곳에 기인되고 있었다면 우리 민족의 깊은 자존심으로 실패한 조각의 사기그릇에조차도 그런 애정을 기울여 쏟을 수가 있는 일 아니겠습니까……

라고 말하는 대문에 이르게 되면, 모든 예술 작품의 이념적 도구화가 만연하고 있는 풍토 속에서 문학인이 극복해야 할 또 하나의 어려운 국면이 무엇인지 이 작가는 보여주고 있다. 다시 말하면 문학 작품이 한편으로는 시장 경제의 간접화 현상에 의해, 다른 한편으로는 정치적 이념의 간접화 현상에 의해 끊임없이 수렵당하고 있는 현실과의 투쟁임을, 그래서 작가는 자기가 살고 있는 사회에서 그 중심으로부터 밀려나는 '문제아'임을 자각하게 만든다.

이처럼 장인과의 유사 관계로서 파악된 작가의 삶이 더욱 구체적 예증으로 드러나고 있는 것은 표면적으로 주인공이나 화자가 작가이거나 작가 지망생으로 등장하는 다른 소설들에서임을 확인하게 된다.

『예언자』 이전에 출간된 대부분의 작품에서 그러한 것처럼 이청준은 여기에서도 그 주인공이나 화자로 작가, 혹은 작가 지망생을 내세우고 있다. 「눈길」의 주인공 '나'는 아내와 함께 시골에서 홀로 사는 어머니를 찾아갔다가 예정을 앞당겨 오게 된다. 「거룩한 밤」(원제는 「불알 깐 마을의 밤」)은 주인공 '나'가 아파트촌에 살다가 자신만이 (불임 수술을 받지 않음) 그 아파트의 질서를 지키지 못해 일어나는 에피소드를 이야기해준다. 「예언자」의 주인공 나우현은 살롱 여왕봉에 드나들며 예언을 한다. 이 세 주인공은 소설을 쓴다고 되어 있으면서도 많은 작품을, 혹은 좋은 작품을 쓰고 있는 것으로 이야기되지 않는다. 여기에서 첫번째 문제가 제기된다. 그것은 '왜 이들이 작품을 쓰는 일에 실패한 작가인가' 하는 것이다. 그다음으로 이들 주인공의 일상적 삶이 보편성을 잃는 문제다. 다시 말하면 「눈길」의 '나'는 어머니에 대한 '부채'가 전혀 없다고 하면서 어머니를 찾아보는 것이 최소한의 '의무' 때문임을 주장하기는 하지만, 그러나 그가 어머니와 맺고 있는 관계는 '증오'로 표현해도 좋을 것이다. 이것은 일상적인 모자 관계를 벗어난 것이다. 「거룩한 밤」의 주인공은 '불알 깐 마을'의 일상적 보편성을 떠나서 낮이면 관리 사무소의 방송 소리에, 밤이면 너무 일찍 찾아오는 정적에 못 견디다가 결국 자신도 '불임 수술'을 받기로 결심하고 만다. 그는 이 아파트촌의 '수준엔 맞지 않는 사람'으로서, 대낮에 어린애의 머리핀 잃어버린 것까지 광고하는 관리 사무소의 방송에, 그 아파트 단지 안에서 늘 마주치게 되는 여자들의 시선에, 그리고 너무도 일찍 잠들어버리는 아파트 단지의 밤 풍속에 고통을 당하고 있는 것이다. 여기에서 주인공의 고통은, 자신이 살아온 일상적 보편성과 아파트라는 새로운 일상적 보편성의 부딪침에서 야기되는 것으로서 어떻게 보면 주인공 자신의 보수적 가치관에서 기인하는 것처럼 보일 수 있다. 그러나 아파트 단지의 획일화 현상에 비추어 본다면 주인공의 그것이 개성과 집단의식의 대립 현상임을 충분히 감지할 수 있다. 이때 집단의식이란, 시장 경제의 질서가, 그래서 체제가 부여한 교환 가치의 질서가 지배 이념으로 군림하고 있는 집단의 유니폼이 되는 것이며, 언젠가는 개인의 '불알'마저도, '거세된 집단'의 간접화 현상에 의해 '부재' 상태로 넘어갈 수밖에 없는 의식의 사물화, 혹은 물신숭배의 양상을 그대로 표현하고 있는 것이다. 이러한 양상의 결과가 드러나는 작품이 「예언자」라 할 수 있다.

이 작품의 주인공 나우현은 가면을 쓰게 된 여왕봉의 장래를 예언하고 있다. 여기에서 작가는 가면이라는 하나의 상징을 통해서 하나의 작은 공간이 개성을 빼앗겼을 때 감수할 수밖에 없는 무서운 결과에 대해 천착하고 있는 것이다. 우선 가면이 주어진 것은 홍마담이라는 인물에 의해서이다. 홍마담으로 대표되는 체제의 지배 이념은 '나우현'으로 대표되는 '작가'와 부딪칠 수밖에 없겠지만, 형식이 내용을 규정하든 내용이 형식을 규정하든 간에 일단 가면이 주어지자 그 살롱 안의 모든 질서는 바로 가면이라는 형식의 지배를 받게 되고, 따라서 홍마담은 모든 가면 위에 군림하게 된다. 그러나 홍마담이 가면이라는 체제를 도입한 다음부터 그녀 자신도 그 체제를 유지하고 강화시켜나갈 수밖에 없는 것이 말해주는 것처럼, 그녀는 자신이 만들어놓은 체제에 의해 이끌려 가게 되고 따라서 그 유지 방법은 더욱더 강화되었던 것이다. 반면에 나우현은 바로 그 체제에서 스스로를 밀려나가게 함으로써 그 살롱의 '문제아'로 남게 된다. 여기에서 또 하나 주목해둘 문제는 나우현이 불행의 예언만을 한다는 사실이다. 말을 바꾸면, 작가는 현실의 개선 방안을 내놓는 정책 수립자도 아니고 체제 강화에의 기여자도 아니라는 것과 유사한 기능을 갖고 있는 것이다. 작가가 할 수 있는 것이 우리를 억압하고 있는 모든 것을 파괴하는 것과 마찬가지로 나우현이란 인물이 하는 일은 남의 불행을 예언하는 것이다. 이 불행이 가면 체제의 지배를 받고 있는 '여왕봉'이라는 사회의 운명에 관련을 맺게 되었을 때, 개인 나우현은 자신이 소속된 체제의 변화가 없음에 따라서 그것과 같은 운명을 감수할 수밖에 없었던 것이다. 이것은 작가가 진정한 가치를 추구하면서도 그걸 추구하고 있는 자신의 작품이 교환 가치의 지배를 받게 되고, 또 자신이 그 작품을 통해서 얻은 명예에 의해 환산되어버리는 사회에서 그러한 방식으로 작품 활동을 할 수밖에 없고, 따라서 그러한 체제의 붕괴와 함께 자신의 존재의 붕괴도 예견하게 되는 비극적 존재라는 의미 구조를 형성하게 됨을 말하고 있다.

여기에서 우리는 '왜 쓰는 데 실패한 작가인가' 하는 첫번째 문제에 대한 암시적 해답을 보게 된다. 그의 주인공들이 좋은 작품을 쓰는 데 실패한 이야기를 통해서 이청준은 한편으로 주인공과 작가의 구조적 동질성을 보여주고, 다른 한편으로 주인공의 실패한 이야기를 통해서 작품을 완성하여 작가가 추구하는 진정한 가치의 일면을 내보이는 것이다. 일종의 모순 논리에 다름 아닌 이와 같은 구조의 동질성에 대한 이청준의 인식은, 그렇기 때문에 '왜 쓰는가' 하는 문제에 대한 끊임없는 반성으로 계속되고 있다.

실제로 이 문제를 정면으로 다루고 있는 「지배와 해방」을 보면 그러한 인식의 과정에서 한 사람의 작가가 왜 계속해서 자기 확인을 하게 되는지 이해하게 된다. '언어사회학서설 ③'이라는 부제가 붙은 이 소설의 화자 지욱은, "말들의 지나친 혹사와 확대로부터 비롯된 마지막 배반"에서 떠돌아다니는 "말들"을 감금하려고 시도하는 가운데 '이정훈'이라는 젊은 소설가의 말과 만난다. 여기에서 '말의 배반'이라는 것은 진정한 가치의 추구로서 사용되던 말이 교환 가치가 지배하는 사회에서 '타락'된 양상을 띠기 때문에 씌어진 것으로 보인다. 소설의 인물 이정훈은 '글을 왜 쓰는가' 하는 문제를 제기하면서 최초 자신의 출발에 관한 이야기를 하게 된다. 글을 쓰게 된 최초의 동기를 개인적 '복수심'이라고 말한 그는 "독자와 사회에 대한 한 작가의 책임이란 그러니까 결국 그의 개인적인 삶의 욕망과 독자들의 삶을 위한 어떤 일반적인 가치 질서의 실현이라는, 복수가 기여가 되어야 한다는 그 지극히도 이율배반적인 관계 속에서 힘들게 마련되어야 할 운명의 것임을"(강조는 인용자) 밝히고 있다. 여기에서 '개인적인 삶의 욕망'이란 골드만의 표현을 빌리면 '개인의 갈망'에 해당하게 될 것이고, '독자들의 삶을 위한 가치 질서'란 이미 간접화되어서 드러나지 않는 '진정한 가치'에 해당하는 것이리라. 여기에서 금방 알 수 있는 것은 '개인적 욕망'이 작품을 쓰는 동기라면 진정한 가치는 작품을 쓰는 수단에 해당하게 되고, 따라서 이 소설에서 이야기하는 복수심은 전자를 의미하며 '지배욕'은 후자를 의미하게 된다는 것이다. 이때 복수심이란 개인의 감정적 소산을 의미하는 것이 아니라 '이것은 아니다'라는 '파괴적 정신 질서'를 말한다. 반면에 '지배욕'이라는 표현은 어휘 자체가 오해를 살 수 있는 가능성을 내포하고 있음에도 불구하고 '창조적 생산 질서'를 말한다. 그러므로 작가가 그의 소설로 지배하는 세계는 '현실의 세계 자체는 아닌' 것이다. 작가의 진정한 가치는 현실 속에서는 언제든지 수렴당하고 패배를 당하는 것이기 때문이다. 따라서 작가의 지배욕이 이루어지는 것은 소설의 완성이라는 문학적 양식의 범주에 속하게 되고, 그렇게 되면 그것은 독자에게서 그 양식에 대한 동의를 얻어내는 정도에서 멈추게 된다. 그러나 이러한 동의가 이루어지는 순간에 소설의 세계는 현실의 세계로 바뀌면서 간접화 현상을 감수할 수밖에 없기 때문에, 작가는 "언제나 그가 도달한 세계에서 또 다른 다음번의 이념의 문을 향해 끝없이 고된 진실에의 순례를 떠나야 하는 숙명적인 이상주의자일 수밖에 없"는 것이다. 다시 말하면 작가가 소설을 통해서 소설을 파괴하고, 그래서 새로운 소설의 창조로 가는 영원한 '문제아'임을 자각하고 있는 이청준은, 그렇기 때문에 "작가는 혁명가와 다르고, 사회 개혁 운동가와도 다르며 목사와도 다르고 정가의 야당 지도자와도 다르다"고 주장하고 있다. '억압이 없는 완전한 자유'를 꿈꾸고 있는 이러한 문학적 태도는 '말'에 대한 탐구가 없으면 불가능한 것이다.

그렇다면 여기에서 우리는 다음과 같은 사실을 확인할 수 있게 된다. 첫째, 이청준 소설에서 무수하게 나타나고 있는 격자소설의 양식이란 말에 대한 탐구를 하고 있는 작가 자신의 자기 점검의 수단으로 나타나고 있다. 둘째, 그렇기 때문에 그는 소설을 쓸 수 없는 상황에서도 바로 소설을 쓸 수 없다는 이야기로 소설을 쓰게 되고, 그렇게 함으로써 문학의 자율성을 보존하고자 하는 작가로서의 생명을 유지한다. 셋째, 그의 소설에 자주 나타나고 있는 일상적 삶의 불행이란 일상적 삶이 교환 가치의 지배를 받고 있는 한 불가피한 것이고, 따라서 그 불행을 아파하는 행위보다는 그것을 구성하고 있는 것의 정체를 드러나게 하는 행위가 작가의 몫에 해당한다는 것이다. 넷째, 그의 소설의 구조가 언제든지 처음에는 하나의 사건, 혹은 사물을 던져놓고, 그것을 밝혀나가는 끈질긴 노력을 읽는 독자들에게도 요구하게 되는 것은 바로 소설이 하나의 '탐구'임을 독자 쪽에서도 인식하게 하는 방법이 되며, 동시에 새로운 소설 양식이 현실에 의해 쉽게 수렴당하지 않도록 하는 방법이 되고 있다. 다섯째, 그의 소설은 대부분 소재가 어떠한 것이든 일상적 삶과 예술적 삶에 대한 증오로 가득 차 있는데, 그것은 문학 자체가 현실과 문자의 접점을 이루고 있는 것이기 때문에 끊임없이 그 양편에서 도전을 받고 있다는 자기 자신의 위치에 대한 자각과, 그래서 그 두 가지를 동시에 포용하고 싶은 정신적 갈등에서 기인하고 있는 것처럼 보인다. 다시 말하면 사랑의 변용으로서 그의 증오는 자신의 문학 행위가 서야 할 위치를 확인하는 작업이라고 생각될 수 있다는 것이다.

3

소설은 흔히 한마디로 규정해버릴 수 있는 것을 한마디로 이야기하지 않는다. 가난하고 억압받는 사람이 있는가 하면 그들을 지배하는 사람이 동시에 존재하고, 그 두 계층 사이에는 부끄러워하는 사람들이 있는 것이 소설의 공간이라고 한다면, 그들이 태어나고 변모하는 과정을 탐구하는 것이 그들을 있게끔 한 현실의 정체를 밝히는 것이며 소설 구조의 탐구가 된다. 그렇기 때문에 이청준과 윤흥길의 소설을 읽게 되면, 타락한 사회에서 아무런 힘을 갖고 있지 못한 소설이 그럼에도 불구하고 중요한 자리를 차지하게 됨을, 그래서 보존되어야 할 영토임을 확인하게 된다. 다만 여기에서 작가들은, 소설의 주인공이 타락한 방법으로 진정한 가치를 추구하고 있는 것처럼 그러한 자신의 삶을 자각하고 있기만 하다면, 자신의 현실적 무력함 때문에 소설을 쓰는 작업을 포기할 수 없다는 것을 알게 될 것이다. 그렇기 때문에 '왜 쓰는가?' '소설이란 무엇인가?' 하는 질문은 바로 작가 자신이 언제나 새

롭게 제기해야 할 질문이며, 동시에 독자(비평가를 포함해서) 쪽에서
도 문학 작품을 대할 때마다 제기해야 할 영원한 질문이 되는 것이다.
질문이 없는 창작이나 독서는, 그것이 틀에 박히게 된다는 이유 때문
에, 따라서 필요에 따라서만 행해지기 때문에 진정한 의미에서 창조적
인 행위가 되지 못하고 소비적인 행위가 되는 것이다.

말과 소리

이청준의 「다시 태어나는 말들」을 읽으면 이 작가에게 있어서 문학이 지니는 의미에 대해 생각하게 된다. 물론 이 말은 문학의 의미가 이 작품을 통해서 결정적으로 드러났다는 것이 아니다. 그것은 오히려 작가 자신이 끊임없이 지속해온 문학적 삶이 자신에게 무슨 의미가 있는 일인가 하는 질문의 세계이다. 문학 작품을 창작하는 것이 삶에 대한 어떤 해답을 내리는 것이 아니라 질문을 던지는 것이라는 말이다. 그렇지만 이 작품의 중요성은 적어도 말이 문학의 근본적이며 본질적인 영원한 탐구의 대상이므로 말의 탐구 과정을 드러내는 데 있을 것이다. 그러나 이 작품 한 편의 그러한 특성이 작가의 세계의 중요한 부분을 밝혀줄 수 있다고 하는 것은 바로 문학이 질문을 통해서 해답의 양식을 보여줄 수 있는 가능성을 말한다.

이청준의 최근 소설들에서 다루어지고 있는 대상 가운데 두 개의 큰 주제를 든다면 그것은 아마도 '말'과 '소리'일 것이다. '말'은 우리가 일상적으로 의사소통을 하기 위해서 사용하는 기호로 이루어져 있다. 언어학자들의 표현에 의하면 그 기호는 어떤 의미를 뒷받침해주는 음소나 문자 등의 연속체인 기호의 물질적 표현에 해당하는 기표signifiant 와 그 기호의 의미 내용에 해당하는 기의signifié로 구성되어 있다. 반면에 '소리'는 귀로 들을 수 있는 모든 것을 의미한다. 따라서 기호가 귀로 들을 수 있고 눈으로 볼 수 있는 것이라는 점에서 소리보다 더 광범위한 것 같다. 그러나 귀로 들을 수 있는 것 가운데 소리는 기호보다 훨씬 더 광범위한 것이 될 수도 있다. 이러한 단어 자체에 대한 해석을 하는 것은 이청준의 '소리'와 '말'의 다른 점을 말하기 위한 것이 아니다. 그것은 이 작가에게 있어서 '말'이 어떻게 하여 '소리'가 되고 '소리'가 어떻게 하여 '말'을 대신하게 되는지 그 과정을 밝히기 위한 전제 조건인 것이다.

이청준에게 있어서 소리는 남도의 소리, 다시 말해서 남도창을 의미한다. 단편 「남도소리」를 비롯하여 그의 절창이라 할 수 있는 「선학동 나그네」에 이르기까지 이 작가의 일련의 단편들은 소리를 주제로 삼고 있다. 특히 「선학동 나그네」에서의 소리는 이 작가의 세계의 한 측면을 가장 아름답고 절실하게 보여준 작품이다. 이 작품이 아름답다고 하는 것은 소리의 주인공이 살고 있는 삶의 애절함에만 이유가 있는 것이 아니라 그 절절한 마음이 소리라는 청각적인 차원에서 학이 날아가는 시각적 차원으로 변용되는 데 더 크게 의존하고 있다. 여기에서 소리의 주인공은 장님인 소녀와 그녀의 늙은 아버지이다. 그리고 이들이 살다가 이야기를 남기고 간 장소는 선학동이다.

마을 앞 포구에 밀물이 차오르면 관음봉이 문득 한 마리의 학으로 그 물 위를 날아오르기 때문이었다. 포구에 물이 들면 관음봉의 산 그림자가 거기 떠올랐다. 그런데 그 물 위로 떠오르는 관음봉의 산 그림자가 영락없는 비상 학의 형국을 지어냈다. 하늘로 치솟아오른 고깔 모양의 주봉은 힘찬 비상을 시작하는 학의 머리요, 길게 굽이쳐 내리는 양쪽 산줄기는 그 날개의 형상이 완연했다.

이처럼 비상 학의 형상이 되는 관음봉을 보면서 선학동에서 소리를 하고 있던 노인이 앞을 못 보는 딸에게 소리를 들려주고 있다. 노인이 소리를 들려주는 때는 "포구에 물이 차오르고 선학동 뒷산 관음봉이 물을 타고 한 마리 비상 학으로 모습을 떠올리기 시작할 때"이다. "해 질녘 포구에 물이 차오르고 부녀가 그 비상 학과 더불어 소리를 시작하면 선학이 소리를 불러낸 것인지 소리가 선학을 날게 한 것인지 분간을 짓기가 어려운 지경"까지 그들의 소리는 절창이 되어간다. 그러다 이들 부녀가 이 마을을 떠나 종적을 감춘다. 그 뒤 20여 년 만에 장님인 딸은 아버지의 유골을 가지고 와서 아버지보다 더 뛰어난 소리를 한다. 그리고 그 소리가 절정에 도달한 어느 날, 그 딸은 아버지의 유골을 관음봉에 암장하고 다시 그 마을을 떠난다. 그 후 20년 만에 장님인 누이를 찾아 헤매는, 아버지가 다른 오라비가 선학동에 나타나서 자초지종을 듣게 된다. 여기에서 읽을 수 있는 것은 관음봉에 얽힌 전설과, 홀아비가 된 노인과 장님인 그 딸의 소리일 뿐이다. 그 소리는 이들 부녀의 한 많은 삶이 선학동의 전설 속에 얽혀들어가게 만들어준다. 특히 감동적인 것은 포구에 물이 차오를 때 노인이 소리를 들려줌으로써 장님인 딸이 아버지의 소리를 통해서 그 비상 학의 모습을 볼 수 있게 되는 것이다. 그리고 비상 학의 모습을 볼 수 있게 되었을 때 장님인 딸의 소리가 절정에 도달하는 것이다. 그녀의 소리가 절정에 도달했을 때 그녀의 육체는 그곳에서 사라져버리지만 "이제 이 선학 동 하늘을 떠도는 한 마리 학으로" 그곳에 남아 있게 된다. 그것은 그녀의 소리를 통해서이다. 여기에서 말이 절창의 소리로 변하기까지는 이들 주인공의 내면에 깊이 자리 잡고 있는 한(恨)이 작용을 하고 있다. 이 한은 딸의 소리가 "선학을 날게 한 것인지" "선학이 소리를 불러낸 것인지" 분간하기 어려울 만큼 절창이 되도록 하기 위해서 아버지가 딸의 눈을 찔러 앞을 못 보게 만들 만큼 깊은 것이다. 말하자면 신체에서 시각이라는 감각기관을 마비시킴으로써 소리를 통해서 시각 기능을 대체하고자 한 아버지의 행위는, 자신의 내면에 대대로 쌓여온 한을 풀기 위한 것으로서, 딸의 모든 힘이 소리의 연마로 집약되게 하려는 것이다. 그것은 오직 기막힌 소리를 통해서만 모든 것을 이야기할 수 있는 남도 소리의 어떤 경지에 대한 탐구이다. 육신의 눈이 멀어서 앞을 못 보게 된 딸은 자신의 소리가 절창이 되어감으로써 마음의 눈으로 비상하는 학의 모습을 볼 수 있게 되고, 자신의 소리를 들음으로써 청각에 의해 비상 학의 형태를 느끼는 것이다.

반면에 '언어사회학서설'이라는 부제가 붙어 있는 작품들을 비롯하여 「빈방」에 이르는 일련의 작품들은 '말'을 주제로 다루고 있다. 「빈방」의 주인공 지승호는 딸꾹질 때문에 여러 하숙집을 전전하고 있다. 그의 딸꾹질은 그가 어느 공장에서 근무할 때 일어난 작은 사건에서부터 시작된다. 그 사건이 있기 전에 지승호는 회사에서 어느 정도의 신임을 받고 있었고 또 공장의 종업원들에게도 신임을 받고 있었다.

그러나 그 작은 사건이 일어나면서 그는 자신이 서야 할 자리를 제대로 찾기도 전에 그 사건에 휩쓸리게 되었고, 그리하여 자신이 해야 할 '말'을 할 수 있는 기회를 놓치게 된다. '말'을 하지 못하게 되면서부터 그에게는 딸꾹질이 시작된다. 그의 딸꾹질은 한번 시작되면 발작을 하듯이 계속된다. 그러나 그에게 딸꾹질이 나오지 않을 때가 있다. 그것은 그가 스스로 하고자 하는 말을 거침없이 할 경우이다. 이야기를 이처럼 딸꾹질 없이 유창하게 하던 그는 어떤 장면을 연상하거나 스스로의 말을 제어하려고 하는 순간부터 딸꾹질이 다시 시작된다. 그리하여 이청준의 대부분의 소설에 있어서 주인공들의 증세는 대개 심리적인 요인에 의해서 발생하고 있는 것 같은 인상을 준다. 이들 주인공의 병적인 증세의 근본을 찾아가는 형식을 빌리고 있는 이청준의 소설들에서 그 주인공은 모두 과거의 상처를 가지고 있다. 그 상처는 어떤 주어진 상황 속에서의 자아와 현실의 갈등으로 이루어졌다. 다시 말하면 자아가 현실에서 이해할 수 없는 어떤 충격을 받은 데서 기인하는 것이다. 가령 「소문의 벽」에 있어서 '전짓불'이라든가, 「병신과 머저리」의 '전쟁 경험'이라든가, 「퇴원」의 '전짓불'이라든가, 「빈방」의 '사건' 등이 모두 그러한 충격과 그것에 의한 정신적인 상처를 의미하고 있다. 이들 주인공은 모두 그러한 충격과 상처를 말로 표현할 수 없는 닫힌 상황 속에 살고 있다. 경험이 말로 표현될 수 있을 경우에 충격과 상처는 자아로 하여금 갈등 속에 빠지지 않게 하지만, 그렇지 못할 경우에는 자아의 내부에서 해결할 수 없는 모순과 갈등을 안고 정신적인 질환을 앓게 만든다. 그 앓음이 결국 이들의 불행한 현재를 구성하게 된다.

그런데 그의 소설들에서 주인공의 이러한 병적 증세의 원인을 찾아가는 것은 대부분의 경우 작가나 기자를 직업으로 가지고 있는 작중인물들이다. 여기에서 작가나 기자를 직업으로 가지고 있다는 것은 대단히 상징적인 의미를 띤다. 왜냐하면 이러한 직업의 속성이 말을 다루는 운명을 지니고 있기 때문이다. 이들 작중인물은 따라서 그들의 증세의 원인을 찾아갈 뿐만 아니라 그들로 하여금 잃어버린 말, 막혀버린 통로를 열어주는 역할을 하는 것이다. 그것이 바로 그들 주인공의 병을 낫게 하는 것임을 작중인물은 알고 있다. 그리하여 이들 작중인물은 주인공들이 어떤 터부에 의해서 입을 열지 못하는지를 알고자 하고, 적어도 주인공들 스스로 말을 찾지 못할 경우에는 그들 대신에 말을 해주는 역할을 함으로써 주인공들의 증세를 치유하고자 한다.

그러나 이번에는 말을 다루는 작중인물들이 부딪치는 상황은 바로 주인공들이 경험한 상황과 다를 바가 없게 된다. 여기에서 말을 다루는 작중인물들도 주인공들과 비슷한 증세를 보이게 되고, 그리하여 그들은 실패한 작가가 된다. "작가는 누가 뭐래도 진술을 끊임없이 계속하지 않고는 살아갈 수 없는 족속"이지만, 그러나 그 주인공들의 과거의 경험과 비슷한 경험을 하지 않을 수 없는 숙명을 지니게 된다. 그것은 말을 다루는 작중인물들이 또 다른 터부에 의해서 말로 표현되지 않는 비극을 경험하는 것으로 나타난다. 그런 의미에서 이청준의 소설이 가지고 있는 이중 구조는 정신분석학적 표현을 빌리면 두 단계의 충격 상태와 욕구불만을 복합적으로 표현하고 있다. 그렇기 때문에 그의 작중인물들은 끊임없이 작품을 쓰는 데, 글을 쓰는 데 실패하고 있으며 그 실패한 이야기를 통해서 작가는 소설을 완성하고 있다.

그렇다면 앞에서 언급한 '소리'와 방금 이야기한 실패한 '말' 사이에는 어떤 관계가 있는 것인가? 바로 여기에 대한 이해를 가능하게 해주는 작품이 「다시 태어나는 말들」이다. 이 작품에서 이 작가의 소리와 말이 '용서'라는 의미로 일치하는 것을 보게 된다. '소리'는 그것이 가사가 있는 노래라는 의미에서 '말'의 변주로 볼 수도 있을 것이고, 그런 의미에서 소리는 말의 기능을 대신하고 있는 것이다. 그러나 "사물과의 약속을 떠나버린 말, 실제의 옷을 벗어버린 말, 내용으로는 이미 메시지가 될 수 없는 말, 일정한 질서도 없이 그것을 스스로 원하는 형식으로밖에는 남아 있을 수 없는 말" 때문에 고통을 받아온 이청준의 작중인물들은 이제 '소리'에서, 다시 말하면 그 비상 학을 불러일으킨 '소리'에서 문학의 새로운 가능성을 찾고 있는 것이다. 그것은 '소리'가 가지고 있는 '한의 풀이'의 경지로 나타나고 있다. 이 작품에 끼어든 이야기 가운데, 앞에서 이야기한 「선학동 나그네」의 장님 소리꾼의 아버지가 다른 오라비 이야기가 등장한다. 50이 넘어선 그 오라비가 40년 전에 의붓아버지와 장님 누이를 버리고 떠난 것이 의붓아버지에 대한 증오를 이기지 못했던 것이었음에 반하여, 그가 다시 장님 누이를 찾아 나선 것은 '화해'와 '용서' 때문이었으며, 동시에 자신에게 남아 있는 삶의 몫을 회환과 용서라는 한 풀이로 살아가기 위한 것이었다. 장님 누이의 '소리'가 도달한 경지라고 할 수 있는 이러한 삶의 자세는 초의 선사가 도달한 '참다도'의 경지와 상통하는 것이다. 그것은 밖에서 주어진 차 마시는 예법이 아니라 자신이 "차 마시는 일을 생각"하고 "스스로의 삶에서 그 용서의 마음을 구하는 일"인 것이다.

『용서에는 자연 후회가 따르고 속죄가 따르고 그리고 마땅히 감사가 따르지요. 〔……〕 스님이 그 침침한 눈으로 저 깊은 골짜기를 내

려다보고 앉아 차를 마실 때 스님은 그 차 끓여 마시는 법도를 지키
거나 생각하신 것이 아니었을 거외다. 더러는 시를 생각하고 불법을
생각하고 계시기도 하셨겠지요. 하지만 그보다도 스님은 여기서 당
신이 살아온 긴 인생사의 덧없음을 생각하고 당신과 당신의 이웃들
에 행한 수많은 인간사들에 후회와 속죄와 감사의 마음에 절으셨을
거외다. 내가 누구에게 못할 짓을 하였나. 내가 누구를 원망하고 원
한을 지닐 일은 해오지 않았던가. 속죄하며 비로소 그런 마음을 얻게
된 일에 감사하고 계셨을 겁니다……』

그런 일들을 후회하고 용서하고

이러한 참다운 다도의 발견은 대단히 구도적인 것이며, 선(禪)의 경
지라 할 수 있을 것이다. 그러나 다시 한 번 생각해보면 참다운 '소리'
의 경지도 이와 마찬가지이다. 그렇기 때문에 주인공은 "옳은 차 마심
의 마음을 익히려는 사람들이나 그 누이의 소리를 찾아 헤매다니는 사
람이나 알고 보면 모두가 그 한마디 말에 자신의 삶을 바쳐 살고" 있
다고 말한다. 말들이 믿음을 잃고 떠도는 시대에 있어서 화해와 용서
의 길을 통하여 자신의 믿음을 회복하는 것은 문학에 있어서나 예술에
있어서(주어진 형식이 아니라) 새로운 형식의 탐구와 발견에 도달하는
것이다. 그랬을 때 '가나다라마바사……' 등의 노래나 그의 소설에 등
장하는 무수한 우문우답들이 본래의 내용을 벗어던졌음에도 불구하고
형식을 통해 말하는 현상으로서 문학 속에 수용될 수 있는 것이다.

말이 소리가 되고 소리가 말이 되는 이러한 화해는 결국 이청준의
'언어사회학서설'이라는 부제가 붙은 일련의 작품들에서 실패한 작가
의 의미를 드러나게 해줄 뿐만 아니라 그의 두 계열의 작품들이 하나

로 융합되는 과정을 통하여 말을 잃어버린 우리로 하여금 그것을 다시 찾을 수 있게 해주고 있다. "복수를 택하지 않고 스스로의 신뢰를 지키기 위하여 한마디의 말이 감내해온 변신의 과정은 그것의 참모습을 알아보기 어려울 만큼 다양스럽고 은밀해지고 있었다. 하지만 그 말들은 그런 형식의 변신을 통하여 비로소 그 깊은 믿음을 지닐 수 있었고, 그 인고에 찬 화해를 통하여 마지막 자유에 이를 수 있었다." 이 자유를 통하여 그는 실패한 말의 성공적인 경지를 계속 추구해야 할 것이다. 그것이 곧 소설이라는 형식으로 잃어버린 언어를 찾게 하는 그의 사랑과 용서의 길일 것이다. 그가 말하는 문학의 진정한 영토와 현실에 대해서 이 작품이 갖고 있는 의미도 거기에 있을 것이다.

그러나 여기에서 중요한 것은 이 작가의 말에 관한 관심이 단순히 그 자신만의 문학적인 관심으로 제한되지 않는다는 사실에 있다. 그것은 진정으로 자유로운 말의 상황이라는 것이 외부에서 주어지는 것이 아니며, 또한 주어진 역사도 없다는 것이다. 그것은 작가 자신이 스스로 만들어내는 것이며 획득되는 것이다. 그 때문에 역사성 뛰어난 작가들은 그러한 형식을 찾기 위해 노력했고 그 노력의 성공과 함께 새로운 소설의 탄생을 가져왔다. 그런 의미에서 소리를 통하여 자신들의 한을 풀고 용서하는 설움 많은 사람들의 삶에서 자신의 문학적인 가능성을 찾고 있는 이청준의 작가적 태도는, 우리에게 문학의 진정한 의미를 생각하게 한다. 문학은 이처럼 복수가 아니라 용서이며 싸움이 아니라 평화이다. 그렇기 때문에 작가는 어려운 시대일수록, 말의 진정한 자유가 없는 시대일수록 새로운 형식에 대한 탐구를 통해서, 새로운 문학을 통해서 이를 극복해야 한다.

고향 체험의 의미

1

이청준의 「여름의 추상」은 '잃어버린 일기장을 완성하기 위하여'라는 부제를 달고 있다. 이러한 부제는 실제로 이 작품의 주인공이 작가의 분신임을 짐작하게 한다. 아니 작가의 분신이라기보다는 작가 자신의 이야기라는 확신을 갖게 한다. '일기'가 자신이 겪고 생각한 일을 그날그날 적는 것이라면 '잃어버린 일기'란, 무슨 이유인지는 몰라도 자신의 기억에서 사라져버린 어떤 기간 동안의 일기를 말하며, 그것을 완성한다는 것은 다시 기억의 표면으로 떠올린다는 것을 의미한다. 물론, 이러한 과정 속에는 심리적인 이유도 있을 수 있고 사회적인 이유도 있을 수 있겠지만, 그러나 문학이라는 것이 부재화되어버린 우리의 삶을 존재화시키는 것이라면 이청준이 '잃어버린 일기'를 완성시킨다는 것은 바로 문학 자체의 행위를 의미하는 것이다. 기억 속에서 잊힌, 혹은 사라져버린 어떤 과거를 되찾는다고 하는 것은 많은 작가들의 주요한 테마였다는 것을 알고 있지만, 그러나 이청준에게 있어서 그러한 작업은 현재의 삶의 정체를 과거를 통해 밝히려는 노력에 속한다.

이러한 수법은 이청준 자신이 상당히 즐겨 쓰는 것으로서, 가령 「시간의 문」에서 현재의 시간을 통해서 미래의 시간으로 열리는 길을 찾고자 하는 주인공의 노력도 작가의 이러한 수법의 또 다른 변형으로 보여진다. 그것은 말을 바꾸면 작가의 문학적인 세계가 작가의 삶을 비쳐주는 역할을 한다는 것이기도 하고, 작품이 작가의 현실, 혹은 작가가 살고 있는 삶의 미래의 모습을 보여주는 역할을 한다는 것이기도 하다.

그러나 이청준의 작품이 작가 자신의 삶과 맺고 있는 관계란 한꺼번에 모두 밝혀질 수 있는 성질의 것이 아니다. 왜냐하면 작품이란 일단 발표된 다음에는 객관적인 대상이 될 수 있지만 작가의 삶이란 끊임없는 변화 속에 있는 것이기 때문이다.

작품과 작가의 이러한 관계는 이청준의 「여름의 추상」에서 주인공의 '과거'와 '현재'의 관계와 유사하게 드러난다. 다시 말하면 「눈길」이후에 작가가 보여주기 시작한 자신의 과거에 대한 기록이 작가의 현재의 음화로서 이 작품에서 보다 뚜렷한 모습을 드러내고 있는 것이다. 그것은 한편으로 보면 1960년대 이후 한국 소설의 한 경향을 보여준 이청준 개인의 정신의 역사를 이해하는 데 도움을 주며, 다른 한편으로 그가 다른 많은 사람들과 함께 괴로워했던 역사의 상처를 깨닫게 하는 데 도움을 준다.

2

「여름의 추상」의 주인공 '나'는 정체 모를 '카메라'의 추적을 피해 아파트를 비우고 여행을 한다. 여행을 끝내고 귀가한 주인공은 이번에는 정체 모를 '전보'의 주인공을 찾아서 다시 여행길에 오른다.

여기에서 주인공이 카메라의 추적을 피하고 있는 것은 개인적으로 보면 심리적인 어떤 충격에 의해서인 것처럼 보인다. 다만 그 원인이 소설에서 드러나지 않고 있을 뿐이어서 독자로서는 카메라의 정체가 무엇인지 짐작을 할 수 있을 뿐이다. 짐작에 의하면 카메라는 어떤 잡지사나 신문사의 인터뷰 기자를 지칭하는 것 같다. 주인공은 그 인터뷰 신청을 무슨 이유에서인지 회피하기 위해서 시골로 여행을 하다가 귀가하는데, 일주일간의 부재중에 누구인지 모를 죽음과 관련된 전보가 왔었다는 사실만을 전해 듣게 될 뿐 그 내막을 모른다.

소설 안에서 밝혀지고 있는 것은 주인공의 노모가 시골에서 형수와 함께 살고 있다는 사실이다. 따라서 주인공이 누구의 죽음과 관련된 전보에 대해서 불안을 느끼는 것은 그 노모의 안부 때문일 것이다. 주인공의 이러한 심리적인 불안은 그 정확한 내용을 드러내놓고 있는 것은 아니지만, 자기 자신이 '카메라'의 추적을 받고 있다는 사실과 인척 가운데 누군가가 죽었을지도 모른다는 사실에서 기인하는 것으로 보인다. 그렇다면 '카메라'의 추적을 두려워하는 이유는 무엇인가? 그리고 시골의 혈연들에 대해서 평소에 냉대하는 것 같은 인상을 준 주인공이 왜 그 혈연의 안부에 대해서는 불안을 느끼는가?

이러한 의문을 갖게 되는 것은 독자의 당연한 권리처럼 보인다. 왜냐하면 이청준의 많은 작품들이 이러한 의문에 기초를 두고 독자의 관심을 이끌고 있기 때문이다. 가령 「빈방」과 같은 작품에서는 주인공이 현재 '딸꾹질'을 하고 있음을 이야기하면서 그것이 언제부터 어떻게 시작되었는지 조사해가는 일이 소설의 주된 서술의 대상이 되고 있고, 「소문의 벽」에서는 주인공이 소설을 완성하지 못하고 있는 이유를 찾아가는 일이 주된 서술의 대상이 되고 있다. 따라서 이청준의 주인공들의 현재 상태는 남들과는 다른 특이한 상태이며, 소설의 진행 속에는 말하자면 그러한 주인공들의 과거 가운데 현재의 특이한 상태와 연관되는 것들이 나타나고 있다. 물론 여기에서 작가는 과거의 어떤 사건이 현재의 어떤 상처의 직접적인 원인이 되었다고 밝히는 것은 아니다. 차라리 현재의 특이한 상태를 보다 잘 알기 위해서 과거의 사건들을 추적하는 과정에서 어떠한 정신적인 상처가 있었는지 찾아내는 것이며, 그 정신적인 상처들을 비롯해서 과거의 여러 가지 사건이 현재의 정신적 상태를 결정하고 있는 복합적인 요소임을 유추하게 만드는 것이라고 하는 편이 옳을 것이다.

그러한 점에서 주인공의 현재 상태에 대한 작가의 해석이 다분히 심리적이며 정신분석학적 성질을 띠고 있음을 알 수 있다. 가령 「빈방」의 딸꾹질의 주인공은 공장의 여공들이 겨울의 추위 속에 알몸으로 찬물 세례를 받는 것을 본 다음 그 진상을 이야기하지 않도록 금지의 명령을 받았고, 그 이후 정직한 이야기를 하려고 하면 심한 딸꾹질을 하게 된다. 또 「소문의 벽」의 주인공이 진실을 이야기하는 소설을 쓰지 못하는 것은 어렸을 때 6·25의 비극 속에서 경험하였던 '전짓불'에 대한 공포에서 기인하고 있다. 어둠 속에서 전짓불을 비추면서 주인공으로 하여금 어느 쪽을 지지하는지 대답하도록 강요된 상황의 경험은 진실을 말했느냐 안 했느냐에 따라 개인의 운명이 결정되는 것이 아니라 우연에 따라 운명이 결정되는 것이다. 여기에서 경험한 죽음의 공포는 심리적 · 정신분석학적인 표현으로 말하면 주인공을 트로마티제(정신적인 충격으로 상처를 입힌다)시킨 것으로서 논리와 현실의 모순에 의한 과거의 상처로 기록된다. 이러한 사실이 밝혀지고 있는 양식으로서의 이청준의 소설은 따라서 처음에 제기되었던 문제와 나중에 제시된 원인이 동일한 범주에 속하지 않는 것 같은 생각을 들게 한다. 다시 말하면 작가가 글을 쓰지 못하고 정신병원에 입원한 것은 개인적으로 보면 일종의 정신 질환에 해당한다. 그러나 개인의 정신 질환을 그 개인이 소속된 사회와의 관계 속에 비추어 보면 그것은 단순한 개인적인 문제가 아니며, 또 정신분석학적이고 심리적인 문제만도 아닌 것이다. 그것은 집단의 문제이고 사회적인 문제이다. 뿐만 아니라 개인의 정신 질환의 원인으로 제시된 '전짓불'의 경험은 사회적이며 역사적인 상처에 속한다.

이처럼 이청준의 주인공이 처해 있는 상황으로 작품의 서두에 나타나는 현재의 상태는 개인적인 특수한 상태로서 제시되고, 또 주인공 개인으로 볼 때에는 정상적인 인물이 아니라 이상적인 인물로 보인다. 따라서 개인의 차원에서는 사회에 적응하기 곤란한 환자라든가 콤플렉스에 사로잡힌 인물로 보이는 이청준의 주인공의 삶은, 결코 그 개인의 능력이 모자란다거나 선천적으로 허약한 체질을 가졌기 때문에 신체의 어느 부분이 고장을 일으키거나 정신 질환을 앓게 되는 것이 아니라, 그 개인이 소속되어 있는 사회의 차원에서 나타나고 있는 것처럼 사람다운 삶이 어려운 사회와 역사에서 정신적인 충격을 받았기 때문에 비정상적이 되며, 보이지 않는 과거 상처의 흔적을 드러내고 있는 것이다.

그 대표적인 경우를 「빈방」에서도 볼 수 있다. 「소문의 벽」의 주인공이 정신적인 질환을 앓았다면, 「빈방」의 주인공은 육체적인 질환을 앓는다. 그것은 '딸꾹질'인데, 이 소설을 읽는 것은 딸꾹질이 처음에 어떻게 시작되었는지 찾아가는 것이다. 그러므로 이청준의 소설을 읽는다는 것은 주인공 개인이 변화해온 과정을 역(逆)의 방향으로 거슬러 올라간다는 것을 의미하며, 그러한 과정의 독서를 하게 되면 우리의 삶속에 들어 있는 억압적인 존재와 그 충격의 체험이 밝혀지고, 사람다운 삶이 가능한 사회와 그 억압적 존재와의 관계가 드러나는 것이다.

이러한 관점에서 「여름의 추상」을 읽게 되면 주인공이 '카메라'를 피하는 것이 과거의 어떤 체험과 상관된 것임을 알 수 있다. 그리고 주인공이 여행을 하고 있는 고향은 바로 그 상처의 흔적을 가지고 있는 곳이다. 상처의 흔적을 지닌 고향의 이야기가 이청준에게서 드러나고 있는 것은 대개 세 가지로 분류될 수 있다. 첫째는 「퇴원」에서 볼 수 있는 것과 같은 섹스의 금기를 어겼을 때 당하게 된 폭력에 대한 공포이고, 둘째는 「눈길」에서 나타나고 있는 것과 같은 집안의 가난으로 인한 고향에 대한 공포이고, 셋째는 「소문의 벽」이나 「개백정」 등에서 볼 수 있는 역사적 사건으로 인한 죽음에 대한 공포이다.

여기에서 첫번째 공포는, 사춘기 소년의 진실이 제도적인 금기를 어긴 데서 치르게 된 대가로 얻어진 것이다. 다른 말로 바꾸면 남몰래 소유하게 되는 혼자만의 행복은 가정으로부터 보복을 당한다는 것을 의미하는 것이다. 이것은 극히 개인적인 체험의 세계이면서도 그 개인의 대타 관계(對他關係)의 형성에 중요한 역할을 하게 된다. 다른 사람들에게는 자기 자신의 은밀한 행복을 들키지 않아야 된다는 폐쇄적 자아의 의식이 그것이다.

두번째의 공포는 어린 시절에 가난으로 인해서 느끼게 된 부끄러움에서 비롯된다. 자신이 사춘기에 있던 시절, 고향의 집마저 남에게 넘어가버린 가난은 주인공으로 하여금 될 수 있으면 고향에 관한 이야기를 기피하게 하고, 자신의 어린 시절과 가족에 대한 추억을 하지 않게 만든다. 그래서 이청준의 소설에서는 '어머니'가 '노인'으로 지칭된다. 그것은 어머니라는 혈연관계를 '노인'으로 지칭함으로써 제3자의 위치로 바꾸고자 하는 주인공의 무의식의 표현인 것이다. 특히 「눈길」에서 "노인에게 빚이란 게 없었다"라고 이야기하는 주인공의 의식은, 가난 때문에 고등학생인 아들을 고생시킨 어머니의 한이나 그처럼 가난한 과거를 가진 아들 자신의 한이 동질의 것임을 알고 있으면서도 서로 아무런 관계가 없는 것처럼 생각하고자 하는 노력의 표현에 지나지 않는다. 그래서 사춘기 때부터 가난 때문에 고향이나 부모의 존재를 이야기하지 않은 버릇이 소설 속에서 나타나기 시작한 것은 그러한 고향 콤플렉스에서 벗어난다는 것을 의미한다. 작가 자신은 이러한 고향에 대해서 다음과 같이 말하고 있다.

나의 경우 굳이 기억을 더듬어서 고향 체험이라는 것을 얘기한다면 한마디로 그 시절이 부끄러움의 시절이었다는 느낌이 앞서는군요. 삶이 부끄럽고, 그 태어남이 부끄럽고, 그래서 결국 그 부끄러움 때문에 지금까지 나는 늘 고향에서 쫓겨났다고 생각을 해왔어요. 그러다 보니까 중학교나 고등학교 때까지는 감상적인 생각으로 언젠가는 다시 돌아가야 할 곳으로 고향을 이해하고 있었지만 실제 생활면에서 고향에 대한 혐오감 같은 것이 굉장히 강했어요.
　　　　　— 대담 「복수와 용서의 변증법」, 『신동아』 1981년 10월호

고향에 대해서 사랑과 증오라는 모순된 감정을 가지고 있는 이청준의 세계는 그렇기 때문에 '탈향 욕망(脫鄕慾望)'과 '귀향 욕망(歸鄕慾望)'의 복합적인 감정의 표현이다. 다시 말하면 고향의 가난이 주인공에게는 일종의 원죄 의식처럼 자리를 잡고 있어서 한편으로는 부끄러움의 대상이 되면서 다른 한편으로는 삶의 뿌리로 남아 있는 것이다.

세번째 공포는 주인공 개인의 행동이나 주인공 가족의 행동 때문에 경험하는 것이 아니라 주인공이 살고 있는 사회 자체의 불안에서 경험하는 공포이다. 한밤중에 비쳐오는 '전짓불'의 정체가 주인공에게 '진실'을 말하도록 강요하는 상황에서는 '전짓불'의 정체에 따라서 '진실'을 말하는 행위가 보복을 당한다. 이 체험은 주인공으로 하여금 '진실'을 말하는 것이 금기로 되어 있는 고통스러운 삶을 살게 만든다. 그리하여 이청준의 작품에서는 많은 주인공들이 '글을 쓰지 못하는 작가' '실패한 신문기자'의 삶을 보여주고 있다. 이들 주인공의 고통스러운 삶은 따라서 자신의 직업을 충실히 실행할 수 없는 데서 연유한 것이며, 바로 그러한 고통을 통해서 작가는 이들의 이야기를 작품으로 남길 수 있는 것이다.

3

위에서 말한 세 가지 공포의 체험은 이청준의 주인공이 항상 두 가지 모순된 상태의 중앙에 위치해 있음을 말해준다. 가령 남몰래 엄마와 누나의 속옷 속에 파묻혀 있는 행복과 그것을 죄악시하는 불행 사이에서 어린 주인공의 진실이 보복을 당한다는 사실, 고향을 증오하여 탈향 의식에 사로잡혀 있는 것 같으면서도 그 내면에는 귀향 의식이 삶의 뿌리를 형성하고 있다는 사실, 진실을 말하면 현실로부터 보복을 받는다는 역사적 체험을 하였으면서도 진실을 말해야 하는 직업을 갖거나 위치에 서 있다는 사실 등은 작품 속의 주인공이 두 상황 속에서 갈등을 느끼는 숙명을 타고났음을 의미할 수 있다. 이러한 숙명 때문에 「여름의 추상」의 주인공은, 작가가 자신의 삶에 대해 부끄러움을 느끼고 있는 것과 마찬가지로, 카메라 앞에서의 부끄러움을 느끼고 있는 것이다. 그 부끄러움은 주인공으로 하여금 카메라를 피하게 만든다.

주인공이 '죽음'에 관한 전보를 받고 고향을 찾아가는 도중에 우선 마산의 동서의 집에 먼저 들르게 되는 것은 심리적으로 대단히 중요한 의미를 띠고 있다. 왜냐하면 여기에는 전보를 친 사람이 고향의 혈연이 아니기를 바라는 주인공의 심리를 그대로 드러내주고 있기 때문이다. 주인공의 이러한 심리적 추이는 이미 앞의 다른 작품에서 드러난 것이기도 하지만, 고향에 대한 모순된 의식, 즉 탈향 의식과 귀향 의식의 동시적 작용에서 유래하는 것이다. 그것은 한편으로는 고향에 있는 혈연의 죽음에 무관심하려는 심리의 작용이면서, 동시에 가능하다면 그것이 고향에 있는 혈연의 죽음이 아니기를 바라는 심리의 작용인 것이다. 그래서 그는 고향이 아닌 곳에 살고 있는 동서를 찾아가서 문제의 죽음이 누구의 것인지 질문을 하면서 그곳에 머물고 있는 이유를 카메라 때문이라고 하지만, 사실은 그 죽음의 정체를 확인하고 싶은 마음과 죽음에 대한 두려운 마음 사이에서 유예된 시간을 갖기 위한 것으로 보인다. 그것은 그가 바로 고향으로 가지 않고 고향 근처의 큰 동서에게로 가서 며칠을 보낸 다음에야 그 죽음의 정체를 밝혀내는 것으로 설명된다.

더 이상 기다리고만 있는 것도 죄악이었다.

나는 마침내 결심을 하였다. 그리고 시골 장거리 전화를 신청하였다. 누구의 죽음에 전보를 놓았을 만한 사람도 그렇고, 전화를 받을 만한 사람도 그래 뵈어, 전화는 그 노인이 계신 동네로가 아니라, 우선 먼저 둘째 매형이 계신 동네 쪽으로였다.

여기에서 볼 수 있는 것처럼 장거리 전화 한 통화면 쉽게 알 수 있는 일을 이처럼 오래 망설이면서 곧장 고향으로 가지도 않고 그 근처의 다른 곳을 왔다 갔다 하는 것은 주인공의 고향에 대한 모순된 감정 상태를 나타내고 있다. 더구나 여기에서도 「눈길」에서와 마찬가지로 '어머니'를 '노인으로 지칭하고 있는 것은 '고향'에 대한 감정 상태와 마찬가지로 '어머니'에 대한 감정 상태의 갈등을 드러내는 단서가 되고 있다. '엄마'라든가 '어머니'라는 표현 속에 있는 정서적 혈연관계를 나타내지 않는 '노인'이라는 호칭은 한편으로는 아주 일반화되고 객관화된 보통명사이면서 다른 한편으로는 어머니에 대한 자신의 지위를 겸손하게 표현하는 수사법이기도 한 것이다.
　이와 같은 모순된 감정이나 표현은 죽음 자체에 대한 가족들의 태도에서도 나타난다. "무슨 좋은 일이라고 네게까지 내가 그런 전보를 보냈겠냐"라는 어머니의 태도는 자신의 막내딸의 죽음을 슬퍼하지 않아서가 아니라 '자신의 주변의 죽음'을 부끄러워하고 두려워하고 숨기고 싶어 하는 데서 연유한 것이다. 이처럼 슬픔이라는 감정 상태를 앞에 내세우는 것이 아니라 부끄러움의 감정이 우선하는 것은 「눈길」에서와 같이 평생 한을 안고 살아온 사람에게서 볼 수 있는 삶에 대한 겸허한 태도이다. 「눈길」의 노인과 마찬가지로 「여름의 추상」의 노인도 막내딸의 죽음은 물론 모든 죽음을 외부적 상황에서 유래하는 것이 아니라 자신의 '업보'로 생각하고 있는 것이다. 이것은 죽음을 남의 탓으로 생각하는 것이 아니라 자신의 운명으로 생각하는 태도이며 그 때문에 집안의 죽음에 대해서는 부끄러움을 느끼는 것이다. 이른바 '상인'은 '죄인'이라는 이 태도는 "심상치 않은 심인(尋人) 소동엔 사람부터 우선 숨겨주고 보는 지혜"와 유사한 것으로, 온갖 설움의 역사 속에서도 살아남을 수 있는 힘인 것이다. 주인공이 "그것은 언제부턴가 이곳 사람들에게 오랜 버릇으로 익혀진 지혜"라고 말하고 있는 것처럼, 죽음에 대한 체념이 빠른 것이다. 죽음에 있어서 슬픔을 내세우는 것이 살아 있는 사람의 죽음에 대한 한 가지 태도라고 한다면, 죽음에 대해 부끄러움을 느끼는 것도 또 하나의 태도이다. 그리하여 죽음의 진짜 모습이 삶의 양식 속에 드러나게 된다.

그의 진짜 죽음의 모습은 남은 사람들의 모습에 있었다. 외롭게 호곡하는 아내의 모습에, 설움을 의연히 억눌러버리는 늙은 노인네의 슬픈 지혜 속에, 그리고 그 철없는 아이들의 남루하고 불안한 미래의 모습 속에 죽음의 모습은 오히려 그렇게 사자의 죽음의 뒤에 남아 있는 사람들로 남겨진다. 하나의 죽음은 그러므로 아직 끝나질 않는다. 그리하여 그것은 사자의 땅속으로 육신을 거두어간 다음에도 남아 있는 사람들의 삶 속에 계속 그의 모습을 드리울 것이다.

죽으면 모든 것이 끝나는 것이 아니라 죽음 자체가 살아남은 사람들의 삶 속에 계속해서 남아 있다는 죽음에 대한 인식은 수많은 체험으로 얻어진 것이다. 앞에서 인용한 바 있는 '대담'에서도 작가가 고백하고 있는 것처럼 "어렸을 때는 주변에 유난히 죽음이 많았"기 때문에 "그 죽음들이 드리운 암울한 그림자 때문에 세상 전체가 그늘 속에 잠긴 것 같은 느낌을 갖게 되었고, 그러다 보니까 나의 삶이라는 것이 그 죽음들과 결코 떨어져 있는 것이 아니고, 죽음과 삶이 섞여 있거나 또는 죽음도 삶의 어떤 연장으로서, 삶의 한 양식으로서 받아들여지는 체험을 하게" 된 작가의 죽음에 대한 인식은, 자신의 현실 속에서 삶과 죽음의 구별이 아니라 동시적 존재를 체험으로 받아들인 데서 가능했던 것이다. 이것은 말을 바꾸면 죽은 사람에게는 그 죽음 자체가 아무런 의미를 갖고 있지 않은 반면에 살아 있는 사람에게는 중요한 의미를 갖는 것이고, 살아 있는 사람에게만 죽음의 의미가 있다는 것을 의미한다.

죽음에 대한 이러한 인식은 누군가 죽음을 당하면 그 죽음을 다른 사람에게 알리는 것이 아니라 그 현장에 있는 사람들끼리 해결하려고 든다. "무슨 좋은 일이라고 네게까지 내가 그런 전보를 보냈겠냐"라고 하는 말에서 드러나고 있는 것처럼 죽음을 부끄럽게 생각하는 사람은 다른 사람에게 그 죽음을 알리려고 하지 않는다.

그러나 이러한 죽음의 감춤에는 또 다른 '지혜'가 숨어 있다. 이 작품에서 막내 누님이 살아 있을 때 주인공에게 한 "어서어서 크고 좋은 학교 나와서 너라도 다시 옛날 같은 우리 집 살림을 이루고 살거라. 나도 친정 가진 사람 노릇 좀 해보자"라는 말은 바로 그 또 다른 지혜를 드러내고 있다. 그것은 외지에 나가서 공부하고 훌륭하게 되어가는 사람에게는 죽음을 알려주지 않음으로써 가문에서의 그의 성공이 빨리 이루어지기를 바라는 심리의 작용인 것이다. 「눈길」에서 시골의 큰 집을 팔게 된 어머니가, 고등학교에 다니는 아들이 고향에 다녀갈 때까지 팔린 집을 붙들고 있는 것과 마찬가지로, 고향에서는 운명을 바꿀 수 없다는 생각을 하고 있는 어머니가 외지에 나가 있는 아들에게 그가 성공할 때까지 죽음을 알리지 않는다. 그것은 죽음과 같은 업보와 숙명을 그 아들과는 상관없는 것으로 만들고자 하는 어머니의 지혜에 속한다. 그렇기 때문에 작가 자신이 어린 시절의 고백에서 "고향에서 쫓겨났다"는 생각을 말하고 있다. 물론 여기에서도 어머니가 아들의 성공을 '적극적으로' 바란다는 것은 아니다. 한 많은 삶을 살아온 어머니가 그러한 적극적인 의미에서 아들을 외지로 보내고 죽음과 단절시키려고 한 것이 아니라, 고향을 떠나보내야만 외지에서 어쩌면 아들의 운명에 변화가 올지도 모른다는 막연한 기대와 가능성에 의해서인 것이다.

이처럼 폭력과 가난과 죽음으로 이루어진 고향 체험은 이청준의 소설에서 과거형으로만 존재하는 것이 아니다. 이청준의 귀향소설에서는 그러한 체험에 대처하는 양상이 고향의 삶의 메타포로 나타나고 있다. 그리하여 자신이 증오하고 도망쳐온 고향은 주인공에게 이제 삶속에 있는 보다 큰 사랑과 자유를 발견하는 장소로 변한다. 그가 고향에서 재발견하는 것은 욕설이 욕설로 받아들여질 수 없는 삶, 사투리가 보다 큰 사랑의 표현이 되는 세계, 홍소리나 남도창이 지시적 기능 이상의 큰 의미를 가지고 있는 세계, 그리하여 말이 말을 뛰어넘는 세계인 것이다. 여기에서 말이 말을 뛰어넘는 세계는 바로 작가 자신이 현실적으로 아무 힘도 없어 보이는 문학을 선택한 이유가 된다.

……문학과 현실의 승자를 겸할 수가 없다는 말은 바로 자네가 내게 한 말로 기억하네. 그리고 문학은 패배한 삶을 승리로 구현코자 하는 슬픈 사랑의 길이란 말도 언젠가 자네가 내게 한 말이었지. 하

여간 오늘 내게 이런 서러움이 있음은 스스로 고마운 은혜로 보이네. 비로소 나는 저 무덤들의 서러움을 함께할 수가 있을 것 같겠기에 말이네. 저 무덤들로 하여 이 땅이 이토록 버려지고 서러울수록 나는 저 무덤들과 함께 그것을 서러워하고 사랑할 수가 있겠기에 말이네.

서러운 무덤을 보고 서러워할 수 있게 된 것을 은혜로 생각하고 또 그 땅을 사랑할 수 있게 된다는 주인공의 말은 작가가 문학을 한 이유가 된다. 그것은 남도의 가락이 서민의 가슴에 맺혀 있는 서러움을 서러워하면서 그 한 풀이를 하는 것과 마찬가지인 것이다. 이러한 깨달음으로 인해서 주인공은 죽음의 정체가 밝혀진 고향에서 "우리 삶과 말 자체에 대한 사랑이 깊은 말은 그 사실적인 지시성 위에서 보다 넓은 말 자체의 자유를 누린다"라는 상념에 도달하게 되는데, 여기에서 '말'이라는 단어 대신에 '문학'이라는 단어를 집어넣으면 이 작가의 문학론이 드러난다. 이러한 상태에 도달한 주인공은 그리하여 방 안의 거미의 움직임을 관찰하면서 자신의 시간의 흐름이 정지하는 경험도 하게 되고, 여름날의 권태를 즐김으로써 이상의 체험과 함께하게 되고, 신발을 물어뜯은 강아지에게 "이 못된 사람 새끼 같은 놈아!"라고 호통도 치게 된다.

4

이청준의 「여름의 추상」은 하나의 완벽한 작품으로 보기는 어렵다. 이 글의 서두에서도 이야기한 것처럼 이 작품은 일종의 일기 형식을 띠고 있다. 그렇기 때문에 이 소설에서는 어떤 일관된 줄거리나 조직적인 구성이 발견되지는 않는다. 그러나 이 작품은 이청준의 많은 작품에서 단편적으로, 혹은 중점적으로 나타나고 있는 고향 체험을 가장 생생하게 뒷받침해주는 자료가 되고 있다. 그것은 다른 말로 바꾸면 이청준에게 있어서 고향이란 무엇인가 하는 문제를, 그에게 있어서 문학이란 무엇인가로 변형시켜 보여주고 있는 문학론인 것이다.

여기에서 볼 수 있는 것처럼 이청준의 고향 체험에서 거론되는 작중 인물들은 모두 자신의 삶에 있어서 '한'이 맺힌 인물들이면서도 불행과 슬픔을 회피하는 것이 아니라 함께 사는 인물들이다. 반면에 「조만득씨」에 나오는 주인공은 그 불행과 슬픔을 지니고 함께 사는 상태를 벗어난다. 말하자면 한 맺힌 상태를 벗어난다. 「조만득씨」에서 주인공 조씨의 정신병은 현실적으로 이루지 못한 꿈을 미친 상태에서 이루고 있는 경우이다. 그는 동네 이발사로서 얻을 수 없는 '돈'의 마련을 위해 골몰한 나머지 정신 이상의 상태에 도달한다. 불안에 쫓기거나 피해망상에 사로잡힌 것이 아니라 "행복하게 미친" 것이다. 아무 종이에다 필요한 금액을 적어놓고 자신의 재산을 필요한 사람에게 분배한다는 행복감에 젖어 있는 이 소설의 주인공은 말하자면 고향 체험의 '어머니'와는 전혀 다른 반응을 보이고 있다. 그는 정신병원에서 그 행복한 상태에서 깨어나는 치료를 받고 있다. 그가 이러한 치료를 받는 과정은 이청준 소설에서 이따금 볼 수 있는 우화적인 수법이라고 할 수가 있다. 이 우화는 행복해해서는 안 될 사람이 행복해하는 것은, 지나친 절망이나 불안에 사로잡힌 경우와 마찬가지로 현실로부터 보복을 받게 된다는 것이다. 다시 말하면 현실적으로 궁핍한 사람이 백만장자의 행복을 누리는 것은 제도적으로 금지되어 있으며, 그 때문에 주인공이 백지에 적어주는 무수한 액수는 바로 주인공에게 철저한 복수를 하게 된다. 그는 정신병원에 입원함으로써 수표를 마음대로 발행

할 수 있는 행복의 상태를 빼앗길 때까지 치료를 받는 것이다.

여기에서 '조만득'이라는 인물이 치료를 받는 것은 그가 '불행'을 느끼기 때문도 아니고 지나치게 '행복'을 누리기 때문도 아니다. 그것은 현실 인식에 있어서 행복 혹은 불행과는 상관없이 주인공의 꿈의 지나침 때문이다. 현실의 무게를 제대로 인식하지 못하고 거기에 조금이라도 과장된 꿈이 있다거나 혹은 사실과 다른 비판이 있을 경우, 현실은 그것을 위태롭게 생각하고 치료를 받게 한다. 그러나 그러한 행복한 정신 이상 상태를 고쳐줌으로 인해서 사회는 결국 주인공으로 하여금 현실의 무게를 감당할 수 없다는 인식에 빠져버리게 함으로써 어머니와 아우를 살해하게 만든다. 말하자면 자신의 내면에 한을 지니고 사는 단계를 벗어나게 되면서 제도 속에서의 삶을 유지할 수 없게 되는 것이다. 정신병자에 대한 탐구와 같이 이 단편소설은 주인공이 현실과의 대결에 있어서 정신의 놀이마저 봉쇄당했을 때 행하게 되는 복수의 비극성을 드러내준다.

반면에 작품 자체로서 완벽성을 띠고 있는 「시간의 문」에서는 한 사진작가의 작업과 죽음이 제시되고 있다. 주인공 유종열은 사진기자 출신의 사진작가로서 사진을 찍을 때 과거와 현재가 미래로 흘러가는 시간의 흐름을 보여주고자 한다. 이 예술가의 고민은 카메라를 통해서 현실을 사진으로 담을 때, 카메라 밖에 있는 시간은 흐르고 있는 데 반하여 사건 속의 시간은 정지되어 있다는 것이다. 그리하여 자신이 찍은 사진과 자신의 현실 사이에 뛰어넘을 수 없는 단절이 있음을 의식하고 그 단절을 극복하고자 절망적인 노력을 한다. 이러한 노력은 말하자면 예술가의 이상적인 상태 같은 것을 제시해준다. 예술가 자신과 예술 작품 사이의 공간을 없애고자 하는 주인공의 노력은 "난 내가 찍는 사진을 당시로선 아무것도 해석을 하려 하지 않아요. 다만 사진을 찍는 것뿐이지요. 해석은 훨씬 나중의 일이에요. 사진들은 나중에 인화가 될 때 비로소 나의 해석을 얻게 되고 현실의 의미도 지니게 된단 말입니다"라고 하는 고백 속에서 예술의 절대성으로 나타나고 있다. 그래서 그의 사진에는 자신이 살고 있는 시대와 그 시대를 살고 있는 사람에 대한 사랑이 없는 것처럼 보이고, 사람이 아닌 풍경만을 담고 있는 것이다. 그러나 이러한 그의 예술론에서 주인공은 사진을 찍을 때 대상에 대한 해석이 선행되는 것이 아니라 찍는 행위가 선행되며, 해석은 사진을 인화하는 것이라고 주장한다. 따라서 사진이란 찍는 행위 다음에 해석하는 인화를 통해서 현실로 존재하는 것이 되고, 해석될 미래의 시간을 찍는 것이 사진이 된다는 것이다. 그러한 점에서 그의 사진에는 현실이 문제가 되는 것이 아니라 미래가 문제가 된다고 할 수 있을 것이다. 그러나 미래의 시간을 찍으면서 사진과 자기 자신 사이의 거리를 메꾸는 작품을 만들려는 그의 절망적인 노력이 완성된 작품을 만들지 못하게 되자, 그는 다시 월남으로 건너간다. 그리고 월남의 난민선으로 옮아가 실종된 그는 자신이 만들던 사진 속에 찍힘으로써 자신과 사진 사이에서 느끼던 거리를 제거하는 데 성공한다. 이것은 어쩌면 예술가로서의 자기 성취가 '죽음'으로 이루어질 수 있다는 절대적인 예술론에 가까운 것이다. 그러나 여기에서 사진을 찍는 행위가 선행하고 그것을 해석하는 행위가 인화하는 데서 가능하다고 하는 주인공의 주장은, 앞에서 고향 체험으로 나타나는 작가의 태도에 의해 해석되어질 수 있을 것이다. 다시 말하면, 작가가 고향 체험으로 고백하고 있는 폭력과 죽음과 가난이라는 것은 언제나 작가 자신의 부끄러움과 함께 '은밀히' 이야기되는 것이었다. 이러한 과거와 고향 체험에 부끄러움을 느끼는 것은 마치 그것을 원죄 의식처럼 숙명으로 지니고 있기 때문이다. 그래서 이 작가에게는 삶도 죽음도 부끄러움의 대상이 되고 있는 것처럼 폭력도 가난도 부끄러운 것이다. 바로 이 부끄러움 때문에 문학은 폭력과 죽음과 가난을 해석하는 것이 아니라 체험하는 것이다. 이 경우 체험은 아무런 해석을 전제로 하지 않은 순수한 것이어야 한다. 그렇기 때문에 이청준은 폭력과 죽음과 가난을 부끄러움 없이 이야기하는 것을 허위로 본다. 그는 그것을 해석이 선행한 행위로 생각하는 것이다. 이러한 관점에서 유종열의 사건에 대한 태도와 삶(혹은 죽음)은 절대적이며 순수한 예술론의 성취이며, '인간'의 이름으로 자행된 배반과 도주와 죽음의 현실을 추문으로 인식하게 하는 것이다.

현실과 예술의 이러한 관계는 이 작가가 탐구해온 일관된 작업에서 얻어졌다. 그렇기 때문에 대단히 관념적인 것 같은 그의 소설이 때로는 비교할 수 없는 사실성을 띠는 것이다.

이와 같은 관점에서 볼 때 작가 자신이 현실에 대응하는 태도는 어떻게 보면 소극적인 것일 수 있다. 그렇지만 이청준이 생각하고 있는 현실이란 작가의 대상으로 존재하는 것이 아니라 새로운 해석을 위해 작품으로 만들어진 현실이다. 그리고 현실이 작품으로 만들어지는 데 있어서 작가는 작품과 자신 사이의 거리를 뛰어넘기 위해 절망적인 노력을 기울이는 사람이다. 따라서 앞에서 본 고향 체험도 과거의 시간 속에 정지된 현실로 파악하기 위한 것이 아니라, 미래의 시간으로 열린 현실에 작가 자신을 투여함으로써 자기 성취에 도달하려는 의지의 표현이다. 그리고 그러한 의지가 작가 자신에게 미래의 시간을 열어줄 것이다.

Ⅲ
작가와의 대담

박경리와의 대화*
—소유의 관계로 본 한의 원류

김 박 선생님의 『토지』는 그 1부가 발표될 당시부터 지금까지 많은
   사람들이 읽고서 감동을 받은 작품이 아닌가 합니다. 저도 얼마
   전에 『토지』를 읽었는데 읽으면서 알고 싶고 궁금한 것이 많았습
   니다. 저야 원래 문학을 공부하는 사람이니까 그렇지만 일반 독
   자들의 경우에도 좋은 작품을 읽으면 여러 가지로 궁금한 점이
   많을 것입니다. 그래서 오늘은 독자들의 궁금한 점을 풀어준다는
   의미에서 얘기를 전개해나가는 것이 어떨까 생각합니다.
   먼저 『토지』를 보면 지금까지 나온 다른 작품들과 비교해서 그 분
   량이 굉장히 방대하고 제목 자체도 굉장히 크다는 느낌을 주는

---

* 이 대담은 월간 『신동아』에서 1981년 5월에 마련한 것이다.

데, 이런 작품을 쓰시기까지는 오랫동안 작품을 구상하시고 또 상당한 준비가 필요했으리라 믿습니다만, 언제부터 그런 구상을 하시게 되었고, 또 왜 『토지』라는 작품을 써야 되겠다는 생각을 하시게 되었는지요?

박 작품이라는 것은 의식적으로 구상을 하는 경우도 있지만 우연히 떠오르는 생각으로 시작하는 경우도 있지 않습니까? 그런데 우연히 떠오르는 생각은 잊히기도 하다가 또다시 우연히 떠오르고, 그러다가 그 방향이 자꾸 바뀌기도 하고, 새로운 생각이 덧붙여지기도 합니다. 『토지』의 경우가 그러하지만 그렇다고 어떤 계기가 없는 것은 아니에요.

문단에 나오기 전에 외가의 먼 친척뻘한테서 들은 이야기가 하나 있었습니다. 어느 시골에 말을 타고 돌아다녀야 할 정도로 광대한 토지가 있어 풍년이 들어 곡식이 무르익었는데도 호열자가 나돌아 그것을 베어 먹을 사람이 없었다는 거예요. 이 '베어 먹을 사람이 없었다'는 말이 나에게 강렬한 인상을 남겼어요. 벼가 누렇게 익었는데 마을은 텅 빈 그런 풍경이 눈에 잡힐 듯 떠오른다 할까…… 그 뒤 문단에 나와 작품을 쓰다가 문득 그 기억이 되살아났어요. 그때부터 그것으로 뭔가 작품을 만들어야 하겠다는 생각이 들었어요. 물론 자꾸 생각이 바뀌고 했지만요.

처음에는 이렇게 방대하게 쓰려는 생각은 안 했고, 지병과 죽음에 국한시켜 한 권 정도로 쓰려고 생각했어요. 그런데 한 권으로는 안 되겠다, 한 5권 정도는 돼야겠다는 생각이 자꾸 들어요. 『김약국의 딸들』도 가만히 생각해보니 매수가 너무 적었다는 생각이 들었어요. 물론 재미있다는 분들도 있었지만, 제 생각으로는 재미있다는 점에 결함이 있는 것 같았어요. 다이제스트 같은 기분도 들고…… 사실 저는 처음에는 매수를 많이 잡았었는데 출판사 사정으로 줄어든 거예요. 어쨌든『토지』는 한 5권 정도로 구상했는데 자꾸 불어나는 거예요.

지역 설정과 관련해서는 먼저 광활해야 한다는 느낌이 들었어요. 그런데 경상도 쪽에는 만석꾼이라는 것이 드물어요. 아무래도 호남 지방이라야 만석꾼이 흔하겠는데, 제가 호남 지방의 풍속도 잘 모르고 언어도 잘 안 통하고 해서 하동으로 잡았어요. 하동은 전라도와의 경계선이거든요.

이렇게 해서 지리산이 떠오르고 그러다 보니까 생각이 자꾸만 확대돼요. 지리산이 무엇이냐 하는 생각이 들었어요. 그것이 한과 연결된 거예요. 사실 저의 작품에는『토지』에 나오는 인물이나 다른 작품의 인물이나 간에, 그리고 제가 의식을 하거나 안 하거나 간에 무엇인가 인간에게 존재하는 근원적인 한 같은 것이 있어요.『토지』에서도 인물마다에 나름대로 한을 가지고 있는 사람들이 등장하고 있어요. 어떤 분들은 그래서 저의 작품을 너무 청승스럽다고 얘기하는데, 따져보면 청승스럽다는 얘기는 바로 한 그 자체에서 회피하고 싶어서 나온 표현인 것 같아요. 제가 보기에 사람들은 모두 그 나름의 한 속에서 살아간다는 것, 그것이 죽음일 수도 있고 가슴 아픈 이별일 수도 있는 그런 한 속에서 살며, 그것은 인간의 근원적인 문제가 아닌가 해요.

지리산은 바로 이런 한의 이미지와 통하는 데가 있다는 생각이 들었어요. 가령 역적으로 몰렸다든지 천주교도로서 핍박을 받았다든지 동학과 관련되어 도망을 다니는 사람들이 화전민이 되어

들어갔던 것을 생각할 수 있습니다. 또 일제강점기에는 징용이나 학병을 피해서 쌀자루를 메고 산속으로 들어가는 일이 많았으며, 가깝게는 6·25 동란과도 관련이 깊은 등 지리산 자체가 우리들에게 무엇인가 깊은 뜻을 가지는 것 같아요.

김 그러니까 지리산이라는 특정한 공간을 중심으로 한국인의 보편적·역사적인 문제를 떠올렸다고 하는 것은 장소에 의한 소설적 미학의 승화가 이루어졌다는 이야기겠군요. 이렇게 볼 때에 '토지'라는 것도 우리가 살고 있는 땅과 숙명적으로 연결되었다고 볼 수 있겠는데, '토지'라는 제목을 붙이게 된 연유도 이런 데 있는 것이 아닌가 하는데 어떤지요?

박 '토지'라는 제목과 관련해서는 처음에는 막연하게만 생각했지 확실히 정하지는 않았습니다. 그러다가 '토지'라고 정한 것은 대지도 아니고 땅도 아닌 것, 즉 땅이라고 하면 순수하게 흙냄새를 연상하게 되고 대지라고 하면 그냥 광활하다는 느낌만 들어 그 밖의 것을 찾다가 나온 겁니다.

이것은 제 느낌입니다만 '토지'라고 하면 반드시 땅문서를 연상하게 되고 '소유'의 관념을 포함하고 있습니다. 그런데 이 소유라는 것은 바로 인간의 역사와 관련되는 거라고 생각합니다. 인간이 원초적인 상태에서 오늘에 이른 것은 다 소유의 관계에서 나온 것이 아니냐 하는 거지요. 한마디로 말할 수는 없지만 대개 이런 정도의 생각으로 출발해서 그것이 쓰여지면서 자꾸 생각이 넓어지기도 하고 깊어지기도 하면서 간 것이 아니냐 하는데……

김 작품에 대한 구상은 작품을 쓰면서 달라질 수밖에 없는 것 같아요. 우리가 편지 한 장을 써도 그래요. 당초에 이런 얘기를 써야겠다고 마음먹었지만 그것이 꼭 그렇게는 안 되거든요. 저는 이것을 글 자체가 가지고 있는 굴러가는 힘으로 생각하고 있어요. 『토지』에도 이처럼 굴러가는 어떤 힘, 가속도라 할까, 그런 것이 있어서 이런 방향이 설정되는 그런 느낌이 들어요.

또 그동안 제가 생각하지 못했던 것으로 『토지』의 제목이 박 선생님 말씀을 듣고 보니 경제적인 개념이 있군요. 사실 박 선생님 말씀대로 '땅'이라고 하면 흙냄새 나는 자연 그대로의 것이고, '대지'라고 하면 어쩐지 전체를 가리키는 느낌입니다. 여기에 반해 '토지'라고 하면 이것은 누가 소유를 했다, 다시 말해 경제적인 개념을 풍기고 있어요. 돈을 주고 사고파는……

박 주로 먹는 것과 관련되지요.

김 작품의 무게를 하동의 평사리로 잡으셨는데, 하동에 평사리란 곳이 실제로 있는지 없는지, 있다면 왜 그쪽으로 잡았는지, 그리고 평사리를 잡았을 적에 인물을 먼저 설정한 것인지, 아니면 평사리에 과연 박 선생님이 생각했던 대지주가 있었는지 이런 점들도 궁금한데요.

박 하동에 평사리란 곳이 있긴 있어요. 다만 지도에서 보았을 뿐입니다. 그보다는 오히려 어떤 장면이 중요합니다. 그런 장면이 포착되면 얘기의 실마리가 쉽게 풀려나가요. 그런데 구천이가 별당 아씨와 달아나는 장면의 경우, 원래는 나룻배를 타고 강을 건너 달아나는 것으로 그리려 했었어요. 시각적인 것으로 비극적인 분위기를 높여가고자 그렇게 생각했는데, 막상 하동에 가서 답사를 하니까 배를 타고는 지리산 쪽으로 들어갈 수가 없게 되어 있어요. 화개에서 전라도 쪽으로 갈 수는 있어요. 그래서 방향을 바꾸어 '산'을 생각했어요. 산이 갖고 있는 색채라든가 조형이 머릿속에 떠오르더군요. 말하자면 지리산이란 비극의 배경이 어떤 냄새와 소리를 풍겨준 것이지요.

김 선생께서 '굴러간다'란 말씀을 하셨는데, 이런 소리를 하면 비과학적인지 몰라도 작품을 쓰다 보면 막상 내가 쓰고 있지 않다는 느낌이 들 때가 많아요. 『토지』도 그래요. 교정을 본다고 읽어보면 '아, 내가 이때 이런 것을 썼던가' 하는 생각이 들어요. 다른 분들도 그런지 모르지만 말이에요.

어떤 때는 얘기의 실마리가 풀리지 않아서 꿈속에서도 여기를 넘어가야 될 텐데 하는 수가 있어요. 말하자면 작품에 어떤 현실감을 준다든지 복선이나 포석을 놔야 하는데 그것이 막혀서 앓을 때가 있다는 겁니다. 그런데 그것이 억지로 놓아지지 않다가 어떤 계기가 있어서 갑자기 해결될 때가 있어요. 또 앞서의 복선이라든가 이름 같은 것이 뒤에 가서 우연히 맞아떨어져서 필연적인 연관을 짓는 일이 있는데, 이런 것은 글을 쓰면서도 참 신기롭다는 느낌이 들 때가 많아요.

김 말하자면 숙명적으로 만나는 그런 것이겠지요.

박 네, 그래요. 사람도 누구와 만날 때 미리 정해진 것이 아니고 어느 길가에서 저도 모르고 상대방도 모르게 우연히 마주치는 수가 있듯이 작품에도 그런 경우가 참 많은 것 같아요.

김 연재를 할 때 미리 많이 써놓지 않으면 실마리가 잘 안 풀릴 때 억지로 푸는 경향이 있잖습니까? 그러면 작품도 제대로 안 굴러가는 것 같고…… 그런데 『토지』에서는 그런 것이 별로 안 느껴지는 것을 보면 박 선생님께서는 그전부터 준비를 많이 하셨지 않느냐, 이런 생각이 드는데, 대개 언제부터 준비를 하셨는지요?

박 『토지』를 쓰기 위한 준비는 거의 안 돼 있었습니다, 머릿속으로 지나가는 생각이었지. 그러니까 『토지』에 대한 노트가 제게는 없어요. 한 가지 있었다면 등장인물의 나이를 적은 도표라 할까요? 쓰다가 보면 나이에 자꾸 착오가 생겨 만든 것인데 그나마 낡아버려서 지금은 없어요. 요새는 한국사 연표를 참고하는데, 정 안 되면 앞엣것을 뒤져보기도 하지요.

장편의 경우 소수의 인물로 엮는 수도 있는데, 제 경우 많은 인물이 동원됩니다. 이때 한 가지 좋은 점은 많은 인물이 있기 때문에 시간적·공간적으로 얼마든지 끌고 갈 수가 있다는 거예요. 그래서 어느 장면에서 막혔다 싶으면 잠시 접어두고 다른 데로 옮겨가는 등 융통성이라 할까, 여유가 있어 좋습니다. 물론 전체적으로는 어긋나지 않게 미리 머릿속에 짜여 있어야겠지요.

작가에게는 제각기 능한 면과 능하지 않은 면이 있는데, 저는 과거에 신문 연재를 할 때도 그랬지만 인물이 많이 등장할 때가 편해요. 사람이 적으면 너무 답답해요. 사건을 만들려고 해도 어거지로 만들게 되거든요. 사람이 많으면 사건을 만들어도 자연스럽게 되는 데 반해, 적으면 억지로 만들게 돼서 구성에 무리가 생겨요.

김 이제 다시 인물이라든가 기타 도표를 하나 만드셔야 되지 않겠어요?

박 글쎄요, 지금은 죽은 사람들이 많으니까 표를 하나 만들어야 되겠는데 그런 일을 위해서 시간을 보내기는 참 싫어요. 엽서 한 장 쓰는 것도, 전화번호 하나 적는 것도 싫을 정도로 말도 못하게 게으른가 보죠?

김 저희가 작품을 분석한다거나 할 때는 대개 이름을 적어가면서 하거든요. 특히 『토지』 같은 작품에는 인물이 많이 등장하므로 박 선생님은 물론 저희로서도 분석하기가 어려워요. 그래서 대강 도표를 만들면서 하거든요. 외국의 작가들도 도표를 쭉 만들어서 새로운 인물이 나와 무엇을 하게 되면 그것을 도표에 첨가시키는 등으로 하는 경우가 있는데, 이때 그 도표가 후세의 작품 연구에 진귀한 자료가 되는 경우가 많아요.

박 저는 도표라고 해야 양력과 음력, 또 일제강점기에는 일본 연호, 그런 것과 나이 이름 등을 적어 넣는 정도예요. 그리고 작품을 쓰기 전에 어떤 인물에 대한 이미지를 머릿속에서만 만들어놓아야지, 그렇지 않고 메모라도 하거나 글자로 써놓으면 그 순간 인물에 대한 이미지가 어디론가 증발해버려요. 그 때문에 메모를 못 해요.

김 어디엔가 메모해놓았으니까 잊어버려도 좋겠다는 심리가 작용한다고 볼 수 있겠군요.

박 인물에 대한 기억이 사라질 뿐만 아니라 그 인물에 대한 고정관념이 생겨버리고 말아요. 그런데 메모를 해두지 않으면 어떤 인물이 머릿속에서 맴돌다가 자꾸 발전을 하고 여러 가지 색깔을 띠기도 하는데, 메모를 해두면 딱딱한 글로 머물러버리고 생명감이 그만 없어져버리는 것 같아요.

김 인물이 살아서 움직이게 하는 데 있어서 개인적인 하나의 방법이 되겠군요.

박 그렇지요. 그러니까 작품을 쓸 때 머릿속에서 꺼내서 조각을 하듯 다듬어야지 미리 인물에 대한 설정을 다 해놓으면 그 인물이 죽어버린다고 할까요, 그런 느낌이 들어요.

김 『토지』의 시대적인 배경을 보면 현재까지는 한말에서부터 일제 강점기까지로 잡고 있잖아요. 시대적인 배경을 이렇게 잡은 것은 작품과의 어떤 연관성 같은 것을 염두에 두었기 때문이 아닙니까?

박 역사적인 사실이라는 것은 무슨 우화라든가 기상천외한 세계를 잡지 않는 이상 무시할 수는 없는 것이지만 그러한 상황은 다른 방향에서 만들 수도 있습니다. 따라서 저의 작품에서 역사적인 사실은 근본적인 것이 아니에요. 『토지』의 시대 배경은 흉년이 일어나고 호열자가 창궐하기 조금 전으로 올라갈 수밖에 없었고, 그 시대를 더 이상 올라가면 문학적인 리얼리티에 문제가 생기니 그 정도로 잡은 거예요. 여기서 문학적 리얼리티의 문제란 『토지』를 쓰는 그 연대까지는 저의 상상력이 미칠 수 있다는 거예요. 어릴 때 할머니한테 들었다든지 어머니한테 들었다든지 해서 그 시대의 양상이라든지 어떤 느낌, 그 시대가 가지고 있는 성격이라든가 색채, 이런 것을 간접적으로라도 느낄 수 있었다는 거지요. 물론 1935년부터는 제가 확실히 아는 시대지요. 그렇게 해서 토지의 시대가 잡힌 것입니다. 다시 말해 오늘의 상황이 있게 된 시대적 배경이 단군 시대나 신라 시대까지 거슬러 올라갈 수는 없다는 거예요. 민족성이나 문화 등의 문제 말고 우리가 직접 부딪치는 현실을 이해하기 위해서는 비교적 오늘의 상황과 가까운 시대를 배경으로 해야만 가능하다는 거예요.

김 이렇게 말할 수 있는 건가요? 즉 우리 시대의 뿌리를 바로 그 이전의 시대로 잡는다는⋯⋯

박 이 시대의 뿌리라고 해도 그것은 보는 각도에 따라 얼마든지 달

라질 수 있고, 또 어떤 것을 생략하고 어떤 것을 여과해내느냐에
따라 달라지기도 합니다. 예컨대 제1차 세계 대전이나 제2차 세
계 대전을 겪음으로써 우리의 앞길에 어떤 영향이 미쳤는가 하는
점에 대해서는 역사를 공부하시는 분들이 연구할 문제이고 우리
민족 전체의 입장에서 볼 때는 독립 문제와 불가분의 관계에 있
겠지만, 이런 역사적 사건들이라 해서 개인의 삶, 예를 들면 두메
산골에 사는 사람에게 영향이 없었던 건 아닙니다. 콩값이 뛰어
올랐다든지 쌀값이 올랐다든지 또는 징용이나 징병을 통해서 그
런 영향이 미쳤다는 겁니다.

아까 한(恨)의 얘기를 했습니다만, 제가 보기에는 『토지』속에서
가령 김두수까지도 그 나름대로 한을 가지고 있는 것 같아요. 말
하자면 사람은 한 사람 한 사람 모두 한을 가지고 있는데, 이는
어디서 와서 어디로 가는 줄도 모르는 삶 자체가 한의 덩어리일
수도 있는 것이고, 어떤 상황, 가령 일제라는 상황 속에서 모두가
한을 가질 수도 있습니다. 일제강점기에도 물론 잘산 사람이 있
고 못산 사람이 있어 일제란 상황이 개개인의 삶을 전부 새까맣
게 칠해놓은 것은 아니라 하더라도 한국 민족 전체에 커다란 한
을 준 것은 사실이에요.

제 소설을 두고 역사를 많이 운운하지만 작가의 입장에서 저는
작품을 쓸 때 미리 어떤 역사적인 사실을 전제해두고 거기에 개
인을 맞추어 넣지는 않아요. 왜냐하면 저는 역사가도 아니고, 사
상가도 아니기 때문입니다. 누구는 사상 얘기도 하더군요. 드라마
가 가지는 사상이 다르고 『토지』 작가의 사상이 다르다고 말입니
다. 참 우스꽝스러운 얘기예요. 그래서 제가 웃으면서 대답해주었

지요. "여보시오, 나는 사상을 쓴 것이 아니고 사람을 그렸소"라고. 사실 특별히 무슨 사상의 전달 방법으로 소설을 쓰는 사람 이외에는 사람에 대해서 쓰지 사상을 쓰지는 않을 거예요. 적어도 저는 그래요. 등짐 장수가 나오면 그 장면에서는 그 사람이 주인공이에요. 등짐을 걸머지고 신발이 떨어질까 봐 신발을 손에 들고 맨발로 뙤약볕을 걸어가는 그 사람이 주인공인 거지요. 그런 사람 하나하나의 운명, 그리고 그 사람의 현실과의 대결을 통해서 역사가 투영됩니다. 열 사람이면 열 사람, 백 사람이면 백 사람을 모두 이렇게 주인공으로 할 경우 비로소 역사라는 것이 뚜렷이 배경으로서 떠오르게 되지요. 그렇다고 뭐 역사소설이라고 말씀하지도 않지만, 어쨌든 제 기분으로는 어디까지나 사람을 그린다는 얘기지요. 인간의 무엇을 그리느냐 하면 얘기가 길어지겠지만……

김　『토지』 제1부를 내놓으셨을 때 서문을 보고 느낀 것인데 이 작품을 쓰면서 박 선생님 자신, 여러 가지로 참으로 고통이 많으셨구나 하는 느낌이 들었고 감동도 많이 받았는데요. 『토지』를 쓰시면서 겪으셨던 어려운 점이라든가 개인적인 문제는 없으셨는지요?

박　어려운 점이 많았지요. 경제적으로도 몹시 어려웠고요. 『토지』 1부를 쓸 때는 고료가 3만 원인가 얼마였는데, 그것 가지고 한 달 정도 겨우 살 수 있을 정도였어요. 그리고 수술을 했지요. 그러나 그런 것이 저를 좌절시키지는 않았어요.
이런 말을 하면 행복한 조건 속에서 글을 쓰는 것이 정상인데 구태여 고통스러울 필요가 어디 있느냐, 이런 얘기도 하는데 저도 동감입니다. 그러나 글을 쓴다는 것은 행복한 작업이 아닙니다.

정원에 나무 한 그루를 심으면 행복하지요. 흙을 다독거려주고 새싹이 터오는 것을 보면 참 행복합니다. 그러나 글을 쓴다는 것은 행복한 작업이 아닙니다. 물론 글을 쓰기 위해서 고통을 받는 것은 아니지만 고통을 받음으로써 글을 쓰는 데 토양은 돼요. 이것은 확실한 것 같아요. 요컨대 체험이지요. 가슴이 찢어지는 듯한 아픔을 느끼지 못했다면 가슴이 찢어질 정도의 절절한 표현이 안 나와요. 고통을 모르는 사람이 고통을 쓴다는 것은 어려운 얘기지요.

고통을 체험하고 슬픔을 체험함으로써 그것이 작품상으로 드높은 리얼리티를 얻게 되는 면 말고도 고통은 사람을 한층 더 고양시키는 역할도 한다고 봐요. 물론 사람 중에는 고통을 겪음으로써 이그러지는 사람도 있고 때로는 열등의식에 사로잡히거나 자포자기하는 사람도 있지만, 그 고통을 딛고 일어서서 보다 성숙되고 앙양되는 사람이 있어요. 제가 보기엔 고통을 통해 사람은 더욱 맑아지고 깨끗해지는 것이 아닌가 해요. 고통을 통해 어떤 비극적인 상황이나 불행에 처해서도 이를 극복할 힘이 생긴다는 면도 있겠지만 제게는 자신을 깨끗이 씻어주는 것, 부패에서 자신을 씻어주고 안이한 일상에서 벗어나 진실과 대결을 하도록 하는 것, 그리고 정직해질 수 있다는 것, 이런 것이 좋은 작품을 쓸 수 있는 토양이 된다는 얘기지요. 그렇다고 해서 좋은 글을 쓰기 위해서 고통을 받는 것에 감사한다는 것은 절대 아닙니다. 사실 저는 글을 안 썼으면 좋겠어요. 안 쓰고 고통을 안 받았으면 좋겠어요. 그러나 고통이란 겪고 싶지 않다고 해서 겪지 않을 수 있는 것은 아닙니다. 젊었을 때는 어디론가 도망이라도 가고 싶었고 행복해질 수 있는 구석은 과연 무엇일까도 생각했지만 이제는 체념했어요. '고통이여, 오라. 내가 상대해주마' 이런 기분이 든 것입니다.

가난이나 정치적인 압박이나 고독, 그리고 질병 같은 것은 어떻게 보면 제게 그다지 큰 문제가 아닌 것으로 느껴졌습니다. 특히 죽음과 대결하는 수술을 했다는 것 자체가 제 자신에게 더할 수 없이 비정한 그 무엇, 잔인한 그 무엇을 던졌어요. 15일 만에 병원에서 퇴원해서 이내 집에 가서 작품을 썼는데 당시의 제 기분은 죽음을 통과했다고 할까, 그런 데서 육체적인 통증이나 재발에 대한 공포 같은 것이 가셔진 것 같았고, 오히려 그런 고통이나 공포를 기분 좋게 맞이한다고 할까, 즐긴다 할까, 그런 기분까지 느꼈어요.

김 어떤 형태로든지 죽음과 대결해본 작가들에게는 한마디로 얘기하기는 어렵겠지만 사(邪)가 낀 욕망, 옳지 않은 욕망이 없어지는 것 같아요. 그리고 자기 자신을 감추지도 않고 있는 그대로를 노출시키는 그런 면이 있는 것 같아요. 이것이 작품을 쓰는 큰 힘이 아닌지 모르겠어요. 왜냐하면 죽음과 대결해보지 않은 사람의 경우 죽음은 생각지 않고 살아 있는 것에 대한 욕망에 너무 매달리거든요. 그러니 자연 사가 끼게 마련이고, 그것이 작품상으로도 드러나지 않을까, 이런 생각이 드는데요……

박 그렇다고 볼 수도 있겠군요. 또 한번 죽음과 대결해본 사람에게는 삶 자체가 굉장히 아름다워 보일 것 같아요. 소중하기도 할 것이고…… 이 경우 소중하다는 것은 욕망과는 다른 거예요. 모든 현상을 객관적으로, 그리고 풍경으로도 볼 수 있는 여유를 가질 수도 있고…… 한편으로는 죽음이라는 말할 수 없는 허무의 심연에 눌리면서도 거꾸로 죽음을 볼 수 있는 용기도 생기는 것이지요. 죽음의 허무가 너무나 크기 때문에……

김 삶을 내려다볼 수 있다는 말씀인지요?

박 네, 말하자면 죽음에 밀리는 것이 아니라 밀어붙이는 용기지요. 흔히 얘기하는 무상하다든지 허무하다는 것과는 질적으로 좀 다른 것이지요. 질병과도 다른 거예요. 저도 수술을 받았지만 그 전후로 해서 질병에서 오는 공포 이상의 공포가 있다는 것을 절실히 체험했어요. 그게 바로 죽음이라는 생각이에요. 그러나 삶 속에도 죽음에 못지않은, 눈으로 보면 아무것도 아니지만 정신을 지배하는 어떤 고통이 있을 수 있다는 생각입니다.

가끔 자살하는 사람을 생각하는 일이 있어요. 죽음의 공포를 뛰어넘어서 어떻게 스스로 목숨을 끊는가 하고요. 그런데 죽는다는 것은 용기가 없는 것이고 우리에게는 살 용기는 필요하다는 생각이 들어요. 자살할 수 있는 것은 죽음에 대한 용기지만 더 큰 용기로 산다는 것, 죽음의 공포나 질병에서 오는 절망감보다 더 중요한 것이 삶 속에 있다는 것을 깨닫는 것이 아닐까요?

요즘 나이도 들고 하니까 노인네들을 유심히 보게 됩니다. 그런데 제가 보기에 노인네들은 대개 비슷한 몸짓을 하고 있는 것 같아요. 걸음걸이도 그렇고 손발을 움직이는 것도 그렇고 심지어는 얼굴이 닮아 보여요. 무엇이라고 할까요? 죄송스럽다는 얼굴이에요. 이렇게 오래 살아서 죄송스럽다는…… 사람들이 모여 있으면 구석으로 가려는 경향이 보여요. 늙었다는 것 자체에서 열등감이라고 할까, 그런 것을 느끼는 것 같아요. 젊었을 때는 저도 늙는 것을 추하게 생각했어요. 젊어서 죽었으면 하는 생각까지 했어요 (웃음).

그리고 먹는 것이 아주 보기 싫었어요. 사람들이 허겁지겁 먹는 것에 매달리는 것이 그렇게 보이더군요. 그런데 나이가 드니까 그게 아니에요. 왜 나이 들면 그런 얼굴을 할까 하고 생각을 하게 돼요. 그 원인을 따져보니 그들이 약자이기 때문이라는 느낌이 들어요. 단순히 몸이 약해서 약자가 아니에요. 물론 몸도 약하기 때문이겠지요. 그러나 몸이 약한 사람도 정신적으로는 얼마든지 강자일 수 있거든요. 문제는 결국 죽음으로 귀결되는 게 아닌가 해요.

봄에 차를 타고 원주로 오다 보면 길목에 푸른 빛깔이 불타는 것 같아요. 조금 더 계절이 지나면 아주 꺼끌꺼끌하고 드세어져요. 그러다가 단풍이 지면서 황혼의 빛깔이라 할까, 조락의 빛깔 같은 것이 눈에 띕니다. 이처럼 일체의 존재가 어떤 정해진 질서 속으로 운행된다는 것, 영혼을 가진 인간이 어떻게 그런 질서에 도전하느냐 하는 것을 저는 노인네들을 보면서 떠올려봅니다.

김 박 선생님 말씀을 듣고 보니까 선생님께서는 그동안 삶과 죽음, 혹은 삶 속에서 죽음으로 가는 길, 이런 근원적인 문제에 대해 관심을 가져오신 것을 알게 되었습니다. 그것을 철학하는 사람들처럼 죽음이란 무엇이냐, 삶이란 무엇이냐, 이렇게 파고드는 것이 아니라 작가로서 우리의 삶이 어떤 식으로 전개돼가고 있느냐, 또 그것을 어떻게 글로 표현할 수 있느냐, 이런 쪽으로 생각해오신 것 같군요.

그런데 『토지』에 등장하는 많은 인물들을 분류해보면 한쪽으로 최씨 집안의 윤씨 부인과 별당 아씨, 서희, 이렇게 3대가 나오는데, 윤씨 부인의 경우 우리가 흔히 평탄하다고 볼 수 있는 인생을 살지는 않았고, 별당 아씨도 마찬가지입니다. 서희는 비교적 평탄한 삶을 살았지만 서희에게도 문제가 있지 않았어요? 이렇게 봤을 때 제가 좀 알고 싶은 것은 박 선생님이 세 인물의 설정을 처음부터 하고 계셨는지, 아니면 어떤 모델이 있으셨는지……

박 모델은 없었고 비극적인 인생을 생각했어요. 비극적인 인생이란 내면적으로만 볼 때는 드라마가 없지만 어떤 사건이나 외부적 상황과 연결될 때 드라마가 탄생되는 것이지요. 그런데 제가 보기엔 비애를 모르는 인생은 돼지와 같다는 생각입니다. 아까 죽음 얘기를 했는데 죽음도 어느 의미에서는 비극입니다. 이런 죽음과 직면하여 그것을 피한다는 것은 비겁한 것입니다. 어떤 사람은 말할 것입니다. 사람이 삶을 영위하면서 당장에 닥치지도 않은 죽음 문제를 뭣 때문에 미리 생각하느냐고요. 여기에 대해 저는 말하고 싶습니다. 그것은 비겁하기 때문이라고요. 물론 우리는 철학자가 아닙니다. 그러나 어떤 사람, 가령 농부도 어느 날 홀연히 하늘을 보다가 죽음을 생각할 때가 있습니다. 그것이 공포의 대상으로서든 아니든 간에……

요컨대 우리는 이 죽음의 문제를 결코 회피해서는 안 된다고 봐요. 그렇다고 죽음을 전제해서 자포자기한다든지 죽음이라는 명제하에서 우리의 삶 자체를 무책임하게 영위한다는 것은 부정적인 얘기지만 그렇지 않고 올바른 삶, 말하자면 보다 정직하고 성실하게 살기 위해서는 죽음도 성실하게 생각해볼 문제가 아닌가, 설령 어떤 해결이 나지 않는다고 하더라도 돌을 차버리듯이 죽음을 안이하게 생각한다면 그 삶 자체는 허위일 것 같아요.

언뜻 이런 생각이 나요. 우주의 신비라든가 인간의 존재 같은 문제는 과학이나 종교 또는 그 밖의 어떠한 것으로도 규명하기가 어렵다, 사람이란 이런 영원한 숙제를 생각하지 않을 수 없는데, 그것은 역설적일지 모르지만 그런 문제를 생각하는 것이 바로 인간 존재를 규명하는 길이기 때문이다…… 그런데 제가 보기에는 가진 자보다 가지지 않은 자가 우주의 신비라든가 인간 존재에 대해 더 많이 생각하는 것 같습니다. 이것이 흑백논리로 생각된다면 유식한 사람보다 무식한 사람이 더 많이 그런 문제를 생각한다든가 악한 자보다 선한 사람이 더 생각한다고 좀 바꾸어 생각해보면 좋겠습니다. 그렇게 볼 경우 가난한 사람 중에도 악한 자가 있을 수 있을 것이고 가진 사람 중에서도 착한 사람이 있을 수 있을 테니 지나친 흑백논리라고 할 수는 없겠지요.

우주의 신비란 사실 나의 존재와 미래에 대한 기구(祈求)의 뜻을 담고 있어요. 그런데 미래에 대한 기구란 오늘 내가 무엇인가 결핍되어 있으니까 생각하게 되는 거예요. 가난한 사람은 오늘 내가 결핍되어 있으니까 희망을 미래에 걸게 되고 그와 함께 자기의 존재가 무엇인가를 생각하게 됩니다. 가난하게 살던 옛 사람이 샤머니즘에 홀렸던 것, 그들이 미지의 세계에 대해 기원을 한 것은 따라서 훨씬 순수한 것이었어요. 오늘날도 마찬가지예요. 돈 있는 사람이 절에 가서 제(齋)를 올리는 것과 가난한 사람이 고목에 돌을 얹고 기원하는 것을 비교해보면 순수도에 있어서 상당히 차이가 있어요. 유식한 사람과 무식한 사람을 비교해봐도 차이가 있어요. 유식한 사람들은 모든 것을 논리적으로 생각하거든요. 그러다가 설명이 안 되고 이해가 안 될 때는 그 이상 생각을 안 해요. 무식한 사람은 그러지를 못하지요. 잘 모르겠고 결론도 안 나지만 애매한 상태에서 자꾸 허우적거려보는 거예요. 무엇인가 있을 것 같다는 가냘픈 소망 때문이지요. 착한 사람의 경우도 그래요. 악한 사람은 신비 자체를 거부하게 돼요. 자기가 저지른 악에 대해서는 미래고 과거고 생각하고 싶지 않고 그저 오늘 이 순간이 전부라고 생각하게 돼요. 미래도 과거도 없는 삶…… 그러나 착한 사람은 안 그래요. 저는 이러한 사람들, 즉 가난하고 무지하고 착한 사람들 속에서 순수한 것, 미래에 대한 꿈같은 것을 발견하게 되고, 이들이야말로 행복한 사람이라는 생각을 하게 됩니다. 얘기를 다시 죽음 문제로 돌려보지요. 저는 죽음을 정시(正視)함으로써 오늘이 정직해지고 오늘이 성실해진다는 것을 말씀드리고 싶어요. 그래서 저는 작품 속에서도 죽음의 문제에 대해서는 아주 시(詩)적으로 그리고 싶었어요. 월선이가 어머니를 위해 절에 가서 제사를 지낼 때 황천의 삼도천(三途川)을 거니는 월선네를 노파가 앉아서 받지 않습니까? 그 장면이 눈에 선한데 글로는 도저히 옮겨지지가 않아요. 정말 시적으로 아름답게 그리고 싶은 그런 세계를 어떻게 그릴 것인가 하는 것이 제게는 참으로 중요한 것 같은데 여간 어렵지 않아요. 그 세계가 저승이든 미래든……

김 문학이라는 것은 결국 해결되지 않는 문제를 붙들고 늘어지는 것 아니겠어요? 해결이 되는 문제는 제가 보기에는 문학의 대상이 안 돼요. 그러면 왜 그런 문제를 붙들고 씨름을 하느냐 하면, 그런 문제에 대해서 함께 대결하게 만든다는 거지요.

또 하나 아까 선한 자와 악한 자, 가진 자와 못 가진 자, 지식인과 무식한 자, 이렇게 몇 가지 유형으로 나누어 여러 가지 측면에서 훑어보셨는데 거기에 대해서 저는……

박 "가난한 자에게 복이 있나니라"라는 말이 있는데, 이때의 가난은 비단 물질적인 가난을 뜻하는 것만은 아닐 거예요. 무엇인가 결핍되어 있는 것을 말하는 것이지요. 이런 결핍 상태에서는 끊임없이 무엇인가를 구할 것이고, 그 상태는 한없이 청정하다고 봐요. 부패란 남아돌아야 생기는 것이 아니겠어요? 따라서 유식한 사람보다는 무식한 사람, 사악한 사람보다는 선량한 사람, 부유한 사람보다는 가난한 사람이 더 깨끗하지 않을까 해요.

『토지』에서의 윤씨 부인의 경우도 비극적인 생애로 설정되었는데, 그렇지 않고 매일 고기반찬을 먹고 그늘에서 땀 흘리지 않고 누워서 편히 쉬고 또 사랑하는 사람이 있으면 행복할 것 같은데 실상은 그렇지 않을 것 같아요. 무엇인지 나른하고…… 요컨대 부족한 상태에서 무엇인가 갈구하는 것이 귀중한 것이지 모든 것이 채워졌을 때는 삶에 대한 활력이 나오지 않고, 매사가 물리적으로 저하되고, 정신력도 후퇴하는 것이고……

결국 사람들은 고통을 겪음으로써 깨끗해지는 동시에 새로운 힘이 준비되는 것이 아닌가 해요. 겨울의 설한풍(雪寒風) 뒤 봄의 새싹이 트듯이 다음을 위한 준비가 더욱 단단해지는 것이고 삶 자체를 삶답게 할 수 있는 것이지요. 누구는 저를 대단히 불행한 여자라고 하고 또 어떤 사람은 작가라는 이름자도 있고 하니까 행복하다고 하는데, 그 사람들이 말하는 행복이니 불행과 저는 사뭇 떨어져 있습니다. 말하자면 행복하지만 그 사람들이 말하는 유의 행복한 것도 아니고 불행하지만 그들 유의 불행은 아닙니다. 저는 저대로 그 사람들이 생각하는 것과 전혀 다른 불행을 가지고 있고 그 사람들이 짚어보는 것과 전혀 다른 행복을 가지고 있습니다. 이 점 아마 윤씨 부인도 그럴 것이고, 별당 아씨도 그럴 것이고, 다른 사람들도 그럴 것 같아요.

김 박 선생님 말씀을 듣고 보니까 박 선생님께서는 삶에 대해서 생각하실 때 이렇게도 잘라서 생각해보고 저렇게도 잘라보시는 것 같습니다. 이러한 것은 작품에도 그대로 나타나 작품이 상당히 중층(中層)적 구조를 가지는 것 같고, 등장인물도 이러한 구조 속에서 살아 있는 것 같아요. 그래서 『토지』의 경우 한편으로는 수직적으로 얘기가 전개되는가 하면 매 순간마다 수평적인 문제들도 제기되는 것이 아닌가 생각되며, 이런 수직적인 면과 수평적인 면이 항상 어디선가 맞부딪치고 있는 게 아닌가 해요.

그리고 윤씨 부인이라든가 별당 아씨라든가 서희라든가 이 세 인물을 설정하셨는데, 이 인물들은 말하자면 얘기를 끌고 가는 하나의 축이 아닌가 생각돼요. 여기서 제가 알고 싶은 것은 박 선생님께서는 처음부터 이들 세 인물을 최씨 집안을 이끌어나갈 하나의 기둥으로 생각해놓고 나머지 등장인물들로 이들 세 인물의 얘기에 얽어넣을 것을 예정하고 계셨던 게 아닌가 싶은데……

박 그렇지요. 그렇게 안 하면 구성이 어렵겠지요.

얘기가 좀 달라집니다만 사람마다 이런 말을 해요. 자기가 겪고 보고 한 일들을 소설로 쓰면 책 몇 권의 분량이 될 것이다라고…… 이것은 사람마다 다 한의 세계에 살고 있다는 얘기입니다. 그래서 자기들의 얘기를 소설로 쓰라고 하는데, 저로서는 제 자신이 쓰고 싶은 것만 해도 생전에 다 못 쓰리란 생각이 들어요. 어떤 분들은 소재가 없어서 작품을 못 쓴다는 말을 하는데 저는 그렇지 않다고 봐요. 예를 들어 『토지』에는 상당히 많은 사람이 등장하는데, 저는 너무너무 그들의 얘기를 다 못하고 있다는 느낌입니다. 사실 길가에 굴러다니는 돌멩이 하나에도 뜻이 있습니다. 그리고 돌멩이 하나도 똑같은 게 없습니다. 이것은 바로 소재라는 것이 무진장으로 있다는 얘기인데, 문제는 작가의 눈과 마음이에요. 곧 작가의 심장인 휴머니티와 사물을 정확하게 보는 눈, 이것이 중요한 거지요. 이 두 가지 중 가령 휴머니티가 없을 경우 현실을 있는 그대로의 현상으로만 볼 뿐 살아서 움직이는 것으로 파악하지 못해서 작가적 현실로까지 되지 못하게 된다고 봐요. 말하자면 현실을 살아 움직이는 것으로 볼 수 없는 것이지요. 가령 벽돌을 쌓는 사람들이 자기 일을 즐겁게 하지 않을 경우 절대로 그 결과가 좋게 나타날 수 없어요. 똑같이 벽돌을 쌓는 일을 해도 애정을 가지고 해나갈 때는 기쁨과 보람이 있는 것이고, 그렇지 않고 단순히 이것이 나의 밥벌이기 때문에 싫어도 할 수 없이 기계적으로 한다고 할 때는 일과 자신과의 교류도 안 될 뿐만 아니라 창조적인 행위가 안 돼요.

제 경우 애정이라는 것은 눈물과 아픔으로 통하는데, 그것을 느끼는 대상은 대개 서민들이라든가 뜨내기들입니다. 이런 사람들을 그릴 때는 공감이 잘 돼요. 원시적인 말 몇 마디만으로도 그 사람들이 머리에 떠올라요. 반면 인텔리를 그릴 때는 아주 어려워요. 자신이 혐오스럽다는 느낌까지 들어요. 거짓이 자꾸 붙어야 하거든요. 진리라는 것은 사실 몇 마디 말에 지나지 않는데 지식인들은 꼬불꼬불합니다. 미로 같아요. 그래서 지식인이 나오면 골치가 아픈 거예요. 버릴 수도 없고……(웃음). 시골의 가난한 농부들은 마음이 참 화사해요. 애정도 절절하지요. 그들에게는 머리 한 대 쥐어박는 것으로 애정 표현이 됩니다. 지식인들은 입으로 합니다. 자존심도 살리고 지식도 과시하는 등 복잡합니다. 지식인들이라고 왜 절절하게 생각하지 않겠어요? 그러나 그게 직선으로 가서 꽂히지 않는 데 비극이 있는 것이지요.

김 지식인들이란 생각 자체가 복잡하고 또 복합적이거든요. 농민들이나 서민들은 그렇잖아요. 생각하는 것 자체가 원초적이고 아주 단순해요. 핵심만 보면 금방 의표를 찌를 수 있습니다(웃음).

박 말의 경우도 그렇습니다. 억울하다는 말이 있는데, 제가 어디서 보았더니 일본에서는 재판할 때 쓰는 억울하다는 말이 여러 가지 의미를 가지고 있다고 해요. 이 억울하다는 말은 대개 서민층에서 사용하던 말로 핍박당하지 않은 사람에게는 소용이 없는 말입니다. 물론 핍박당했다는 역사적인 현실에서 그 말이 리얼리티를 가지는 것이지만, 그냥 억울하다는 말 한마디로 모든 내용을 담을 수 있어요.

한이라는 말은 대체적으로 정신적인 것으로 사용하는 것 같습니다만, 따져보면 이 말도 사용하는 데 따라서 얼마든지 다른 것으로 나타날 수 있다고 봅니다. 다만 제가 보기에 가장 원초에 가까운 한이 무엇인가 하면 소유에서 비롯된 것이 아닌가 해요. 그런데 모든 것이 풍요했으면 소유는 사실 안 생겼을 거예요. 무엇인가 어디에 결핍이 있으니까 소유가 생겼을 거예요. 그리고 소유라는 것이 욕심을 낳고 욕심이 인간악을 낳는 것이지요.

어느 책에선가 본 적이 있는데, 흑룡강 주변에는 여진족, 타타르족 등 유목민들이 어떤 때는 강에서 고기를 잡고 어떤 때는 나무 열매를 따고 때로는 가축을 몰고 물을 찾아가고 하면서 많이 살고 있는데, 그들이 세운 원통형 같은 이 건물은 한번 세우고 나면 그들이 다른 지방으로 떠나갈 적에도 허물어버리지 않는다고 해요. 그 자리에 그냥 놔두고 간다는 거예요. 그러면 다른 사람이 와서 그것을 사용하고…… 말하자면 어떤 유의 욕심이 배제된 상태인 거지요.

소유는 이처럼 무엇인가 결핍된 데서 시작이 된 것인데 결핍만 채우는 것으로 끝나느냐 하면 그렇지 않아요. 그다음에는 잉여 상태가 끝없이 추구된단 말이에요. 반면 결핍 상태도 상대적으로 증가되어가는 것이지요. 잉여 상태를 물로 비긴다면 잉여 상태가 많을수록 웅덩이도 깊고 넓어지는 반면, 곡식을 갈아 먹어야 할 표면은 메말라버리는 것이지요. 박토(薄土)가 돼버리는 거예요. 그런데 웅덩이 물은 흐르지 않기 때문에 썩는 거예요. 토지란 이렇게 보더라도 인간 비극의 시작이라 할 수 있지요(웃음).

김 그렇지요(웃음). 박 선생님께서 지식인을 서술하기가 참 어렵다고 하셨는데, 『토지』에서는 평사리에 살고 있는 사람들의 개성이 하나하나 뚜렷이 살아 있어요. 박 선생님께서 그야말로 핵심을 서술할 수 있는 사람들, 그리고 관심이 훨씬 많으신 사람들이 나오고 있기 때문이 아닐까 해요.

박 그런 사람들을 대상으로 하면 작가의 마음이 순수해져요.

김 서민들도 개성이 다 달라요. 가령 『토지』에서 보면 임이네라든가 강청댁이라든가 함안댁, 혹은 월선네, 봉순네, 김서방댁, 두만네가 전부 개성이 달라요. 박 선생님께서는 이런 개성이 다 다른 인물들을 설정하실 때 실제로 어떤 식으로 하시는지요? 말하자면 이들에게 다른 개성을 부여할 수도 있을 텐데 왜 그들의 개성을 그렇게 부여하셨고, 또 그런 사람들을 평사리라는 마을을 구성하는 인물로 만들었는지 이런 점에 대해서 혹시 평소에 생각하고 계신 것이 없었는지 모르겠어요.

박 제가 시골 태생이라는 것이 커다란 장점이 되었지요. 제가 자란 충무는 조금만 들어가면 시골이거든요. 그리고 『토지』의 시대에 살았던 사람들의 잔영(殘影)을 제가 어느 정도나마 더듬어볼 수 있었다는 것, 그리고 저의 어머니, 고모, 이모 또는 주위 사람들에게 들었던 갖가지 얘기들도 도움이 되었지요. 사실 말이지, 시대는 달라도 인물의 전형 같은 것은 별반 차이가 없고 외형적인 변화의 안쪽에는 어떤 공통성이 있어요. 우리가 버스를 타고 가거나 길을 오갈 때 마주치는 사람을 보면 몸짓 하나, 한마디 말에서 뚜렷한 체취 같은 것이 느껴져요. 돌 하나도 닮은 것이 없다고 할까요?

얘기가 조금 옆길로 나갑니다만, 문학의 주제는 몇 가지 유형으로 집약이 되지요. 죽음의 문제라든가 사랑의 문제라든가…… 그러면 어떻게 문학이 존재하느냐 하겠지만, 비슷비슷한 얘기 같지만, 그것이 다 다르기 때문입니다. 물론 죽음과 탄생과 땅에서 생산되는 것을 먹는 것 등 공통성이 있지만 그것이 다 다르다는 얘기예요. 햇빛도 어제 은행나무에 비친 햇빛과 오늘 은행나무에 비친 햇빛이 다르지 않아요? 그렇다면 문학은 영원히 존재한다는 얘기가 됩니다.

인물의 개성 문제로 되돌아가서 얘기한다면 제가 볼 때는 인물에는 몇 가지 전형이 있어요. 시골 사람의 경우도 몇 가지 전형을 잡아본 것이 있어요. 이들은 서민층인데, 지식인들 중에서 저는 최치수가 그나마 가장 정직한 사람으로 생각돼요. 부정적이든 어쨌든 객관적으로 볼 때 그 사람은 남한테가 아니라 자기 자신에게 정직하게 산 사람이에요. 그래서 최치수에 대해서는 어떤 애정까지 가지고 있는데, 일제 중기에서 말기에 오면 지식인들이 구역질이 나게 돼갑니다. 그게 고민인데……(웃음)

김 앞에서 결핍 얘기를 하셨지만 가령 소설이나 시가 영원히 존재할 수밖에 없는 것은 말하자면 이 결핍 때문이 아닌지 모르겠어요. 그리고 작가가 세상을 보는 눈이라든가 작가가 문학을 보는 눈은 항상 달라지는 것이 아니겠어요? 이미 똑같은 문제를 다룬 작품이 있음에도 불구하고 작가마다 그것을 달리 보기 때문에 그 문제는 여전히 문제로 제기될 수 있는 것 같고……

박 그렇지요. 또 작가도 다르니까 자기 인물을 가지고 있고……

김 다른 작가가 써놓은 것을 보고 이것만으로는 안 되겠다, 내가 할 얘기가 또 있다, 말하자면 결핍되어 있다 해서 작품을 쓰는 수도 있겠지요?

박 그렇지요. 그리고 아까 문학은 영원히 있을 것이다,라고 한 말에 대해서 좀 해명을 해야겠는데요. 요즘 세상이 돼가는 추세로 봐서 문학은 영원히 있을 것이라는 얘기는 오만한 얘기인지도 몰라요. 그렇다고 해서 제가 문학을 높이 평가해서 한 얘기는 절대로 아니고 한(恨)이 있는 한 문학도 있을 것이라는 얘기인데, 오늘날 보면 한이 차차로 없어져가는 것 같아요. 무슨 얘기냐 하면, 아파트의 똑같은 공간에서 살면서 먹는 것도 슈퍼마켓에 가서 비닐봉지에 들어 있는 것을 사 먹고 이렇게 되면 아무리 타고난 개성이 다르다고 해도 똑같아진단 말이에요. 극단적으로 얘기하면 닭장 속의 닭들과 같다고 할까요? 아파트의 창문을 바라보면서 인간의 먼 미래를 저는 이렇게 생각해봤어요. 이 경우 문학이 과연 영원히 있을 것인가 회의스럽지 않을 수 없어요. 인간이되 인간의 사고가 퇴화하고 기계화되어간다면 그때 문학이 설 자리가 어디겠어요?

김 사람이 아파트 안에 갇혀 있게 될 경우 기계적이고 본능적이고 사고 자체도 공간 속에 갇히게 되는 등 여러 가지 변모가 있겠지요. 그러나 사람에게는 의식이라는 것이 있지 않아요? 그것이 있는 한 새로운 한(恨), 말하자면 한의 내용도 달라지지 않겠어요?

박 손쉽게 아파트를 예로 들었습니다만 모든 기구가 컴퓨터화한다든가 로봇이 일을 다 해주는 식으로 발달되면 인공수정 얘기도 나오지 않겠어요? 그렇게 되면 어떤 절대 권력자가 나와 인간의 두뇌를 획일적으로 바꿔버릴 수도 있지 않을까요? 어디까지나 상상입니다만……

김 제가 생각하기에는 바로 그런 것 때문에 문학이 있는 것이 아닌가 해요.

박 현대 문명과의 대결은 작가들이 영원히 싸워야 할 문제인 것 같아요. 인간으로서의 인간을 주장하는 것은 작가의 영원한 할 일이라고 생각해요.

김 옛날에는 건물이라 해도 지역에 따라서 그 구조가 다 달랐거든요. 예를 들면 우리나라 안에서도 북쪽하고 남쪽이 다르지 않았습니까? 똑같은 초가집이지만 형태가 달라요. 우리나라와 일본도 달랐고, 아시아와 유럽도 달랐어요. 결국은 그 지역적인 어떤 요구에 따라서 사람들의 생활이 그만큼 다를 수밖에 없는 것이지요. 문명이란 것은 이러한 내적인 요구에 의해서 만들어지잖아요? 그런데 서양 문명이 갑자기 비대해짐으로 해서 전 세계가 지금 유니폼화돼가고 있어요. 결국은 이게 지배하는 힘이라고 생각되는데, 어쨌든 그렇게 해서 아파트가 들어서고 공장이 들어서고 함으로써 생활양식이라든가 문명의 전개 과정이 다 닮아가요. 이런 것들이 얼마나 계속되고 사람들이 또 언제 똑같이 될는지는 모르겠지만, 우리가 이 땅에서 살고 있는 한 이러한 종류의 획일화에 대해서 대결하는 것이 문학의 할 일이 아닌가, 또 그런 의미에서 문학은 계속 존재할 수밖에 없지 않을까 생각하는데……

박 문제를 지나치게 확대하는지는 모르겠지만 이런 점도 한번 생각해봐야 할 것 같아요. 인구는 자꾸 늘지요, 경작할 땅은 좁아지지요, 공해는 생기지요, 그러면 어떤 일이 벌어질까요? 이 좁은 땅덩어리에 사람은 너무나도 많아 진딧물같이 꽉 차게 되고, 결국 인류가 완전히 파멸할 것이 아닌가 하는……(웃음)
사정이 이렇게까지 악화됐을 경우 일어날 일을 한번 상상해봐요. 그런 엄청난 사태를 막기 위해 고도의 과학의 힘을 빌리고 그것으로 인간성이 말살될 수도 있지 않겠는가. 말하자면 식량난을 해결하기 위해 약을 만들어 삶을 지속시킨다든지…… 이런 시대가 된다면 나무를 베어다 불을 때고, 다듬이질을 하고, 장을 담그고, 병에 걸려도 의사가 없어서 죽고, 보릿고개를 넘기기 위해 초근목피로 연명을 하던 때가 참 행복한 시대로 생각될 거예요. 그러나 이런 비극을 예상하면서도 저는 희망을 버리지 않아요. 우리 모두가 어느 날 홀연히 인간으로 돌아가자는 운동을 전개할 수도 있는 것이고 대화와 모색을 통해 새로운 방향을 잡아나갈 수도 있다고 봐요. 문제는 일견 황당하게 보이는 이런 인류 전체의 문제를 바닥에 깔면서 개개인이나 국가 간 또는 민족 간의 문제를 다루어야지, 그런 문제는 해명이 안 되니까 아예 생각해보지도 않는다면 여러 가지 오류가 생긴다는 겁니다. 따져보면 광적인 국수주의라고 할까, 그런 오류도 인류 전체의 이런 문제를 아예 생각 밖에 두었기 때문입니다. 『토지』에서 그런 얘기를 썼습니다만 입장을 달리하면, 일본 사람들도 자기들의 입장에서만 보면 모두 애국지사지요. 우리로서는 불구대천의 원수지만 자기네들의 국가적 현실에 국한시켜볼 때는 모든 것이 합리화될 수 있어요. 우리도 그런 오류에 빠지지 말라는 법은 없습니다.

김 그것은 국가적인 차원의 욕심이지요. 그런데 『토지』의 서민들은 개인적인 욕심을 가지고 있어요. 욕심이라는 말을 썼지만 제가 보기에는 『토지』에 나오는 서민들의 욕심이라는 것은 그 욕심 자체가 생존을 하기 위한 것으로, 욕심이 아니라 본능과 같은 것이라고 생각해요. 반면 돈이 많은 사람이 부리는 욕심은 생존을 위한 것이 아니라 소유를 위한 것이고 지배를 위한 것이지요. 국가와 국가 사이에도 그런 식으로 나타나요. 자기네 국가를 유지하기 위한 욕심 정도는 별문제가 없어요. 그러나 그것이 다른 나라를 지배하려는 것으로 나타났을 때는 식민주의가 되고 침략주의가 되고 범죄가 되는 것이지요.

박 말하자면 애국이라는 미명하에 범죄를 하는 격이지요.
그리고 『토지』의 역사의식이라는 것을 저 나름대로 얘기한다면 이런 얘기를 하고 싶어요. 우리는 한일합방을 치욕적인 것으로 여기는데 정신적인 차원에서 본다면 그렇게 보지 않아도 된다는 얘기예요. 나라를 빼앗긴 것 자체는 정신적인 차원에서 치욕이 아니란 거예요. 가령 착한 사람이 무방비 상태로 있다가 자기 것을 빼앗긴다고 해서 어떻게 그 사람의 치욕이 되겠어요? 물론 못났다고 할 수는 있겠지만요. 유교적인 입장이나 종교적인 입장에서 볼 때는 반드시 못난 것만도 아니거든요. 이조(李朝) 5백 년의 정치를 보면 일종의 교화(敎化) 군주 정치로 어느 의미에서는 이상적인 정치 철학이라 할까, 그런 것을 가졌습니다. 그런 이상이 현실에 패배를 당한 것이지만 적어도 정신은 맑은 것이었고 깨끗한 것이 있었어요. 그런데 일제는 백정처럼 총칼을 들이밀고 대포를 쏘고 이 땅을 유린했습니다. 그것이 어떻게 일본의 자랑스러운 역사입니까? 그럼에도 불구하고 요즘 일부 사람들은 일본에 대해서 향수를 가지고 있는 것 같아요. 일본 노래를 부르는가 하면 우리 민족에 대해서 열등감을 갖는 등…… 저는 그것이 도대체 이해되지 않아요. 역설적으로 얘기하자면 옛날의 도둑놈에게 호통을 쳐야 할 텐데 비굴해지고 열등감을 갖는다니 도대체 말이 안 돼요. 사실 저도 『토지』를 쓰기 전에는 몰랐던 점이 많았어요. 『토지』를 쓰면서 공부도 하고 생각도 하니까 새로운 사실이 많이 느껴졌어요. 그래서 우스갯소리지만 우리나라는 양반 나라이다, 자학할 아무 근거도 없다, 오히려 일본이나 미국이 상놈이라는 생각도 들어요.

김 그 문제에 대해서 저는 이렇게 생각해요. 가령 지금까지는 교육이나 사회적인 분위기 같은 것이 힘을 강하게 가져야 된다, 이런 식으로 흘러갔고, 그러다 보니까 결국 힘을 중심으로 한 체제에의 동경을 불러일으켰어요. 그게 말하자면 가짜 욕망을 불러일으킨 것이 아니겠느냐 하는 생각이 들어요. 그런데 저희 세대는 일본 사회에 대한 콤플렉스가 비교적 적어요. 박 선생님 세대와는 달리 저희는 일본 시대에 학교에 들어가지 않았거든요. 그 후 저희가 학교에 다니면서 일본은 강대국이다, 강대국이라는 것은 다른 나라를 지배하는 것이다 등으로 약소민족에 대한 슬픔과 부끄러움을 교육적으로 받아왔던 것입니다. 우리의 열등의식이란 결국 그런 것에서 생기지 않았겠느냐 생각돼요. 이런 문제에 대해서는 현재 세계를 지배하고 있는 질서의 본질이나 문명의 모순을 교육하고, 약소민족이라든가 가난하다는 것이 결코 '부끄러움'이 아니라는 것을 인식시키는 것이 중요한 것 같아요.

박 아까 제가 인텔리를 그리기가 참 어렵다고 얘기를 했는데요. 사실 지식인이 무엇을 다 창조하는 것은 아니거든요. 도자기를 만든 사람만 하더라도 지식인이 만든 것은 아니잖아요? 문제는 어떤 미적(美的) 의식이에요. 이것은 신앙과도 통하는 거예요. 이런 창조적인 면에서 우리는 일본이나 다른 나라에 대해서 조금도 뒤떨어진다 할 수 없어요. 따라서 우리도 자존심이라 할까, 자기에 대한 존엄성을 가져야 한다고 봐요. 존엄성이라는 것은 오만과는 달라요. 이것은 자기 스스로가 자신을 지키는 것으로 욕심을 가지는 것이 아니고 인간의 가장 숭고한 것을 지키는 것이에요. 아까 우리의 역사가 치욕스러운 역사가 아니라는 것도 이 존엄성과 관련이 있어요.

또 한 가지 주목할 일로 농부들의 문제가 있어요. 한국의 여건은

외국과 아주 달라서 농(農)이란 것이 상당히 중시되었어요. 일본
도 보면 농이 상(商)의 다음이고, 러시아 같은 경우 농노의 숫자
로 재산을 따졌고, 서구에서는 장원제도(莊園制度)하에서 농노가
있었지요. 이들 나라에서는 농부라는 것이 노예에 가까운 신분이
었지요.

우리나라에서는 달랐어요. 물론 핍박을 받았지요. 가난하여 보리
죽을 끓여 먹었지만 사회적 신분으로 볼 때는 상(商)의 위였거든
요. 유교가 농민들에게도 흘러갔던 것입니다. 제사라든지 의식 구
조라든지 조상 숭배라든지 이 모든 것이 농부들에게 흘러갔는데,
이것은 농부들에게 인간으로서의 존엄성을 인식시키게 되었습니
다. 우리가 어릴 때 보면 제일 창피스럽게 생각하는 것은 부모의
기일에 물을 안 떠놓는 것이었어요. 물론 형식에 흐른 것은 나쁘
지만 인간의 존엄성을 높인 것은 부인할 수 없습니다. 또한 우리
나라 농민들은 손님이 오면 옷을 갈아입고 맞았으며, 제삿날에는
정장을 하였지요. 이러한 예의범절은 우리 농민에게 미의식이 있
었다는 얘기입니다. 우리의 농부에게 이처럼 무엇인가 다른 점이
있었다는 얘기를 저는 『토지』에서 하고 싶었어요. 그래서 용이라
든지 영팔이 같은 인물들에게 인간의 존엄성을 부여했던 것입니
다. 비록 농부지만 범접할 수 없는 자의식, 이런 것을 그네들한테
부여하고 싶었던 것이지요. 보리죽을 먹어도 인간으로서 비천한
짓을 못한다는……

김　용이가 제삿날만 되면 임이네고 월선네고 다 참석을 안 시킨 것
　　도 그런 까닭이 있군요?

박　제사는 경건한 의식이며 일종의 예술 행위예요. 제기(祭器)를 차

려놓고 촛불을 켜놓고 의복을 단정히 하는 것이 모두 하나의 미의 세계입니다. 이런 세계 속에서 살아가는 사람은 가난하다고 해서 남의 것을 훔치지 않아요. 보릿고개를 못 넘겨도 농촌에서는 도둑질이 별로 없었어요. 도둑질을 했다고 하면 그 동네에서 못 살거든요. 아주 희귀한 일입니다. 요즘은 어때요? 옛날보다 배가 안 고파요. 라면이라도 끓여 먹을 수 있어요. 굶는 사람도 흔하지 않아요. 그런데도 도둑질이 일어나요. 이것이 무엇을 뜻하는가 생각해볼 문제예요.

김 그 존엄성이 왜 깨졌느냐, 이게 문제입니다. 가령 옛날에는 돈이 없으면 없는 대로 인간의 존엄성을 지켰습니다. 그렇다면 그 당시에는 사회 전체가 그 나름의 안정된 질서를 가진 것이 아니겠느냐 하는 생각입니다.

박 그런 것이 분명히 있는 것 같아요. 그런 뜻에서 이조 5백 년을 부정만 할 것이 아니라 받아들일 것은 받아들여야 한다는 생각이 들어요. 예를 들면 이조의 왕조가 일반적으로 극도의 호사를 누렸다고 알려져 있지만 한편으로는 무서운 시집살이를 했던 거예요. 다른 나라의 왕조가 누린 사치를 이조 왕조가 누렸느냐 하면 그렇지 않습니다. 그러니까 5백 년이나 유지될 수 있었어요. 일본의 막부가 확실히 기억은 못 하겠지만 한 3백 년 계속되었을 거예요. 5백 년이나 유지한다는 것은 참 드물어요. 이렇게 오래 유지되었다면 거기에는 그럴 만한 어떤 힘이 있었을 거란 말이에요. 그게 바로 유교 사상이 아닌가 해요. 유교 사상이 한국인의 정신 질서에서 힘을 잃게 되면서 일제가 몰려들었고, 상업이 발달됐고, 친일파도 생겼고, 지주도 보호를 받는 등으로 해서 유교 정신도 산산조각이 난 거지요. 여기에는 물론 현대 문명의 영향이 아주 컸던 것 같아요. 자꾸 살기가 편리해지는 반면에 소유욕이 생기고 그것이 상승작용을 일으켜요. 이렇게 해서 살아가기는 옛날에 비해 나아졌지만 사람의 마음은 차츰 나빠진 거지요.

김 유교가 지배하던 이조 5백 년은 정신주의가 지배하던 시기가 아니겠어요? 도리만 지키면 그야말로 문제가 안 생기는 그런 시대였는데, 그것이 뒤바뀐 거지요. 말하자면 물질주의가 되어버린 겁니다. 일본의 침략이 이런 물질주의를 이 땅에 심은 것이지요. 그 물질주의는 서양이 일본을 통해서 들여온 것으로, 오늘날 대자본가들이 만들어내는 모든 상품은 우리가 생활을 하는 데 기본적으로 필요한 물건이 아닙니다. 우리를 더 게으르게 만드는, 바꾸어 말하면 새로운 욕망의 대상을 자꾸 개발해내는 것이거든요. 이렇게 해서 우리는 그런 대상을 획득하기 위해 더 많은 노력과 정력을 바치게 되고, 또 그로 인해서 도리라든가 정신적인 질서가 깨어져버리는 것 같아요.

문제는 사람이란 이런 욕망에 대한 경험을 하게 되면 그다음에는 그것이 없으면 못 산다는 거예요. 예를 들면 전깃불이 들어오기 전에는 호롱불이라든가 관솔불로도 살았는데 일단 전깃불을 경험한 다음에는 그런 것으로는 못 살아요. 이처럼 자연 발생적인 욕망이 아니라 개발된 욕망을 충족시키는 데 익숙해지고 난 뒤에는 다시 옛날로 돌아가자고 할 수가 없어요. 그러면 어떻게 할 것인가. 가령 욕망을 어떤 방향으로 통제한다든가 정신의 가치를 보다 높이는 일이 가능할 것인가, 자칫하면 옛날로 돌아가자는 얘기로 되기가 쉬운데 그렇지 않고 어떻게 할 것인가……

박 아주 어렵고 비관적인 얘기인데 상태가 아주 나빠지면 폭발적인 어떤 계기가 오지 않을까요? 그런 데 희망을 걸어보기로 하지요.

김 얘기가 너무 옆으로 확대됐는데 다시 제자리로 돌아가보지요. 저는 박 선생님이 「불신시대」를 쓰셨던 단편 시절부터 선생님의 작품을 쭉 읽어왔는데, 선생님의 소설 세계에 하나의 전환점이 있지 않았느냐, 가령 『김약국의 딸들』이 그것이 아닌가 하는데요…… 사실 『토지』를 보면서 저는 얼핏 『김약국의 딸들』을 떠올렸어요. 하도 읽은 지 오래라서 기억은 안 나지만…… 왜냐하면 그 이전의 「불신시대」라든가 그 밖의 작품들에서는 상당히 도시적이고 아주 사적인 그런 것이 주조를 이루었어요. 그러다가 『김약국의 딸들』이라든가 『시장과 전장』이라든가 『토지』에 이르는 변화의 궤적을 보면 사적인 작중인물들 속에서 공적인 관계 같은 것이 나타나요. 궁금한 것은 박 선생님에게 어떤 계기가 있었는지, 혹은 문학관이라든가, 세계관이라든가, 이런 것이 조금 달라지지 않으셨는지 하는 거예요.

박 『김약국의 딸들』 이전의 작품이 사적이라고 말씀하셨는데 정곡을 찌른 말씀입니다. 그런데 제가 그렇게 했던 것은 한 개인을 통해서 우리가 공유하는 문제를 들여다보려 했기 때문입니다. 한 개인의 삶을 통해서 우리 모두의 삶을 들여다보자는 것이었지요. 자신의 아픔을 통해서 남의 아픔을 만질 수 있다는…… 『토지』의 인물들이 살아 있는 것도 그 때문인지 몰라요. 가령 사적인 문제를 깊이 다루지 않을 경우 잘못하면 풍경을 보듯 건성으로 처리되기 쉽고, 그렇게 되면 등장인물 자체가 죽어버린 인물이 되지 않을까 해요.

좀 다른 얘기입니다만 제가 쓴 단편 중 문예지에 발표가 안 되고 기관지 같은 데에 발표된 이런 작품이 있어요. 제목도 잊어버렸습니다만 가세가 기울어 여자마저 달아나버린 한 노인이 계집애 하나를 데리고 토정비결이나 봐주면서 살다가 나중에는 목매달아 죽은 이야기예요. 이와 비슷한 단편 몇 편이 있어요. 『김약국……』 계열인데, 아마 평론가들은 못 보셨을 거예요. 그리고 도시적인 계열로 『시장과 전장』이 있는데, 『토지』에 와서 이 두 가지 계열의 작품이 합쳐졌다 할 수 있어요. 그것도 지나놓고 보니까 그래요.

김 문단에 데뷔해서 쓰신 단편들이나 지금 말씀하신 작품 같은 것은 제가 못 봐서 잘 모르겠는데요. 어떻든 그런 단편들을 중심으로 쓰시다가 나중에는 중편도 쓰시고, 그다음에는 『김약국의 딸들』이니 『시장과 전장』이니 등으로 자꾸 작품이 확대되어가지 않습니까? 그런데 이렇게 작품이 확대되어나간 데에는 선생님 나름으로 어떤 내적인 필연성 같은 것이 있지 않았을까, 가령 단편만으로는 박 선생님께서 하시고 싶은 얘기를 다 담을 수 없다는 그런 어떤 내적인 부르짖음이 있지 않았느냐, 그것만으로는 안 되어 더 쓰다 보니까 이렇게 되지 않았느냐 하는 생각이 듭니다. 말하자면 선생님의 문학관에 어떤 전기나 변화의 계기 같은 것이 없었는지 여쭤보고 싶습니다.

박 어릴 때 충무에 있을 때였어요. 방죽에 앉아 있으면 물이 들어와요. 저녁때쯤 물이 들어오는데 그때는 물살이 세어져요. 날이 흐리면 바다가 우는 것 같았어요. 그러면 돌연 겁이 나서 막 도망을 치는데 등 뒤로는 물살이 따라올 것만 같아요. 그러다가 어느 골목 어귀에 들어서다 보면 문득 이런 생각이 들어요. 바닷물이 넘쳐서 집이니 사람들이니 다 바다에 휩쓸려도 하느님이 나만은 살려줄 것이다 하는…… 오늘날까지도 이런 비현실적인 면과 현실적인 면이 제게는 남아 있는 것 같아요.

어릴 때부터 제게는 또 너무너무 할 얘기가 많았던 것 같아요. 그런데 표현이 안 돼요. 그 어떤 정경이라든가 노래 같은 것이…… 또 문학을 하면서 문학은 이래야 한다는 생각은 거의 해본 일이 없어요. 다만 끊임없이 사람의 문제를 생각하게 됐어요. 그래요. 사상이 아니라 사람의 문제예요. 일꾼에게 일을 시켜도 그의 인간성을 유심히 보게 돼요. 그의 인간성이 내가 생각하는 성실성과 합치됐을 때는 어떤 희열마저 느끼게 돼요. 제가끔의 위치는 달라도 그야말로 동등한 선에서 교감을 나누게 되는 거예요. 친구도 마찬가지고 모든 관계도 다 마찬가지인데, 이러한 교감을 나누지 못할 경우 말할 수 없는 고독을 느끼게 돼요. 그럴 때 인간이 무엇인가 하는 문제가 떠올라요. 결국 문제가 확대되는 셈이지요. 근원적인 데로 옮아가게 되고, 이렇게 생각해보기도 하고 저렇게 생각해보기도 하는 거예요. 문학 같은 것을 의식하지 않고 말입니다.

이렇게 들어앉아 있으니까 어떤 분들은 저더러 바깥에 나와서 현실을 봐야 한다, 그래야 문학을 할 수 있지 가만히 틀어박혀 있으면 안 된다, 이렇게 말해요. 말씀인즉 옳아요. 그러나 사실은 제가 보아온 여러 가지 현실을 분석하고 일층 심화시키는 데도 시간이 부족한 것 같아요. 나이가 50이 됐으면 세상살이도 볼 만큼은 봤거든요. 그러면 보고 느낀 것을 토대로 인간상을 심화시켜야 하는데, 그러려면 사고를 많이 해야 합니다. 물론 혼자서 생각하기보다는 때로는 사람을 만나 생각 속에서 맴도는 것을 대화로 정리할 수도 있고 사람이 사는 일, 다시 말해 누구의 생일에 초대받아 가고 결혼식에 참석하는 일 같은 것을 치러야 하겠지요. 또 그게 중요하다는 것을 알기는 합니다만, 그런 것을 희생시키지 않고 글을 쓸 수는 없다는 생각이 들어요. 자연 이웃으로부터 고립되고 인간적으로도 불성실한 모습을 보이게 돼요. 그렇다고 문을 걸어 잠그고 사는 것이 잘한 일이라고는 생각되지 않아요. 또 순전히 글 쓰는 시간을 벌기 위해서도 아니고, 세상 꼴이 보기 싫어서도 아니에요. 하기야 나가봐야 시시껄렁한 얘기 하는데, 거기 가서 시간을 낭비할 까닭이 어디 있느냐 하는 오기도 조금은 있겠지요. 그러나 중요한 것은 생각할 시간을 갖자는 거예요. 일상사에 한번 빠져들어가면 생각이 그만큼 훼방되고 다시 일상사를 떨쳐버리기 위해서는 그만한 시간이 필요해요. 누가 들으면 뭐라고 하실는지 모르겠습니다만 제게는 어느 면 시간이 너무 없다는 느낌이에요. 그래서 남들이 보면 이 넓은 데서 혼자 사니 외롭지 않느냐, 쓸쓸하지 않느냐고 생각할는지 모르지만 제게는 외로울 시간이 어디 있느냐 하는 생각이 들어요.

비단 글을 쓰기 위해서만 사고하는 것은 아니에요. 제가 살아 있다는 사실 자체를 생각해서라도 제게는 사고할 시간이 필요해요. 그것이 존재의 확인입니다. 그러다가 어느 날 또 훌쩍 떠나갈 수도 있는 것이고 또 제가 행해야 할 일을 행할 수도 있는 것이고…… 다만 현재 저는 글을 써야 하기 때문에 사고를 해야 할 따름입니다. 글을 안 쓴다면 다른 행위를 또 하겠지만 말이에요.

김 달리 표현하면 이런 것이 될지 모르겠어요. 박 선생님 자신의 사고를 포함하여 사람 전체를 소설로 한번 써봐야겠다는…… 어떤 프랑스 작가도 그것을 주제로 작품을 쓴 적이 있어요. 한 학교의 교사인 주인공이 자기 자신을 포함한 한 클래스, 서양의 경우 42명이 한 클래스인데 이들을 한 명도 빼놓지 않고 모두 묘사해 보겠다는 야심을 갖고 소설을 쓰려고 노력하다가 결국 그 서술이 불가능하다는 것을 깨닫고 죽어가요.

박 그것은 기술(記述)의 문제겠지요. 때문에 그 주인공은 성공을 못 하는 것이지요.

김 네, 기술 문제지요. 그런데 한편으로 보면 자기의 삶 전체를 어떻게 정직하게 바라볼 수 있느냐 하는 방법의 모색도 될 수 있지 않겠어요? 시와 소설이라는 것도 어느 의미에서는 자기의 삶을 계속 관찰하다가 나오는 것으로 볼 수 있다면 이런 방법의 모색으로서의 작업, 다시 말해 기술로 전환될 때 여러 가지 어려움 같은 것이 따르리라 보는데요……

박 물론이지요. 그런데 제가 전제하고 싶은 것은 삶 자체가 예술이란 거예요. 우리는 이 삶을 소설을 만드는 식으로 만들 수 없어요. 저는 항상 "내가 행복했다면 뭣 때문에 글을 써?"라고 얘기하는데, 그렇다고 삶을 안 사는 것은 아니고 계속 살아가지요. 다만 제 경우에는 결혼하여 애를 낳고 살면서 삶을 예술로까지 끌어올리는 행복과 조우하지 못했어요. 그래서 그에 대응하는 뭣인가가 필요했고 그것이 문학이었어요. 다른 사람의 경우라면 정치나 학문도 있을 수 있겠지요. 그러나 정치나 학문과 문학과는 다른 점이 있을 거예요. 물론 궁극적으로는 인간을 중심으로 하지만요.

가령 의사도 인간을 대상으로 하지만 그에게는 인간 전체의 삶이 문제가 아니라 어느 환자의 환부만 문제가 되거든요. 그런데 인간은 의사 앞에서 언제나 실존해 있어요. 다른 학문에서도 마찬가지예요.

문학은 그렇지 않아요. 실존하지 않는 인간을 대상으로 해요. 살아 있는 맥이 하나도 안 통하는 인간이지요. 그럼에도 불구하고 문학에서는 호흡을 하고 움직이고 있는 인간 전반을 다루고 있어요. 모리악이 그랬지요? "소설가는 하나님을 닮으려고 했다"라고요. 어느 의미에서 보면 작가가 가는 길은 신에 가깝게 가는 길인지도 몰라요. 하나님이 운명을 만들고 인간을 만들고 지구를 만들듯이 작가도 필요하다면 강을 건너고 나무를 만들고 실제 보이지 않고 만져지지도 않는 무엇인가를 만들거든요.

그러면 무엇으로 사물을 만드느냐 하면 그게 바로 말〔언어(言語)〕이에요. 작가는 이 언어와 피나는 싸움을 하는 사람이에요. 화가는 붓을 가지고 싸움을 할 것이고 조각가는 조각칼로 싸움을 하겠지만 작가는 말로 하지요. 이 말과의 싸움은 원시 시대 이래 지금까지 계속되고 있어요. 원시 시대에는 소리를 질렀겠지요. 무서우면 무섭다고 울부짖었을 것이고, 기쁘면 기쁘다고 웃었을 것이고, 또 슬프면 울었을 것입니다. 오늘날은 수많은 말이 있어요. 그러나 이들 수많은 말도 인간의 원초적인 범주를 별로 넘어서는 것이 아니에요. 요컨대 원초 때나 지금이나 말은 한 치 앞을 못 나가고 있는 셈이에요. 그런데도 작가는 씁니다. 왜 쓰느냐, 포기하면 되지 않느냐 하겠지만 사람이란 숨을 쉬는 한 한 치 앞이라도 나가려고 노력하게 되고 움직이게 됩니다. 뒤집어 말하면 언어의 마술에 걸린 것이지요. 이것은 비단 작가만이 아니라 모든 사람이 다 그래요. 누구든지 자기의 뜻을 누군가에게 전달하고 싶어 하니까요. 설령 자신의 뜻을 전달하기가 아무리 어렵더라도 그렇게 하지 않고는 못 배기는 것이 사람이에요. 이것을 저는 말의 마술에 걸린 것으로 생각해요. 문학가뿐만 아니라 삶 전반이……

왜 말의 마술에 걸렸는가 하는 문제가 제기되는데, 그것은 나 아닌 대상에 접근하는 방법이에요. 또 그게 살아가는 과정 아니겠어요? 나 아닌 상대방, 말하자면 사랑하는 사람이나 육친이나 친구와 더불어 살아가는 것 말이에요. 따라서 작가만 말의 마술에 걸려 있는 것이 아니고 사람 전체가 여기에 걸려 있다 할 수 있다고 봐요. 끊임없는 고독과의 싸움 속에서 인간적인 연대를 맺으려고 몸부림치면서…… 따져보면 그것도 하나의 굶주림이지요. 영혼의 굶주림이라 할까, 영혼의 결핍 같은……

김 그런 결핍은 아무리 서술해도 여전히 결핍으로 남게 되니까 작품을 계속 쓸 수밖에 없겠지요.

박 그러니까 인간이지 신(神)이 아니라는 거지요. "작가는 하나님을 닮으려고 했다"는 얘기도 결국 인간이기 때문에 나온 얘기입니다. 우리가 어떤 신앙의 세계에까지 들어가면 사실 작품은 불필요한 것이지요. "인간이 있는 한 문학도 있을 것이다"라는 얘기는 바로 이 갈증이 영원히 해소되지 않으니까 문학도 있을 수밖에 없다는 것으로, 그것을 한(恨)이라 해도 좋고 어떤 절대에 이르기 위한 것이라고 해도 좋겠습니다만……

김 '사르트르' 같은 사람은 소설을 "총체성의 세계"라고 얘기했어요.

작가가 그리는 것은 한 권의 한정된 분량 속에 들어가는데, 그 안에 삶의 모든 것을 담고자 하는 작가의 욕망이 들어가 있고 그 욕망이 구체적으로 실현을 못 보지만 소설을 읽는 사람은 거기에서 무엇인가 총체를 보기 때문에 나온 얘기겠지요. 결국 작가는 인간이 삶을 영위해가는 전 과정을 담고자 하는 노력을 하게 될 것이고, 그 노력은 언제나 결핍으로 끝날 것이니까 소설은 계속된다, 이런 말씀이겠지요?

박 "이 세상에서 쓰는 집념만큼 강한 것이 없다"라는 말을 누군가가 했는데, 얼른 생각하면 어떻게 쓰는 집념이 가장 강하냐, 사랑하는 사람에 대한 집념도 있을 것이고 사람에 따라서는 정권에 대한 집념도 있을 것이 아닌가, 그런데 쓰는 집념만큼 강한 것이 없다니 독선적이지 않느냐 이렇게 볼 수도 있지만 그게 그렇지 않은 것 같습니다. 아무리 높은 자리에 있어도 인간적인 갈증은 있게 마련이거든요. 더불어 나를 표현한다는 것은 말하자면 상대를 얻기 위한 허기와 같은 건데, 그것은 인간의 근원적인 고독에서 오는 것이라고 봐요. 또 신과의 싸움일 수도 있는 것이고 거대한 자연과의 대결일 수도 있어요.

김 다시 『토지』 얘기로 돌아가지요. 박 선생님께서는 『토지』에 나오는 인물들의 사회적인 신분에 대해 옛날에 가지고 계시던 기억을 되살리셨는지, 아니면 어떤 자료의 힘을 빌리셨는지 그것을 알고 싶군요.

박 신분제도에 대한 것이라든가 사회적인 분위기 같은 것은 아까도 말씀드렸다시피 제가 시골 출신이기 때문에 어느 정도 기억에 남아 있고, 때로는 이것저것 자료를 뒤져보아서 대충 당시의 분위기를 알 수 있었어요. 가령 의원(醫員)이라든지 시골의 아전 또는 전사들에 대한 느낌이나 분위기 같은 것은 제 속에 남아 있었어요. 우리가 어릴 때 생존해 있는 분들도 있었고 구전으로도 그런 사람에 대해서는 들었지요. 또 백정이라든지 무당들의 생활의 빛깔 같은 것은 직접 목격하기도 해서 알고 있었지요. 사당패에 대해서는 잘 모르겠더군요. 그래서 송석하 선생의 민속에 관한 책을 참고로 했어요. 또 한 가지 소위 명문 거족이나 현관(顯官)들의 생활 습속 언행 같은 것은 제가 언젠가 읽었던 책들을 통해서 재현할 수밖에 없었어요.

자료를 뒤지다 보면 몇 줄 안 되는 짤막한 기사를 통해서 의외의 성과를 얻는 수도 있어요. 김개주에 관한 것이 그런 예인데, 이 사람은 김개남이 모델이에요. 김개남이라면 우리 주변에선 좀처럼 볼 수 없는 인물이에요. 또 별로 들은 일도 없고…… 그런데 우연히 무슨 책을 보니까 김개남에 대한 기사가 나왔어요. 단 몇 줄인데 그가 과격하고 위험 인물이라 해서 전주 감영에서 효수를 당했다는 거예요. 그 몇 줄에서 저는 굉장히 강렬한 무엇을 느꼈어요. 그래서 김개남을 모델로 김개주란 인물을 만들었어요.

동학란에 대해선 제가 하동엘 가서 이런 얘기를 들었어요. 부인네들의 얘기라 동학란이 무엇인지도 잘 모르고 한 단편적인 얘기였는데, 동학란 당시 섬진강 앞에 있는 솔밭이 온통 피바다가 되었다는 거예요. 김개남이 하동에 들어와서 아전이나 지방의 토호를 잡아 솔밭에서 목을 쳤다는 거예요. 그들의 표현에 따르면 추풍낙엽같이 목이 떨어졌다는 거예요. 과거의 역사소설에도 이 같은 인물은 있었지요. 가령 홍경래 같은 인물도 모반을 일으켰지

만, 이들과 김개남 같은 인물은 좀 구별이 되는 것 같았어요. 김
개남의 경우에는 동학이라는 종교 철학이라 할까, 정치 철학 같
은 것을 바탕으로 하여 궐기했다는 데서 새로운 면모를 가졌다는
것이지요. 그리고 우리나라의 민란이라는 것이 다른 나라와는 달
리 좀 비현실적이고 신비적인 요소를 가졌고 동학에도 이와 비슷
한 요소가 어느 면 있지만, 김개남 같은 인물은 우선 왕조 자체를
강력하게 부정했던 점에서 무언가 이전의 다른 인물과는 구별이
되는 점이 있는 것 같았어요.

그러면 그런 요소가 어디서 왔느냐. 제가 보기에는 중국에서 온
것 같아요. 전라도 쪽은 중국과 교역을 하는 배들이 드나들어 교
통이 있던 곳이거든요. 게다가 동학이 일어나기 10여 년 전에 중
국에서 태평천국의 난이 일어났어요. 홍수전과 최제우의 나이 차
이가 11년이에요. 그러니 태평천국의 난에 대한 소식을 접했을 법
하지 않습니까? 그 소식을 듣고 김개남은 그 나름대로 어떤 강렬
한 영향을 받지 않았느냐 하는 생각이에요. 그래서 종교적이라기
보다는 혁명적인 색채를 더 강하게 띤 것이 아닌가 해요. 얘기가
좀 다릅니다만 러시아의 네차예프를 두고 유럽에서는 혁명의 악
이라고 하잖아요? 모든 것을 파괴하라는 식이었지요. 따라서 네
차예프에게는 암흑이라고 할까요, 어두컴컴하고 이그러진 구석이
있는데 김개남에게는 그런 느낌이 없어요. 핏빛이지만 선혈 같은
핏빛이 확 느껴져와요. 그래서 그를 김개주로 했지요. 뒤따라 구
천이라는 인물도 떠올랐어요. 나중에 환이가 고을마다 피로 씻으
라고 외치는데, 그 이미지도 이런 데서 나왔어요.

김 『토지』에 보면 1부에 나오는 인물만 해도 60여 명이나 되고 2부

3부에 나오는 인물을 합치면 2백 명이 넘는 것 같아요. 이처럼 수 많은 인물이 등장했다가 사라지고 하는데, 여기에 어떤 메커니즘이 작용하는지 제가 한번 분석을 해보고 싶었는데 아직은 못 해봤어요. 발자크의 2백여 권에 달하는 총서 『인간희극』에는 등장인물이 한 2천 명쯤 되는데, 발자크는 관상학이니 골상학이니 심지어는 족상 등을 동원해서 이들을 몇 가지 전형으로 나누고 있거든요. 때로는 등장인물이 어떤 옷을 입고 있느냐에 따라서 그의 운명도 달라져요.

박 선생님도 많은 사람들을 다루고 있는데, 그 과정에서 박 선생님 나름으로 어떤 계보를 만드셨다든가 인물들의 메커니즘 같은 것을 미리 생각해둔 것이 없으신지요?

박 어느 정도는 머릿속에 그려져 있었지만 그렇다고 구체적으로 그런 것을 메모해두거나 표로 만들거나 한 것은 없어요. 그저 길가에서 본 사람, 버스를 타고 가다가 본 사람, 또 그들의 말씨, 어떤 경우에는 몸짓이나 손놀림, 또 때로는 그 사람의 목소리를 듣고 보면서 그때그때 하나의 인물의 생각하지요. 가령 조준구 같은 인물을 생각할 때에는 윤씨 부인의 시어머니를 생각합니다. 그래서 다리는 짧고 머리는 크고 얼굴 피부는 곱고 수염이 없는 사람으로 만들어보았습니다. 다음으로 병수까지 그려봅니다. 엄마도 나쁘고 아버지도 나쁜 가정에서 비록 병신으로 태어났지만 천사에 가까운 아이의 모습이 어떨까 해서 궁리하다가 창백하고 해끔한 아이를 생각해냈어요. 이 경우는 조금 돌연변이적이지만 임이네의 임이와 홍이 같은 애들의 경우에는 유전적인 점을 고려한 것이라 하겠지요.

어떤 인물을 만들기 위해서는 그 인물의 생김새나 동작 언어에 대해 관심을 기울인다고 했는데, 그렇다고 해서 그의 용모나 연행을 하나하나 나열식으로 그리지는 않아요. 문장을 쓸 때도 그렇잖아요? 반복법이 있는가 하면 갑자기 장면을 확 전환시키는 수도 있잖아요? 이처럼 어떤 인물에 대해서는 코니 눈썹이니를 섬세하게 묘사해주고, 어떤 인물에 대해서는 용모 중 가장 중요한 포인트에만 악센트를 주고, 또 어떤 인물은 동작으로 설명해주는 등 여러 가지를 섞어서 써요. 그렇지 않으면 무엇인가 맥이 빠지고 호흡이 처져요. 어떻게 보면 상당히 교활한 것 같기도 한데……

또 한 가지, 조준구 같은 인물은 악인이라도 상당한 약점을 부여해줘요. 비겁하고 배짱이 없고 악을 행해도 음성적으로 행해요. 그리고 그는 한마디로 말해 애정이 전혀 없는 사람이에요. 저는 이 세상에서 가장 나쁜 사람은 도둑이나 강도가 아니라 애정이 없는 인간이라고 생각하는데, 이런 사람은 일종의 성격 불구자에 속해요. 자기 자식한테까지도 그러거든요. 그러니까 완전히 고독한 인간이지요.

김　강한 자에게는 약하고 약한 자에게는 아주 강한……

박　조준구는 악인이라도 거인이 아니라 아주 소인배예요. 반면 김두수는 악인이라도 거인이에요. 자기 형제에 대해서는 눈물도 보여요. 그리고 배짱도 있어요. 자기보다 신분이 좀 위에 있는 사람에게 덤벼드는 대담함도 있어요. 그래서 김두수에게는 때때로 연민도 느끼지만 조준구란 인물은 절대로 용서가 안 돼요(웃음).

김　『토지』에 등장하는 인물은 조준구고 김두수고 할 것 없이 꼭 필요

한 인물들이라 누가 중요하다, 누가 중요하지 않다고 얘기할 수
는 없을 것 같은데, 그들 중에서도 아주 멋진 인물들은 보이는 것
같아요. 가령 임이네와 같은 경우에는 그 착상이 상당히 재미있
는 것 같은데……

박 임이네를 좋아하는 사람이 상당히 많은 것 같아요(웃음).

김 1부에서의 귀녀도 상당히 중요하지요. 귀녀는 1부를 살리는 데 큰
공헌을 한 것 같아요. 그 밖에 박 선생님께서 특별히 애정을 가지
고 그려보고 싶은 인물이 있었을 것 같은데 가령 그런 인물을 든
다면 누구일까요……?

박 있지요. 그런데 다른 작가의 경우도 그럴 것 같은데 작가가 애정
을 가지면 그 인물은 대개 실패해요. 『김약국의 딸들』에서도 용빈
이 같은 인물한테 애정을 가졌는데, 그게 완전히 실패를 했어요.
그 대신 막내니 구두쇠, 이런 인물은 살아서 움직이거든요. 『토
지』에서도 길상이에게 애정을 느꼈는데, 그게 영 뜻대로 그려지
지 않아요. 주갑이는 무심히 만든 인물인데도 제 뜻과는 달리 혼
자 살아서 움직여요. 『김약국의 딸들』에서도 귀두라고 나오는데,
이 인물은 살아서 혼자 막 움직이거든요. 별로 생각도 안 하고 설
정한 인물인데 말이에요.

김 작품을 써놓고 나서 이 인물은 참 만족하게 되었다, 말하자면 박
선생님의 의도와는 상관없이 결과적으로 만족하게 됐다고 느껴지
는 사람들의 예를 드셨는데, 예를 들면 임이네의 경우도 1부에서
인물이 살았거든요. 이성에 대한 욕망이 아주 강한가 하면 생활
력도 아주 강해요. 그러다가 2부에 가서 그 욕망이 갑자기 뒤틀리
거든요. 그게 석연치 않게 느껴지던데……?

박 리얼리티 문제이겠는데, 용이와 접근이 안 되고 끊임없이 거부되어서 그런 게 아니겠어요? 자연 욕망이 다른 데로 가게 되고……

김 용이에 대한 그리움은 살아 있는데 거부당하니까 그렇다……

박 그리움이 살아 있는 것은 아니지요. 임이네가 용이한테 가진 애정은 순수하게 영혼적인 것이 아니에요. 말하자면 잡초의 생명력과 관계가 있어요. 생활도 그렇고 이성에 대한 애정이라는 것도 그렇지만 영혼이 중심이 아니고 끈질긴 생명력일 뿐이에요.

김 저는 1부에 나오는 임이네를 보고 있노라면 톨스토이의 작품에서의 잡초와 같은 생명력을 느끼게 돼요. 2부에 가면 그 잡초와 같은 생명력이라 할까가 이상하게 시들어가는 것 같아요.

박 임이네를 쓸 때 저 자신, 그렇게 썼어요. 어떤 때는 잔인하게 막 추궁해들어가서 저 자신도 정이 떨어질 정도가 되곤 했는데, 이는 모든 인물에게 다 해당되어요. 다만 길상이한테는 저 자신, 자꾸 주춤거렸어요.
한마디로 이만하면 됐지 하는 인물은 없어요. 구천이의 경우도 그래요. 뭣인가 좀 모자라는 느낌이에요. 주갑이 얘기는 왜 하느냐 하면 생각지도 않은 부산물이 의외의 성공을 거두었기 때문입니다.

김 두만네의 경우는 어떻게 생각하세요?

박 두만네는 수하 사람들을 고루고루 대하는 인물로 이조 시대의 한 전형이라고 할 수 있어요. 시골 농부의 아낙이어서 그렇지, 그런 인물은 중인집에 가도 있고 지체 높은 귀족 집에도 있는 그런 사람이지요.

김 귀녀는 1부를 살리는 데도 공헌을 했고 1부가 풀리고 2부로 넘어가게 하는 데도 결정적인 역할을 했어요. 그런 인물 자체로서도 귀녀는 중요한 것 같은데, 자신이 가지고 있는 욕망 같은 것이 아주 강하지 않아요?

박 그런 인물을 현실에도 있어요. 임이네도 우리 현실에 있고……

김 네, 있겠지요. 임이네와 같은 경우는 상당히 많이 있을 거예요. 다만 그것을 감추어서 그렇지.

박 그렇지요. 대부분 감추어진 상태로 있지요. 작가 자신도 그것을 열어젖히기가 주저되어요. 예를 들어 부모는 방에 앉아서 파를 다듬으면서 애들은 자루를 가지고 가서 파를 훔쳐 오게 하고…… 이런 현실이 있는데 일반 사람들은 현실을 미화하려고만 해요. 작가도 마찬가지예요. 되도록 누추한 구석은 뚜껑을 닫고…… 그런데 작가의 경우에는 그 뚜껑을 다 열어야 할 거예요. 제 작품 속에서도 뚜껑을 너무너무 닫은 부분이 많아요. 그것을 다 열어젖혀야 접근이 되겠는데, 용기도 필요하고 역량도 필요하고……

김 작품에는 많은 사람들의 생애가 들어가 있는 것이 아니겠어요? 그런 인물들 중 처음 구상할 때와 달라진 인물은 없습니까? 그리고 그런 인물을 든다면……?

박 얼른 생각은 잘 안 나지만 석이 같은 인물이 그런 인물이 아닐까 해요. 처음에는 그렇게 되리라고 예측을 못 하고 설정했는데 나중에 발전을 했어요. 처음부터 비교적 뚜렷하게 설정된 사람이 구천이라든지 윤씨 부인, 용이, 월선이 등이고, 그 밖의 인물은 얘기가 진행되는 도중에 앞뒤를 봐가면서 새로 등장시키고 방향 전환도 시키고 했지요.

김 인물들을 보면 가지고 있는 이름이 있잖아요? 그 이름이라는 것이 고유명사이면서도 우리 사회에서 그 이름에 부여하는 의미 같은 것이 있지 않겠어요? 가령 발음이 어떻다거나 어떤 이름을 가진 사람들이 주로 어떤 일을 한다거나 이런 것이 있지 않겠어요? 예를 들어 '용이' 하면 발음 자체가 참 용한 사람처럼 보이면서 속에 무엇인가 들어 있는 이름 같거든요.

또 '귀녀' 하면 귀 자가 귀할 귀 자(貴)겠지만 귀신 귀 자(鬼)와도 통하는 느낌이거든요. 최치수 같은 경우에는 된발음이 두 번 반복되어서 살해될 수밖에 없지 않을까 하는 숙명적인 어떤…… 그래서 어떻게 작명을 하셨는지(웃음).

박 사실 인물이 많이 나오면 이름 때문에 고민이에요. 그래서 신문에 부고 내는 것 있지 않습니까(폭소). 그런 것과 발령난 것(폭소) 같은 것을 보기도 했어요. 어쨌든 너무 사람이 많다 보니까 이름 때문에 보통 고민이 아니에요. 그런데 이런 우연도 있어요. 2부에 '안자'라고 나오는데, 그 이름은 무심히 지었어요. 나중에 보니 그 이름이 쓸모가 있더군요. 이름을 갖고 '앉아서, 앉아서'라고 놀리고……(웃음)

김 작품 자체가 그렇게 요구한 것 아니겠어요? 웬만한 작명가들도 그만큼 이름 지으려면 여간 힘들지 않겠어요.

박 지어놨다가 안 좋으면 글을 한참 쓰다가도 지워버려요. 그래서 미스테이크가 하나 나왔어요. 강쇠라고 있지요. 원래는 판술이에요. 나중에 어떻게 하다가 보니까 영팔이 아들이 또 판술이에요. 자꾸 혼동이 돼요. 그런데 영팔이에게는 판술이, 재술이, 또술이가 있고 영팔이 처를 또 판술네라고 불렀어요. 아무리 생각해도 영팔이네의 판술이를 고칠 수가 없어 한쪽을 강쇠라고 고쳤는데,

그렇게 고쳐놓으니까 여간 불편하지 않아요. 뉘앙스가 달라요. 강쇠의 어머니만 화전민이었는데 강쇠를 부를 때 문을 내다보면서 "술아" 하고 부르는데, 그때의 정감이 강쇠란 이름에는 우러나오지 않아요. 나중에 바꿔버렸지요.

봉기 영감도 있지요. 친구 간에도 '기야'로 통하거든요. 이 영감을 조준구가 회유하느라고 쌀을 보냈어요. 두만이 아버지가 똥통을 메고 봉기 영감네 집이 내려다보이는 곳으로 올라가는데 때마침 봉기 영감네가 쌀밥을 지어 먹고 있어요. 두만이 아버지가 이 모양을 보고 '기야'라고 부르면서 "너는 하늘이 안 무섭나?"라고 해요. 오뉴월에 쌀밥 먹는 것이 안 무서우냐 그런 말이에요. 이때의 '기야'란 호칭, 봉기 영감을 나무라면서도 이웃으로서의 정을 느끼게 하는 어떤 뉘앙스, 이런 것이 이름 속에 우러나와야 하는데 아주 고민스러워요(웃음).

김 아까 『토지』의 구성이 수직적인 요소와 수평적인 요소가 교차되면서 동시에 진행된다고 했는데, 2부에 오면 좀 평면적으로 되는 등 어떤 애로가 있으셨을 것 같은데요…… 무슨 말이냐 하면 1부에서는 평사리라는 폐쇄된 집단이 작품의 배경을 이루어서 수평적 서술과 수직적 서술이 무리 없이 진행되었는데, 2부에 오면 서희의 주변 인물과 독립운동을 하는 인물, 그리고 용정으로 들어오는 사람 등 국내와 국외가 갈려서 구상 면에서 상당히 애로를 느끼시지 않았는가 하는 겁니다. 그런 점이 있었다면 어떤 식으로 해결하셨는지요?

박 2부를 쓸 때는 제게 어려운 때이기도 했지만 참 괴로웠어요. 용정이란 데를 제가 가본 일이 없습니다. 『간도의 사정』이란 책의 도움을 많이 받았지만 독립운동 자체도 잘못 다루면 아주 곤란해져요. 또 사건도 잘 맞물리지를 않고요. 무대가 이리 뛰고 저리 뛰기 때문에.

그렇다고 이리 뛰고 저리 뛰고 하지 않을 수도 없게 되어 있어요. 결국 앞으로 마무리를 지어야 할 텐데 3부도 마찬가지예요. 애당초에는 해방까지 오려고 했는데 그게 불가능해요. 사실 3부는 1부의 한 3배가 돼야 되겠는데 그렇게 할 수도 없고…… 중간중간에 잘라내기도 했지만 엉성한 느낌이 들어요. 이렇게 된 데는 무대를 넓혀놓은 것이 원인이 되겠지만 그렇다고 넓히지 않고는 또 안 돼요.

김 그렇겠군요. 저도 보면서 그런 생각을 했어요.

박 만주라는 곳은 옛날 평사리에서 서울을 생각할 때처럼 아주 멀어보여요. 진주, 통영, 부산처럼 오가는 길에 들르는 곳이 아니에요. 그냥 막연히 풍경만 떠오르거든요. 그래서 4부에서는 지리산을 중심으로 무대를 모아보려고 생각하고 있어요. 1부와 마찬가지로……

김 저도 그렇게 되지 않을까 생각했어요. 2부 3부에서 조금 풀어져버린 느낌이 드는 것은 그다음에 다시 모으기 위한 작업이 아니겠느냐 하고요.

또 한 가지 제가 1부에서 정말 몸서리치면서 절실하게 읽은 대목이 호열자가 도는 대목입니다. 아까 박 선생님께서 어렸을 때 호열자 얘기를 들으셨다고 하셨지만 그 장면을 보면 정말 지독했구나 할 정도로 묘사가 기막히게 리얼해요.

박 저희 외할아버지께서도 호열자를 앓으셨다는 말을 들었어요. 그

때 외할아버지께서는 술을 잡수시고 사셨다는 거예요. 탈수증에 걸려 죽는 거니까 수분이 필요했던 것이지요. 용이도 무의식적으로 강에 기어가서 머리를 처박았기 때문에 살았고, 서희는 길상이가 항아리에서 술을 떠다가 먹여서 살았는데, 이것은 제가 외할아버지께서 호열자를 앓으셨을 때 얘기를 들었기 때문에 그릴 수 있었던 거예요.

김 그 장면은 정말 압권이에요. 그런데 용정에서 화재가 난 이야기는 좀 다르더군요. 처음에는 상당히 기대를 했어요. 화재도 호열자에 못지않은 재난이니까요. 그런데 역시 용정이 타향이었던 것이 분명한 것이 그런 리얼리티가 없어요. 그다음에 집을 짓는 얘기가 나오는 것을 보고는 '아, 왜 여기서 그냥 끝나나' 하는 아쉬움이 남더군요.

박 저로서는 사실 용정에서 불이 나고 또 집을 짓고 하는 것을 통해 일본인들이 한국 사람들을 얼마나 괴롭혔는가를 그리려고 했어요. 실상 그런 일들이 많이 있었을 테니까요. 그런데 리얼하게 못 그렸지요. 밀정 같은 것도 그래요. 아무래도 1부에서처럼 리얼리티가 없어요.

김 간도 문제라든가 용정에서의 독립운동의 양상 같은 데 대해서 박 선생님 나름대로 상당히 연구를 하시지 않았을까 하는데요?

박 네, 좀 했지요. 그런데 작가로서는 그런 문제에 관해서 냉철해야 된다는 생각이 들어요. 기라성 같은 독립운동가들을 그저 훌륭하다 해서는 안 된다고 봐요. 며칠 전에 어떤 작가가 이광수의 「민족개조론(民族改造論)」에 대해 아주 좋게 썼던데, 그가 어떤 의도에서 그렇게 썼는지는 모르지만 제가 보기에 이광수는 「민족개조론」을 쓰고부터 변절한 것 같아요. 「민족개조론」을 읽어보면 일본에 대해 끊임없이 추파를 던지고 있거든요. 말하자면 식민지를 인정하고 나온 거예요. 프랑스 식민지 정책은 어떻고 영국은 어떻고 하니까 일본도 우리한테 좀 잘해달라, 이것이 골자예요.

이광수의 고민도 물론 알 만해요. 중국으로 건너갈 때 이광수는 문명과 혁명가, 이 두 가지 명예를 가지고 있었어요. 그런데 이광수란 사람이 욕심이 많은 사람이에요. 중국에서는 글을 쓸 수 없다, 그러면 혁명가로서의 성가(聲價)도 떨어진다, 이렇게 해서 다시 국내로 돌아왔거든요. 국내에서는 조금만 타협하면 쓸 수 있거든요. 바로 여기에 이광수의 말도 못할 인간적인 고민과 약점이 있었던 거예요. 「민족개조론」도 그렇게 해서 나왔습니다. 한 가지만 택하지 않았기 때문이에요. 혁명가로서 남든지, 아니면 문학을 하기 위해서 돌아왔어야 해요. 그리고 문학을 하기 위해서 돌아왔다면 차라리 순수문학을 했어야 해요. 두문불출하고 연애소설을 쓰든 심리소설을 쓰든 순수문학만 고수했으면 오류를 범하지 않았을 거예요. 이 점은 그 누가 변명해도 어쩔 수 없는 사실이에요.

김 문인으로서의 욕망이란 것도 따져보면 순수한 욕망이 될 수는 없지요. 작품만 쓰면 됐지 문명을 떨치겠다는 것은 그 순간부터 무엇인가 지배하겠다는 얘기가 되니까요.

박 통속적으로는 초창기의 개척자로서 높이 평가를 해야 되겠지요. 그러나 작품으로 좋은 것은 『원효대사』와 『꿈』밖에 없어요. 그 밖에는 계몽적인 작품이 많았는데, 대체 누구를 어떻게 계몽하겠다는 건지 모르겠어요. 오늘날 그가 생존했다면 무슨 운동을 했겠는지 알 만하지 않아요?

그리고 그는 우리 옛날 것을 전부 부정했어요. 이것도 독립운동상의 문제에 못지않게 커다란 오류였어요. 이광수뿐만 아니라 다른 사람들도 그랬지만 옛날 것을 깡그리 부정한 것은 참 잘못된 것이었어요. 어쨌든 제가 보기에 그는 참 문제가 많은 사람이었어요. 물론 저 자신도 장담을 할 수는 없습니다만……

김　마지막으로 『토지』는 어느 시기까지 쓰실 예정이신지요?

박　일단 해방까지로 잡고 있어요. 제가 좀더 오래 살면 그건 그때 가서 다시 생각할 일이고……(웃음) 생각해보면 『시장과 전장』에서 못다 한 얘기들이 너무 많아요. 그러니 4부까지는 의무적으로라도 써야 할 것 같고, 그 뒤 건강이 좋으면 6·25도 다루어보고 싶은데 두고 봐야 되겠지요(웃음).

김　오랜 시간 재미있고 유익한 말씀 들었습니다. 『토지』에 대한 이해에도 좋은 참고가 될 뿐 아니라 선생님의 문학관이랄까, 인생관, 세계관을 이해하는 데도 큰 도움이 되리라 믿습니다.

이청준과의 대화
—— 복수와 용서의 변증법

김 이 선생님 안녕하십니까. 우선 이번에 연작집 『잃어버린 말을 찾아서』와 전작 장편 『낮은 데로 임하소서』를 출간한 데 대해서 축하를 드립니다. 이 선생은 1965년에 문단에 나온 이후 15, 6권의 작품집을 낸 것으로 알고 있습니다. 그런데 이렇게 많은 작품집을 내면서도 작품을 어느 한 해에 편중해서 발표하지 않고 매해 일정한 간격을 두고 발표하면서 이번에 또 두 권의 책을 내놓은 것을 보면, 작가로서의 어떤 끈기 같은 것을 보여준다고 하지 않을 수 없는 것 같습니다. 오늘 이 자리는 『신동아』 독자들을 위해서 마련된 자리니까 작가 이청준에 대해서 몇 가지 독자들이 알

---

* 이 대담은 월간 『신동아』에서 1981년 10월에 마련한 것이다.

고 싶어 하는 것들을 이 선생 자신이 좀 자상하게 말씀해주셨으면 합니다.

우선 이 선생 작품에는 고향 얘기가 굉장히 많이 나오지요. 그런데 이 선생은 고향 전라남도 장흥에서 어린 시절을 보내고 나중에 도시로 나와서 학교를 다니신 것으로 알고 있어요. 그런 고향 체험, 그것이 작가 이청준의 개인적인 삶 자체가 되어 오늘날의 이청준 문학을 결정짓는 중요한 바탕이 되었다고 얘기할 수 있겠는데, 그 고향 얘기를 좀 해보면 어떨까, 이런 생각이 드는군요.

이 제가 고향을 나온 것은 국민학교를 졸업하고부터입니다. 그다음 중·고등학교는 광주에서 다녔고 대학은 서울서 다녔으니까 저의 고향에 대한 기억이나 체험은 결국 국민학교 6학년까지밖에 안 됩니다. 그러나 다른 사람의 경우도 마찬가지겠지만, 고향 체험이라는 것은 고향을 떠나오는 것으로 마감되지 않고 나이 먹으면서 계속 어떤 삶의 뿌리로서, 또는 되풀이되는 경험으로 다시 체험되어가기 마련인데, 나의 경우 굳이 기억을 더듬어서 고향 체험이라는 것을 얘기한다면 한마디로 그 시절이 부끄러움의 시절이었다는 느낌이 앞서는군요. 삶이 부끄럽고, 그 태어남이 부끄럽고, 그래서 결국 그 부끄러움 때문에 지금까지 나는 늘 고향에서 쫓겨났다고 생각을 해왔어요. 그러다 보니까 중학교나 고등학교 때까지는 감상적인 생각으로 언제인가는 다시 돌아가야 할 곳으로 고향을 이해하고 있었지만 실제 생활 면에서는 고향에 대한 혐오감 같은 것이 굉장히 강했어요. 고향은 늘 어떤 자기 수모감 같은 것의 근거이면서 원망의 대상이었지요.

그런데 소설이라는 것을 쓰면서 거기에서 나의 삶이 실현되기를 소망하다 보니까 그 쓰는 행위 자체가 어떤 의미에서는 바로 내가 살아온 삶 자체가 되었고, 그 쓰는 행위를 15년 이상 하다 보니까 어떤 식으로든지 혐오스럽고 나를 쫓아냈던 고향을 나의 삶속에서, 또는 쓰는 행위 가운데에서 극복하지 않으면 안 된다는 숙명의 과제로 변모하게 되었어요. 그런 요구를 강하게 느끼면서 이것이 하나의 문학적인 과제, 삶의 과제가 되어서 고향의 기억을 추체험하는 그 과정을 통해 고향에 대한 사랑, 애증 같은 것을 다시 체험하고, 그런 체험의 결과가 이번에 『잃어버린 말을 찾아서』의 한 줄기를 이루고 있는 소설로 나타나게 된 것이 아닌가 생각됩니다.

김 결국 이청준 문학의 출발점은 고향에 대한 사랑과 증오 두 가지를 어떻게 자기 안에서 극복하느냐 하는 문제로 귀결되는 것이다, 그렇게 얘기하는 것 아니겠어요?

이 그것을 한마디로 종합한다면 고향에서 도망쳐버리고 싶은 탈향 욕망과 고향으로 다시 돌아가고 싶은 귀향 욕망이라는 양면으로 이야기할 수 있는데, 이것이 소설에서도 떠나고 되돌아가는 것이 늘 되풀이되는 식으로 나타나게 됩니다.

김 그러니까 고향에 대한 증오 혹은 고향에서 자신이 추방되었다고 하는 느낌이 어린 시절의 체험으로서 아직도 남아 있다는 얘기이고, 그것이 남아 있기 때문에 작품을 쓸 수 있다, 이렇게 얘기할 수 있겠는데, 그 부끄러움이나 증오, 혹은 자신이 추방되었다는 일종의 원망 같은 것들의 구체적인 내용이란 어떤 것일까요? 가령 이 선생의 작품들을 보면 어렸을 때 전깃불의 추억이라든가 6·25 동란 때 어린 감수성이 입었던 상처 같은 것들이 자주 등장하고, 또 집안의 가난이라든가 하는 것들도 굉장히 많이 등장하고 있는데, 이런 것들을 이 기회에 툭 털어놓고 한번 얘기해보시죠.

이　지금 지적하신 것들이 그 내용의 거의 전부인 것 같습니다. 첫째의 내용이라면 그 구체적인 것은 가난이라는 것인데, 이 가난을 구체적으로 느끼기 시작한 것은 고향을 떠나서 도시로 들어오면서부터인 것 같아요. 고향에서의 달콤한 것들, 담벼락 아래의 봄볕이라든가 찐고구마, 수수떡, 심지어는 따스한 인정과 사랑까지도 도회로 오면서부터는 모두가 가난과 부끄러움의 얼굴로 변해버렸으니까요.

그리고 또 하나, 저의 어렸을 때는 주변에 유난히 죽음이 많았어요. 그 죽음들이 드리운 암울한 그림자 때문에 세상 전체가 그늘 속에 잠긴 것 같은 느낌을 갖게 되었고, 그러다 보니까 나의 삶이라는 것이 그 죽음들과 결코 떨어져 있는 것이 아니고 죽음과 삶이 섞여 있거나 또는 죽음도 삶의 어떤 연장으로서, 삶의 한 양식으로서 받아들여지는 체험을 하게 되었지요. 그래서 그런 기억들이 지금까지도 고향 체험의 한 구체적인 내용으로 남아 있는 것을 느낍니다.

그런데 이 죽음과 가난에 관련해서 내가 가진 하나의 특이한 체험은 죽음을 맞는 사람들이나 가난을 살고 있는 사람들이 그 죽음과 가난을 어떤 외부적인 상황의 결과로 받아들이지 않고, 다른 말로 하면 남의 탓으로 돌리지 않고, 근본적으로 자기한테 온 운명의 어떤 양상으로 이해를 해서 이것을 오히려 부끄러움으로 받아들였다는 점입니다. 그래서 그런 횡액들을 극복하려는 적극적인 노력을 보이든가, 하다못해 그런 횡액들에 대해 원망을 한다거나 대든다거나 하기보다는 항상 이쪽이 지은 숙명의 죄 닦음 같은 것으로 돌리고 이것을 자기의 부끄러움으로 받아들임으로써 일종의 원죄 의식 같은 것에 사로잡혀 있는 것을 볼 수 있었던 것입니다.

김 결국 이청준 문학에 나타나는 고향 체험의 밑바닥에 깔려 있는 것은 죽음이 삶의 한 양상으로서 존재한다는 인식인 것 같은데, 그렇게 놓고 볼 때 이런 질문을 한번 던져볼 수 있지 않은지 모르겠어요.

무슨 얘기인가 하면, 작가 이청준의 죽음에 대한 체험이 방금 얘기하신 그런 것인데도 불구하고 막상 이 선생의 작품을 보면 죽음 그 자체가 문제로 다루어진 작품은 별로 없어요. 여기에서 우리는 두 가지 질문을 제기해볼 수 있을 것 같아요. 하나는 그 죽음이라는 것이 자기 안에서 어떤 여과 장치를 통해 완전히 다른 방식으로 문제 제기가 되었거나, 아니면 다른 하나는 앞으로 죽음을 정면으로 다룬 작품을 써볼 수도 있는 것이다, 그런 두 가지인데, 어떻습니까? 가령 이 선생 같은 경우 작품을 쓰면서 자기 자신의 죽음의 문제를 생각해보시지는 않았는지, 만약 생각해보았다면 그것이 어떤 작용을 하게 되는 것인지, 그런 것을 한번 얘기해보지요.

이 아주 궁지로 몰아붙이는 질문인데(웃음), 아까 얘기로 돌아가서 죽음이 나와 함께 있는 방식을 하나 얘기하지요.

제 위로 형 세 사람이 제가 어렸을 때 죽었습니다. 그런데 그 형들이 남기고 간 유물들, 그분들이 쓰던 연필, 읽었던 책, 일기장,

신문, 잡지, 이런 것들이 주변에 수없이 널려 있다 보니까 형들이 죽었더라도 그것들이 치워지지 않는 한 내 주변에는 항상 형들의 분신이 남아 있는 듯하였고, 또 그런 것들을 사용하고 그분들이 읽었던 책을 내가 다시 읽음으로써 그분들의 숨결을 내가 다시 느끼면서 살게 되는 셈이 되었어요. 말하자면 그분들의 삶은 숨이 끊어짐으로써 마감되어버린 것이 아니고 어떤 부분이 나를 통해서 계속 살아 있는 것 같다, 그래서 나의 삶 속에 그분들의 죽음이 삶의 다른 모습으로 같이 살아주고 있구나, 또는 내가 그분들의 남은 삶을 대신 살아주고 있구나 하는 느낌을 갖게 되었던 것이지요. 그렇게 되면 이제 죽음이란 바로 나의 안에 들어와 있는 것이 됩니다.

그러면 본인 자신의 죽음에 대해서는 어떻게 생각을 하느냐……물론 죽음의 공포란 누구에게나 견딜 수 없는 것이겠지요. 다만 앞의 예를 빌려서 자신의 죽음을 생각해본다면 나의 형들이 나의 삶을 통해서 부분적으로 살아남듯이 나도 공간적으로나 시간적으로 나보다 뒤에 오는 사람들에게 어떤 식으로든 살아남기를 바라는 욕망을 갖게 되고, 그래서 거기에 의지해 나의 죽음을 생각하게 되는데, 이것을 다른 말로 풀이하면 사람들이 자식을 낳아놓고 비로소 죽음에 대해서 다소간 어떤 준비가 된 것 같은 느낌을 갖게 된다든지, 또는 속되게 얘기해서 이름을 남기고 죽을 수 있다면 그것으로써 죽음에 대해서 다소간 준비가 되어 있는 것처럼 느끼는 것과 같은 얘기가 되겠지요. 따라서 나는 소설을 통해서 내 육신이 끝나더라도 계속해서 숨쉴 수 있는 어떤 생명의 진실 같은 것이 남게 되기를 바라고, 그런 생각으로 글을 쓰는 행위 속에서 죽음을 해명하고 받아들이려고 하는 노력을 계속해온 셈이지요.

그러나 아무리 문학의 이름을 빌리고 앞에 말한 형들의 체험을 빌린다 하더라도 죽음에 대한 공포감이 사라지는 것은 아니지요. 그래서 근래엔 직접 신앙의 문제, 종교의 문제를 묻는 『낮은 데로 임하소서』라는 전작 장편까지 쓰기에 이른 것이지요. 하지만 그것으로도 물론 구원을 얻었다고 할 수는 없습니다. 무엇보다도 저는 아직 인간의 능력과 책임 안에서의 문학 행위를 포기할 수가 없으니까요. 신을 만나서 구원을 얻으면 문학은 거기서 끝나야 되는 것 아닙니까. 구원을 굳이 외면하려는 데서가 아니라, 저는 죽음을 다룬 저의 몇몇 다른 작품들에서와 마찬가지로 이 소설 가운데서도 죽음을 앞둔 인간들이 그 생명의 유한성 앞에서 그것을 시인하면서 어떻게 자신의 구원을 찾아가는가 하는 그 현세적 삶의 과정을 물었던 것이니까요. 하지만 거기서 구원을 체험했거나 못 했거나, 앞으로 저는 어떤 형식이든 죽음과 그 구원의 문제를 제 소설의 한 큰 과제로 삼게 될 것은 틀림이 없습니다. 문학은 곧 구원에의 노력이며, 인간의 한 근원적 존재 현상인 죽음에 대한 구원의 문제는 그것이 곧 우리 삶의 구원의 문제에 다름 아닌 것이니까요.

김 작가로서의 야망이 되겠군요.

이 쓴다는 것이 바로 산다는 것일진대 쓰는 행위 가운데 죽음이 쓰여지고 있다면 그것이 바로 나의 삶으로 그 죽음이 살아지고 있는 것과 마찬가지가 되는 것이 아니겠습니까? 정직하게 얘기하면, 소설에 쓰여진 것이 그대로 현실적인 삶에 적용되느냐 하는 문제는 체험이라는 문학 행위의 단계가 있는 것이니까 그것이 직접 현실에 연결은 안 된다고 하더라도 최소한 죽음이 나의 쓰는 행위 가운데에서 체험된다고 말할 수는 있겠지요.

김 결국 자신의 삶을 삶으로 놓아두기 위해서 글을 쓰는 행위를 계속한다는 얘기가 되겠고, 그렇게 본다면 이 선생은 자신의 작품이 영원히 숨쉬는 작품이 되도록 하기 위해서 힘들여 글을 쓰고 있다, 이런 얘기가 될 것 같군요.

이제 얘기를 조금 바꾸어서 이번에 새로 낸 두 권의 신간을 가지고 얘기를 전개시켜보지요. 우선『잃어버린 말을 찾아서』를 보면 이 연작집에는 모두 8편의 작품이 수록되어 있는데, 이 작품들이 단편적으로 발표될 때에는 그렇게 분명히 잡히지 않던 것이 이번에 작품집으로 묶어놓고 보니까 거기에 어떤 일관된 흐름 같은 것이 있는 것을 알게 되었어요. 그 일관된 흐름의 한 줄기는 잃어버린 말을 찾아가는 현대인의 고통스러운 삶의 양상 같은 것을 드러내고 있고, 다른 한 줄기는 남도창이라고 얘기할 수 있는 소리의 문제를 다루는 것인데, 이 두 개의 흐름이 맨 마지막 작품인「다시 태어나는 말들」에서 하나의 문제로 융합되는 과정을 볼 수가 있었어요. 그런 과정을 보면서 느낀 것이, 이 한 권의 책은 말과 소리의 문제를 다룬 연작소설집이다 하는 것이었어요.

그런데 내가 보기에 이 선생은 말에 대해 상당히 오래전부터 많은 관심을 가지고 있었던 것 같아요. 가령「소문의 벽」이라든가『조율사』라든가 하는 작품들을 보면,「소문의 벽」의 경우 말을 할 수 없는 공포의 상황을 체험한 것을 소설의 소재로 도입시키고 있어서 그때 이미 문학과 말 혹은 소설과 말의 관계에 대한 어떤 인식 같은 것이 작가의 내면에 자리 잡고 있었을 것으로 짐작되는데, 어떻습니까? 바로 그런 점에 대해서 말씀을 해주실 수 있겠습니까?

이 방금 김 선생께서 『잃어버린 말을 찾아서』 속에는 남도 사람들의 삶이라든가 소리로 대표되는 계열의 서정적인 면을 나타낸 소설과 말의 기능 정체 역할 같은 것을 찾아가는 소설, 즉 말에 대한 어떤 인식의 과정을 그린 소설 두 계열이 있다고 말씀하셨는데, 자세히 보면 이 두 계열의 소설은 양쪽 다 고향에서 쫓겨나서 헤매는 사람들의 얘기로 되어 있습니다. 그런데 이들 고향에서 쫓겨난 주인공이 고향에서 나와 끼어들려고 한 세상이 도회의 삶이지요. 그리고 그 도회의 삶으로 끼어들고자 하는 구체적인 방법은 사람들이 모여 살 때의 기본적인 교통의 수단이 되고 있는 말을 통해서입니다. 그런데 도회의 언어, 도회로 대표되는 현대의 언어라는 것이 주인공을 좀처럼 그들 사이에 끼어넣어주지 않지요. 한마디로 끼어들고자 하는 주인공이 바라는 말과 현대 사회가 갖고 있는 말의 질서가 전혀 다르기 때문이죠. 그래서 주인공에게는 현대의 언어라는 것이 일종의 폭력으로 군림해버리고 그는 다시 도회의 삶에서도 배척당해버립니다.

물론 말이라는 것은 소설의 일차적인 수단이고, 말 자체가 삶의 어떤 양식을 내포하고 있는 것이고, 그것을 찾는 것이 삶의 모습을 찾는 것이기 때문에, 그런 이유들로 해서 제가 말에 관심을 갖게 된 것은 사실입니다. 그러나 말에 관심을 가지면서 주인공이, 또는 쓰는 사람 자신이 말을 어떤 폭력으로 받아들이게 되고 그래서 폭력이 아닌 말을 찾는 작업에서 저 자신의 소설 작업 또는 삶의 작업이 자세를 갖추게 되다 보니까 그것이 1973년 이후 8~9년 계속된 저의 모색이 되어온 셈이지요. 이 주인공이 사는 사회가 말의 자유가 충만한 사회였다면 그 말을 찾기 위해서 그토록 오랜 시간이 필요 없었을지 모릅니다. 그렇지 않고 폭력으로 주인공을 다시 내쫓았기 때문에 거기에 다시 끼어들려는 노력으로 그렇게 오랜 시간이 필요했던 것이지요.

김 말을 찾아다닌다는 것이 결국 도회의 삶에서 쫓겨난 사람들이 자기의 삶을 찾아다니는 과정이라고 요약할 수 있다는 말씀이신데, 그렇다면 소리 쪽은 어떻게 얘기할 수 있겠습니까?『잃어버린 말을 찾아서』라는 이 작품집 안에도 가령「서편제」나「선학동 나그네」나「다시 태어나는 말들」이나 하는 작품이 소리의 문제를 다루고 있고, 그 소리라는 것은 곧 남도창을 의미하는 것인데, 이들 작품을 보면 도회의 삶이 아닌 시골의 삶에서 그 삶이 융합되지 못한 데서 오는 온갖 한과 설움이 전부 창으로 풀려나가고 있단 말이에요. 문자 그대로 해석한다면 말이라는 것은 의미를 가지고 있는 의사 전달의 수단이고, 소리라고 하는 것은 어떤 의미에서는 의미가 비어 있는 것인지도 모르겠는데, 이 말이라는 것이 어떻게 해서 소리로 넘어오느냐, 그것은 소리에 대한 작가로서의 남다른 인식이 있었기 때문에 가능한 것이 아니겠느냐 하는 생각을 갖게 되는데, 이 점에 대해서는 어떻게 생각하시는지 모르겠습니다.

이 말이 어떻게 소리로 넘어가느냐 하는 것은 우선 이렇게 얘기를 하지요. 의사 전달의 수단으로서의 말이 당초의 약속 관계, 지칭력, 이런 것을 상실해버렸을 때 말이란 폭력으로 변하는 것이지요. 말이란 말이 생성되었을 때의 본질에 가장 충실했을 때, 즉 그 당초의 속성이라든가 기능을 배반하지 않았을 때 가장 자유롭다고 할 수 있는데, 말이 이처럼 당초의 기능과 약속을 배반하지 않고 자유를 획득하는 한에서 비로소 이 말은 말 자체의 독자적인 질서를 확대시켜나가도 좋은 것이지요. 이렇게 말할 수 있는 것은, 말이 바로 우리 삶 자체라고 하는 전제에서입니다. 그래서 말이 자체의 자유에 의해서 자기 질서로 발전하려고 하는 하나의 양식이 되면 그것이 노래가 되듯이 소리로 넘어갈 수 있다, 말하자면 말 자체의 자유가 확대되어지는 부분, 그것이 소리가 아니냐, 이렇게 얘기할 수 있을 것입니다. 그렇다면 말이 자체의 질서만 지키게 되면 소리라는 것은 우리 인간의 삶과는 전혀 관계가 없게 되는 것이냐, 이를테면 이 해답을 '남도 사람' 시리즈 속에서 찾아가는 것이지요.

결론적으로 얘기하면 나는 남도 소리도 삶의 한 양식으로 이해하고 있습니다. 무슨 얘기냐 하면, 흔히 남도 소리의 핵심을 한(恨)이라는 것으로 이해하고 있는데, 한이라는 것이 삶의 과정에서 맺혀진 어떤 매듭, 옹이 같은 것으로 얘기될 수 있다면 그 맺혀진 매듭, 옹이를 삶으로 풀어나가는 한 양식, 그것을 저는 소리로 이해하고 있거든요. 그렇게 본다면 소리 자체가 삶의 또 다른 양식이란 말이에요. 그래서 말이 소리로 넘어간다는 것은 말이 우리 삶을 떠나서 의미를 잃고 말 자체의 질서 속으로 응축되어버린다는 것이 아니고 오히려 그 삶과 더 깊이 연결 지어지는 세계로 들어가는 것이 아닌가, 이렇게 이해를 하고 있습니다. '언어사회학 서설'의 주인공이 도회의 삶에 끼어들지 못하고 방황하듯, 남도 사람의 주인공도 시골의 삶에 융합하지 못하고 떠돎이 계속되는 것은 그가 원래 그 시골의 삶에서 쫓겨난 사람이며, 그래서 그 삶의 깊이에 도달하지 못한 까닭으로 그것으로 다시 돌아가려는 노력의 과정이 계속되고 있는 셈이지요.

김 그렇게 본다면 가령 『잃어버린 말을 찾아서』의 주인공들 가운데에서 '언어사회학서설' 계열의 작품들은 현대적인 상황에 의해서 밀려난 주인공들이 말을 찾아가는 여러 가지 삶의 양상을 보여주고 있는 반면, 남도 소리 계열의 일련의 작품들은 우리 민족의 오랜 역사 속에서 체험해온 한이라는 전통 속에서 우리 민족 내면의 정서라든가 삶의 표현이라든가 근원적인 사랑의 양식을 전개시켜나온 것이라고 볼 수 있겠고, 이것은 달리 말하면 하나는 현대적인 상황을, 다른 하나는 전통적인, 토속적인 상황을 그린 것으로서 그 두 개의 상황이 하나로 융합되어가는 과정이 이 선생의 문학이 걸어온 길이라고 얘기할 수 있을는지 모르겠어요. 굳이 결론을 내본다면 그런 것이 될는지 모르겠다는 얘기지요.

그런데 이 책의 맨 마지막 부분에 가면 그 결론이 어떤 식으로 나느냐 하면, 결국 모든 것을 용서하고 사랑하게 됨으로써 자기 스스로 한의 매듭들을 풀어나가는 것으로 되어 있거든요. 그랬을 때 이 선생의 작품은 독자들에게 자칫 오해를 받을 가능성이 있어요. 말하자면 전통적인 삶의 양식을 통해서 오늘의 모든 상황을 극복해나가는 것으로 받아들일 가능성도 있고, 다른 한편 산업사회의 냉혹한 상황 속에서 자신의 한 풀이를 통해서 현실의 어려움을 극복해나가는 과정으로 받아들일 수도 있다는 것이지요. 그런 문제를 작가는 어떻게 생각하고 있는지, 그것을 한번 애기해보면 어떨까 싶습니다.

이 『잃어버린 말을 찾아서』를 두 시리즈로 대별해서 얘기하면 '언어 사회학서설' 쪽은 말의 본질적인 기능을 생각하는 것으로 이루어져 있고, '남도 사람' 쪽은 어떤 체험적인 세계를 생각한 것으로서, 이 시리즈 5편의 소설이 사실은 '용서'라는 한마디 말을 구체적으로 체험하는 과정에 바쳐지는 것입니다. 이 용서라는 한마디, 즉 소리를 체험하는 결과로 얻어지는 용서라는 한마디는, 폭력으로 변해버린 현대적인 언어 질서의 원래의 기능을 회복시켜낼 수 있는 수많은 말 가운데 단 한마디를 찾아내고자 하는 모색의 결과로 얻어진 것인데, 그렇다면 남도 시리즈 속의 한마디는 '언어 사회학서설' 쪽에서 폭력으로 변해버린 말의 가장 자유스러운 한 원형을 찾은 것이 되는 셈이지요.

그렇다면 저는 왜 여러 가지 말의 무리를 대표해서 용서라는 한마디를 결론으로 끌어냈느냐…… 용서에는 전제가 있지요. 말이, 또는 인간의 삶이 웬만한 자유를 획득하지 않을 때에는 용서가 가능하지 않습니다. 용서는 용서 행위자의 자유의 삶이 전제되어야 하고, 거기에 또 사랑이 채워져야 합니다. 그럴 때 용서가 가능해지는 것이지요. 그래서 용서라는 말 안에는 자유와 사랑이 동시에 충만되어 있다고 저는 보는 것이지요. 그래서 우리가 살고 있는 현대 사회에는 수만 수십만의 언어가 있고, 거기에 잠재적인 언어까지 합하면 무한대의 언어가 있는데, 그 언어들을 원래의 기능으로 회복시키고, 인간을 배반하는 폭력의 말이 아닌 자유의 말로 회복시키기 위해서는 용서라는 말로 대신 되는 사랑과 자유를 그 안에서 회복해야만 한다는 점에서 용서라는 말을 택한 것이지요.

그러니까 아까 김 선생이 지적하신 그런 오해도 물론 생길 수 있지만, 이것은 어떤 과거의 삶으로 회귀한다든가 소모적인 자기 감상의 넋두리로 돌아간다는 뜻이 아니고, 바로 거기에서 얻어진 말의 원형에서 도출된 사랑과 자유를 현대어의 질서에서 회복시키지 않으면 우리는 항상 말의 폭력에서 벗어날 길이 없겠다 하는 자각에서 그 말을 쓴 것이지요. 그래도 오해와 힐책을 면할 수가 없다면 그것은 저의 능력 부족 탓이겠고요.

김 그러니까 말의 원형, 다시 말하면 폭력이 아닌 자유로서의 말의 원형을 찾아간다고 하는 것은 결국 작가의 말에 대한 고고학적 탐구다, 이렇게 얘기해볼 수 있겠군요. 이 탐구라는 것이 사실은 대단히 중요한 것인데, 이 선생의 경우 '작품을 통하여 탐구하고 있다'라고 할 때 그 탐구는 몇 가지 의미로 요약될 수 있는 것 같아요. 첫째는 자유로서 말의 원형을 찾아가는 것도 사실은 끊임없는 탐구지요. 그리고 아마 이 선생이 작품을 쓰는 한 그런 탐구의 길을 벗어날 수는 없을 거예요. 둘째, 이 선생의 경우 대부분이 어떤 상황을 처음부터 다 주는 것이 아니고 하나의 사건 하나의 결과를 놓고 왜 그 결과가 이렇게 되었을까 하고 찾아가는 과정으로 소설이 엮어져 있어요. 이것은 이 선생의 작품을 두고 사건이나 현실의 정체를 파악해가는 탐구의 정신이 소설의 밑바닥을 이루고 있다고 얘기할 수 있도록 해주는 것이지요. 그다음 셋째로, 단지 그렇게만 얘기한다면 소설이라는 형식은 비교적 분명한 것처럼 되어버리는데, 실제로 작가 자신은 거기에 머무르지 않고 소설이란 무엇인가 하는 소설 자체에 대한 탐구도 계속하고 있는 것이 아니냐, 이런 생각을 나는 이 선생의 작품을 보면서 계속 가져왔어요. 실제로 이 선생의 작품을 보면 기술(記述)로서의 소설이란 무엇인가 하는 것이 쓰는 과정 안에서 계속해서 제기되고 있다는 말이에요.

이렇게 볼 때 이 선생은, '소설의 탐구'라고 했을 때 그 탐구라는 것을 어떻게 생각하고 있고 또 어떤 자세로 탐구를 유지할 수 있었는지, 그 근거는 무엇인지, 이런 것을 한번 얘기해보았으면 좋겠는데, 그것은 아마 이 선생의 문학관과 상당히 깊은 관계를 가지고 있는 것이 아닐까, 이런 생각이 드네요.

이 세 가지를 질문하셨으니까 저도 세 가지 단계로 얘기하지요. 첫번째 질문으로 소설이 결말을 보이지 않고 어떤 상황을 좇아가고 모색해가는 과정으로 기술된다는 데 대해선 저는 체험의 과정으로서의 소설이 중요하지 무엇이 옳다 그르다 하는 결론을 내보이는 것 자체는 가능하지도 않으려니와 또 그럴 필요도 없다고 생각합니다. 체험의 과정으로 소설을 기술해나가자면 저도 체험을 같이하는 길밖에 없고, 결론을 보여주기보다 제가 체험하는 길을 보여주는 수밖에 없겠지요. 그렇다면 소설에는 항상 결과가 없는 것이냐, 이런 회의론 같은 것이 나올 수 있겠는데, 그러나 사실은 현대 소설이 결말을 내보인다는 행위가 그렇게 간단하지 않습니다. 그보다 더욱 중요한 것은 그런 체험, 아프다거나 즐겁다거나 하는 체험과 그 체험의 과정을 통해서 독자의 정신이 깨어 있게 하고 그 정신으로 하여금 스스로 어떤 결론에 도달해가게 하는 것이 소중하다, 그렇게 보는 것이지요.

두번째, 아까도 전제를 했지만, 저는 사는 것과 쓰는 행위 자체는 분리되지 않는다고 생각해요. 그런 뜻에서 좀 속된 표현을 빌리자면 창작의 세계에 관계되어 있는 사람들의 삶이라는 것은 자기가 획득한 어떤 삶의 양식에 안주해버리면 그것으로 창조는 끝난다고 생각합니다. 삶 자체가 그 이념적 양식의 면에서 끊임없이 앞으로 나아가는 길을 택할 수밖에 없는 것이지요. 그래서 끊임없이 무엇인가를 다시 찾아가는 그런 노력을 할 수밖에 없다면 소설의 방식뿐만 아니라 문학에 대한, 삶에 대한 생각까지도 탐구를 계속할 수밖에 없는데, 이것은 삶이라는 것이 어떤 권리라기보다 끊임없이 발전을 감당해나가야 하는 의무 같은 것으로 받아들여지는 태도이기도 하지요. 산을 다니는 사람들이 산이 거기 있으니까 오른다고 하듯이, 삶이라는 것은 삶이 주어졌으니까 끊임없이 살아나갈 수밖에 없다, 따라서 문학이 곧 삶일진대 문학도 끊임없는 탐구가 계속될 수밖에 없다, 그런 생각입니다.

세번째, 소설이 삶의 한 양식이라면 소설이 어떠어떠해야 한다는 결정론적인 방식 또한 받아들일 수가 없게 되지요. 삶을 반성하고 되돌아보는 데에 있어서 만약 시대의 변화로 삶을 해석하고 규명하는 틀 자체가 어떤 결함을 가지게 된다면 그 틀 자체도 항상 다시 물어보고 검토해야 되는 지혜가 그 틀을 사용한 사람에게 있어야 한다는 말입니다. 그래서 그 틀 자체에 대한 반성도 계속해서 이루어져야 된다, 이런 데에서 소설의 양식에 대해 늘 반성하고 되돌아보게 되는 것이지요. 소설의 양식에 대한 반성은 새로운 양식의 발견을 가져오고, 새로운 소설의 양식은 곧 인간과 세계에 대한 새로운 이해의 방법이자 항로가 되기 때문입니다. 새로운 시선이라는 게 바로 그것 아닙니까?

김 이제 얘기를 좀 구체적인 데로 끌고 가보지요. 가령 이 선생은 어떻습니까, 평소에 소설을 쓰시면서 어떤 모델을 상정해놓고 쓰는 경우가 있습니까? 가령 「눈길」이나 『당신들의 천국』이나 『낮은 데로 임하소서』 같은 경우는 모델이 있었던 것같이 생각되는데, 그런 모델들이 있다면 작품을 쓸 때 어떤 역할을 하는 것인지, 이런 것을 한번 얘기해주고, 그 모델들을 밝힐 수 있으면 밝혀주시는 것도 재미있지 않을까 생각되는데요.

이 모델이 있는 경우가 가끔 있지요. 그리고 모델이 있는 경우 소설을 쓰는 과정은 그 모델과의 싸움의 과정에 다름 아닌 것이고요. 모델 안으로 내가 들어가 그의 입으로 말을 하게 되거나 모델이 나의 안으로 완전한 통제에 놓이게 해야 하거든요. 그렇게 되지 않으면 소설이 안 되지요. 그러니까 모델 쪽의 얼굴이 개성적이고 그 삶이 투철한 것일수록 싸움도 치열하고 오래가지요. 그리고 그런 모델과의 싸움을 바람직스럽게 끝내고 났을 땐 작품도 그만큼 값이 있고요. 『당신들의 천국』의 조원장이나 『낮은 데로 임하소서』의 안목사 같은 분이 이를테면 그런 모델에 해당하겠지요. 싸움이 얼마나 힘들었는지 몰라요. 그런데 그런 모델 가운데에 싸움이 손쉬운 경우가 두 가지가 있지요. 하나는 나 자신이고 둘은 어머니지요. 의식의 동질성, 감정이나 정서의 동질성, 삶의 동질성, 그런 것들 덕분에 어머니라는 모델은 싸움이 없이도 그 안으로 들어가 앉기가 무척 쉽거든요.

김 작품을 쓰면서 모델을 작가가 찾아가는 경우도 있을 것이고, 또 어느 날 갑자기 머릿속에 상상적으로 떠오를 때도 있을 것이고, 그렇지 않으면 모델이 스스로 작가에게 찾아오는 경우도 있을 것이고 할 텐데, 이 선생의 경우는 대개 어떤 경우들이 많은지……

이 떠오르는 쪽이 가장 많았지요. 저는 작가 의식이라는 것을 일종의 대전체(帶電體) 같은 거라고 생각하고 있어요. 그래서 구체적인 생활 체험이라든가 독서라든가 대화라든가 이런 것을 통해서 이쪽에서 강한 대전 현상을 유지하고 있을 때 주변의 어떤 삶의 현상들이 충돌을 하고 방전을 일으키지요. 그 방전 현상이 일어났을 때 그것이 모델로서, 소설거리로서 만나지게 되는 것인데, 그러니까 찾아온다 찾아간다 하기보다 떠오르고 만나진다고 할 수 있겠지요. 그래서 이쪽에서 늘 힘을 들이는 일은 체험, 독서 생활 등을 통해서 언제나 강한 전기력을 띠고 넓고 강력한 전장(電場)을 형성하고 있어야 하는 일입니다. 아까 등산에 관한 얘기를 했었지만 산에 다니는 사람들을 보면 같은 산을 되풀이해서 올라가는 사람들이 있다시피 소설 쓰는 것도 그와 마찬가지라고 생각해요. 한번 올라간 것으로 그 산이 정복되었다고 생각하면 다시 올라갈 필요가 없겠지요. 그런데 되풀이해서 다시 올라가는 것은 과거에 산에 올랐을 때와는 다른 눈, 다른 감성을 가지고 그 산을 다르게 체험한다는 얘기거든요. 따라서 중요한 것은 이쪽의 상상력이라든가 감성력을 계속 유지하는 것이 아닌가, 그렇게 생각됩니다. 깨어 있으면 만나지니까요.

김 그 모델 이야기와 바로 연결 지을 수도 있습니다만, 아까 우리가 『잃어버린 말을 찾아서』에 들어가 있는 작품은 현대적인 삶을 사는 주인공과 전통적인 삶을 사는 주인공의 두 계열이 있다, 이렇게 얘기를 했었는데, 가령 이 선생이 문단에 등장할 때 발표했던 「퇴원」이나 그 후 발표한 『조율사』「소문의 벽」「병신과 머저리」

이런 작품들에는 거의 다 현대적인 주인공들이 등장하고, 반면에 「매잡이」 「과녁」 「줄」 그리고 이번 작품집의 '남도 소리' 계열의 작품들에는 전통적인 삶을 사는 주인공들이 등장하고 있어요. 그런데, 이와는 달리 이 선생의 작품 속에는 그 둘을 이어주는 역할을 하는 작품들이 또 있어요. 예를 들어 어머니 얘기를 쓴 「눈길」을 보면 어머니는 전통적인 어머니로서의 모습을 간직하고 있고 나는 도회에서의 삶을 사는 현대적인 주인공이 되어 그 둘을 연결지어주는 얘기가 나오고, 또 『잃어버린 말을 찾아서』의 마지막 작품인 「다시 태어나는 말들」에도 소리를 하는 사람을 찾아가는 주인공은 현대적인 삶을 사는 사람이고, 실제 소리의 주역, 차를 마시는 주역은 전통적인 삶을 사는 사람인데, 이 둘을 연결시키고 있단 말이에요. 그렇게 본다면 이 선생은 작품 세계 안에서 현대적인 삶과 전통적인 삶, 그리고 그들 사이에서 자기의 삶의 근원이 무엇인가를 찾아가는 과정이 끊임없이 되풀이하고 있는 것이 아니냐, 이런 생각이 들거든요. 다시 말하면 이 선생의 작품 세계는 현재 삶의 본질을 과거와 현재 속에서 계속해서 추구하고 있는 것으로 보인다는 말인데, 이 선생 자신은 그런 것을 어떻게 생각하시는지, 그것을 한번 얘기해주셨으면 좋겠어요.

이 저는 미래의 공상소설을 쓰든지 과거의 역사소설을 쓰든지 그것은 모두 이 당대의 문학이다, 그렇게 생각합니다. 가령 지금 6·25 얘기를 한다고 해서 1950년대 당대를 복원하는 것은 아닐 것입니다. 지금, 바로 이 1981년에 살고 있는 어떤 작가가 그것을 어떻게 바라보는가 하는 그 작가의 시선에 의지해 있으니까 그것은 지금 1981년의 얘기라고 생각해요.

다만 내가 왜 과거의 얘기를 쓰는가 하는 것은 스스로도 자주 반성을 해보지만, 일종의 방법론이에요. 과거와 현재뿐만 아니라 내가 즐겨 사용했던 것은 어떤 상황이나 대상을 이해하는 한 방식으로서 늘 대립항이라는 것을 설정하고 있었던 것 같아요. 생활과 예술, 말과 소리, 전통적인 것과 현대적인 것, 진실과 진실이 아닌 것, 이런 식으로 늘 어떤 대립항을 설정하고, 그 대립항 사이에서 지금 김 선생이 말씀하신 삶의 본질을 납득할 어떤 접점 같은 것을 찾아보려고 노력을 해왔었던 것 같아요. 그러다 보니까 이 얘기 썼다 저 얘기 썼다 왔다 갔다 하면서 오해를 받기 쉬운 면을 드러내기도 했는데, 이런 버릇을 굳이 변명하라면 어떤 사항이 됐건 거기에 대해 전면적인 진실이라는 것은 인정할 자신이 없었던 것이지요. 자신이 없었다는 것은 전면전인 진실이란 만날 수가 없다고 믿어졌기 때문이지요. 그래서 어떤 종합적인 진실로 가는 과정에서는 개별적인 진실을 얘기해주는 체험, 상황, 그런 것이 많을수록 좋다고 생각을 했고, 그래서 저변을 넓게 밟고 서기 위해서는 이를테면 대립항으로서 세계를 이해하는 편이 좋겠다는 생각을 하게 된 것이지요. 대립항이라는 것은 이해의 양쪽 끝이니까 참모습과 진실을 밝혀내는 한 넓은 방법이 될 수 있지 않겠어요? 과거와 현재라는 그 양쪽 지혜의 모습과 본질을 살펴보고 그 지혜의 변화 조건과 원인을 규명해보는 것은, 옛 삶에는 옛 사람의 삶의 지혜가 깃들어 있고 현대의 삶에는 현대인들의 삶의 지혜가 깃들어 있다고 보는 것이기 때문이겠지요. 인생사의 양쪽 끝을 디디려고 하는 그런 생각에서 전혀 상반되는 것 같은 두 축을 상정한다, 그런 얘기가 될 것 같군요.

김 『잃어버린 말을 찾아서』의 복수와 용서라는 대립항도 지금 말씀
  하신 차원에서 이해할 수 있는 것입니까? 가령 『잃어버린 말을
  찾아서』의 앞쪽 작품들에서는 이 선생 자신이 글을 쓰는 이유가
  말에 대한 복수를 하기 위한 것이다라고 얘기하면서 현대적인 삶
  을 자꾸 얘기하는 반면, 마지막 부분에 가서는 말에 대한 용서요
  말에 대한 사랑으로서 전통적인 삶을 얘기한단 말이에요. 그러면
  어떻게 해서 복수에서 용서로 오는 과정이 이루어질 수 있었는
  지, 이런 것을 좀 얘기해보았으면 좋겠어요.

이 복수가 용서가 된다는 것은 「지배와 해방」이라는 소설에서 얘기
  한 복수나 지배가 해방이 된다는 얘기하고 같은 맥락의 말입니
  다. 이를테면 현실적인 삶에서 패배당했을 때 그 현실에 대해서
  복수를 하기 위해 글을 쓴다는 것은 자기가 패배시킨 현실을 이
  념적으로 지배함으로써 가능하게 되는데, 이 지배는 두 가지 전
  제하에서 해방이 됩니다. 첫째는 소설을 통한 지배나 복수는 현
  실을 구체적으로 지배하지 않고 이념적으로 지배한다는 점에서
  대상이 되는 현실에 대해서 어떤 구속이나 피해를 주지 않는다
  는 것이고, 또 한 가지는 글 쓰는 사람은 숙명적인 이상주의자라
  는 점에서 어떤 이념을 창출해낼 때 그 이념의 세계가 현실화하
  는 순간에 거기에 머무르지 못하고 다시 새로운 이념의 문을 향
  해 자기 성과를 뒤로하고 떠나가야 한다는 점에서 역시 현실적으
  로 지배를 하지 않게 된다는 것이지요. 그러면 독자는 작가에게
  복수당하기 위해서, 지배당하기 위해서 소설을 읽는 것이냐……
  그럴 이유는 없지요. 작가 쪽에서는 독자의 삶에 기여가 될 수 있
  는 어떤 지배 수단을 찾아야 되는데, 그 유일한 수단이 자유라는

지배 수단입니다. 그러니까 작가는 독자의 현실을 지배하되 그 지배의 유일한 방법이 자유니까, 그 자유를 확대시켜나가는 것이 곧 독자를 지배하고 자기 문학을 발전시켜나가는 것이 되지요. 그렇게 본다면 자유로 독자를 지배한다는 것은, 독자 쪽에서나 작가 쪽에서나 바로 지배하고 지배당하는 것이 해방이 되는 것이지요. 거기에서 비로소 복수와 지배의 관계는 용서와 화해의 관계가 되고 나아가서는 사랑과 자유의 구조가 된다는 것입니다. 말하자면 말이라는 것도 처음에는 복수로 선택되지만 그 말이 공인이 되고 다른 사람들에게 받아들여져서 다른 사람들의 삶에도 어떤 기여를 하는 문학이 되기 위해서는 그 방식이 자유와 사랑이 될 수밖에 없다, 그런 얘기지요.

김 이 선생은 이 선생에 대한 평론들, 혹은 다른 작가들의 비평들을 읽으시는지 모르겠어요. 만약 읽었다면 거기에 대해서 어떤 생각을 갖게 되는지를 얘기해주시지요.

이 많이 읽지요. 특히 저의 작품에 대한 것은 거의 다 읽습니다. 무엇보다도 혼자서는 세상을 보는 눈이 완전할 수 없는 것이고, 지금은 세계를 직관하는 천재라는 것이 존재할 수 없는 시대가 되었기 때문입니다. 세계를 보는 눈을 만들기 위해서라도 남의 글을 열심히 읽습니다. 어떤 면에서 보면 지금 세계나 인간을 이해하는 방식이 어디까지 추구되어와 있는가 하는 것을 확인하지 않고 남이 해놓은 일을 뒤따라가보아야 그것은 창조의 행위가 될 수 없는 것이니까 남이 어디까지 가 있는가를 확인하기 위해서도 늘 읽어야 되는 것이지요. 또 한 가지, 자신이 의도하지 않았던 어떤 얘기를 작품에서 하는 경우가 있습니다. 그 '신의 몫'이

라는 것 말입니다. 작가의 인식 능력과 기술이라는 것이 완전히
기계적으로 통제될 수는 없는 것이니까 그런 경우가 생기는데,
이때 그것이 어떻게 받아들여지는가, 솔직히 얘기해서 그것이 의
도하지 않았던 쪽으로 얘기되고 받아들여졌을 때 그것을 나 자신
의 작품 성과로 편입시키고 싶은 욕망이 생기게 마련이지요. 그
런 것을 통해서 자기가 갖고 있는 어떤 일면을 새삼 확인하고 의
식할 수 있게 된다는 점에서도 남의 비평을 읽게 되지요. 어쨌든
저의 작품이 새로운 차원으로 재창조되는 좋은 비평문을 읽을 때
는 솔직히 말해 그보다 즐겁고 고마운 일도 드물 정돕니다. 하지
만 아프고 부끄러울 때도 그 나름의 뜻은 있습니다. 그 부끄러움
이나 아픔을 감당해내지 않으면 자기 변화의 빌미를 찾기가 어려
운 것이고, 또 아픔이라든가 고통을 참는다는 자체가 어떤 의미
에서는 자기 확인이고 자기반성과 분발을 위한 충격이라고 할 수
있기 때문이지요. 모두 유익한 것이라고 생각합니다. 때로 시정배
들의 말다툼 비슷한 비평문들이 있기는 하지만, 그런 거야 물론
애써 읽거나 아파해야 할 필요가 없겠지요.

김 재미있는 말씀이군요. 그동안에 이 선생의 일련의 작품들을 보면
작품을 쓸 수 없다는 얘기를 가지고 작품을 써온 것을 볼 수 있는
데, 이번 『잃어버린 말을 찾아서』의 마지막 결말 부분의 작품은
모든 것을 용서하는 것으로 되어 있어서 그렇게 되면 이제 작품
을 쓸 수 없다는 것과 똑같은 결론이 나오지는 않겠습니까?

이 농담같이 들리는 얘기지만, 저는 항상 제가 도달한 것의 마지막
의 것을 썼어요. 그러고서 다시 떠나곤 했어요. 하지만 다시 써지
곤 하더군요. 소설을 쓸 때 상상력의 문이라는 것은 무한정한 것

같아요. 가령 작가가 소설을 쓸 수 없다고 했으니까 이제는 쓸 것이 없지 않느냐고 생각할 수도 있지만, 하나 더 상상력의 문을 열고 나가면 그다음에는 소설을 안 쓰고 있는 작가의 삶의 얘기가 있고, 또 그다음에는 그 작가를 살피는 사람의 얘기가 있지요. 또 사실 지금 김 선생께서 아픈 지적을 해주셨는데, 사랑으로 용서하자, 자유로 용서하자, 그렇게 되어버리면 그것으로 문학의 마지막 이상이라고 할 수 있는 세계에 도달해버린 셈이니까 그다음부터는 소설을 쓸 것이 아니라 '사랑' '자유'라는 플래카드를 써 들고 거리에 나가는 것이 훨씬 더 손쉬운 작업이 될지도 모르겠어요. 그러나 그래도 아직은 소설을 쓸 수 있으리라고 하는 것은, 그 결론 가운데서도 아직 남아 있는 과제, 용서의 전제가 되는 자유와 사랑의 실천적 양상은 어떤 식이어야 할 것인가, 일종의 순환 논리가 되겠지만 그 자유에 대해서, 사랑에 대해서 다시 그런 질문을 제기해볼 수 있는 것들이 다 소설이 될 수 있는 것이 아닌가 싶기 때문입니다.

김 맨 처음 작가가 되고자 한 것은 언제부터였고, 어떻게 해서 처음 그 작품을 쓰게 되었는지요.

이 사실은 어렸을 때 죽은 맏형이 소설 읽는 것을 좋아해서 책이 꽤 있었어요. 그 형이 죽은 뒤로 그 책을 많이 읽었지요. 그러다 보니까 사르트르의 경우도 그런 비슷한 얘기가 있었는데, 책 속에 그려져 있는 것이 진짜 세상이고 현상의 세계는 마치 책 속의 세계의 어떤 그림자 같은 것, 늘 변하는 가짜의 세계 같은 것으로 느껴져서 변하지 않는 진짜 세계를 책 속의 추상에서 찾는 버릇이 생겼어요. 또 다른 한 면은 앞서도 말했듯이 주변의 암울한 환경들 때문에 삶의 비애나 패배감 같은 것이 자꾸 깊어지면서 책이라는 이념적인 삶의 마당을 통해서 현실에 대항하고자 하는 복수심 같은 것이 생기게 되었어요. 그래서 대학을 문과로 가게 되었지만, 그때까지는 작가가 된다는 구체적인 목표라든가 그런 것은 없었지요. 그러다가 군대에 갔다 와서 저 자신의 능력 같은 것에 대해 회의에 빠져 있을 때 아주 가까운 친구의 죽음이 생겼어요. 그리고 그 무렵에 어렸을 때 주변에 있었던 환경이랄까 하는 것이 집중적으로 재현되었어요. 죽음도 다시 가까이서 지나다니기 시작하고, 생활의 어려움들이 재생이 되고, 그래서 어렸을 때 막연하게 가지고 있었던 복수심 같은 것이 다시 살아나기 시작해서 소설을 쓰게 되었어요. 첫 작품이 「퇴원」인데, 그 「퇴원」의 주인공이 자기의 마지막 삶의 근거로 확인하는 것이 친구는 죽는데 나는 살아 있구나 하고 자각하는 것이에요. 단순히 숨 쉬고 살아 있다는 것, 그것이 삶의 유일한 근거로 확인될 때 그런 삶의 현실에 대한 복수심이라는 것이 얼마나 치열했는가를 상상하실 수 있을 것입니다.

저는 소설을 쓰는 강렬한 충동이라든가 하는 것을 복수심 같은 데에서 많이 찾습니다. 물론 점잖게 얘기하면 지배욕이라든가 자유에 대한 욕망이라든가 이렇게 얘기할 수 있겠지만, 원색적으로 얘기하면 복수심이지요. 그런데 복수를 잘하는 방법은 자기의 복수심을 얼마나 음흉하게 잘 숨기느냐에 따라서 그 성패가 결정된다고 생각돼요. 소설이 이렇게 어떤 복수 행위로 쓰여진다면, 그 소설이 얼마나 복수심을 은밀하게 잘 숨기고 있는가에 따라서 성과도 좌우된다, 그렇게 극단적으로 얘기할 수 있는 면도 있다는 말이지요. 소설 속 작가의 시선이라는 것이 바로 그 복수심의 눈 같은 것이겠지요.

김 그러니까 결국 복수심 때문에 글을 쓰기 시작했는데 소설을 쓰고 모든 것을 용서하게 되는 결과가 온 것이다, 이렇게 얘기할 수 있는 것인가요?

이 제 소설의 논리를 빌려 얘기한다면 복수심은 결국 자유에 대한 욕망으로 변형될 수밖에 없었던 것이니까 지금 말한 복수심이 얼마나 은밀하게 감추어져 있느냐 하는 것은 다른 말로 바꾸면 자유에 대한 열망이 얼마나 은밀하게 효과적으로 잘 감춰져 있느냐 하는 말이 될 테니까요. 자유 아니면 용서할 수도 없지만, 용서하지 않으면 자신도 자유로워질 수가 없는 것 아닙니까?

김 그런 작업을 해오면서 직장도 없이 소설을 쓴다는 것이 우리 사회에서는 상당히 어렵지 않나요? 그런데 어떻게 생활의 위협에서 자신을 지키면서 소설을 쓸 때의 어려움을 극복하십니까?

이 들어오는 것만 가지고 내보낸다, 내보는 구멍을 만들어놓지 않고 들어오는 것만 내보내고, 안 들어오면 안 내보낸다, 이렇게 지내면 치사한 대로 그럭저럭 도망칠 수가 있었지요. 이건 물론 반 억지에 불과한 소리지만, 막말로 들어오는 게 없으면 안 먹는다는 식으로……

김 아무쪼록 앞으로 나가는 구멍이 커지든 작아지든 작가들이 글을 씀으로 해서 들어오는 구멍이 가능한 대로 커지기를 바랍니다. 오랫동안 아주 감사합니다.

참고 문헌

박경리

강만길, 「소설 「토지」와 한국근대사」, 『문학과 역사』 민음사. 1982

김병걸, 「원차(怨嗟)의 세계」, 『세계의 문학』 1980년 여름호

김병익, 「「토지」의 세계와 갈등의 진상」, 『상황과 상상력』, 문학과지성사,
      1979

김우종, 「인간에의 증오」, 『현대한국문학전집』 제11권, 신구문화사, 1966

서정미, 「「토지」의 한(恨)과 삶」, 『창작과비평』 제56호, 1980

송재영, 「소설의 넓이와 깊이」, 『현대소설의 옹호』, 문학과지성사, 1979

염무웅, 「박경리 문학의 매력」, 『세대』 47호, 1967

      「역사라는 운명극」, 『민중시대의 문학』 창작과비평사, 1979

류종호, 「여류다움의 거절」, 『동시대의 시와 진실』, 민음사, 1982

이태동, 「「토지」의 역사적 상상력」, 『부조리와 인간의식』 문예출판사, 1981

이형기, 「운명의 네가필름」, 『현대한국문학전집』 제11권, 신구문화사, 1966

정명환,「폐쇄된 사회의 문학」,『한국작가와 지성』, 문학과지성사,1978

천이두,「정통과 이단」,『한국소설의 관점』, 문학과지성사, 1980

홍사중,「한정된 현실의 비극」,『현대한국문학전집』제11권, 신구문화사, 1966

이청준

김교선,「소설로 쓴 소설론」,『현대문학』1967년 3월호

　　　　「풍자의 차원에 대하여」,『현대문학』1971년 9월호

김병익,「왜 글을 쓰는가」,『상황과 상상력』문학과지성사, 1979

　　　　「말의 탐구, 화해에의 변증」,『지성과 문학』, 문학과지성사, 1982

김주연,「사회와 인간」,『변동사회와 작가』문학과지성사, 1979

　　　　「말의 순결, 그 파탄과 회복」,『세계의 문학』1981년 가을호

김지원,「원형(原形)의 샘」,『현대문학』1979년 6월호

김천혜,「치자(治者)와 피치자(被治者)의 윤리」,『부산문학』1978년 여름호

김 현,「장인(匠人)의 고뇌」,『현대한국문학의 이론』, 민음사, 1972

　　　　「대립적 세계인식의 힘」,『문학과 유토피아』, 문학과지성사, 1980

송재영,「넋의 문학과 도전의 양식」,『현대문학의 옹호』, 문학과지성사, 1979

안삼환,「산업사회의 비판적 동행자들」,『문학과지성』1977년 겨울호

오생근,「갇혀 있는 자의 시선」,『삶을 위한 비평』, 문학과지성사, 1978

　　　　「갈등과 극복의 윤리」,『삶을 위한 비평』, 문학과지성사, 1978

이보영,「시원(始源)의 모색」,『현대문학』1972년 12월호

이상섭,「너와 나의 천국은 가능한가」,『신동아』1976년 8월호

　　　　「의식소설(意識小說)의 세계」,『한국현대문학전집』제42권, 삼성출판사, 1976

이태동, 「부조리 현상과 인간의식의 진화」, 『부조리와 인간의식』, 문예출판
　　　사, 1981
정명환, 「소설의 세 가지 차원」, 『한국작가와 지성』 문학과지성사, 1978
천이두, 「나약한 소시민의 초상화」, 『월간문학』 1969년 3월호
　　　「작가적 변모의 문제」, 『한국문학』 1979년 3월호

작가 연보

박경리

1926	10월 28일, 경남 충무에서 출생
1945	진주여고 졸업
1955	단편 「계산」으로 『현대문학』 8월호에 추천
1956	단편 「흑흑백백」으로 『현대문학』 8월호 추천 완료
	단편 「군식구」, 『현대문학』 11월호
1957	단편 「전도(剪刀)」, 『현대문학』 3월호
	단편 「불신시대」, 『현대문학』 8월호
	단편 「영주와 고양이」, 『현대문학』 10월호
	단편 「반딧불」, 『신태양』 10월호
	「불신시대」로 제3회 현대문학신인문학상 수상
1958	단편 「벽지(僻地)」, 『현대문학』 3월호
	단편 「도표(道標)없는 길」, 『여원』 5월호

단편 「암흑시대」, 『현대문학』 6·7월호

중편 「호수」, 숙명여고 학보

장편 『연가』, 『민주신보』 연재

1959   단편 「어느 정오의 결정」, 『자유공론』 1월호

단편 「비는 내린다」, 『여원』 10월호

단편 「해동여관의 미나」, 『사상계』 12월호

동화 「돌아온 고양이」, 장편동화 『은하수』, 『새벗』 연재

중편 「새벽의 합창」, 중앙여고 학보

단편 「재귀열(再歸熱)」, 『주부생활』

장편 『표류도』, 『현대문학』 2월호~11월호 연재, 이 작품으로 제
3회 내성문학상 수상

1960   장편 『내 마음은 호수』, 『조선일보』 연재

장편 『성녀와 마녀』, 『여원』 연재

1961   단편 「귀족」, 『현대문학』 2월호

장편 『푸른 운하』, 『국제신보』 연재

장편 『은하』, 『전남일보』 연재

1962   전작 장편 『김약국의 딸들』, 을유문화사 출간

중편 「암흑의 사자」, 『가정생활』에 연재

중편 「재혼의 조건」, 『여상』에 연재

장편 『가을에 온 여인』, 『한국일보』 8월~ 이듬해 5월 연재

1963   장편 『그 형제의 연인들』, 『전남일보』 연재

장편 『노을진 들녘』 『가을에 온 여인』 『내 마음은 호수』를 신태양
사에서, 단편집 『불신시대』를 동민문화사 출간

1964   단편 「풍경·B」, 『사상계』 12월호

중편 「눈먼 식솔」, 『카톨릭 시보』 연재

장편 『파시(波市)』, 『동아일보』 연재

장편『시장과 전장』, 현암사 출간

1965   단편「풍경·A」,『현대문학』1월호

단편「흑백 콤비의 구두」,『신동아』4월호

단편「외곽지대」,『현대문학』8월호

중편「도선장(渡船場)」,『민주신보』발표

장편『신교수의 부인』,『조선일보』연재

장편『녹지대』,『부산일보』연재

장편『타인들』,『주부생활』창간호부터 연재

제2회 한국 여류 문학상 수상

1966   단편「집」,『현대문학』4월호

단편「평면도」,『현대문학』12월호

연작『환상의 시기』,『한국문학』에 연재

중편「뱁새족」,『중앙일보』연재

문학논집『Q씨에게』, 현암사 출간

1967   단편「쌍두아(雙頭兒)」,『현대문학』5월호

단편「옛날이야기」,『신동아』5월호

장편『겨울비』,『여성동아』창간호부터 연재

1968   단편「우화」,『월간중앙』창간호

단편「약으로도 못 고치는 병」,『월간문학』11월호

1969   장편『토지』1부,『현대문학』연재

장편『죄인들의 숙제』,『경향신문』연재

1970   단편「밀고자(密告者)」,『세대』6월호

장편『창(窓)』,『조선일보』연재

1972   『토지』1부 완결

『토지』2부,『문학사상』연재

『토지』1부로 제7회 월탄문학상 수상

1973	『토지』 1부를 5권으로 삼성출판사 출간
1974	장편 『단층(斷層)』, 『동아일보』 연재
1975	『단층』, 세대사 출간
	『토지』 2부, 『문학사상』 연재 중단
1976	1월 말, 『토지』 2부 완결
1977	수필집 『거리의 악사』, 민음사 출간
	수필집 『호수』, 수문서관 출간
1978	『토지』 3부, 『주부생활』 연재
	장편 『나비와 엉겅퀴』, 범우사 출간
1979	수필집 『Q씨에게』, 풀빛사 출간
	『토지』 3부 완결
1980	『박경리전집』, 지식산업사 출간 시작
	8월, 정릉에서 원주로 이사 정착
	『토지』 4부, 『마당』 연재 시작
1983	『토지』 4부, 『정경문화』 연재
1985	수필집 『원주통신』, 지식산업사 출간
1986	장편 『단층』, 지식산업사 출간
1987	『토지』 4부, 『월간경향』 연재
1988	『토지』 1부~4부, 삼성출판사 출간
	시집 『못 떠나는 배』, 지식산업사 출간
1989	『토지』 1부~4부 개정판, 지식산업사 출간
1990	제4회 '인촌상' 수상.
	중국 기행문 『만리장성의 나라』, 시집 『도시의 고양이들』 동광출판사 출간
1992	『토지』 5부, 『문화일보』 연재
1994	집필 26년 만에 『토지』 탈고, 전 5부 16권으로 솔출판사에서 완간

이화여대에서 '명예문학박사' 학위 수여

한국여성단체협의회에서 '올해의 여성상' 수상

유네스코서울협의회에서 '올해의 인물'로 선정

1995 연세대학교 원주캠퍼스 객원교수로 임용

강의노트『문학을 지망하는 젊은이들에게』, 현대문학 출간

1996 제6회 '호암상예술상' 수상

'가브리엘라 미스트랄 문학 기념 메달Gabriela Mistral Commemorative Medal' 수여

1997 연세대학교 용재(백낙준) 석좌교수로 임명

1998 토지문화관 착공

1999 토지문화관 개관

토지문화관 이사장으로 취임

2000 시집『우리들의 시간』, 나남출판사 출간

2001 『토지』, 총 21권으로 재출간

2003 장편『나비야 청산가자』,『현대문학』연재

첫 동화『은하수』, 자음과모음 출간

2004 수필집『생명의 아픔』, 자음과모음 출간

2007 만화『토지』(오세영 작), 마로니에북스 출간

산문/소설집『가설을 위한 망상』, 나남출판사 출간

청소년용『토지』완간(전 12권)

2008 5월 5일 타계. 고향 통영에 안장.

6월 유고시집『버리고 갈 것만 남아서 참 홀가분하다』, 마로니에 북스 출간

이청준

1939	8월 9일, 전남 장흥에서 출생
1954	대덕 동국민학교 졸업
1957	광주 서중학교 졸업
1960	광주 제일고등학교 졸업
	서울대 문리대 독문과 입학
1962	2월, 같은 대학 2년 수료 후 군 입대
1964	학적유보자 혜택으로 2년 만에 제대
1965	단편 「퇴원」으로 『사상계』 신인 문학 당선
1966	2월, 서울대 문리대 독문과 졸업, 졸업과 동시 월간 사상계사(思想界社) 입사(入社)
	단편 「임부(姙夫)」, 『사상계』 3월호
	단편 「줄」, 『사상계』 8월호
	단편 「무서운 토요일」, 『문학』 8월호
	단편 「굴레」, 『현대문학』 10월호
	단편 「바닷가 사람들」, 『청맥』 9월호
	단편 「병신과 머저리」, 『창작과비평』 가을호
1967	8월, 직장을 월간 여원사로 옮김
	단편 「별을 보여드립니다」, 『문학』 1월호
	단편 「공범(共犯)」, 『세대』 1월호
	단편 「등산기(登山記)」, 『자유공론』 2월호
	단편 「행복원(幸福園)의 예수」, 『신동아』 4월호
	단편 「마기의 죽음」, 『현대문학』 9월호
	단편 「과녁」, 『창작과비평』 가을호
	단편 「문패 도둑」(창작집 『살아 있는 늪』 중)

장편 『더러운 강』, 『대한일보』 연재

단편 「전근 발령」(창작집 『살아 있는 늪』 중)

단편 「병신과 머저리」로 제12회 동인문학상 수상

1968   9월, 『아세아』 창간에 참여

10월, 신문회관에서 결혼

단편 「침몰선」, 『세대』 2월호

단편 「나무 위에서 잠자기」, 『주간한국』 1월호

단편 「석화촌」, 『월간중앙』 6월호

단편 「매잡이」, 『신동아』 7월호

1969   단편 「이상한 나팔수」(창작집 『가면의 꿈』 중)

단편 「개백정」, 『6·8문학』 제1집

단편 「보우너스」, 『현대문학』 1월호

단편 「변사(辯士)와 연극(演劇)」, 『여원』 3월호

단편 「마스코트」, (『한국전쟁문학전집』 중)

단편 「꽃과 뱀」, 『월간중앙』 4월호

단편 「가수(假睡)」, 『월간문학』 9월호

중편 「씌어지지 않은 자서전」, 『문학비평』 봄호

단편 「꽃과 소리」, 『세대』 7월호

장편 『원무(圓舞)』(이제 우리들의 잔(盞)을) 『조선일보』

단편 「소매치기올시다」, 『사상계』 11월호

단편 「매잡이」로 대한민국 문학예술상 수상

1970   단편 「가학성훈련(加虐性訓練)」, 『신동아』 4월호

단편 「전쟁과 악기」, 『월간중앙』 5월호

단편 「그림자」, 『월간문학』 11월호

1971   단편 「미친 사과나무」, 『한국일보』

중편 「소문의 벽」, 『문학과지성』 여름호

단편「괴상한 버릇」,『여성동아』 6월호

단편「문단속 좀 해주세요」,『현대문학』 8월호

장편『조율사』,『문학과지성』 봄호~가을호

단편「목포행」,『월간중앙』 8월호

9월, 도서출판 일지사에서 첫 창작집『별을 보여드립니다』출간
(중·단편 21편 수록)

월간《지성(知性)》 창간에 참여

1972 　단편「들어보면 아시겠지만」,『월간중앙』 3월호

단편「발아(發芽)」,『월간문학』 4월호

단편「현장사정」,『문학사상』 11월호

단편「배꼽을 주제로 한 변주곡」,『신동아』 9월호

단편「귀향연습(歸鄉演習)」,『세대』 8월호

단편「가면의 꿈」,『독서신문』 12월

단편「석화촌」이 청룡영화제 최우수 작품상 수상

1973 　단편「에스터러」,『여성동아』 1월호

단편「대흥부동산공사(大興不動産公司)」,『자유공론』 1월호

단편「떠도는 말들」,『세대』 2월호

단편「그 가을의 매력」,『새농민』

1974 　단편「건방진 신문팔이」,『한국문학』 2월호

단편「뺑소니 사고」,『한국문학』 9월호

단편「낮은 목소리로」,『현대문학』 10월호

중편「이어도」,『문학과지성』 가을호

단편「줄뺨」,『세대』 7월호

1975 　소설문학사 퇴사 이래 창작 활동에만 전념

단편「장화백의 새」,『샘터』 9월호

단편「구두 뒷굽」,『문학사상』 12월호

단편 「따뜻한 겨울」, 『한국일보』 12월

단편 「안질주의보」, 『문학사상』 6월호

중편 『이어도』로 제8회 한국 창작문학상 수상

1976   단편 「소리의 빛」, 『뿌리깊은 나무』 4월호

단편 「황홀한 실종」, 『한국문학』 6월호

단편 「자서전들 쓰십시다」, 『문학과지성』 여름호

단편 「꽃동네의 합창」, 『한국문학』 8월호

단편 「새가 운들」, 『독서생활』 9월호

단편 「치자꽃 향기」, 『한국문학』 12월호

단편 「별을 기르는 아이」, 『부산일보』

단편 「서편제」, 『뿌리깊은 나무』 4월호

장편 『당신들의 천국』 『신동아』 연재

장편 『춤추는 사제』 『한국문학』 1월~1977년

1977   단편 「지배와 해방」 『세계의 문학』 봄호

중편 「예언자」, 『문학사상』 8·9월호

단편 「거룩한 밤」, 『뿌리깊은 나무』 11월호

단편 「눈길」, 『문예중앙』 여름호

단편 「불 머금은 항아리」, 『문학과지성』 겨울호

단편 「연(鳶)」, 『동아일보』

단편 「벗새 이야기」, 『샘터』 4월호

1978   중편 「잔인한 도시」, 『한국문학』 2월호

단편 「남도 사람」, 『전남일보』

단편 「해변과 유자배기」(콩트집 『치질과 자존심』 중)

단편 「얼굴 없는 방문객」(『살아 있는 늪』 중)

중편 「잔인한 도시」로 이상문학상 수상

1979   단편 「겨울 광장」, 『문학사상』 1월호

단편 「선학동 나그네」, 『문학과지성』 여름호

단편 「빈방」, 『문예중앙』 여름호

단편 「이상한 나팔수」, 『여성동아』

장편 『흐르지 않는 강』, 문장사 출간

단편 「살아 있는 늪」으로 중앙문예대상(예술부문 장려상) 수상

1980 장편 『백조의 춤』, 여학생사 출간

창작집 『살아 있는 늪』, 홍성사 출간

단편 「매잡이」(창작집 『별을 보여 드립니다』 중)

단편 「새와 나무」(창작집 『살아 있는 늪』 중)

단편 「조만득씨」, 『세계의 문학』 겨울호

1981 장편 『낮은 데로 임하소서』 홍성사 출간

단편 「몽마발성(夢魔發聲)」, 『문학사상』 1월호

단편 「기로수씨의 마지막 심술」, 『소설문학』 2월호

단편 「노송(老松)」, 『소설문학』 9월호

단편 「다시 태어나는 말들」, 『한국문학』 5월호

1982 중편 「시간의 문」, 『문학사상』 1월호

중편 「여름의 추상」, 『한국문학』 4·5월호

창작집 『시간의 문』 중원사 출간

1986 중편 『비화밀교』로 대한민국문학상 우수상 수상

1990 중편 『자유의 문』으로 이산문학상 수상

1993 『서편제』가 임권택 감독에 의해 영화화돼 대종상 최우수작품상 수상

1994 장편 『흰옷』으로 대산문학상 수상

1997 동화 『뻐꾸기와 오리나무』, 금성출판사 출간

소설선집 『눈길』, 문학과지성사 출간

1998 장편 11종 12권, 중단편소설집 10권, 연작소설집 3권 등 총 25권
으로 기획된 〈이청준 문학전집〉, 열림원 출간 시작

중편 「날개의 집」으로 21세기문학상 수상

1999 『이청준 깊이 읽기』, 문학과지성사 출간. 순천대학교 문예창작학
과 석좌교수 임용

2003 장편 『신화를 삼킨 섬』, 전 2권 열림원 출간. 제17회 인촌상 문학
부문 수상

2004 제36회 대한민국문화예술상 수상

2005 산문집 『머물고 간 자리 우리 뒷모습』, 문이당 출간. 대한민국 예
술원 회원으로 선출

2007 창작집 『그곳을 다시 잊어야 했다』, 열림원 출간. 제17회 호암 예
술상, 제1회 제비꽃 서비 소설상 수상

2008 7월 31일 타계. 대한민국 금관문화훈장 수훈
12월 마지막 장편소설 『신화의 시대』, 물레 출간

2010 7월 이청준 문학자리 완공

2016 12월 〈이청준 전집〉, 전 34권 문학과지성사 완간